L'épreuve du feu

À mes parents, Brian et Trena.

Papa, ton exemple de force tranquille et de persévérance doublé du respect que tu exiges des autres reste le cadeau le plus utile qu'un père puisse faire. Quand j'ai cherché un modèle susceptible d'instiller ces qualités au lieutenant Howard Paxton, c'est vers toi que je me suis tournée.
Et maintenant, tout le monde le sait.

Maman, ta foi inébranlable en moi, ton optimisme contagieux et tes encouragements m'auront permis de remettre le pied à l'étrier plus de fois que je ne pourrais le dire. Tu apportes la preuve qu'une mère peut vraiment être la meilleure amie de sa fille.

L'un et l'autre, je vous aime.

Remerciements

Merci à ma famille qui m'a donné la liberté de poursuivre mes rêves – Paul, mon merveilleux mari (tu seras toujours mon héros), ainsi que nos deux superbes enfants, mes parents, mes beaux-parents et trop de membres de la famille pour en donner la liste complète. Je vous aime tous.

À mon extraordinaire agent, Roberta Brown. Ta foi en moi n'a jamais faibli. Je suis fière de te connaître et de pouvoir te compter parmi mes amis.

À ma directrice de publication toujours pleine de bon sens, Tracy Bernstein, pour avoir cru en mon travail et pris sous son aile les pompiers de la caserne 5. Je me souviendrai toujours avec reconnaissance du jour où Howard a croisé votre route.

À Debra Stevens, ma meilleure amie depuis près de quarante ans. Tu m'as toujours crue capable d'accomplir ce que je voulais et tu m'as encouragée à le faire – même quand ça impliquait de te jeter à l'eau avec moi ! Tu es ma sœur, mon guide dans l'existence.

À Diana Dittman, ma belle-sœur et amie depuis bientôt trente ans. Tu m'as encouragée à chaque étape de mon parcours. Malgré la distance qui nous sépare, nous nous retrouvons toujours.

À mes fabuleuses partenaires critiques, Tracy Garrett et Suzanne Welsh. Je n'y serais pas arrivée sans vous. La vie est belle, les filles !

Aux copines : Tracy Garrett, Suzanne Welsh, Jane Graves, Sandy Blair, Franny Karkosak, Kay Thomas, Julie Benson, Lorraine Heath et Alice Fairbanks-Burton. Vous êtes mes supportrices, mes complices de Margarita, mon équilibre.

Au département artistique du NAL pour la couverture de mes rêves.

À Stonecreek Media pour mon super site Web. Amy et Justin, vos somptueux graphismes et votre incroyable sens des relations avec le client compensent largement le reste.

Un remerciement tout particulier à tous les vrais héros courageux qui ont inspiré les pompiers de la série de la caserne 5 : le capitaine Steve Deutsch, David Lewis, Wally Harris, Nick Franco et Ken Marston. Steve, merci d'avoir supporté mes questions à n'en plus finir et de m'avoir accueillie dans ton univers. Je t'apprécie bien plus que je n'ai pu te le faire savoir. Ken, tu as ma gratitude éternelle pour m'avoir inspiré Howard.

À Peggy Harrell et aux pompiers de la caserne de Plano : le capitaine Forest Harrell, Brian Askew et James Henry. Merci à tous pour votre générosité et pour la devise imprimée sur la vitre de la porte du garage : *TOUT LE MONDE REVIENDRA VIVANT.* Elle me donne encore la chair de poule, et je n'ai pas pu faire autrement que de l'inclure dans le livre.

À Sean Hughes, chef de division et gestionnaire des urgences/coordinateur de la sécurité nationale, caserne de North Richland Hills, pour une approche exceptionnelle du travail difficile consistant à protéger les citoyens des menaces en tout genre.

Au lieutenant Steve Voltmann, caserne d'Arlington. Béni soyez-vous d'avoir répondu à mes pages entières de questions, et sur votre temps de congé, encore !

Note de l'auteur

La ville de Sugarland, Tennessee, dans laquelle j'ai situé la caserne 5, est une ville fictive qui n'existe que dans mon imagination. Toutes les erreurs que j'ai pu commettre ou les libertés que j'ai pu prendre vis-à-vis des procédures d'intervention des pompiers sont uniquement de mon fait, dictées par le fil du récit. Je suis l'auteur de cette histoire et j'assume !

1

Le lieutenant Howard Paxton serra les dents et banda ses muscles pour hisser cent cinquante kilos de fonte au-dessus de son torse nu.

Et voilà, chers amis, à quoi on en est réduit quand on souffre d'insomnie et qu'on a un voisin de dortoir ingérable ! songea-t-il.

D'aussi loin qu'il se souvienne, Howard n'avait jamais réussi à faire une nuit complète. À trente-six ans, il savait que le remède miracle contre l'insomnie n'existe pas. Pour trouver le sommeil, il lui fallait s'épuiser à soulever des haltères.

Quant à ce prétentieux de Julian Salvatore…

Le souvenir de la prise de bec entre Julian et Zack l'incita à affermir sa prise sur la barre, et il entama une nouvelle série de tractions. Julian n'avait rien trouvé de mieux que de tourner en dérision le Quint. Le plus gros camion de la caserne, la prunelle des yeux de Zack, sa fierté et sa joie. Il fallait y mettre du sien pour faire sortir Zack de ses gonds, mais Salvatore avait le chic pour mettre un type en rogne. Ils en seraient venus aux mains si Howard ne s'était pas interposé alors qu'ils écumaient comme deux chiens de combat enragés.

La réputation de père tranquille qui auréolait jusqu'alors Zack Knight, l'intello de l'équipe, en avait pris un sacré coup dans l'aile.

Howard avait en revanche eu confirmation que Salvatore était le plus immature et le plus égocentrique de tous les coéquipiers qu'il ait jamais pris sous son aile. Ce n'était pas la première fois qu'il avait à gérer un maillon faible, et ce ne serait sans doute pas la dernière. Mais si Salvatore ne prenait pas un peu de plomb dans la tête, son comportement finirait par nuire à l'équipe un jour ou l'autre. Pourvu que Sean Tanner, le capitaine de la caserne 5, se décide à le virer avant que ça ne se produise. Quoique…

Encore tendu de frustration, Julian Salvatore s'était justifié après coup. Il avait jugulé sa colère et s'était exprimé d'un ton respectueux. La scène avait eu lieu dans le bureau que Howard partageait avec le capitaine.

— Lieutenant, si n'importe qui d'autre s'était permis de faire la même blague à Knight, nous ne serions pas ici et vous le savez aussi bien que moi.

C'était vrai.

Salvatore était aussi agréable à côtoyer qu'un lièvre en rut atteint de trouble de l'attention, mais il n'en demeurait pas moins un pompier et un infirmier de premier ordre. Dans le feu de l'action, il gardait la tête froide et n'avait pas son égal pour calmer les victimes d'accidents. Sans son ironie mordante, il aurait fait un excellent coéquipier.

Allez, laisse-lui sa chance. Il ne peut pas changer du jour au lendemain. Pense à autre chose…

Encore une traction des bras. Et une autre. Il aurait dû s'arrêter, mais il voulait épuiser son corps au point de chasser les ombres qui encombraient son esprit quand il cherchait le sommeil. Celles qui formaient des images d'abord de façon confuse… toutes les nuits depuis plusieurs mois. Toujours les mêmes. Des fragments épars qui débouchaient sur une terreur sans nom.

Hurlement. Angoisse. Pourquoi ?

Le potager au clair de lune. Les plants de tomates qui s'enroulaient autour des tuteurs. La terre fraîche sous les orteils du petit garçon.

L'air frais de la nuit murmurant sur sa peau.

Frayeur. Épouvante. Cette pression inexorable sur son torse... Impossible de l'écarter...

Howard !

Pas d'issue. Je ne comprends pas...

— Howard ! Bon Dieu, qu'est-ce que tu fous ? Là, maintenant ? Je suffoque.

Son manque de concentration lui avait fait dépasser sa limite. Perdre le contrôle. Plus de cent cinquante kilos reposaient sur son torse. La barre argentée s'incrustait dans sa peau et ses doigts étaient emprisonnés dessous.

Howard distingua le visage inquiet de Sean Tanner au-dessus de lui. Le capitaine saisit la barre de ses deux mains et la hissa sur son support, où elle s'enclencha dans un fracas métallique.

S'efforçant de retrouver son souffle, Howard se redressa péniblement en position assise. Sean s'agenouilla et l'aida à rétablir son équilibre, plaçant une main dans son dos et l'autre sur son épaule.

— Merci, mec, éructa Howard entre deux quintes de toux avant de prendre plusieurs inspirations.

— Ça va, Musclor ?

— Ça va.

— Combien de fois faudra-t-il que je te dise de ne pas t'allonger sur ce banc sans témoin ?

Howard essuya la sueur de son visage et jeta un coup d'œil à Sean. L'éclair de reproche qu'il découvrit dans ses surprenants yeux verts ne lui laissa aucun doute : il l'avait fait paniquer.

— Désolé. Le marchand de sable ne voulait vraiment pas passer ce soir... Mais on dirait que je ne suis pas le seul qu'il ait oublié, ajouta-t-il après avoir observé plus attentivement le visage hagard de Tanner.

— Ouais... soupira le capitaine.

Sean se releva, recula de quelques pas, cala ses fesses contre la selle du vélo d'exercice, puis lâcha un long soupir et passa la main dans ses cheveux châtains.

Howard sentit son ventre se nouer. Les cernes violets qui soulignaient les yeux de son meilleur ami, juste au-dessus de ses joues pâles et creuses, témoignaient de son manque de sommeil. Il avait perdu tellement de poids que son ventre était concave et que ses hanches retenaient à peine le pantalon bleu de son uniforme. Et depuis quand ses tempes avaient-elles commencé à s'argenter ainsi ?

Howard, ainsi que tous les membres de l'équipe, connaissait la tragique réponse à cette question.

— Le traitement ne fait pas effet ? s'enquit-il d'un ton prudent.

— Je ne le prends plus.

— Sean !

— Lâche-moi, Howard, répliqua-t-il sèchement. Ça rime à quoi, un capitaine de pompiers sous antidépresseurs, tu peux me le dire ?

— L'équipe a besoin d'un chef qui ne risque pas de se faire exploser la cervelle avec son arme de service.

Sean blêmit.

— C'est ça que tu penses ? Que je suis au bord du suicide ?

— Ton suicide, j'ai l'impression que tu l'as déjà réussi. Maintenant, tu n'attends plus que de t'enterrer avec Blair et les enfants.

Et toc.

Tanner serra les poings si fort que les jointures de ses doigts devinrent aussi blanches que les profonds sillons qui encadraient sa bouche.

— Là, tu pousses le bouchon un peu trop loin, mec.

— Franchement, je préférerais. Tu n'es pas un lâcheur, Sean, alors prouve-le. Reprends ton traitement, lui conseilla-t-il d'un ton moins mordant. Encore un peu. Promets-moi que tu vas le faire.

Sean émit un ricanement amer.

— Et après ? Qu'est-ce que je ferai du temps qu'il me restera à vivre ?

Sans ma famille. Les mots qu'il n'avait pas prononcés pesèrent lourdement entre eux.

Howard secoua la tête et ouvrit la bouche, mais les trois sonneries suraiguës de la sirène d'alarme l'empêchèrent de s'exprimer.

Le capitaine sprintait déjà vers le garage et Howard s'était débarrassé de son T-shirt trempé, quand une voix de femme synthétisée annonça qu'un incendie d'habitation s'était déclaré dans le quartier le plus ancien et le plus chic de Sugarland. Un afflux d'adrénaline balaya la fatigue. À quand remontait le dernier appel pour un incendie d'habitation dans le secteur de la caserne 5 ? Plusieurs mois, au moins.

Howard quitta la salle de sport au pas de course et franchit la porte conduisant au garage sur les talons de Tanner. Comme chaque fois, il jeta un coup d'œil à la devise imprimée sur la vitre de la porte en grands caractères : *TOUT LE MONDE REVIENDRA VIVANT*. Et comme chaque fois, un frisson parcourut sa colonne vertébrale.

L'intervention était potentiellement dangereuse – une véritable bombe à retardement venait de se déclencher. Depuis seize ans qu'il travaillait dans cette caserne de pompiers de Sugarland, il n'avait jamais demandé si les mots imprimés sur cette vitre affectaient le reste de l'équipe autant que lui. Il n'avait pas besoin de le faire.

Les autres membres de l'équipe A pénétrèrent dans le garage derrière lui, alertes et silencieux, habitués à être tirés de leur sommeil. Chacun enfila prestement son pantalon, sa veste et ses bottes ignifugés par-dessus ses vêtements avant de grimper à bord d'un véhicule, dûment casqué.

Zack conduisait le camion à grande échelle capable d'accomplir cinq fonctions différentes et de ce fait baptisé Quint dans le jargon des pompiers, abréviation de « quintuple ». Le Quint était le plus grand et le mieux équipé de tous les véhicules de pompiers de la ville. Zack devait ce privilège à son rang, n'ayant au-dessus de lui que le lieutenant et le capitaine. Il se hissa sur le siège du conducteur et actionna l'ouverture de l'immense porte du garage. Tanner grimpa sur le siège du passager, dévolu à l'officier de commande, à côté de Knight. Tommy Skyler, le plus jeune membre de l'équipe, et Ève Marshall, la seule femme de la caserne, prirent place à l'arrière.

Howard se mit au volant de l'ambulance et Julian sauta prestement sur le siège voisin. Zack fit sortir le Quint du garage et actionna le gyrophare et la sirène de l'engin quand il s'engagea dans la rue déserte, baignée par la clarté de la lune. Le mugissement et la lumière écarlate palpitèrent sinistrement dans la nuit, évoquant un rythme cardiaque. Howard réprima un frisson et s'élança à la suite de Zack.

En quelques secondes, l'équipe au grand complet s'était mise en route sans qu'un mot ait été prononcé. Aussi rapide et efficace qu'un mécanisme bien huilé. Rien à voir avec ces stupides séries télévisées où tout le monde court dans tous les sens en poussant des cris et en se frappant le torse. Lorsqu'il s'agit de passer à l'action, les postures mélodramatiques n'ont pas lieu d'être. Pas dans la réalité des pompiers, en tout cas. C'est l'esprit d'équipe qui domine. Venir en aide aux victimes et assurer la sécurité de l'équipe.

TOUT LE MONDE REVIENDRA VIVANT.

Quand il s'engagea à la suite du Quint dans les quartiers cossus de Sugarland, Howard aperçut un halo orangé ondoyant dans le ciel à la façon d'un dragon en colère et réalisa subitement quelque chose. Ses sourcils se rapprochèrent, son regard s'assombrit. Il avait demandé à Sean de lui faire une promesse.

Une promesse que son plus vieil ami, un homme au bout du rouleau, n'avait pas eu le temps de lui faire.

— Dépêchez-vous, je vous en supplie !

Kat McKenna raccrocha, glissa son minuscule téléphone portable dans la poche arrière de son jean et plaqua une main sur sa bouche. Elle n'arrivait toujours pas à y croire.

La maison des Hargrave était en feu ! Alors qu'ils étaient partis en croisière avec ses parents, pardessus le marché. Mon Dieu, comment une telle catastrophe avait-elle pu se produire ? Ces trois derniers jours, Kat avait vidé les boîtes aux lettres des deux maisons situées l'une en face de l'autre et arrosé les plantes.

Les battements de son cœur faisaient vibrer ses côtes. Était-ce sa faute ? Avait-elle oublié d'éteindre un quelconque appareil électrique ? Une ampoule, peut-être ? Non, elle aurait pu jurer qu'elle avait tout éteint derrière elle. Mais désormais, elle n'était plus sûre de rien. Dans combien de temps les pompiers arriveraient-ils ?

Trop tard, de toute façon. À travers les grandes fenêtres cintrées, elle voyait les flammes qui se répandaient dans le salon et au premier étage. *Les deux étages en même temps ?* Comment est-ce possible ? Sautillant d'un pied sur l'autre, elle restait plantée au milieu de la rue, ne sachant que faire.

Tout à coup, un hurlement lui parvint. Lointain, tel un écho qui se répercuta dans l'air froid de la nuit.

La gorge serrée, elle scruta la façade de la maison et tendit l'oreille, au cas où le hurlement se ferait à nouveau entendre. Le mugissement ténu des sirènes de pompiers parvint à son oreille et lui donna la chair de poule. C'était peut-être ce son qu'elle avait pris pour un hurlement.

Pourtant, elle se mit à courir. Elle traversa la rue et remonta l'allée pavée de briques. Plongeant dans la haie artistiquement taillée qui encadrait la porte d'entrée, elle trouva le robinet auquel était fixé le tuyau d'arrosage dont elle s'était servie la veille pour arroser les plantes. *Les pétunias de Joan seront roussis.* Elle secoua la tête. Quelle idée de penser aux pétunias dans un moment pareil !

Lutter contre un incendie avec un tuyau d'arrosage n'est peut-être pas non plus la preuve d'une grande présence d'esprit, Katherine Frances.

La facette responsable jusqu'à l'entêtement de sa personnalité exigeait cependant qu'elle fasse quelque chose ! Malheureusement, chaque fois qu'elle avait suivi les conseils de ce démon, Kat s'en était mordu les doigts.

Elle ouvrit le robinet à fond, déroula le tuyau jusqu'au porche, et connut un instant de panique. Où avait-elle mis la clef ? Elle glissa la main dans sa poche et sentit aussitôt son trousseau de clefs au bout de ses doigts.

Le tuyau calé sous le bras, elle chercha celle que les Hargrave lui avaient confiée, l'introduisit dans la serrure en tremblant et déverrouilla la porte. Lorsqu'elle posa la main sur la poignée, une sensation cuisante la lui fit aussitôt retirer. Elle saisit le bas de sa chemise et s'en servit pour ouvrir la porte. Une bouffée de chaleur et un nuage de fumée lui sautèrent au visage en guise de bienvenue, et elle plissa instinctivement les paupières.

En pénétrant dans le grand hall en marbre, une anomalie lui sauta immédiatement aux yeux. Elle n'avait jamais vu un véritable incendie, mais elle ne comprenait pas comment un feu pouvait se déclarer au beau milieu d'une pièce. À moins qu'un canapé soit susceptible d'entrer spontanément en combustion.

La chose était étrange, mais elle n'eut pas le temps d'analyser plus longuement la situation. Les flammes qui dévoraient le tapis depuis le centre se propageaient vers les murs, tel un monstre rugissant, acharné à détruire. Les sièges, les rideaux et la cage d'escalier étaient la proie de flammes qui léchaient le plafond.

Kat tourna l'extrémité du tuyau d'arrosage et dirigea le jet vers le tapis dans un mouvement de va-et-vient latéral, dans l'espoir de l'imbiber suffisamment pour arrêter la progression des flammes. Peine perdue. Un nuage de fumée s'éleva en volutes épaisses autour d'elle. Le feu gagna les lampes et les cadres accrochés aux murs. Saisie d'une sorte de frénésie, elle dirigea alors le jet vers les rideaux. La fumée s'accrut encore et elle se retrouva confrontée à un véritable enfer, sifflant et crépitant comme une bête furieuse qui se serait moquée de ses efforts dérisoires.

Dehors, le hurlement suraigu de la sirène s'amplifia. Dieu merci ! La chaleur était insupportable. Étouffante. Elle toussa et jeta un regard vers la porte, pratiquement invisible derrière le rideau de fumée. Les lumières rouges et clignotantes qui se rapprochaient trouèrent la purée de pois. Kat en gémit presque de soulagement. S'avouant vaincue, elle lâcha le tuyau et se dirigea en chancelant vers le porche.

Un courant d'air délicieusement frais entra en contact avec son visage brûlant, mais quand elle voulut avaler une goulée d'air, un poing invisible enserra ses poumons. Elle toussa à nouveau et porta la main à sa poitrine. La tête lui tournait. L'énorme camion et l'ambulance qui remontaient l'allée tournoyèrent devant ses yeux.

Des hommes jaillirent des véhicules telles des fourmis, deux d'entre eux s'affairant aussitôt à dérouler la lance d'incendie. Sa vision se troubla sous l'effet des larmes qui embuaient ses yeux, et une violente quinte de toux la secoua. Des silhouettes coururent vers la maison. Elle se passa la main sur le visage et fit un pas en avant. Une ombre menaçait son champ de vision qui rétrécissait de plus en plus.

Les deux pompiers qui manœuvraient la lance passèrent à côté d'elle au pas de course pour s'engouffrer dans la maison. Une main se referma sur son bras.

— Ça va, madame ?

La profonde voix de baryton fit frémir toutes ses terminaisons nerveuses, réchauffant ses doigts et ses orteils aussi efficacement qu'une gorgée de Jack Daniels après une longue période d'abstinence. Pas seulement ses doigts et ses orteils, d'ailleurs. Pour l'amour de Dieu, Katherine Frances, ressaisis-toi ma fille ! Elle leva la tête et se trouva confrontée au torse le plus impressionnant qu'elle ait jamais vu, même en tenant compte de l'épaisseur de la veste ignifugée.

— Madame ? répéta la voix d'un ton inquiet.

Kat releva le menton. Très haut. Un géant la dominait de son imposante stature – à vue de nez, il était aussi haut qu'un porte-avions – et lui disait quelque chose. À l'ombre de la visière de son casque, elle remarqua la ligne ferme de sa mâchoire. Ses lèvres pleines et sensuelles. Ses grands yeux sombres.

— Je… Ça va, coassa-t-elle avant de se contredire aussitôt en crachant ses poumons.

Les bords sombres de son champ de vision se mirent à onduler, se rapprochant dangereusement du centre. L'homme aussi grand qu'une montagne devint flou et elle sentit qu'elle allait se trouver mal. *Oh, non !*

Kat eut beau chercher à résister, elle fit quelque chose qu'elle n'avait encore jamais fait en vingt-neuf ans d'existence.

Elle s'évanouit dans les bras d'un parfait inconnu.

— Eh !

Howard se pencha en avant et rattrapa la femme dès que ses genoux la trahirent. Il n'eut aucun effort à fournir pour ce faire et la souleva aisément dans ses bras. Une frayeur rétrospective mêlée d'irritation le saisit. Quand les gens se décideraient-ils donc à laisser les professionnels intervenir en cas de danger ?

La joue de la femme reposait contre sa veste lorsqu'il l'emporta à l'arrière de l'ambulance, ses cheveux chatouillaient son nez et son menton. Elle avait relevé sa chevelure blonde au sommet de sa tête à l'aide d'un chouchou, et la fontaine de cheveux qui en émergeait tressautait à chacun de ses pas et lui donnait envie d'éternuer. Ou d'y enfouir son nez.

Howard *adorait* les blondes. Et les corps curvilignes comme le sien. Les femmes maigres et osseuses, qu'il considérait comme des squelettes sous-alimentés, lui faisaient horreur. Un homme aussi solidement bâti que lui avait besoin d'une femme qui lui remplisse les mains. D'une *vraie* femme. Avec des formes auxquelles il…

Ce n'est vraiment pas le moment, Musclor. Concentre-toi, nom de Dieu !

Il l'allongea très délicatement sur le sol et, saisissant son poignet entre son pouce et ses doigts, se concentra sur son pouls. Pas sur la taille aussi fine que celle d'un sablier et les hanches pleines que révélait son jean taille basse.

Houlà !

Ni sur la voluptueuse poitrine qui émergeait de l'encolure du bustier, visiblement conçu pour évoquer une guêpière.

Hmm !

Pas plus que sur le minuscule diamant qui étincelait juste en dessous des pans de sa chemise, relevée sur son ventre. Un grognement sourd remonta dans sa gorge et sa libido affamée envoya de fervents signaux à son entrejambe.

Oh, oui !

Il allait peut-être un peu vite en besogne. Ils n'avaient même pas eu le temps de se dire bonjour qu'il laissait déjà sa libido commander ses pensées. Cette femme avait perdu conscience, il était censé la ranimer, or il la dévorait des yeux sans rien faire.

Il s'empressa d'aller chercher un masque à oxygène et un stéthoscope dans l'ambulance, s'agenouilla à côté d'elle et ausculta ses poumons. Pas parfaitement dégagés, mais rien de sérieux.

Tout en pressant le masque à oxygène sur son visage, il se dit que les fonctions vitales de sa patiente étaient sans doute plus stables que les siennes. Soudain, une angoisse le saisit, formant un nœud dur et froid dans ses entrailles. Pourquoi ? Il aurait été incapable de le dire. Howard Paxton était infirmier diplômé, il avait accompli ce geste des centaines de fois et savait reconnaître une victime en danger de mort. Ce qui n'était absolument pas le cas de cette jeune femme.

Pourtant, il observa intensément son visage, guettant les signes indiquant qu'elle reprenait conscience. Ses longs cils dorés reposaient sur ses joues d'une pâleur de porcelaine, maculées de traînées de suie ici et là. Au-dessus de ses paupières, l'arc délicat des sourcils faisait ressortir son front haut et lisse. Il lui donnait quelques années de moins que lui. Jeune et jolie en dépit des salissures de son visage, elle n'avait rien d'une gamine.

Tanner, qui venait de boucler le périmètre de la maison, s'assurant que chacun était à son poste et que l'incendie était en passe d'être maîtrisé, arriva au pas de course.

— Comment va-t-elle ? demanda-t-il en repoussant son casque en arrière.

— Elle s'en sortira. Elle devrait reprendre conscience d'une seconde à l'autre.

Du moins l'espérait-il. Il serra les dents.

— Tu la connais ?

— Non. Une voisine ou une bonne âme de passage ?

Howard ne doutait pas d'en avoir bientôt le cœur net.

— La voiture garée dans l'allée lui appartient sans doute. La portière du conducteur est encore ouverte, fit remarquer Tanner.

Howard écarta les yeux de la déesse blonde, le temps de jeter un coup d'œil à la petite voiture rouge. Il ne pourrait jamais loger sa grande carcasse dans cette boîte à sardines. Il leva les yeux vers Tanner.

— Comment ça se passe dans la maison ?

— Ève et Tommy travaillent sur le premier étage. Au rez-de-chaussée, le feu est maîtrisé, mais les dégâts sont importants. Le chef et les véhicules des casernes 3 et 4 sont en route. Il va falloir demander l'intervention de la commission d'enquête sur ce coup-là, ajouta-t-il avec un sourire sombre.

La femme s'étira et Howard fronça les sourcils, son attention partagée entre elle et Tanner.

— Pourquoi ? Il y a du louche ?

— Du super louche, ouais. Ça pue l'incendie volontaire. Mais je…

Ce qu'il s'apprêtait à dire demeura à tout jamais perdu. Un de leurs coéquipiers venait de sortir sur le porche d'un pas chancelant. Il descendit les marches en titubant, s'efforçant d'arracher son masque d'intervention. *Tommy*. Howard n'eut pas besoin de voir le nom de Skyler en lettres fluorescentes au dos de sa veste pour savoir que c'était lui. Tommy était grand et large d'épaules, alors qu'Ève était nettement plus petite et plus mince.

— Skyler ! lança Sean. Qu'est-ce qui se passe ?

Tommy se libéra de son masque, se débarrassa d'un mouvement d'épaules de la réserve d'oxygène qu'il portait sur le dos et tomba à genoux dans l'herbe. Terrassé par des haut-le-cœur, il se plia en deux.

Sean se précipita vers lui et Julian en fit autant, abandonnant son poste au coin de la maison.

Un frisson d'inquiétude parcourut Howard. Skyler, terrassé par des haut-le-cœur ? Rien n'abattait ce garçon. Jamais. Brûlant d'envie de le rejoindre, il jeta un coup d'œil à la jeune femme blonde et découvrit qu'elle clignait des yeux. Un profond soulagement le submergea, contrebalançant l'urgence qui venait de surgir.

— Ça va, madame ?

Elle hésita, puis hocha la tête.

Il lui adressa un grand sourire destiné à la rassurer.

— Parfait ! Ce que vous portez est un masque à oxygène. Il vous permettra de vous rétablir plus vite. Vous pouvez le tenir comme ça une minute ? demanda-t-il en guidant sa main vers le masque.

Elle hocha à nouveau la tête et maintint le masque en place.

— Voilà, c'est parfait. Ne bougez pas, d'accord ? Je reviens tout de suite.

Abandonner un patient à son sort était strictement interdit, et Howard avait envie d'abandonner cette patiente-là moins que toute autre. Mais lorsqu'il rejoignit ses coéquipiers au bas des marches, il comprit que la situation avait pris une mauvaise tournure. Accroupi à côté de Tommy, Sean attendait visiblement qu'il soit en mesure de parler. Julian était avec eux, mais Ève n'était pas encore ressortie de la maison. Zack restait près du Quint, trop occupé à s'assurer du bon fonctionnement des pompes et des jauges pour se soucier d'eux.

Le casque de Tommy gisait dans l'herbe à quelques pas. Ses cheveux blonds étaient plaqués sur son crâne et les quelques mèches qui pendaient devant son visage dégoulinaient de sueur. Ses mains agrippant ses cuisses, il leva vers Howard ses yeux bleu pâle, écarquillés d'horreur.

— Lieutenant, murmura-t-il, la gorge nouée. Au premier… mon Dieu…

Howard échangea un regard soucieux avec Sean, puis posa une main sur l'épaule de Tommy.

— Du calme, petit. Prends ton temps, respire.

Sa présence semblait avoir un effet apaisant sur le jeune homme.

— Commençons par le commencement, reprit Howard après avoir laissé passer un moment. Ève va bien ?

— Oui. Le feu est maîtrisé. C'est elle qui m'a dit de sortir. Je sais que je n'aurais pas dû la laisser seule, lieutenant. Je suis désolé, mais c'était vraiment trop…

Il ferma les yeux, tremblant de tous ses membres.

— Je… n'ai jamais vu un truc pareil. Oh, mon Dieu…

Il ne faisait aucun doute que Tommy n'était pas dans son état normal pour laisser sa coéquipière derrière lui.

— Respire bien à fond. Qu'est-ce que tu as vu ?

— Un... un corps. Dans la chambre principale. Menotté au lit.

2

Un profond silence s'abattit sur le petit groupe. Howard fut le premier à se ressaisir.

— Un corps d'homme ou de femme ?

— Impossible à dire. Il est complètement carbonisé, il n'a plus de cheveux, la peau aussi boursouflée et fendillée qu'un cochon rôti…

— Je préviens la police, l'interrompit Sean.

Il se redressa et se dirigea vers le Quint, alors que le chef arrivait au volant d'un nouveau camion.

Julian gratifia Tommy d'un regard noir et jura à voix basse. Le jeune homme comprit aussitôt.

— Merde, marmonna-t-il en se redressant péniblement. Je n'ai pas pensé à la famille du capitaine. Comment ai-je pu oublier ?

— Je ne sais pas, répliqua Julian d'un ton sarcastique. Sans doute pour la même raison qui t'a fait oublier qu'on ne doit jamais se séparer de son binôme…

— Je suis désolé. J'irai lui parler tout à l'heure, déclara Tommy piteusement, le regard rivé sur ses bottes.

— Boucle-la un peu, Julian, intervint Howard. Tu as déjà pulvérisé le record des gaffes, cette semaine.

Roméo, comme ses coéquipiers surnommaient parfois Julian à cause de son physique de *latin lover,* se le tint pour dit.

— Ne t'en fais pas pour Sean, poursuivit Howard à l'intention de Tommy. Avec le boulot qu'il fait, il sait qu'il aura droit à de nombreux rappels de la façon dont sa famille est morte. Il ne t'en voudra pas.

D'une main tremblante, Tommy écarta ses cheveux trempés de sueur de son visage.

— Peut-être, mais je tiens quand même à m'excuser. J'aurais dû faire attention, je ne sais pas ce qui m'a pris.

Je suis vraiment leur père à tous, se dit Howard. Je n'aurai jamais d'enfants et Dieu a décidé de me coller ces types entre les pattes pour me contraindre à m'amender.

Un marché qui laissait à désirer. Howard avait beau avoir cinq ans de moins que Sean, il se faisait l'effet d'un vieux fossile. Ses coéquipiers ne pouvaient-ils pas régler leurs problèmes tout seuls ?

— Comme tu voudras. Mais ne te formalise pas s'il montre les dents, le mit-il en garde. Ses grognements ne seront pas dirigés contre toi. C'est mon meilleur ami et il refuse de m'en parler, alors…

Skyler répondit quelque chose qu'il n'entendit pas, car il avait tourné les yeux vers sa mystérieuse patiente. Depuis que le nouveau camion était arrivé, Zack Knight avait abandonné le Quint pour aider la jeune femme à s'asseoir. Il lui tenait la main et lui disait quelque chose qui l'incita à lever les yeux vers lui. Elle le gratifia d'un grand sourire, auquel Zack répondit.

Il n'avait toujours pas lâché sa main.

— Excusez-moi, marmonna-t-il à l'intention de Tommy et de Julian qui le regardèrent s'éloigner.

Il fonça vers le couple tel un radar détecteur de missiles à infrarouges, et le mantra qui lui garantissait de ne jamais perdre patience et d'aimer ses coéquipiers comme des frères devint soudain aussi efficace qu'une vieille chaussette. Des pensées violentes et irrationnelles s'emparèrent de son esprit, notamment l'idée de serrer le cou de cet intello de Zack jusqu'à ce que ses yeux jaillissent de ses orbites.

Un an d'abstinence sexuelle engendre parfois des effets secondaires surprenants.

Zack leva la tête à son approche et lui sourit de toutes ses dents.

— Ta patiente m'a l'air en pleine forme, Musclor. Je disais à Mlle McKenna qu…

— Va superviser le nettoyage de la maison.

À ce ton de commandement, le sourire de Zack se figea et il cligna des yeux derrière les verres de ses lunettes à monture d'acier.

— Mais ce n'est pas…

— … ton travail, je sais.

Howard soupira, se repentant déjà de lui avoir parlé ainsi. Knight était un membre de l'équipe de grande valeur. Il avait un QI de plus de 150 et jouissait de l'estime de tous. Tout le monde s'attendait à le voir passer capitaine un jour.

— Je viendrai te prêter main-forte quand j'en aurai terminé avec ma patiente. Le capitaine surveillera le camion à ta place, en attendant l'arrivée de la police.

— Pourquoi ? demanda Zack en fronçant les sourcils. Il y a un problème ?

— On a un cadavre à l'intérieur. Probablement un homicide. Complètement carbonisé.

Son regard croisa les grands yeux étonnés de Zack, qui comprit en une fraction de seconde l'effet qu'une telle découverte avait eu sur Sean. Ils échangèrent un regard entendu.

— J'ai vu Tommy sortir en catastrophe, dit Zack en secouant la tête. J'ai voulu aller voir ce qui se passait, mais je me suis d'abord arrêté pour vérifier l'état de la patiente. Je vais m'assurer que le feu est éteint. Inutile que le capitaine entre dans la maison.

— Merci, mec. Je te revaudrai ça.

— Oublie.

Zack tourna les talons et se dirigea vers la maison fumante. Pour faire mon boulot, se dit Howard avec une pointe de culpabilité qu'il s'empressa de refouler. Un tel manquement aux règles ne lui ressemblait pas, mais la femme qui s'était évanouie dans ses bras l'intriguait.

— Un cadavre ? glapit-elle en retrouvant subitement sa voix. Vous avez découvert un cadavre dans la maison de Joan et Greg ?

Howard contempla son visage en forme de cœur. Jolie plutôt que belle au sens classique du terme, décida-t-il. Rien à voir avec ces amazones au corps de marbre qui fréquentaient son club de fitness et qui s'acharnaient à faire fondre les rondeurs dont la nature les avait dotées.

Elle avait un visage doux, et la rondeur de ses joues s'harmonisait avec le reste de sa personne. Des lèvres pleines, invitant aux baisers, comme une fraise bien mûre qui ne demande qu'à être cueillie. Un vrai piège à célibataires sur pattes. Elle lui retournait son regard, attendant sa réponse.

— Oui, dit-il en se raclant les méninges pour trouver une réplique intelligente. Vous connaissez les gens qui habitent ici ?

— Joan et Greg Hargrave, répondit-elle en hochant la tête. Ils font une croisière avec mes parents qui habitent juste en face, lui apprit-elle en désignant du pouce une villa minuscule, derrière sa voiture. En leur absence, je relevais le courrier et j'arrosais les plantes. Quand je me suis garée devant chez mes parents, j'ai vu des flammes par la fenêtre et j'ai appelé les pompiers.

Le fait de parler avait dû irriter sa gorge. Elle s'interrompit, plaça une main devant sa bouche et toussa deux fois. Howard se pencha vers elle, inquiet, et prit instinctivement sa main dans la sienne.

— On a de l'eau dans le camion. Voulez-vous que je vous en apporte, mademoiselle McKenna ?

— Je veux bien, oui, acquiesça-t-elle avec un petit sourire hésitant.

Howard alla chercher une bouteille d'eau dans le Quint et revint auprès d'elle, battant son propre record de vitesse. Il dévissa le bouchon et la lui tendit sans la quitter du regard.

— Merci, vous êtes un ange.

Il couva d'un regard fasciné les mouvements de sa gorge quand elle renversa la tête en arrière pour boire à longs traits. Un ange, lui ? Une brute épaisse de deux mètres de haut qui accusait cent trente kilos de muscles sur la balance ?

Un ange. Une formule affectueuse qui ne voulait rien dire. Elle disait sûrement ça à tout le monde. Mais le ton sur lequel elle l'avait prononcé, chaleureux et haletant, comme si elle lui était sincèrement reconnaissante, déclencha une étrange réaction dans son ventre. Absurde.

Elle écarta la bouteille et s'essuya la bouche d'un revers de main.

— Kat.

— Pardon ?

— C'est comme ça qu'on m'appelle. En fait, c'est Katherine avec un K, mais mes amis m'appellent Kat. Mademoiselle McKenna, c'est réservé à mes élèves.

— Oh ! Excusez-moi. Kat, murmura-t-il pour tester son nom.

Il lui allait bien. Ses yeux verts accentuaient son côté félin, et Howard l'imagina en train de ronronner sous ses caresses.

— Je suis le lieutenant Howard Paxton. Vous pouvez m'appeler Howard.

Vous pouvez m'appeler comme vous en avez envie, du moment que vous me laissez vous renverser sur le dos et que vous écartez les cuisses...

— Mais pas Howie ? répliqua-t-elle avec un sourire qui fit apparaître deux adorables fossettes sur ses joues.

— Ah, ça non ! ricana-t-il. Le dernier qui m'a appelé comme ça s'est retrouvé avec la lèvre fendue.

— Il ne l'avait pas volé, ce trou du cul, intervint Julian en passant à côté d'eux, occupé à enrouler la lance du Quint.

— Eh ! C'était un accident ! Et puis, surveille un peu ton langage en présence d'une dame.

Kat gloussa.

— Vous laissez toujours vos hommes vous parler comme ça, Howie ?

Il haussa un sourcil et fit mine de se rembrunir, secrètement ravi qu'elle se sente suffisamment à l'aise avec lui pour le taquiner.

— Je constate que vous aimez vivre dangereusement, rétorqua-t-il. Je vous imagine très bien luttant contre un incendie avec un tuyau d'arrosage, par exemple...

— Je plaide coupable. Mais je ne pouvais pas rester plantée là comme une quiche, même si ce que j'ai fait n'a servi à rien.

— Comme une *quiche* ? Je n'avais pas entendu cette expression depuis l'école primaire. Vous êtes enseignante, si j'ai bien compris ?

— Oui, institutrice de cours préparatoire. Épargnez-moi vos commentaires sur le fait que je ne ressemble pas à une institutrice. Je ne comprends toujours pas ce que ça veut dire, mais j'y ai droit chaque fois que je révèle ma profession.

— Je suppose que ça veut dire que vous ne ressemblez pas à un vieux pruneau desséché en jupe longue qui affiche perpétuellement un air revêche parce que la vie est passée à côté d'elle sans la voir, répondit-il. C'est plutôt un compliment, non ?

— Ne me dites pas que votre maîtresse de cours préparatoire ressemblait au portrait que vous venez de faire ! s'exclama-t-elle avec un grand sourire.

— Si, elle était exactement comme ça. C'était une vraie peau de vache, paix à son âme bilieuse. Elle frappait les doigts des élèves qui ne l'écoutaient pas avec sa règle.

— J'avoue que, vu sous cet angle... Mais je trouve fatigant d'être perpétuellement jugée sur mon apparence, soupira-t-elle. Au premier regard, les gens décident que je n'ai pas une tête de diplômée de l'éducation.

Si quelqu'un avait l'habitude d'être jugé sur son apparence, c'était bien Howard, mais son expérience dans ce domaine était loin d'être négative. Surtout en ce qui concernait ses relations avec la gent féminine.

— Comment se fait-il que vous soyez venue chez vos parents à cette heure-ci ? s'enquit-il. Il est presque deux heures du matin.

— Je suis sortie avec des amis ce soir. Je n'avais pas eu le temps de passer dans le courant de la journée, et comme c'était sur ma route... expliqua-t-elle avant de sentir un frisson parcourir sa colonne vertébrale. Après avoir appelé les pompiers, j'ai cru entendre un hurlement. C'était assez angoissant, alors j'ai couru vers la maison. Mais quand j'ai entendu les sirènes dans le lointain, je me suis dit que j'avais dû me tromper.

— Vous avez une idée de l'identité de la personne qui est morte dans l'incendie ? Les Hargrave ont-ils des enfants, quelqu'un qui aurait pu utiliser leur maison pour donner rendez-vous à quelqu'un ?

— Leurs enfants sont grands et aucun d'eux n'est resté dans la région. Greg dit toujours que la maison est trop grande pour eux maintenant qu'ils sont partis, mais Joan refuse de vendre. Elle adore sa maison, précisa-t-elle tristement, mais je me demande si elle aura autant envie d'y rester maintenant...

Des doigts glacés frôlèrent la nuque de Howard pour la deuxième fois de la soirée. Il s'était passé quelque chose d'affreux dans cette maison, et si Kat était arrivée un peu plus tôt... Mon Dieu !

— Quelque chose ne va pas ? s'étonna Kat qui avait dû remarquer son changement d'expression.

— Je me demandais si vous aviez croisé quelqu'un en venant ici, que ce soit à pied ou en voiture ?

— Non, seulement un homme au volant d'un camion sombre... Mais attendez une minute ! Vous pensez que j'ai croisé l'assassin, c'est ça ? blêmit-elle en portant une main tremblante à ses lèvres.

— Je ne sais pas. Je ne suis pas de la police. Je pense que c'est possible, et que vous avez intérêt à leur dire tout ce dont vous vous souviendrez. Et à vous montrer extrêmement prudente. Une fois que la police aura recueilli votre témoignage, ne traînez pas dans les parages. Et faites-vous accompagner quand vous viendrez vous occuper de la maison de vos parents, d'accord ?

— D'accord, répondit-elle en écarquillant les yeux.

Il l'avait effrayée. Il faut dire qu'il avait réussi à s'effrayer lui-même. Mais, comme il avait coutume de dire, mieux vaut être paranoïaque que mort.

— Voilà justement la police qui arrive, dit-elle. Je crois que je ferais mieux d'aller les voir.

— Absolument, répliqua-t-il en jetant un coup d'œil au véhicule noir et blanc qui venait de se garer le long du trottoir.

Son cœur se serra à l'idée de la laisser partir.

— Vous vous sentez mieux ? Je ferais peut-être mieux de vous emmener à l'hôpital pour qu'ils examinent vos poumons...

— Oh, ce n'est pas la peine. Je vous assure que je me sens en pleine forme. Vous me donnez un coup de main ? s'enquit-elle en tendant le bras vers lui.

Howard se redressa et saisit sa main qui disparut entièrement dans son immense paluche. Quand elle fut sur ses pieds, il observa son visage, cherchant un prétexte pour la revoir, aussi lamentable soit-il, mais avant qu'il en ait trouvé un, Kat se laissa aller contre son torse et planta un baiser sur sa joue.

— Merci de m'avoir sauvé la vie.

Elle leva les doigts vers son visage pour l'effleurer, puis le contempla d'un air pensif, comme si elle s'apprêtait à prendre une décision importante.

— Au revoir, Howard.

Elle tourna les talons et traversa la pelouse en direction de l'officier de police rondouillard qui venait d'émerger de la voiture de patrouille. Howard la regarda s'éloigner sans un mot, planté comme un imbécile, le soldat qui se trouvait en dessous de sa ceinture au garde-à-vous. Sa peau le picotait à l'endroit où elle l'avait embrassé, et il sentit le sang lui monter aux oreilles. *Rappelle-la !*

Mais elle avait fait frire son cerveau et l'avait ensuite passé au mixeur. Ou alors il était incapable de communiquer avec une femme comme Kat. Une femme à la fois belle, intelligente et spirituelle. À cet instant précis, il aurait volontiers vendu son âme pour posséder ne serait-ce qu'une once de l'irrésistible charisme de Julian.

Tout à coup, Kat s'immobilisa et pivota sur elle-même.

— Oh ! Howard ?

— Oui ?

— Pour ton information... je suis dans l'annuaire !

Ayant balancé cette petite bombe, elle s'éloigna, ses hanches ondulant au rythme de ses pas, laissant Howard bouche bée. Un sourire étira lentement ses lèvres. Il lui avait plu ! Elle avait envie de le revoir ! Elle l'avait même *tutoyé* !

Derrière lui, un petit sifflement appréciateur se fit entendre.

— Chaud, chaud, chaud ! Un peu trop potelée à mon goût, mais quelle importance ? Je suis prêt à parier que cette blondinette n'a encore jamais goûté au plaisir sans pareil d'un amant latino avec du sang italien dans les veines. Le top du top de la sensualité !

Howard sentit sa poitrine se contracter.

— Essaye si tu veux, Julian, mais je serai alors contraint de t'écrabouiller comme l'irritant moucheron que tu es. Et ton agonie sera extrêmement douloureuse.

— Touché ! s'esclaffa Julian. Je commence à me demander si Howie n'est pas un vrai boute-en-train, finalement.

Howard ignora la pique. Des sensations qu'il croyait mortes depuis longtemps surgissaient en lui, éveillant ses sens comme s'il sortait d'un coma prolongé. Pour la première fois depuis une éternité, il se surprenait à espérer que l'aube du lendemain ne déboucherait pas sur une journée aussi solitaire et interminable que les autres. Un frisson d'excitation faisait bouillonner le sang dans ses veines à l'idée de revoir Kat.

Qui savait ce que lui réservait l'avenir ?

Malgré sa joie, le picotement de sa nuque ressurgit. Comme si un démon caché dans l'ombre baissait les yeux vers lui depuis les hauteurs. Comme si une présence menaçante tirait les ficelles et faisait danser le monde au rythme d'un air diabolique.

— Putain, je suis crevé, marmonna-t-il en se frottant les yeux.

Il avait besoin d'une phase ininterrompue de sommeil paisible. Les rêves de l'ange dont il venait de faire connaissance tiendraient peut-être ses cauchemars à distance, pour une fois.

Le halo rose que l'audacieuse proposition de Kat avait fait naître commençait à s'estomper, et la réalité reprenait ses droits de ses serres aiguisées.

Un homme ne peut pas vivre d'espoirs et de rêves. Se faire lacérer le cœur est effroyablement douloureux. Howard avait payé cette leçon au prix fort, il y avait bien longtemps de cela. Le plus solide des liens peut se révéler impuissant à retenir la personne qu'on aime, celle dont on dépend totalement.

Pourtant, le baiser spontané de Kat n'avait rien d'un rêve, et il avait eu sur les vieilles blessures qui le faisaient encore souffrir l'effet d'un baume apaisant.

Il laissa échapper un soupir de fatigue et rejoignit le reste de l'équipe. Lorsqu'on n'a pas fermé l'œil depuis vingt-quatre heures, on ne s'amuse pas à déterrer des souvenirs. Après quelques heures de sommeil, le monde retrouverait naturellement son axe de rotation.

Quant à cette démangeaison entre ses omoplates, c'était de l'histoire ancienne. Il avait trente-six ans, bon sang. Aucun démon ne rôdait dans l'ombre, attendant le moment de fondre sur lui pour le dévorer.

Uniquement des êtres de chair et de sang, morts et enterrés depuis longtemps.

Regardez-moi ces abrutis s'agiter comme des fourmis dont on vient de démolir la fourmilière. Luttant parmi les décombres. Ignorant qu'ils goûtent la première manifestation de mon pouvoir...

Frank sourit. C'était pourtant si simple. La vérité se trouvait juste sous leur nez. Ils allaient enquêter, prélever, analyser, photographier, autopsier. Tout ça pour trouver précisément ce qu'il voulait qu'ils trouvent. La vérité n'était pas une question de quoi ni de comment, mais de *pourquoi*. Oubliez les détails, mes enfants, considérez la scène comme un plan d'ensemble.

Ils finiraient par adopter un angle de vue plus large. Ils trouveraient des similitudes qu'il aurait la délicatesse de leur fournir. Il était le maître du jeu et ils étaient les pions qu'il déplaçait à sa guise. Les similitudes permettent de discerner un mobile. Alors les enchères montent et le jeu devient une course-poursuite échevelée jusqu'à la ligne d'arrivée. Celui qui la franchit le premier rafle le trophée.

Vengeance.

— Ce sera moi parce que c'est moi qui déciderai de son emplacement, ricana-t-il. Tu sauras qui je suis, espèce de sous-merde.

Les autres le sauraient aussi. Ils connaîtraient son nom. La victoire comporte toujours une part de risque. Il voulait, il tenait *impérativement* à ce qu'on sache qui avait entraîné toutes les casernes de pompiers de Sugarland dans cet enfer. *Qui* et *pourquoi*. Le besoin de ressentir le choc et l'horreur qui les saisiraient lorsqu'ils comprendraient que le maître du jeu les avait doublés en beauté, le tenaillait aussi férocement qu'un besoin d'héroïne.

— Mais *toi,* il faut que tu le découvres avant les autres.

Émoustillé par cette perspective, il remua dans sa cachette.

— Je vais serrer la vis jusqu'à ce que la pression te fasse craquer. Jusqu'à ce que tu t'agenouilles pour me supplier d'avoir pitié de toi. Et quand tu ramperas comme le bâtard que tu es, je t'arracherai le cœur.

Plissant les yeux, il regardait depuis un point de vue avantageux sa proie donner des ordres à son équipe. Un homme parmi les hommes. Le sous-estimer eût été une erreur grossière. Cette raclure était devenue quelqu'un d'extrêmement puissant. Ses coéquipiers étaient suspendus à ses lèvres et lui obéissaient au doigt et à l'œil. Raison de plus pour haïr le *lieutenant*.

Ils ignorent la vérité.

Se procurer un puissant fusil à lunette pour le dégommer eût été trop simple. Pas question.

Attention. Contiens ta rage. Joue le jeu.

D'autant qu'un nouveau pion venait d'apparaître sur l'échiquier : la femme.

La garce l'avait vu. Restait à savoir si elle serait en mesure de le reconnaître. Elle ferait forcément le lien entre l'incendie et l'homme au volant d'un camion noir qu'elle avait croisé au tournant de la rue déserte. Elle parlerait forcément à la police de cet inconnu qui n'avait rien à faire dans ce quartier paisible à cette heure indue.

Il devrait se débarrasser du camion. L'emmener dans un autre comté et l'échanger dans une de ces casses où personne ne vous demande rien, tant que la transaction s'effectue en espèces.

La colère lui fit serrer les dents. Il avait passé deux jours à surveiller les allées et venues des résidents avant de porter son choix sur cette maison déserte, et il avait fallu que cette petite femelle grassouillette déboule à l'improviste.

Il l'avait vue ramasser le courrier dans les boîtes aux lettres et accomplir les menues tâches qu'on confie à un parent ou un ami quand on part en vacances. Dix minutes par maison, montre en main. Autant planter un écriteau annonçant : *LES PROPRIOS SONT EN VACANCES !*

Le choix entre les deux maisons avait été vite fait. Comme souvent dans les vieilles demeures, les propriétaires avaient omis d'installer le moindre système d'alarme. Surprise, surprise, mes doux agneaux ! Le monde est rempli de méchants.

C'était tellement facile qu'il n'avait eu qu'à suivre la recette qu'il avait concoctée à la lettre. L'arrivée inopinée de cette femme n'avait été que le grain de sel qui manquait à sa préparation, finalement.

Il l'éliminerait, évidemment, mais rien ne pressait. Les étincelles qui s'étaient élevées entre la Belle et sa Bête avaient bien failli déclencher un nouvel incendie. Les femmes n'avaient décidément aucun goût en matière d'hommes, même lorsque c'étaient des traînées.

Elle n'en demeurait pas moins intéressante, et potentiellement utile. Si ces deux-là nouaient une relation, Frank y verrait un don du Ciel. La conquête du lieutenant serait le dernier outil qu'il utiliserait pour le détruire, son ultime vengeance. Le comble de l'ironie.

Je t'arracherai celle que tu chériras plus que tout au monde de la même façon que tu m'as arraché ce qui m'appartenait. Par Dieu, tu vas expier !

Il allait donc attendre et observer. Si l'attraction qu'ils ressentaient l'un pour l'autre n'était qu'un feu de paille, tant pis. Il s'en tiendrait au plan d'origine.

Howard Paxton regretterait d'être né avant de pousser son dernier soupir.

3

En temps normal, Kat préférait dormir toute nue. Là, dans l'intimité de sa chambre, à l'abri de sa couette, elle se sentait désirable. Féminine. Elle fermait les yeux, savourait la caresse des draps sur sa peau et se racontait des histoires. Les draps de coton qui la frôlaient devenaient la main d'un homme explorant délicatement son corps. Dans son fantasme, l'homme détestait les grandes femmes aussi minces que des top models. Ses rondeurs le rendaient fou et il chérissait son corps jusque dans les moindres détails.

Ce soir-là, cependant, elle se serait sentie vulnérable si elle s'était couchée toute nue.

Elle tremblait, malgré le pyjama qu'elle avait enfilé comme une armure destinée à la protéger du croquemitaine. C'était le contrecoup de son évanouissement.

Elle se glissa entre les draps avec un soupir d'aise et remua de façon à se créer un cocon bien tiède. Un refuge rassurant, aussi illusoire fût-il. Une longue douche chaude l'avait débarrassée de la sueur et de l'odeur de roussi, mais n'était pas parvenue à dissiper le nuage noir qui planait au-dessus de sa tête.

Elle ne cessait de penser à la personne – homme ou femme – qui avait trouvé la mort dans l'incendie. Périr par le feu. Quelle mort atroce – si tant est que la personne n'ait pas été assassinée avant. Dire que le responsable de cet acte se promenait en liberté !

Howard lui avait dit d'être extrêmement prudente. Un petit détail qu'elle avait omis de mentionner à ses parents quand ils l'avaient rappelée du bateau, suite au message qu'elle leur avait laissé. L'officier de police rondouillard, qui s'était révélé aussi original et spirituel qu'un parpaing, lui avait donné le même conseil. Et quelle avait été la brillante suggestion de ce représentant des forces de l'ordre ?

— Prenez un gros chien dressé à l'attaque.

Facile à dire. Ce ne serait évidemment pas Robocop qui paierait le chien, qui le sortirait et qui nettoierait la moquette sur laquelle il pisserait joyeusement s'il trouvait le temps long en son absence.

Non, un chien était hors de question. Un bel homme musclé, en revanche…

Hmm. D'autant que Howard ne pisserait pas sur la moquette, lui. Oh, il devait bien avoir des défauts. Tous les hommes en ont. Que n'aurait-elle pas donné pour les découvrir un à un…

— Lieutenant Howard Paxton, dit-elle à voix haute.

Un nom solide et rassurant, à l'image de celui qui le portait. Un gaillard qu'on n'avait pas envie d'irriter. Réservé, cependant. Presque timide, même, quand il s'était adressé à elle. Prévenant, sincèrement soucieux de son état. Mais ce qu'elle avait apprécié par-dessus tout, c'est qu'elle s'était sentie fragile et délicate auprès de lui. Une sensation délicieuse pour une femme « gaulée comme un matelas », pour reprendre la formulation de son dernier petit ami, Rod le Pourri.

Bon, d'accord, Howard était pompier. Un vrai héros en chair et en os. Traiter les gens auxquels il portait secours avec douceur faisait partie de son métier, voilà tout. Pourtant...

À quoi ressemblait-il dépouillé de sa grosse veste ignifugée, lorsque la visière de son casque ne dissimulait plus ses traits ciselés ? Kat ne savait même pas de quelle couleur étaient ses cheveux, ni la nuance exacte de ses yeux sombres.

De toute façon, l'alchimie entre les gens n'a rien à voir avec l'apparence, se consola-t-elle. Elle n'avait pas eu besoin de le dévorer des yeux pour qu'une délicieuse vibration parcoure son corps jusqu'à la pointe des pieds, tout simplement parce qu'elle se sentait bien auprès de lui et qu'elle aimait parler avec lui.

Aucun doute sur ce point. Howard possédait indéniablement cette mystérieuse aura de séduction. Ce truc viril, magique et indéfinissable qui plaît aux femmes au point de leur couper le souffle. Kat avait eu l'impression qu'il la reconnaissait à un niveau primitif, que s'établissait entre eux une sorte de connexion presque cosmique. Leur rencontre ne ressemblait à aucune de celles qu'elle avait faites jusqu'alors.

Et elle avait tout gâché en se comportant... comme une *blonde* caricaturale, alors qu'elle était justement tout sauf ça.

— Pour ton information... je suis dans l'annuaire !

Non, mais franchement... Quelle mouche t'a piquée, Katherine Frances ? Kat sentit son visage devenir brûlant au souvenir de cette pitoyable invite. S'il avait eu envie de la revoir, Howard aurait commencé par chercher son nom dans l'annuaire. Ce n'était pas la peine de le lui dire !

Connexion cosmique… tu parles ! Pauvre Howard. Il avait dû prendre ses jambes à son cou, trop heureux d'échapper à ses talons aiguilles aussi affûtés que des lames de rasoir.

Et maintenant, Kat se retrouvait toute seule à affronter encore plus de problèmes qu'elle n'en avait eu le matin même. De gros problèmes. Des problèmes du genre gros-monstre-poilu-caché-sous-le-lit. Elle avait tout bonnement *les chocottes* !

Ses parents ne devaient surtout pas savoir qu'elle avait peut-être croisé un assassin pyromane. Sa sœur, Grace, supporterait de l'apprendre, mais son père avait le cœur trop fragile pour encaisser une nouvelle aussi épouvantable. C'étaient ses problèmes cardiaques qui l'avaient contraint à déserter son cabinet d'avocat pour entreprendre une croisière de tout repos avec ses amis. Kat allait devoir mentir à ses parents, et elle avait horreur de ça. Elle n'avait jamais su mentir, et aux trois personnes qu'elle aimait le plus au monde moins qu'à quiconque.

— En bref, c'est la cata ! dit-elle en s'enfouissant plus profondément sous les couvertures.

Ses paupières pourtant lourdes de sommeil n'acceptèrent de se fermer, vaincues, qu'à l'apparition des lignes orangées sur la moquette que l'aurore répandait chaque matin à la même heure à travers les volets. Tandis qu'elle sombrait dans l'inconscience, la vision d'un homme immense, exsudant la testostérone par tous les pores de la peau, envahit son esprit. Il la soulevait dans ses bras aussi aisément qu'une plume, sans se coincer les vertèbres.

Kat sourit contre son oreiller. Le pompier prodigieux utilisait pour la ranimer des méthodes délicieusement décadentes, dont on trouve parfois la description entre les pages d'un roman d'amour érotique.

Pour la première fois depuis de nombreux mois, ses fantasmes se révélèrent insuffisants à la satisfaire.

Avant de s'endormir complètement, elle se dit qu'elle était peut-être – peut-être – prête à tenter de nouveau sa chance dans le monde réel.

Il aimait le potager la nuit.

Pas de cris. Pas de coups.

C'était sa forêt magique et la fée le protégeait du méchant troll. Elle agitait sa baguette magique et plus personne ne pouvait y pénétrer.

Il aimait se cacher dans le potager. Derrière les plants de maïs et de tomates, surtout. C'étaient les plus hauts, même s'ils étaient un peu chétifs. Mais ils faisaient l'affaire ; lui aussi était chétif.

Pourtant il serait grand, un jour. Plus grand que les plants de maïs et de tomates. Plus grand que sa maison minable !

Quand il serait grand comme ça, papa ne pourrait plus jamais le frapper.

Il aimait sentir la terre entre ses orteils. Douce et fraîche. Il les enfouit plus profondément dans le sol avec le secret espoir de tomber sur un ver de terre.

Il effleura du doigt une feuille argentée, sourit aux vrilles qui s'entortillaient et aux légumes rebondis. Y aurait-il des tomates bien juteuses en abondance cette année ? Ce serait bien. Maman faisait de la sauce avec, de la sauce pour les spaghettis.

Des voix criardes, chargées de colère, parvinrent à ses oreilles.

Qui était dans son jardin ? Le charme de la baguette magique n'avait pas opéré !

Un coup assourdi. Un très vilain gros mot.

Il s'immobilisa, scruta l'obscurité au bout de la rangée de tomates, le cœur battant à tout rompre dans sa petite cage thoracique. Un rayon de lumière électrique balayait le potager de droite à gauche, cherchant quelque chose. Instinctivement, il quitta l'allée et se faufila entre les plants.

La lueur de la torche électrique lui permit de distinguer une paire de jambes et...

Ses yeux s'écarquillèrent. La frayeur qui le saisit à la gorge l'empêcha de crier.

Il recula. Trébucha et tomba sur les fesses. D'un bond, il se redressa et se mit à courir.

Non ! Va-t'en !

Non, non, non...

Howard se réveilla en sursaut, haletant, et contempla le plafond de sa chambre. La tempête qui faisait rage dans son cerveau s'apaisa tandis que la terreur de son rêve s'éloignait.

— Bon sang, râla-t-il. Qu'est-ce que ça veut dire ?

D'une main tremblante, il essuya le filet de sueur qui coulait sur son front et secoua la tête pour chasser les restes de frayeur qui adhéraient encore à ses pensées. Attendit que les battements de son cœur ralentissent. Une fois de plus.

Cela faisait plusieurs mois que son esprit projetait chaque nuit ce film étrange et inquiétant dans sa tête, interrompant son sommeil, affectant ses nerfs bien plus qu'il n'avait envie de le reconnaître. Il n'avait pas la moindre idée de la signification de ce rêve qui virait invariablement au cauchemar, si ce n'est qu'il contenait des bribes éparses de souvenirs d'enfance.

S'il acceptait de regarder les choses en face, son cauchemar n'était donc pas qu'une suite décousue d'images dépourvues de sens. Il avait vraiment été victime de maltraitance, et le potager de sa mère avait bel et bien existé. Son refuge. Il conservait le vague souvenir d'avoir aimé les plantes, l'odeur de la terre fraîchement retournée.

Ce jardin était un des deux souvenirs positifs qu'il gardait de son premier foyer, de la maison qu'il avait partagée avec ses parents biologiques. L'autre était l'amour que sa mère avait eu pour lui, avant de s'enfuir vers une destination inconnue, l'abandonnant aux mains d'un homme violent. Mais pas pour longtemps. Son père était mort et enterré depuis plus de trente ans. Grâce à Dieu, Bentley et Georgeanne Mitchell avaient recueilli le garçonnet à demi mort qu'il était alors, et l'avaient sauvé d'une existence infernale.

Mais en ce qui concernait la terreur de son cauchemar récurrent... Il n'avait jamais parlé de cette agression à personne. Bentley et Georgie auraient compris et auraient cherché à l'aider, mais il ne voulait pas leur causer de soucis. Pas plus qu'il n'avait eu envie d'en parler à Sean. Le pauvre avait déjà assez de mal à survivre à l'horreur bien réelle de sa propre vie : il n'avait pas besoin de gérer la lente dérive vers la folie de son meilleur ami.

Howard se retourna sur le côté avec un grognement et jeta un coup d'œil au réveil électronique sur sa table de chevet. Quatorze heures trente ? Quel gâchis, un si beau dimanche. D'un autre côté, il avait réussi à dormir six heures d'affilée avant ce réveil brutal.

Il se dégagea des draps entortillés, sortit du lit et se dirigea vers la cuisine pour allumer la cafetière électrique. Quelle que soit l'heure, il avait besoin de sa dose de caféine pour avoir les idées claires. Ce sombre élixir de vie était le pire de ses vices.

Pendant que le café passait, il gagna la salle de bains pour se doucher et se raser. Vingt minutes plus tard, vêtu d'un jean et d'un T-shirt noir, il sirotait son café à la table de la cuisine.

Tout en guignant du coin de l'œil le téléphone posé sur le comptoir. Appeler ou ne pas appeler? Son ventre se noua. Il était aussi peu doué pour gérer les débuts d'une rencontre que pour entretenir une relation durable. Un fiasco qui s'expliquait sans doute par la façon dont il choisissait ses partenaires. La plupart des femmes avec qui il était sorti ces dernières années ne s'intéressaient qu'à ses performances sexuelles, et dès que l'une d'entre elles s'était avisée de laisser traîner sa brosse à dents chez lui, il s'était empressé de rompre. Pour dire les choses crûment, il avait toujours laissé à son sexe le soin de choisir ses partenaires. Howard avait de gros besoins dans ce domaine et il ne pouvait pas se refaire.

À la longue, cependant, ces histoires sans lendemain avaient fini par déclencher en lui un sentiment de solitude et de profonde amertume. Quant à laisser son bonheur dépendre d'une femme avec qui il s'impliquerait émotionnellement… Il suffisait qu'il y pense pour qu'une boule de nausée froide et graisseuse se forme dans son ventre.

Résultat ? Depuis un an, il s'abstenait de toute relation sexuelle et s'efforçait vainement de trouver une solution à son problème. Julian, incrédule, l'avait traité de fou. Quel célibataire endurci s'acharne à réparer quelque chose qui n'est même pas cassé ? Julian n'avait peut-être pas tort, pour une fois.

Howard en était arrivé au point où il ne se supportait plus. Sa rencontre avec Kat la nuit précédente avait marqué le point de rupture. Elle était drôle, intelligente, belle, sensuelle et, sauf erreur de sa part… il lui plaisait. Elle lui avait carrément suggéré de partager avec elle une aventure qu'il pressentait inoubliable. Le simple fait d'imaginer les différentes façons dont il lui ferait l'amour suffit à faire durcir son sexe, qui pressa douloureusement contre la fermeture de son jean. Pourquoi lutter contre le désir ?

Il s'approcha du comptoir et faillit faire sortir le tiroir de ses rails lorsqu'il l'ouvrit vigoureusement pour y prendre l'annuaire. Il le feuilleta rapidement et l'ouvrit à la page des M.

— McKenna... Katherine ! La voilà !

Il composa le numéro et attendit, les nerfs en pelote. Il n'avait pas l'habitude d'être celui qui sollicite les faveurs de l'autre. Il s'était peut-être mépris ? Il avait peut-être mal interprété les signaux qu'elle lui...

— Allô ? s'enquit une voix ensommeillée.

Il l'avait réveillée !

— Euh... Kat ?

Un temps.

— Oui ?

— Howard Paxton. De la nuit dernière.

— Oh !

Un froissement d'étoffe.

— Howard ! Salut, comment ça va depuis hier ?

Il ferma les yeux, réprimant de justesse un gémissement de soulagement.

— Je me demandais, enfin, je me suis dit que ça pourrait te plaire de...

— Complètement !

Il rouvrit brusquement les yeux.

— Euh...

— Désolée, s'esclaffa-t-elle d'un ton guilleret et parfaitement réveillé qui démentait son propos. J'imagine que je devrais d'abord te laisser finir. Qu'est-ce que tu voulais me proposer ?

Euh, qu'est-ce que tu dirais de prendre mon sexe dans ta bouche pour me faire jouir jusqu'à ce que je ressemble à un vieux sac en plastique tout fripé ?

Il s'éclaircit la gorge.

— Je m'étais dit que je pourrais passer te prendre pour aller vérifier que tout va bien chez tes parents, avant d'aller manger un morceau quelque part. Un petit resto sympa, sans chichi, quoi.

— Génial ! À quelle heure ?

Le sourire de Kat illumina la cuisine de Howard à travers le téléphone.

— Je passe te chercher dans une demi-heure.

— Mais je suis encore au lit !

— Tant mieux.

— Quoi ?

— Rien. Dans une demi-heure. Pour ce qu'on a à faire, il te suffit d'enfiler un jean et un T-shirt. Et laisse tomber le maquillage !

— Lieutenant Paxton, vous êtes un affreux démon, roucoula-t-elle. Quand la créature des marais répondra à ton coup de sonnette, tu n'auras pas le droit de te plaindre ! Cette épreuve me permettra de tester ta résistance aux chocs violents.

Ses taquineries lui firent chaud au cœur.

— Je suis solide comme le roc, mademoiselle McKenna. À l'épreuve des balles.

— C'est ce que nous verrons, monsieur le vantard. Je t'explique le chemin, peut-être ?

— Avec plaisir.

Il tâtonna pour trouver de quoi écrire et griffonna les indications qu'elle lui donna.

— C'est noté !

— Dans trente minutes, je saurai de quel bois tu es fait ! À tout à l'heure, Howard !

Il raccrocha, poussa un cri de victoire et boxa l'air de ses poings. Oui, il se comportait comme un adolescent boutonneux qui vient de décrocher son premier rencard, et alors ? Parler cinq minutes avec Kat lui avait fait un bien fou.

Souriant comme un bienheureux, il réalisa qu'il ne s'était jamais senti aussi impatient à l'idée de passer la journée avec une femme.

On se calme, garçon.

Il attrapa sa veste en jean sur l'accoudoir du canapé et l'enfila. En traversant la cuisine, il ramassa son trousseau de clefs et se dirigea vers la porte donnant sur le garage. Sa Ford et son énorme Harley étaient garées côte à côte.

— Tiens, tiens, tiens... Moi aussi, je vais savoir de quel bois tu es faite, déclara-t-il en enfourchant la Harley.

Il tourna la clef de contact, et le vrombissement du moteur s'éleva tandis qu'il déclenchait l'ouverture de la porte du garage et enfilait son casque.

Oups ! Il ne fallait pas qu'il oublie le deuxième casque.

Il remit pied à terre et alla pêcher le casque qu'il avait acheté à l'intention de sa dernière copine en date, en espérant que Kat ne le prendrait pas mal. Comment expliquer qu'on a justement un casque conçu pour une femme qui traîne dans ses affaires sans mentionner une ex ?

Il le fixa à l'arrière, se remit en selle et sortit. Tandis qu'il descendait prudemment l'allée, il jeta un coup d'œil en direction de la porte d'entrée. Un frémissement de papier attira son attention et il ralentit, relevant la visière de son casque.

Une enveloppe blanche de format standard était coincée entre la moustiquaire et la porte, à hauteur d'homme. Un message de la part d'un de ses coéquipiers ? Non, ils utilisaient toujours le téléphone. La présence de cette enveloppe avait quelque chose d'incongru. La personne qui l'avait glissée là aurait pu sonner à la porte et lui parler directement.

Il s'arrêta. Hésita à descendre de moto pour aller prendre l'enveloppe, puis renonça.

Non. Qu'il s'agisse d'une affaire personnelle ou professionnelle, les gens qui comptaient pour lui savaient comment le joindre. Cette enveloppe attendrait. Il avait plus urgent à faire.

Impressionner favorablement une jeune femme qu'il avait rencontrée la veille, par exemple.

Il rabaissa sa visière en souriant, ouvrit le portail et mit les gaz. Quand il s'approcha du bout de la rue, le coup d'œil machinal qu'il lança à son rétroviseur le fit sursauter. Il lui avait semblé apercevoir une silhouette à l'ombre du grand chêne qui trônait au milieu de la pelouse, devant chez lui.

Parvenu au stop, il freina et tourna la tête.

Incendie, meurtre, manque de sommeil, privation sexuelle, enveloppe mystérieuse et maintenant hallucination. Il n'y avait absolument personne sous cet arbre, mais...

Son mauvais pressentiment ressurgit.

Il eut subitement l'impression d'être ligoté sur le siège avant d'une voiture qu'une présence invisible poussait vers un précipice. Que sa vie échappait à son contrôle et qu'un fantôme menait la barque.

Mais il se ressaisit. Il n'avait plus rien de la petite souris affamée et maltraitée qu'il avait été dans l'enfance. Désormais, l'abruti qui voudrait en découdre avec lui se ferait proprement remonter les bretelles. Tu me cherches, tu me trouves. Telle était sa devise.

Kat rabattit les couvertures, bondit du lit et fonça droit sur son armoire. Une demi-heure ! Howard était-il si pressé de la revoir qu'il ne pouvait même pas attendre qu'elle soit à peu près présentable ? À moins qu'une demi-heure apparaisse comme une éternité aux yeux d'un homme habitué à défoncer une porte en trente secondes ou à prendre en un clin d'œil des décisions permettant de sauver des vies humaines.

Tout en passant ses jeans en revue, elle se dit que cette dernière explication correspondait à ce qu'elle avait perçu de la personnalité du lieutenant. Il ne lui avait pas fait l'effet d'un homme pressé, mais plutôt solide comme le roc. Maître de lui. Quelqu'un qui se fixait un objectif, mettait tout en œuvre pour l'atteindre et ne s'en laissait jamais détourner.

En tant qu'enseignante, elle était amenée à perpétuellement s'adapter au caractère des élèves, des parents et du personnel administratif, et elle estimait qu'au bout de cinq ans de carrière, elle possédait un certain talent pour juger de la personnalité des gens. Son instinct lui soufflait que Howard était le genre d'homme qui n'a rien à cacher.

Et ce qu'il donnait à voir lui plaisait beaucoup.

L'excitation s'empara d'elle et une sorte de bulle tremblotante se forma dans son ventre. Cet homme se révélerait peut-être aussi répugnant qu'un crapaud et son excitation céderait peut-être la place à des aigreurs d'estomac, mais c'est le risque à courir quand on fait la connaissance de quelqu'un, et son petit doigt lui disait qu'avec Howard, le jeu en valait la chandelle.

Elle mordilla ses lèvres, indécise, et sélectionna finalement un vieux jean dans lequel elle se sentait à l'aise. Délavé sans être usé jusqu'à la trame, il mettait sa silhouette en valeur. Elle décrocha ensuite un T-shirt moulant vert vif et le plaça devant elle pour juger de l'effet. Avec son logo ailé d'Aerosmith imprimé en noir en travers de la poitrine, c'était un de ses préférés, et il faisait joliment ressortir la couleur de ses yeux.

Il offrait également l'avantage de galber sa généreuse poitrine. Les petites ailes donnaient l'impression que ses seins étaient sur le point de prendre leur envol, tels des ballons gonflés à l'hélium. Rod avait détesté ce T-shirt. Ce qui lui avait surtout déplu, en fait, c'étaient les regards qu'elle attirait immanquablement quand elle le portait. Des regards qui ne s'intéressaient absolument pas à son visage.

Les quelques mois au cours desquels elle était sortie avec Rod lui avaient douloureusement ouvert les yeux. Lorsqu'elle avait fait sa connaissance, Kat n'avait jamais fréquenté d'autres hommes que ceux de sa famille. Des hommes qui chérissaient leurs épouses, les comblaient de prévenances et de compliments. Les premiers temps, Rod ne lui avait montré que son côté charmeur.

Mais petit à petit, il s'était mis à émettre des suggestions « amicales » sur sa façon de s'habiller.

— Tu portes des vêtements trop moulants, Katherine. Tu sais que je t'aime, ma puce, mais avec ton physique, le taille basse et le piercing au nombril, mieux vaut éviter.

Kat n'avait pas osé riposter, et les suggestions avaient été rapidement remplacées par des critiques beaucoup plus directes. Cette perpétuelle désapprobation avait fini par entamer sa confiance en elle – sans l'ébranler pour autant. Grâce à ses parents et à sa sœur, il en fallait plus que ça pour la déstabiliser. Rod avait fini par lui sortir par les yeux et elle l'avait plaqué sans le moindre regret.

Un sourire espiègle flottant sur les lèvres, elle posa ses vêtements sur son lit.

— Le lieutenant préfère le look naturel ? Tant mieux !

Elle retira son pyjama en sifflotant, s'habilla en vitesse, optant pour des tennis confortables, puis passa dans sa minuscule salle de bains pour dompter sa crinière, décida de laisser ses cheveux lâchés et se brossa les dents. Une fois sa toilette terminée, le reflet qu'elle aperçut dans le miroir lui tira une grimace.

Le look naturel a quand même ses limites, et les cernes que l'inhalation de fumée avait fait apparaître sous ses yeux devaient impérativement disparaître. S'emparant de son tube d'anticerne tel Arthur brandissant Excalibur, elle appliqua le produit miracle par tapotements légers. Voilà, comme ça, c'était parfait. Enfin presque. Disons qu'elle faisait un peu moins peur. Elle poussa la tricherie jusqu'à appliquer un léger nuage de blush sur ses pommettes, histoire de ne pas accueillir le lieutenant avec une tête de déterrée.

Ceci fait, Kat ouvrit l'armoire à pharmacie pour y prendre un flacon de collyre. Elle avait légèrement mal à la gorge, et ses yeux injectés de sang piquaient encore terriblement. Elle laissa tomber quelques gouttes dans chaque œil et battit des cils pour chasser l'excédent, tandis que les mots qu'avait prononcés Howard tournaient en boucle dans sa tête. *Un cadavre. Complètement carbonisé.* Kat frissonna au souvenir des flammes s'élevant au beau milieu du salon. Un incendie criminel. Mon Dieu, dire qu'il s'en était fallu d'un cheveu pour qu'elle tombe sur l'assassin. Qui pouvait faire une chose pareille, et pourquoi ? Elle espérait que la police le pincerait rapidement, mais malheureusement, il était fort possible que cette affaire reste un mystère.

Elle s'efforça de ranger ces déplaisantes pensées dans un coin de sa tête, passa au salon et se laissa tomber sur le canapé pour attendre le lieutenant. Le quart d'heure qui se profilait lui apparaissait déjà comme une éternité. Feuilleter le dernier numéro de *People magazine* pour admirer George Clooney ne fit qu'aggraver son excitation et ne détourna pas ses pensées de Howard.

Avait-il réellement les épaules aussi larges que celles d'un joueur de football américain, ou le drame de la veille lui avait-il fait voir son sauveur plus grand qu'il ne l'était en réalité ?

— Aucun homme n'est parfait. Pas même toi, George, soupira-t-elle en reposant le magazine sur la table basse.

D'après son expérience limitée, Dieu avait le don de contrebalancer ses bienfaits avec beaucoup d'humour. Howard souffrait sans doute de gingivite. Ou de flatulences. Il avait peut-être les narines poilues, le pénis aussi fin qu'un crayon surmonté d'un gland minuscule...

Un vrombissement lointain interrompit ses effroyables prédictions. Un grondement de tonnerre qui enflait au fur et à mesure qu'il se rapprochait. Elle pencha la tête sur le côté et chercha à identifier le bruit. Une moto. Aucun de ses voisins n'en possédait. La moto s'arrêta devant sa porte, et le ronflement du moteur cessa. Le cœur de Kat bondit dans sa poitrine quand des pas lourds remontèrent l'allée. Hésitèrent.

Elle se leva et se dirigeait déjà vers la porte lorsqu'on frappa discrètement. Le coup d'œil qu'elle jeta au judas lui permit seulement de distinguer un torse immense, qui ne laissait aucun doute sur l'identité du visiteur. Elle inspira à fond pour maîtriser ses nerfs, tourna le verrou et fit un pas en arrière. Ouvrit tout grand la porte.

Et oublia de respirer.

Oh, Mon Dieu.

Le plus sublime de tous les spécimens virils se tenait devant elle, la dominant de son imposante stature. Un T-shirt noir moulait des pectoraux et des abdominaux de rêve, mais une maudite veste en jean l'empêchait de jouir complètement de la vue. Son regard appréciateur glissa le long de jambes qui n'en finissaient pas, gainées dans un jean qui tombait parfaitement depuis ses hanches et enserrait comme un gant le renflement de son entrejambe.

Le mot « minuscule » ne lui viendrait plus jamais à l'esprit quand elle évoquerait l'anatomie de Howard Paxton.

— Je peux entrer ?

Mmm. Et cette voix… Grave et sensuelle, elle évoquait irrésistiblement un verre de whisky et un lit défait par une chaude soirée d'été. L'imagination de Kat n'avait donc pas plus déformé son apparence que le son de sa voix. Elle leva les yeux en battant des cils sur son invité qui la gratifia d'un sourire hésitant. Gênée d'avoir été surprise en flagrant délit de concupiscence, elle s'écarta et s'efforça de l'accueillir avec plus de légèreté.

— Bien sûr, entre, répondit-elle en joignant le geste à la parole. Tu veux boire quelque chose ? J'ai de l'eau ou du soda. De la bière aussi, je…

— Non, je te remercie. J'ai bu un café juste avant de venir.

— En plein après-midi ? Je croyais que l'ingestion massive de caféine était l'apanage exclusif de la police, le taquina-t-elle en refermant la porte derrière lui.

Howard salua sa plaisanterie d'un rire chaleureux, et Kat sentit son cœur rebondir comme une balle de ping-pong entre ses côtes. Il souriait de toutes ses dents et sa denture impeccable illuminait les traits rudes de son beau visage. Une pâle et fine cicatrice courait depuis sa tempe jusqu'à sa joue, et son nez qui avait visiblement été cassé plus d'une fois l'empêchait d'être trop parfait, ce qui n'était pas plus mal. Il avait les plus grands et les plus beaux yeux couleur chocolat que Kat ait jamais vus, bordés de longs cils à faire blêmir d'envie toutes les femmes. Ses cheveux châtains dont les pointes décolorées viraient au blond platine, étaient coupés court et formaient sur sa tête un ravissant désordre.

Si elle n'avait pas déjà su qu'il était pompier, Kat l'aurait cru tout droit sorti d'un film d'action exsudant la testostérone du genre *Fast & Furious*. Howard était, et de loin, le plus bel homme qu'elle ait eu l'occasion de contempler.

— Certainement pas, répliqua-t-il. Les gens ne réalisent pas toujours que les pompiers interviennent dans le même genre d'incidents que la police. Accidents de la route, bagarres, sauvetages... La liste est infinie. Après l'incendie doublé d'un homicide de cette nuit, notre équipe a reçu trois autres appels. Quand j'ai terminé mon service à sept heures du matin, j'avais les fesses qui traînaient par terre.

Du calme, mesdames, on ne pousse pas ! songea-t-elle. Je jugerai personnellement du cas sur pièce et vous transmettrai mes commentaires...

Kat secoua la tête et reporta son attention qui avait fâcheusement dévié vers le postérieur de Howard sur le fil de la conversation.

— D'où un réveil tardif suivi d'une violente envie de café, si j'ai bien compris ?

— Absolument. Je suis caféino-dépendant. C'est mon plus grand vice.

Kat haussa un sourcil incrédule. Le café, le pire vice d'un homme taillé pour assumer au moins sept péchés capitaux ? Mais avant qu'elle ait eu le temps de formuler ses pensées, elle remarqua soudain que Howard gardait une main derrière son dos.

— Qu'est-ce que vous cachez là, lieutenant ? Une arme ?

— Non, rien d'aussi excitant. Ce n'est que cela, dit-il en brandissant devant elle ce qu'il dissimulait.

Un adorable petit bouquet rond surgit sous son nez. Il était composé de pâquerettes, d'œillets, de roses et de ces minuscules fleurs violettes aussi délicates que le souffle d'un bébé. Le papier cellophane qui l'enveloppait était noué autour des tiges humides, et l'étiquette qu'il avait oublié de retirer révélait qu'il avait payé le bouquet sept dollars et quatre-vingt-dix-neuf cents à l'épicerie du coin.

Kat fondit instantanément.

— Oh, Howard ! s'exclama-t-elle en le prenant pour en respirer le parfum. J'adore les fleurs. Merci.

Elle ne réalisa pas qu'il guettait sa réaction avec l'expression anxieuse d'un gamin dévoré d'inquiétude. Un sourire de soulagement avait déjà remplacé son expression tendue lorsqu'elle releva les yeux sur lui.

— Il n'y a pas de quoi. Tu mériterais bien plus qu'un petit bouquet de fleurs après ce que tu as subi, mais quand je les ai vues, j'ai tout de suite pensé à toi. Comment te sens-tu, aujourd'hui ?

Howard se souciait réellement de son état de santé et avait voulu ensoleiller sa journée. Kat chercha dans ses souvenirs si quelqu'un d'autre que ses parents avait jamais fait cela pour elle, mais rien ne lui revint. Quel homme charmant et attentionné !

Il avait forcément un défaut.

Chassant cette pensée peu charitable de son esprit, elle se hissa sur la pointe des pieds et planta un baiser sur sa joue. Mmm. Il sentait merveilleusement bon. L'effluve de son eau de Cologne évoquait le bois de cèdre et l'air frais. Un parfum très viril, qui lui donna envie de s'emparer de sa bouche afin de découvrir s'il avait aussi bon goût qu'il sentait bon.

Elle s'en tint cependant à ce petit baiser.

— J'ai un léger mal de gorge, mais autrement, ça va. Et des fleurs guérissent une femme de tous les maux. Je vais les mettre dans l'eau avant qu'on se mette en route.

Elle se dirigea vers la cuisine, posa les fleurs sur le comptoir et chercha un vase sous l'évier.

— Où allons-nous, au fait ?

Howard, qui l'avait suivie, laissa aller son épaule contre l'encadrement de la porte.

— Si tu veux faire un saut chez tes parents, on peut commencer par là. Je préfère que tu n'y ailles pas toute seule.

— J'avais l'intention de le faire, mais mon père m'a appelée pour me dire que ce n'était pas la peine, vu qu'on est dimanche et qu'il n'y a pas de courrier. Joan et Greg ont pris l'avion d'urgence dès qu'ils ont accosté à Porto Rico. Ils arriveront ce soir et s'installeront chez mes parents, le temps de réparer les dégâts de leur maison.

Elle attrapa une paire de ciseaux et entreprit de couper le lien du papier cellophane.

— J'ai néanmoins l'impression que ce n'est pas pour cette raison que mon père m'a déconseillé de passer chez eux. Je ne lui ai pas dit que j'avais failli croiser l'assassin, mais je crois qu'il s'en doute. Leur vieux radar parental les aura sans doute alertés, ma mère et lui.

— Je comprends cela. Bentley et Georgie me couvent complètement, eux aussi. Quand j'étais petit, il suffisait que j'éternue pour qu'ils m'emmènent à l'hôpital.

Intriguée, Kat lui lança un coup d'œil interrogateur. Une ombre étrange était passée sur son visage, comme un voile de tristesse.

— Ce sont tes parents ? demanda-t-elle en arrangeant les fleurs dans le vase.

— Mes parents adoptifs. Ils m'ont recueilli quand j'avais quatre ans. Bentley Mitchell est le chef des pompiers de Sugarland, et donc mon patron.

Kat trouva étrange que Howard appelle ses parents par leurs prénoms alors que le ton de sa voix se chargeait de tendresse et de fierté lorsqu'il parlait d'eux. Elle n'était pas experte en la matière, mais elle avait remarqué que les enfants adoptés ont souvent tendance à appeler leurs nouveaux parents papa et maman. Une fois remis du traumatisme qu'ils ont subi, bien sûr.

— Tu dois beaucoup les aimer, avança-t-elle d'un ton prudent en mettant de l'eau dans le vase.

— Plus que tout au monde.

Il cligna des yeux, s'éclaircit la gorge, puis plaqua un sourire engageant sur ses lèvres.

— Prête ?

— Pour aller où ? répliqua-t-elle en s'essuyant les mains.

— Surprise ! Tu n'as pas peur de rouler en moto ?

— Je te rappelle que j'enseigne à des enfants de six ans. Il en faut plus qu'une grosse cylindrée pour m'effrayer, lieutenant.

Les coins de ses lèvres se relevèrent et son regard moka brilla d'approbation.

— Une femme selon mon cœur. J'ai apporté un casque pour toi. Il ne te reste plus qu'à enfiler une veste, et on y va.

Kat déposa le vase au centre de la table ronde de la salle à manger et trouva que les fleurs apportaient la touche de gaieté qui manquait à la pièce. Elle attrapa ensuite son coupe-vent bleu sur le dossier d'une chaise, son sac à main et ses clefs.

— Voilà, je suis prête.

— Tu n'auras pas vraiment besoin de sac à main, là où nous allons.

Kat haussa les sourcils.

— Tu n'as pas dû souvent sortir avec une femme, toi. Je me trompe ?

Les pouces calés dans les poches, Howard baissa brièvement la tête, puis releva les yeux vers elle, un sourire timide flottant sur ses lèvres.

— Pas très souvent, non, j'avoue.

Bonne réponse, même si c'était un fieffé mensonge.

Sur son conseil, Kat laissa son sac sur la table, se munissant seulement de sa clef. Une fois dehors, elle verrouilla sa porte et le suivit jusqu'à la Harley. Howard l'aida à fixer le casque sur sa tête, s'assura qu'il était bien assujetti avant de mettre le sien, puis enfourcha la moto et lui fit signe d'en faire autant.

— Passe les mains autour de ma taille et n'hésite pas à te serrer bien fort contre moi.

Je n'hésiterai pas une seconde ! songea-t-elle.

Elle grimpa en selle et se plaqua contre son dos immense, ses cuisses enserrant les siennes.

Kat n'aurait jamais imaginé que monter derrière quelqu'un à moto puisse constituer un acte aussi intime. La chaleur de son corps puissant irradiait en elle, et elle sentit toutes ses hormones femelles prêtes à passer à l'action. Elle encercla sa taille de ses mains, heureuse d'avoir une raison valable de le toucher.

— Mets tes pieds là-dessus, dit-il en désignant le marchepied. C'est parti ! claironna-t-il une fois qu'elle fut installée.

Il recula lentement vers la rue, redressa la moto et démarra. Il ne roulait pas vite, mais Kat laissa échapper un glapissement de peur et d'excitation mêlées. Étroitement pressée contre lui, elle sentit les vibrations du rire de Howard et comprit que ses ennuis ne faisaient que commencer. Mais pas à cause de cette virée en moto.

Elle ne connaissait pas encore Howard Paxton, mais une femme *sent* ces choses-là. Ses ennuis ne faisaient que commencer car il y avait de fortes chances pour qu'elle tombe éperdument amoureuse de ce gros nounours.

De ce héros sans peur et sans reproche qui lui avait sauvé la vie.

De ce gentleman qui lui offrait des fleurs.

De ce fils aimant qui respectait ses parents.

Et dont les grands yeux bruns recelaient de nombreux secrets.

4

Cette femme le rendait fou de désir. Si Kat avait pu deviner ce qu'il avait envie de lui faire – et de quelle façon – elle aurait sauté en marche de la moto et se serait sauvée en courant.

Quoique…

Elle ne lui avait infligé aucune rebuffade, en définitive. Au vu de l'accueil chaleureux qu'elle lui avait réservé, de sa tenue décontractée, du T-shirt ultramoulant qu'il avait eu toutes les peines du monde à ne pas lorgner trop ouvertement et de son plaisir manifeste devant le bouquet de fleurs, Howard était en droit de considérer que Kat avait envie de voir jusqu'où les choses iraient entre eux. Il n'avait reçu que des signaux positifs.

Bon sang, même quand il se parlait dans sa tête, il se faisait l'effet d'un abruti ! Ce n'est pas sous prétexte qu'une belle femme est disposée à faire la connaissance d'un homme qu'elle a l'intention de coucher avec lui illico. Il avait beau faire deux fois son poids, Georgie n'aurait pas hésité à lui donner une bonne tape sur la tête pour le punir d'avoir des pensées pareilles. Et elle aurait eu raison. Sa mère adoptive lui avait appris à respecter les femmes… Même si elle n'approuvait pas le genre de celles avec qui il était sorti.

Lorsqu'il s'engagea sur la route conduisant à la digue de Cheatham, il décida d'être lui-même avec Kat. Naturel. Les choses se feraient d'elles-mêmes… ou ne se feraient pas. Il n'avait rien à perdre, de toute façon.

Tandis qu'ils parcouraient les derniers kilomètres les séparant de leur destination, il se détendit et se laissa aller à apprécier le contact doux et tiède de la femme serrée contre lui, le vent chargé des parfums de l'automne qui fouettait ses vêtements et le paysage vallonné qui les entourait, si caractéristique du Tennessee, explosant de rouge, d'orangé, de jaune et de toute la gamme des bruns – la majestueuse forêt ancestrale, presque entièrement préservée, dont l'épais feuillage révélait de temps à autre une ferme, telle une perle nichée dans un écrin de végétation…

Les gens qui vivaient et travaillaient dans le comté de Cheatham faisaient partie du paysage ; ils ne l'avaient pas conquis. On ne pouvait pas espérer dompter quelque chose d'aussi sauvage et beau, et ces gens, tout comme leurs ancêtres avant eux, l'avaient compris. Pour subvenir à leurs besoins, ils travaillaient dans les champs de tabac, élevaient du bétail ou manœuvraient pendant de longues semaines les chalands qui sillonnaient la Cumberland River. Certains trouvaient à s'employer chez les petits commerçants de Sugarland ou au centre commercial qui venait d'ouvrir ses portes. D'autres devenaient fonctionnaires de police ou pompiers, comme Howard et ses coéquipiers. D'autres encore faisaient chaque jour la navette jusqu'à Nashville, à trente kilomètres de là, contraints par l'économie chancelante du pays d'abandonner la tradition communautaire pour aller gagner leur vie dans les hautes tours étincelantes du centre-ville.

L'éternel combat des anciens contre les modernes se déroulait ici comme ailleurs, mais quelle que soit leur profession, les habitants de la région, durs à la tâche, croyaient à la valeur du travail bien fait et apprenaient à leurs enfants à faire de même. Oh, ce petit paradis sur terre n'était sans doute pas parfait, mais il n'était vraiment pas loin de la perfection.

C'était pour cette raison que Howard voulait partager cette journée avec Kat. Si elle vivait à Sugarland depuis longtemps, elle avait sûrement déjà visité le parc qui longeait la digue de Cheatham. Tout le monde y venait un jour ou l'autre. Mais... pas par un après-midi comme celui-ci.

Et pas avec moi.

La route s'arrêtait à Cumberland River et quand on arrivait au bout, la cime des arbres s'écartait, révélant le ciel. D'aussi loin que Howard se souvienne, cet endroit avait été un parc public.

Sur la droite, une petite plage artificielle permettait aux enfants et aux adultes de se croire en bord de mer. À un kilomètre de là s'élevaient la digue et le barrage, désormais interdits d'accès aux promeneurs en raison des mesures de sécurité antiterroristes. Sur la gauche, légèrement en retrait par rapport à l'endroit où ils se trouvaient, l'aire de stationnement qui s'étendait au pied de la colline permettait d'accéder à plusieurs sentiers de randonnée. Devant eux s'étendait une vaste pelouse bordant la rivière, parsemée de tables de pique-nique qui étaient toutes occupées.

Howard engagea sa moto sur l'aire de stationnement en fronçant les sourcils. Il aurait dû se douter qu'il ne serait pas le seul à avoir l'idée de venir ici par un si beau dimanche. Toutes les nuisances possibles à un après-midi romantique étaient réunies : gamins bruyants, gros chiens et, pour couronner le tout, une quelconque festivité familiale qui occupait trois tables.

Howard adorait les gosses et les toutous, mais il avait espéré un cadre plus intime pour séduire la blonde mystérieuse qui lui avait tapé dans l'œil. Tant pis, il improviserait. Il amena sa moto tout au bout du parking, à l'endroit où la pelouse bien disciplinée de l'aire de pique-nique cédait ses droits à la nature sauvage, et coupa les gaz.

Kat se laissa glisser du siège arrière. Aussitôt, l'absence de la chaleur de son corps généra en lui une sensation de manque immédiat. Il avait apprécié de la sentir contre lui et se demanda si elle avait aimé cela autant que lui. Elle défit son casque, secoua la tête pour discipliner ses cheveux et il assista, subjugué, à la chute de cette cascade blonde et soyeuse sur les épaules d'un ange.

— C'était génial ! s'exclama-t-elle.

— Je suis content que ça t'ait plu, parce qu'on devra recommencer quand je te ramènerai chez toi.

— J'espère que le retour durera plus longtemps que l'aller ! répliqua-t-elle en coulant vers lui un regard lourd de sous-entendus.

Howard glissa souplement de son siège et s'inclina devant elle.

— Ce fidèle destrier d'acier et son conducteur sont à votre service, milady.

Il avait fugitivement craint de se ridiculiser en cédant à l'envie spontanée de se livrer à ce numéro de clown chevaleresque, mais le joyeux éclat de rire qui salua sa prestation le délivra de tout scrupule.

— Dois-je considérer que je me trouve en présence d'un authentique romantique, milord ?

— Au risque de vous décevoir, ma chère, il ne s'agit que d'un modeste pastiche inspiré de la chaîne Histoire.

Kat lui donna une tape affectueuse sur le bras tandis qu'il accrochait leurs casques au guidon de la moto.

— Par quoi commence-t-on ? s'enquit-il en se tournant vers elle. Une promenade ou bien…

— Oh ! Regarde, Howard ! fit-elle en pointant le doigt vers les tables de pique-nique qu'ils venaient de dépasser.

Désarçonné, il se retourna et aperçut une toute petite fille vêtue d'un jean et d'un pull à col roulé rose. Échappant à la surveillance des adultes, elle avait quitté la tablée familiale et fonçait droit vers une autre table, de toute la vitesse de ses petites jambes, ses boucles blondes voletant autour de son visage angélique. Elle ne devait pas avoir plus de deux ans, mais sa détermination compensait largement sa taille.

La table vers laquelle elle se dirigeait était surmontée d'un gâteau rectangulaire couvert d'un glaçage blanc sur lequel s'étalait une inscription tracée au sucre rose. La fillette grimpa sur le banc, s'y agenouilla et frappa le gâteau de sa petite main potelée avec un cri ravi. Après quoi, elle l'amena au niveau de ses yeux pour juger du résultat, écarta puis resserra ses doigts englués de sucre plusieurs fois de suite, visiblement fascinée, et les enfouit finalement dans sa bouche.

— Elle est à croquer, murmura Kat.

L'envie qu'il lut dans son regard surprit Howard. Ses poumons se contractèrent douloureusement. Cette douleur qui ne se dissipait jamais tout à fait, surgissait parfois à l'improviste et lacérait son cœur.

Howard n'était pas resté célibataire sans raison. Les implications d'une relation sentimentale basée sur la franchise et l'honnêteté se heurtaient perpétuellement aux fantômes qui peuplaient ses cauchemars. Il n'était pas en mesure de faire le bonheur d'une femme aussi saine et désireuse de fonder un foyer que Kat. Comment avait-il pu le perdre de vue ?

Parce que tu cherches l'impossible, Musclor. Aucune femme saine d'esprit n'acceptera jamais ce que tu as à offrir…

Une grande jeune femme aux cheveux châtain clair finit par s'apercevoir de la disparition de la petite coquine, qui tendait à présent la main vers un golden retriever appliqué à lécher le reste du glaçage. Elle bondit de son siège.

— Oh, Emily ! s'écria-t-elle en courant vers l'enfant.

— Oui, elle est adorable, répondit-il en pivotant vers les sacoches en cuir de sa moto. Tu as faim ? questionna-t-il en luttant maladroitement contre les sangles des sacoches. J'ai apporté des sandwichs et des trucs à grignoter.

Quel balourd il faisait ! Il avait eu l'intention de sortir les sandwichs au moment propice, tel un prestidigitateur, et il flanquait tout par terre. Un dragueur chevronné comme Julian aurait eu la présence d'esprit de réserver une table dans un élégant restaurant de Nashville. Avec vin, chandelles et tout le tralala. Il aurait su mener une conversation pleine d'esprit et se serait livré à la séduction de la belle dans les règles de l'art…

— Quelque chose ne va pas ?

Le ton hésitant de Kat le rappela à la réalité. Elle l'étudiait de ses beaux yeux verts, où l'inquiétude avait remplacé la gaieté qui les faisait briller un instant auparavant. C'était son comportement qui l'inquiétait. Howard sentit un nœud enserrer ses entrailles. Quels que soient ses défauts, Kat méritait l'après-midi de rêve qu'il lui avait fait miroiter.

— Un peu de sommeil en retard, mentit-il en sortant un sac en plastique de la sacoche. Rien qu'un pique-nique avec la plus belle fleur du Tennessee ne puisse guérir. On y va ?

Cette dernière déclaration, en revanche, reflétait ce qu'il pensait sincèrement.

— J'ai l'impression que tu devrais consulter un opticien, rétorqua-t-elle, retrouvant spontanément son sens de l'humour. Mais j'avoue que l'idée d'un pique-nique avec l'homme le plus sexy du Tennessee est tout simplement géniale. Je te suis.

L'homme le plus sexy du Tennessee ? Waouh ! Howard sentit un flot de chaleur s'emparer de son visage. Ce n'était pas la première fois qu'on le complimentait sur son physique et il savait qu'il plaisait aux femmes, mais il ne savait plus où se mettre.

Venant de la bouche d'un ange, ce compliment eut aussi pour effet d'apaiser un peu la douleur de sa poitrine et d'illuminer des parties de son âme plongées dans le froid et les ténèbres depuis… ma foi, depuis toujours.

Il prit Kat par la main et l'entraîna vers un coin de la pelouse bordant la rivière, loin de l'agitation.

— Par là, ça m'a l'air bien.

— Il ne risque pas d'y avoir des serpents ?

— S'il y en a, ils se sauveront à notre approche.

— Et si on les surprend en plein sommeil ? En automne, on ne les distingue pas facilement des feuilles mortes.

Howard secoua la tête avec un petit sourire.

— L'audacieuse institutrice qui n'hésite pas à entrer dans une maison en flammes munie d'un simple tuyau d'arrosage a peur des serpents ? On aura tout vu !

— J'ai l'impression que cette histoire va me poursuivre un moment, je me trompe ?

— Tu en entendras longtemps parler tant que tu seras avec moi, c'est certain.

Malgré les doutes qui le rongeaient de l'intérieur, Howard avait envie de rester très longtemps avec elle.

— C'est mon métier de sortir les gens du pétrin où ils se fourrent la plupart du temps tout seuls. Promets-moi que tu ne referas jamais ça, ajouta-t-il d'un ton mortellement sérieux qui les surprit autant l'un que l'autre.

— La prochaine fois, j'y réfléchirai à deux fois.

Elle l'observa un moment, cherchant le moyen de détourner la conversation.

— Je n'ai jamais dit que j'avais peur des serpents, de toute façon. Disons que je me passe très bien de leur présence.

Howard émit un son approbateur tout en continuant à marcher et chassa de son esprit le lourd fardeau de son passé, peu désireux de laisser le monstre qui rôdait perpétuellement dans l'ombre gâcher cette journée. Il se concentra sur Kat, dont la petite main délicate reposait au creux d'un des battoirs lui tenant lieu de main. Sur cette femme douce qui sentait si bon et dont les courbes charmaient ses yeux. La forme de ses fesses, évoquant un cœur à l'envers, lui plaisait particulièrement. Il s'imagina en train de faire glisser le jean qui les gainait si harmonieusement sur la courbe de ses hanches, le long de ses cuisses... Ses fesses seraient-elles d'une blancheur aussi crémeuse que le reste de son corps ? Quel effet cela ferait-il de les prendre dans ses mains, de les palper amoureusement alors qu'il s'agenouillerait entre ses cuisses écartées... ou plutôt non : avant de s'agenouiller, il commencerait par titiller sa fente humide du bout enflé de son...

— Là, ce serait bien, non ? lança Kat en désignant un coin de pelouse bien plat, juste devant eux.

Le fantasme de Howard vola en éclats. Il réprima un grognement et supplia son sexe en érection de bien vouloir coopérer. Pourvu qu'elle n'ait rien remarqué. Bon sang, il était aussi pitoyable qu'un chien en rut ! Il s'éclaircit la gorge.

— Oui, ça me semble parfait. J'aurais dû amener une couverture. Pour la nourriture, s'empressa-t-il d'expliciter.

Cette précision ne fit qu'empirer les choses.

— Je ne nourris aucune intention déplacée, s'enfonça-t-il lamentablement, mais je ne pouvais pas imaginer que toutes les tables de pique-nique seraient occupées et…

— Détends-toi, mon grand, souffla-t-elle en lui tapotant l'épaule. Je n'ai pas pour habitude de me balader avec des pervers.

Howard laissa tomber son sac de provisions dans l'herbe.

— Comment sais-tu que je n'en suis pas un ? demanda-t-il en caressant le dos de sa main avec son pouce.

Kat pencha la tête sur le côté et le dévisagea, réfléchissant sérieusement à la question.

— Parce que tu es pompier. Et lieutenant, qui plus est.

— Ça ne prouve pas que je suis un type bien, objecta-t-il en secouant la tête.

— Peut-être, mais tu l'es. Les preuves que j'en ai eues font que je me sens parfaitement en sécurité avec toi.

— Quelles preuves ? s'étonna-t-il.

Jamais encore il n'avait eu l'occasion de sortir avec une femme aussi franche et honnête.

— Tu m'as porté secours quand je me suis évanouie, et tu t'es assuré que je rentrerais sans encombre.

— Je me suis contenté de faire mon travail.

— Tu l'as fait de façon prévenante et douce. Tu te souciais sincèrement de mon sort.

Howard sentit une douleur fulgurante irradier dans la partie la plus secrète de son âme, mais il persista néanmoins à jouer l'avocat du diable.

— J'aurais pu jouer la comédie.

— Depuis combien de temps es-tu pompier, lieutenant ?

Il adorait le tutoiement qu'elle avait spontanément instauré entre eux et il adorait qu'elle l'appelle comme ça. La façon dont elle murmurait son grade lui faisait l'effet d'une caresse sensuelle.

— Seize ans. J'ai intégré la caserne 5 dès la fin de ma formation, en même temps que mon meilleur ami, Sean Tanner. Il y a trois ans, notre capitaine a pris sa retraite. Sean l'a remplacé et j'ai été promu lieutenant.

— Il a été nommé capitaine alors que vous êtes de la même promotion ? Tu me fais pourtant l'effet d'être un chef né.

— Si tu le connaissais, Sean te ferait le même effet. Il a cinq ans de plus que moi, il a servi dans les marines et a participé à l'opération Tempête du Désert en Irak avant d'entamer sa formation de pompier. Ses états de service lui ont valu cet avancement et il le méritait amplement.

Kat lui coula un regard félin.

— Tu l'aimes, dit-elle sobrement.

Cette déclaration surprit Howard. « Aimer » n'était pas le verbe qui lui venait spontanément à l'esprit quand il s'agissait du capitaine Tanner.

— Bien sûr, ricana-t-il. On s'envoie des mots doux pour la Saint-Valentin et tout le bataclan.

— Ne fais pas ton macho, répliqua-t-elle en levant les yeux au ciel. Jusqu'où irais-tu pour sauver un de tes coéquipiers si sa vie était en danger ?

— Je tenterais l'impossible, évidemment.

— Au péril de ta propre vie ?

— Sans hésiter.

— CQFD !

Kat avait l'art et la manière de booster l'ego d'un homme. Il ne manquait plus à Howard qu'une cape rouge et un maillot moulant orné du S de Superman. Il laissa échapper un gloussement amusé.

— D'accord. J'avoue ma défaite. Je ne suis pas un pervers. Mais je suis loin de la perfection.

— Personne n'est parfait, répondit-elle. Mais ceux qui nous aiment nous acceptent avec nos défauts.

Cette fois-ci, ce fut elle qui rougit.

— Excuse-moi, bafouilla-t-elle. Je n'avais pas l'intention de dire un truc aussi nunuche.

Howard haussa un sourcil.

— Nunuche ? Pourquoi ? Ce que tu dis me fait penser à Georgie, et ma mère adoptive est la femme que je respecte le plus au monde.

Kat fut très sensible à cette comparaison flatteuse.

— Je te remercie... Mais toi, qu'est-ce que tu en penses ?

La conversation prenait un tour de plus en plus personnel, mais Howard ne se défila pas.

— J'en pense que Georgie est incurablement optimiste. Moi, je suis plutôt comme Bentley : réaliste. Je prends des baffes, je les digère et j'avance. J'estime que toutes les déclarations du genre « Ce qui ne tue pas rend plus fort » et compagnie, ne sont que des formules qui rassurent les gens en cas de coup dur. Les amis et la famille sont parfois là pour vous soutenir. Mais au bout du compte, ce qui permet de surnager, c'est la force intérieure. Point barre.

— De surnager... ou de couler.

— Ouais, acquiesça-t-il en pensant à Sean.

Aucun médicament, aucun témoignage d'affection ne remettrait jamais complètement le capitaine sur pied.

— On a beau se croire très fort, conclut-il à voix haute, on se prend parfois des coups tellement puissants qu'ils vous mettent définitivement hors jeu.

— Tu fais allusion à toi-même ou à quelqu'un que tu connais ? demanda Kat d'un ton inquiet en posant la main sur son torse.

Excellente question. Une seconde plus tôt, Howard aurait pu jurer qu'il parlait de Sean. La présence de Kat, le contact de ses doigts à travers son T-shirt, l'empêchaient de réfléchir de façon cohérente. Il brûlait d'envie de la toucher, lui aussi.

— À un ami, répondit-il. Mais c'est une histoire trop triste pour une belle journée comme celle-ci... Kat ? ajouta-t-il, obéissant à une impulsion.

— Oui ?

— Je peux t'embrasser ?

Elle écarquilla les yeux et ouvrit la bouche comme si elle allait dire quelque chose, mais aucun son n'en émergea.

— Excuse-moi, bredouilla-t-il. Je gâche tout. Oublie ce que je...

Kat posa la main sur sa nuque et l'incita à incliner la tête vers elle. Howard s'empara de ses lèvres avec un soupir de pur bonheur.

Elles étaient pleines et fermes, aussi délicieuses à embrasser qu'il l'avait imaginé. Des fraises bien mûres, frémissant d'impatience d'être cueillies et mordillées. Soucieux de ne pas précipiter les choses, Howard s'y employa avec délicatesse, tout en écartant les pans de son coupe-vent pour poser les mains sur sa taille. D'un léger frôlement des lèvres, il intensifia ce frémissement initial et joua de l'impatience qui les animait l'un et l'autre pour accroître leur désir.

Ses mains s'immiscèrent sous son bustier, effleurèrent prudemment ses côtes pour s'assurer qu'elle n'émettait aucune objection. Kat soupira, fondant sous la caresse de sa bouche, l'incitant à poursuivre. Howard ne se fit pas prier et inséra la pointe de sa langue entre ses lèvres. La langue de Kat rejoignit instantanément la sienne pour se livrer à un rituel sensuel, lourd de promesses.

Une sensation de profond bien-être submergea Howard. Il avait tellement attendu sans oser l'espérer cet instant magique. Leurs corps étaient à présent entièrement scellés l'un à l'autre, et les doigts mutins de Kat entortillaient les cheveux de sa nuque tandis qu'ils se savouraient l'un l'autre, assoiffés de baisers.

La femme qui se pressait contre lui était si douce, avec sa poitrine généreuse et ses hanches pleines… Il écarta les jambes et plaqua les mains sur ses fesses pour l'attirer contre lui, l'inciter à entrer en contact aussi intimement que possible avec son sexe durci, histoire de concrétiser ne serait-ce qu'une part infime de son fantasme. Kat incarnait vraiment la femme de ses rêves. *La femme de ma vie.*

Son sexe avait douloureusement envie de plonger en elle. De communier complètement avec elle. D'en ressortir comblé afin d'oublier la vacuité de son existence. D'en tirer autre chose aussi, qu'il n'osait pas nommer. Quelque chose de fugitif et d'effrayant tout à la fois. Quelque chose d'assez effrayant pour l'inciter à rompre leur baiser.

Il la serra contre lui en haletant aussi fort qu'après une course d'entraînement.

Kat se laissa doucement aller contre son torse, et Howard laissa échapper un rire sifflant.

— Si je ne m'arrête pas maintenant, les braves habitants du comté de Cheatham risquent d'assister à un spectacle sortant nettement du cadre de la légalité.

— Sans importance, répondit-elle. Je sais désormais à quoi m'en tenir. Sous ses dehors de gentleman, le lieutenant est un vrai mauvais garçon. Et ça me plaît. Beaucoup.

Le mauvais garçon en Howard se redressa, ravi du compliment. Aussitôt imité par le gentleman.

— Ne jette pas d'huile sur le feu, par pitié ! Après, il faudra que je rentre chez moi, tout seul comme un pauvre malheureux… Non que j'avance cet argument pour t'inciter à venir chez moi, s'empressa-t-il de préciser en fronçant les sourcils. Bien que ce ne soit pas l'envie qui m'en manque... Je veux dire, évidemment que...

Dès que ça marche, tu fais tout foirer, songea-t-il.

Kat le tira d'affaire d'un sourire et planta un rapide baiser sur ses lèvres, avant de désigner le sac qu'il avait laissé tomber dans l'herbe.

— Et ces sandwichs, alors ? J'ai faim, moi !

Stupéfait, Howard cligna des yeux. N'importe laquelle des femmes avec qui il était sorti jusqu'alors aurait sauté sur l'occasion pour lui faire une scène, l'accusant – au choix – de se faire des idées ou de ne pas s'en faire assez. Quoi qu'il dise ou fasse, il était sûr de sortir perdant. Pas avec Kat, cependant. Elle semblait parfaitement comprendre ce qu'il avait voulu dire. Même s'il ne le savait pas très bien lui-même.

— Moi aussi, déclara-t-il en retirant sa veste pour l'étendre par terre. Assieds-toi, je t'en prie.

— Mais ça risque d'abîmer ta veste, objecta-t-elle.

— Sans importance. Assieds-toi, ordonna-t-il en s'allongeant à côté de l'emplacement qu'il désignait.

L'espace d'un instant, elle hésita encore, puis finit par s'asseoir.

— Je croyais que le café était ton seul vice, mais je vois que tu es aussi fumeur, dit-elle en pointant un index accusateur vers la poche poitrine de son T-shirt.

Howard suivit son regard et sourit. Kat avait pris son distributeur de bonbons Pez pour un briquet.

— Tu en veux ? proposa-t-il en actionnant le distributeur sous son nez.

— Je suis morte de rire ! s'esclaffa-t-elle. Alors dire « comme une quiche », c'est digne de la cour de récré, mais se trimballer avec des Pez dans la poche, c'est signe de maturité, c'est ça ? ironisa-t-elle en éjectant habilement deux pastilles du distributeur.

— C'est mon deuxième vice, concéda-t-il avec un sourire. J'en ai toujours sur moi. Jambon ou dinde ? demanda-t-il en sortant quatre sandwichs, quatre paquets de chips et deux bouteilles d'eau de son sac.

— Dinde, ça me va. Mais tu as apporté de quoi nourrir un régiment !

— Je suis encore en pleine croissance, se défendit-il.

— Et tu fais de la musculation, à ce que je vois, dit-elle en faisant glisser un regard admiratif sur son corps. Tu t'entraînes beaucoup ?

— Presque toutes les nuits, acquiesça-t-il en lui tendant un sandwich à la dinde, avant de se rendre compte qu'il venait de gaffer.

— Tu t'entraînes la nuit ? s'étonna Kat en déballant son sandwich. Pourquoi ?

Tout en disposant des paquets de chips et une bouteille d'eau près d'elle, Howard se racla les méninges pour trouver une explication plausible à son étrange emploi du temps.

— J'assume des services de vingt-quatre heures d'affilée, suivis de quarante-huit heures de repos. Les jours où je suis de service, je n'ai pas le temps de m'entraîner, et l'un dans l'autre, c'est plus facile de caler mes heures d'entraînement la nuit.

Ce n'était pas entièrement un mensonge, mais ça le faisait passer pour un accro du fitness alors que ce n'était absolument pas le cas. La vérité conduisait cependant inévitablement aux sombres et dangereux tunnels dont il tentait de s'échapper depuis toujours, et il refusait de partager un cauchemar qu'il n'était pas lui-même en mesure de comprendre. Qu'il n'avait surtout pas envie de comprendre.

— Bravo, le félicita-t-elle d'un ton sincère. Moi, j'ai essayé de faire de la gym trois fois par semaine pendant six mois. Muscu, jogging, la totale. J'ai laissé tomber, conclut-elle d'un ton las avant de mordre à belles dents dans son sandwich.

— Ah bon ? Pourquoi ? s'enquit-il, trop content de changer de sujet.

— Ça ne servait à rien, répondit-elle après avoir mâché pensivement. Perdre du poids ne modifiera pas ma silhouette. J'ai le choix entre être ronde et suer sang et eau, ou être ronde et me la couler douce. La deuxième option est nettement plus agréable.

Aïe. Changer de sujet ne l'avait pas tiré d'affaire, loin de là. Discuter surcharge pondérale avec une femme était le plus dangereux de tous les sujets de conversation.

— Tu n'es pas obligée de suer sang et eau pour rester en forme, assura-t-il avec un haussement d'épaules. Une petite marche quotidienne suffit amplement.

— Ah oui ? répliqua-t-elle aussitôt d'un air suspicieux. Et sur quoi tu te bases pour affirmer ça ?

— Sur ce que je vois. Tu es parfaite comme tu es, et la marche à pied est idéale pour l'entretien du système cardiovasculaire et fait baisser le stress.

— Ce n'est pas faux. Tu serais partant pour une petite balade quand on aura fini de manger ?

— Et comment !

Une phase de silence paisible s'installa entre eux tandis qu'ils mangeaient, et ils tournèrent spontanément le regard vers l'étendue miroitante et lisse de la rivière. Aucun chaland ne filait sur l'onde, seulement troublée par les vols en piqué de quelque volatile au long bec. Howard se dit que cette journée était la plus belle et ce repas le plus délicieux de toute sa vie.

— D'où vient cette cicatrice ? demanda-t-elle en désignant sa joue gauche.

— Une petite mamie de quatre-vingt-treize ans armée d'un club de golf n'a pas apprécié que j'insiste pour lui faire quitter son appartement en flammes alors que son chat se trouvait encore à l'intérieur, répliqua-t-il avec un petit sourire d'excuse.

Kat arrondit les yeux.

— Et comment ça s'est terminé ?

— Douze points de suture.

— Non ! Pour le chat ?

Il leva les yeux au ciel.

— Je suis retourné à l'intérieur et j'ai sauvé la satanée bestiole.

— Ouf ! Alors comme ça, tu vis à Sugarland depuis que tu as quatre ans ? poursuivit-elle, passant du coq à l'âne en croquant une chips.

Howard se raidit en se maudissant d'avoir mentionné le fait qu'il avait été adopté.

— Ouais, lâcha-t-il laconiquement tout en se préparant mentalement à ce qui allait suivre.

— Et avant ça ?

— Il paraît que je venais d'un taudis du côté de Clarksville.

— Tu ne t'en souviens pas ? s'enquit-elle d'une voix douce.

— Pas vraiment.

Il se souvenait des marches en bois pourri de l'escalier du porche et du bâtard efflanqué qui trouvait refuge sous ses lattes branlantes. Du perpétuel relent de bière et du fumet aigre que dégageait le corps de son père. Des éclats de colère de son père et des hurlements de sa mère. De la morsure des coups de ceinture sur son dos frêle.

— Ma mère cultivait un potager qu'elle aimait plus que tout au monde, se contenta-t-il d'avouer, la gorge serrée. Elle y passait des heures, en plein soleil. J'ai un souvenir très précis d'elle, agenouillée là, en train de semer des graines dans des trous qu'elle avait creusés avec son pouce. Elle avait des cheveux de la même couleur que les miens, qui lui descendaient jusqu'aux épaules. Et quand elle riait... son rire éclairait la Terre entière.

— Elle devait être très belle.

Une pointe familière de douleur mêlée de colère s'immisça dans sa poitrine.

— Oui, elle était très belle.

Avant de m'abandonner aux mains d'un monstre.

— Qu'est-ce qui s'est passé ?

Devoir répondre à cette question lui coupa l'appétit, et il remit le sandwich qu'il n'avait pas encore entamé dans son emballage.

— Un jour, elle a disparu et elle n'est jamais revenue. D'après le peu que je me souvienne de mon père, on ne peut le lui reprocher. Il n'y avait rien de bon à tirer de lui.

— Il était violent ?

— Oui.

La pitié mêlée de dégoût qui marqua le visage de Kat lui fut presque insupportable.

— Et personne n'a reproché à ta mère d'être partie ? enchaîna-t-elle d'une voix douce. Pas même le petit garçon qui l'aimait si fort ?

De par sa profession, Kat était en contact avec de jeunes enfants chaque jour, et Howard n'avait pas besoin de lui expliquer le choc émotionnel que subit un petit garçon lorsqu'il a l'impression d'être rejeté comme une vieille chaussette par celle qu'il aime le plus au monde. Ni à quel point ce rejet demeure douloureux des années après.

— J'étais tout petit, répondit-il en haussant les épaules. J'ai oublié.

Kat ne chercha pas à dissimuler qu'elle ne le croyait pas. Un long silence s'installa entre eux, uniquement interrompu par les rires et les exclamations de la réunion familiale qui se déroulait un peu plus loin, alors qu'elle attendait qu'il poursuive son récit.

— Enfin bref, la nuit où ma mère s'est enfuie, mon père m'a abandonné dans la forêt, quelque part entre ici et Clarksville, avant de rendre service à tout le monde en rentrant dans un arbre au volant de son camion. Son véhicule a pris feu et il est mort dans l'incendie. Moi, je suis devenu pupille de l'État, jusqu'à ce que Bentley et Georgie me recueillent et m'adoptent.

Après qu'il se fut rétabli de l'ultime raclée que son père lui avait flanquée, le laissant pour mort dans la forêt.

— Est-ce que quelqu'un a cherché à savoir ce que ta mère était devenue ?

— J'imagine que les autorités s'en sont chargées, autrement mon adoption n'aurait pas été possible. Je crois que le terme légal en pareil cas est « abandon d'enfant ».

Kat hésita, avant de poser la question qui s'imposait logiquement.

— Est-ce que tu as essayé de la retrouver ?

— Pour quoi faire ? Si elle avait voulu avoir de mes nouvelles, rien ne l'en empêchait, rétorqua-t-il plus sèchement qu'il ne l'aurait souhaité.

— Oh, Howard ! s'exclama-t-elle en lui tapotant l'épaule. J'ose à peine imaginer le cauchemar que tu as vécu. Surtout la nuit de ce double abandon.

— En fait, c'est ce dont je me souviens le moins, répondit-il avec un sourire rassurant en prenant sa main dans la sienne.

Le souvenir de ses cauchemars, en revanche, revint étrangement le mordiller tandis qu'il faisait cette déclaration.

— Dieu merci ! s'exclama-t-elle en pressant sa main et en le couvant d'un regard chaleureux.

— Oui. Ce que je sais est basé sur le dossier constitué par le bureau du shérif transmis aux Mitchell. D'après ce que m'a dit Bentley des années plus tard, mes parents recevaient fréquemment la visite des services de police.

— Je sais que ça ne me regarde pas, et rien ne t'oblige à me répondre, mais… comment se fait-il que tu ne portes pas le nom de famille de tes parents adoptifs ?

Howard détourna le regard et se demanda comment cette femme s'y prenait pour appuyer l'un après l'autre sur tous les points douloureux de son passé. Sean excepté, aucun de ses coéquipiers n'avait osé lui poser directement la question. D'un autre côté, Howard n'avait jamais eu envie d'en parler à qui que ce soit. Avec Kat, les choses devenaient subitement différentes. Elle lui donnait envie de devenir… meilleur. Il ne voyait aucune objection à se confier à elle. Peut-être pas complètement, mais plus que d'habitude.

— Quand je suis arrivé chez Bentley et Georgie, j'étais complètement traumatisé, dit-il d'un ton posé. Ils avaient beau me manifester tout leur amour, je restais distant. J'ai refusé de parler pendant des mois et quand j'ai enfin accepté, ils ont estimé que me demander de les appeler papa et maman n'était pas approprié. Pas tout de suite, en tout cas.

— Sage décision de leur part. Tu n'étais plus un bébé et une phase d'adaptation était nécessaire.

— J'ai fini par m'adapter, même si les choses ont été assez houleuses au début. Mais pour moi, c'était Bentley et Georgie, pas papa et maman, et ils ont décidé de me laisser choisir le nom de famille que je voudrais à la majorité. Au sortir de l'adolescence, je suis allé trouver le juge, sûr de moi, et je lui ai déclaré que je ne voulais conserver que le premier des noms de mes parents. C'est ainsi que Howard Paxton Whitlaw a cédé la place à Howard Paxton.

La seule et unique fois qu'il avait fait de la peine à Bentley. Il vivrait jusqu'à sa mort avec le souvenir de l'effroyable déception qui avait déformé les traits de l'homme qu'il admirait et respectait le plus au monde.

— Une décision que tu as regrettée par la suite, devina-t-elle.

— Chaque jour de ma vie, soupira-t-il.

— Rien ne t'empêche de changer d'avis.

— Non, mais ça ne changerait pas ce que je leur ai fait sur le moment. C'est trop tard, maintenant.

— Tu n'en sauras rien tant que tu ne l'auras pas fait.

Dans l'aire de pique-nique, là où se tenait la grande assemblée familiale, une voix de femme lança un appel. Howard, concentré sur Kat, n'y prêta pas attention.

— Incurable optimiste ? la taquina-t-il.

— La partenaire idéale pour un incurable réaliste, non ? répliqua-t-elle en souriant.

La femme renouvela son appel de façon plus pressante.

Pestant intérieurement contre la foule, Howard se dit qu'après toutes ces réponses presque franches, son tour était venu de poser des questions.

— Et toi, Kat ? Comment se fait-il qu'une fille à papa comme toi se retrouve institutrice et soit toujours célibataire ?

— Je n'ai rien d'une fille à papa ! s'esclaffa-t-elle, pas offensée pour deux sous. Mon père a un cabinet d'avocats auquel Grace, ma sœur aînée, vient de s'associer, mais il a toujours trimé comme un fou. Quand il a démarré...

— Emily !

Le hurlement désespéré de la femme transperça définitivement cette journée de rêve.

— Emily ! Où es-tu, pour l'amour de Dieu ?

Howard bondit aussitôt sur ses pieds, le cœur battant. Il ne connaissait que trop bien les cris de terreur d'une mère alarmée par la disparition de son enfant. Son regard expérimenté scanna aussitôt la rivière et les alentours.

Deux hommes avaient déjà plongé dans l'eau et nageaient en direction d'un petit corps flottant à quelques mètres du rivage.

— Howard ? Que se passe-t-il ? demanda Kat en se redressant elle aussi.

— C'est la petite, répondit-il d'une voix rauque.

Un soudain afflux d'adrénaline le fit démarrer à toute vitesse, mais son esprit demeura aussi acéré qu'une lame de couteau. Prendre la mesure de la situation, agir en conséquence. Rien d'autre ne comptait.

L'un des hommes soulevait dans ses bras un petit corps inerte et dégoulinant d'eau, en hurlant de toutes ses forces.

Howard se mit à courir plus vite encore, priant pour que son expérience professionnelle lui permette d'accomplir un miracle.

5

Kat s'élança derrière Howard et trébucha, incapable de suivre ses longues foulées. Pour un homme de sa corpulence, il était incroyablement agile et rapide.

Pourvu que cette adorable petite fille n'ait rien !

Mais lorsqu'elle rejoignit la foule qui s'était amassée au bord de la rivière, elle comprit immédiatement que l'heure était grave.

Une grande femme brune, probablement la mère de l'enfant, en pleine crise d'hystérie, cherchait à prendre la petite fille des bras de l'homme qui l'avait sortie de l'eau, créant involontairement davantage de problèmes. Howard prit aussitôt le contrôle de la situation et aboya des ordres sur le ton d'un homme qui a l'habitude d'être obéi.

— Allongez-la par terre, ordonna-t-il à l'homme au visage blême qui tenait Emily dans ses bras.

Il désigna ensuite la mère de l'enfant à l'autre sauveteur.

— Maîtrisez-la. *Immédiatement*.

Les deux hommes s'empressèrent de lui obéir. Howard jeta un coup d'œil à Kat.

— Assure-toi qu'on a appelé les secours.

Kat regarda autour d'elle et sentit qu'on lui tapait sur l'épaule. Elle se retourna, et un adolescent désigna une jeune femme en train de téléphoner. Kat hocha la tête puis reporta son attention sur le drame.

L'homme qui venait d'étendre Emily dans l'herbe leva les yeux vers Howard.

— Vous êtes médecin ?

— Infirmier. Vous êtes le père ? demanda-t-il en s'agenouillant près de l'enfant inconsciente pour prendre son pouls au creux du coude, avant de soulever son pull pour palper son ventre.

— Oui, acquiesça l'homme d'une voix brisée. Je vous en supplie, elle est toute petite...

— Je sens son pouls. Il faut faire sortir l'eau qui est entrée dans ses poumons, déclara Howard. Comment vous appelez-vous ?

— Phil, répondit l'autre en clignant des yeux.

— Phil, il faut impérativement que vous gardiez la tête froide, au cas où j'aurais besoin d'un assistant. Vous êtes prêt ?

Kat le suspecta d'inventer cette histoire d'assistant pour obliger le père d'Emily à garder son calme. L'attitude efficace de Howard lui rappelait la façon dont il s'était occupé d'elle la veille, et le profond respect qu'il lui inspirait s'accrut encore.

— Je suis prêt, répliqua Phil.

— Bon. Pour l'instant, je veux que vous parliez à Emily, Phil. Dites-lui que vous êtes là. C'est très important, d'accord ?

Phil se mit à parler à sa fille d'une voix tendre et lui caressa les cheveux. Howard pressa la base de sa main sur le diaphragme de la fillette et poussa vers le haut en prenant soin de procéder délicatement. Un filet d'eau coula entre ses lèvres. Kat s'était attendue à ce qu'elle en régurgite davantage. Au terme de plusieurs poussées, Howard passa un bras sous le dos d'Emily et plaça l'autre sur son ventre pour la retourner. Les mains de Howard semblaient immenses sur le corps minuscule de la fillette. Sa main recouvrait entièrement son dos et il disposait d'une telle force qu'il aurait pu aisément la broyer, mais il la manipulait avec d'infinies précautions.

Il fit sortir l'eau qui restait dans ses poumons en lui tapant fermement le dos, dosant sa force pour ne pas risquer de lui faire mal. Un mince filet d'eau s'écoulait de la bouche de l'enfant, et Kat pria pour qu'elle se mette à respirer.

Howard la remit sur le dos pour lui faire du bouche-à-bouche. Sur sa droite, les cris de la mère évoquaient à présent la plainte d'un animal à l'agonie, et Kat en eut la chair de poule.

Tout à coup, la poitrine de la fillette se souleva, elle déglutit… et se mit à pleurer.

Kat sentit ses jambes mollir, et la foule manifesta bruyamment sa joie et son soulagement. Les gens pleuraient, s'embrassaient. L'homme qui avait tenu la mère d'Emily à l'écart desserra son étreinte et elle s'agenouilla près de Howard, le visage ruisselant de larmes.

— Emily ! Oh, mon trésor ! Merci mon Dieu, merci !

En entendant la voix de sa mère, Emily tendit ses petits bras potelés et se mit à pleurer plus fort, ses sanglots entrecoupés de quintes de toux. La mère serra son enfant dans ses bras, et Phil passa les siens autour d'elles.

Momentanément oublié, Howard baissa la tête, ferma les yeux et agrippa si fortement ses cuisses que ses jointures blanchirent. Il inspira à fond, puis releva la tête et son regard sombre croisa celui de Kat. Le poids de la tragédie qu'ils venaient de frôler marquait profondément ses traits.

Lorsqu'il se redressa, Kat parcourut la distance qui les séparait et se jeta dans ses bras. Il la serra contre son torse et elle entendit les battements désordonnés de son cœur quand il posa le menton au sommet de sa tête. Il tremblait de tous ses membres. Son corps vibrait comme s'il était traversé par une décharge électrique. Ce colosse avait eu aussi peur pour Emily que toutes les personnes présentes, mais il avait mis ses sentiments personnels en veilleuse, le temps de lui sauver la vie.

— Tu l'as sauvée, c'est merveilleux, murmura-t-elle.

Il n'eut pas le temps de lui répondre. Le papa d'Emily s'était approché d'eux et lui tendait la main. Howard fit passer Kat sur son flanc gauche, un bras autour de ses épaules, puis échangea une poignée de main avec Phil.

— Je ne sais pas comment vous remercier, croassa-t-il. Il n'y a pas de mots assez forts pour exprimer ma gratitude.

— Contentez-vous de surveiller un peu plus étroitement cette chipie, répliqua Howard avec un pâle sourire. Et la prochaine fois que vous passerez avec elle devant la caserne de pompiers de Sugarland, venez me dire bonjour. Je fais partie de l'équipe A de la cinquième brigade.

— On n'y manquera pas, répondit Phil avec un grand sourire.

Un camion de pompiers et une ambulance arrivèrent trois minutes plus tard en provenance d'Ashland City, plus proche que Sugarland de ce coin de campagne. Les infirmiers s'entretinrent de l'incident avec Howard et Phil, examinèrent l'enfant, puis la firent monter dans l'ambulance avec sa maman. À première vue, la fillette n'avait rien, mais il était impératif de faire des examens pour s'en assurer.

Plusieurs personnes vinrent féliciter Howard d'une poignée de main ou de tapes dans le dos, avant que la foule ne commence à s'éparpiller.

Quand tout le monde se fut éloigné, il se tourna vers Kat et prit ses mains dans les siennes. Avant de prendre la parole, il s'éclaircit la gorge.

— Je suis partant pour la balade promise, déclara-t-il d'un ton calme.

Kat lui sourit et dégagea une de ses mains pour caresser son visage.

— Étant donné les circonstances, on s'occupera des restes du pique-nique au retour, décida-t-elle.

Howard lui fit traverser l'aire de stationnement jusqu'à un étroit chemin de randonnée qui s'élevait en zigzaguant vers un promontoire surplombant la rivière. Il lâcha sa main et ouvrit la marche, ce qui permit à Kat d'admirer ses fesses, étroitement moulées dans son jean. Elle se sentit fugitivement coupable de se laisser distraire par cette vision de rêve après les événements qui venaient de se produire, mais le jeu de ses muscles sous la toile était tout simplement fascinant.

Elle se demanda soudain s'il avait été donné à beaucoup de femmes de poser les yeux sur cette sublime paire de fesses et se rembrunit. Le lieutenant avait prétendu qu'il ne sortait pas souvent avec des femmes.

C'est cela, oui… Et moi, je m'appelle Paris Hilton.

Elle s'efforça de chasser le monstre de la jalousie. Après tout, de même qu'elle n'était pas restée une pure jeune fille en attendant la venue du prince charmant, il n'y avait aucune raison pour que Howard ait observé l'abstinence d'un moine tibétain au cours des vingt dernières années.

Voilà. Inutile de se morfondre sur les femmes qui avaient ou non compté dans sa vie. Se morfondre, non… mais elle ne pouvait pas s'empêcher de se demander s'il y en avait eu beaucoup. Combien de femmes Howard avait-il serrées dans ses bras ? Combien de femmes avaient-elles frissonné d'extase au contact de sa peau bronzée tandis qu'il les emmenait au septième ciel ?

Elle devait être sérieusement en manque pour évoquer des images aussi érotiques. Si audacieuses qu'elles l'échauffaient et la faisaient haleter sans qu'elle puisse en incriminer le chemin escarpé. Le flot de chaleur qui s'était emparé de son entrejambe était généré par un violent désir que seul Howard saurait combler.

Quelle importance avait le passé entre deux adultes consentants ? Howard n'avait pas fait mystère du désir qu'elle lui inspirait, et Kat savait que les pompiers doivent régulièrement passer des tests médicaux afin de conserver leur poste. Quel risque courait-elle... excepté un chagrin d'amour ?

Lorsqu'il atteignit le sommet, la respiration de Howard ne s'était même pas accélérée et Kat ne put s'empêcher de l'envier. S'approchant du bord de la falaise, il cala ses pouces dans les passants de son jean pour contempler la rivière. Kat le rejoignit et attendit d'avoir retrouvé son souffle avant de prendre la parole.

— C'est toujours aussi dur ? demanda-t-elle doucement.

Howard comprit instantanément à quoi elle faisait allusion.

— Oui, mais plus encore quand il s'agit d'enfants, répondit-il, sa voix se brisant sur le dernier mot.

— Tu dois être fier de toi. Tu viens de sauver une vie.

— Je suis surtout soulagé, crois-moi, soupira-t-il. C'est le contrecoup, tu comprends ? On bloque toutes ses émotions et dès que la crise est passée, c'est...

Il laissa sa phrase en suspens, cherchant la formule adéquate.

— Comme si une digue se rompait ? suggéra-t-elle.

— Exactement, acquiesça-t-il. Tout sort en même temps : la peur, l'angoisse, le soulagement. En cas d'échec, la tristesse s'y ajoute. On ne souffre pas autant que les proches, évidemment, mais on éprouve le même sentiment de perte.

— Je n'avais jamais pensé que les pompiers puissent souffrir. Quand je croise un camion de pompiers toutes sirènes hurlantes, je songe avant tout aux victimes et à leur famille. Je crois que dans un coin de ma tête, j'ai toujours pensé que les pompiers arrivent sur les lieux d'un drame en roulant des mécaniques, dénombrent les morts et les blessés puis repartent, comme si rien ne s'était passé, avoua-t-elle, vaguement honteuse.

— C'est vrai qu'on apprend à compartimenter. On range les trucs horribles dans une petite boîte et on l'enterre bien profondément. Ceux qui travaillent dans la police font la même chose, et c'est d'autant plus dur pour eux qu'ils travaillent parfois tout seuls. Chez nous, c'est quand même différent. Après un coup dur, on *parle* entre nous. Ça nous aide à décompresser. On se repasse le film des événements pour s'assurer qu'on a appliqué la procédure à la lettre. On forme une équipe, et on s'assure que chaque type sera capable de retourner au charbon sans que la peur ou l'incertitude fausse son jugement.

— C'est admirable, dit-elle, fière d'être en compagnie d'un homme aussi exceptionnel.

— C'est toi qui es admirable, Kat, répondit-il en prenant son visage entre ses mains, ses yeux couleur moka plongeant au fond des siens. Je n'en reviens pas de la chance que j'ai de t'avoir rencontrée. Tu es si belle, et c'est si facile de parler avec toi.

Elle n'eut que deux secondes pour s'assurer de la sincérité de son regard avant que sa bouche s'empare de la sienne. Il l'embrassa tendrement, ses pouces caressant doucement son visage, leurs corps se touchant à peine. Une chaleur tropicale émanait de Howard, mais il ne se plaqua pas contre elle comme la première fois. Il resta en retrait, sa langue seule explorant sensuellement sa bouche, éveillant son désir.

Oh, mon Dieu, oui ! Oui, elle le désirait. Elle voulait sentir son grand corps nu allongé sur elle, le sentir en elle. À en juger d'après son érection, son sexe devait être de belle taille. Long, dur et chaud. Il fallait qu'elle en ait le cœur net.

— Kat.

Howard s'était laissé tomber sur les genoux, l'entraînant avec lui. Terriblement excitée, Kat n'avait pas hésité une seconde à suivre le mouvement. Elle se demanda jusqu'où il oserait aller, tout en sachant qu'elle se laisserait faire, malgré le danger qu'ils couraient de se faire surprendre. À moins que ce risque participe justement de son excitation…

Il la fit s'allonger dans l'herbe et s'étendit au-dessus d'elle, les doigts enfouis dans sa chevelure pour s'emparer voracement de sa bouche, comme si sa mission sur terre consistait à l'embrasser. Un lent grondement de mâle satisfaction fit vibrer son torse. Kat aimait sentir le poids de son corps sur elle, la façon dont les muscles de son cou et de ses bras se contractaient. Elle appréciait le contact de sa cuisse en travers des siennes, de son sexe en érection contre sa hanche.

— Tu es faite pour moi, murmura-t-il.

— Oui, souffla-t-elle.

Il glissa une main sous son T-shirt, frôla ses côtes.

— Je peux te caresser ?

— Oh, oui !

Son regard s'assombrit et la paume de sa main remonta sur son ventre, plus haut encore…

jusqu'au galbe de sa poitrine. Il recouvrit ses seins de ses mains, s'y attarda un instant, puis son pouce encercla une aréole et la pointe de son sein durcit immédiatement sous l'étoffe du soutien-gorge. Une pointe de sein, puis l'autre... Ces exquises taquineries déclenchèrent un flot d'étincelles qui se répandit dans tous ses membres. Kat se sentit fondre et laissa échapper un soupir.

— Je veux te voir.

Ce n'était pas une question, cette fois. Sa voix était plus grave, rauque de désir, délicieusement sensuelle.

Le sang de Kat frémissait dans ses veines, martelait ses tempes, affluait entre ses cuisses. Howard releva son T-shirt et, d'un geste précis, défit l'agrafe frontale du soutien-gorge pour écarter les bonnets de soie. Un courant d'air frais passa sur sa peau brûlante et ses pointes de seins formèrent deux cônes absolument parfaits.

— Tu es superbe, murmura-t-il, ses doigts effleurant légèrement ses seins.

Il les palpa, les soupesa tendrement. La chaleur du regard dont il couvait sa poitrine dénudée accrut l'excitation de Kat. Elle se cambra pour l'inciter à poursuivre, manifestant ainsi qu'elle était disposée à recevoir tout ce qu'il voudrait bien lui donner.

Il laissa échapper un petit grognement de satisfaction et obéit aussitôt à cette injonction muette. Kat sentit passer un souffle tiède sur son sein, immédiatement suivi d'un coup de langue.

— Tu es si belle, chuchota-t-il. Si douce.

Sa bouche se referma sur le sein et sa langue titilla habilement la pointe... Les étincelles du plaisir tourbillonnèrent, cédant la place aux flammes lorsqu'il entreprit de la sucer, rendant ainsi hommage à une part féminine d'elle-même que Rod avait toujours négligée, jugeant sa poitrine trop généreuse. Imparfaite.

Un point de vue que Howard ne partageait visiblement pas. La paume de sa main flattait amoureusement son ventre, et Kat sentit les souvenirs amers que cet amant néfaste lui avait laissés tomber en poussière. Les doigts de Howard encerclaient le petit diamant de son nombril. Jouaient avec la ceinture de son jean, s'immisçant timidement en dessous. Comme s'ils demandaient la permission d'aller plus loin. Kat glissa les mains entre eux, se déboutonna et baissa la fermeture de son jean pour lui donner le feu vert.

Des doigts experts franchirent l'élastique de sa culotte pour écarter les replis moites de son sexe.

— Oh ! souffla-t-il en écarquillant les yeux. Tu te rases ?

Ravie de sa surprise, Kat laissa échapper un petit rire de gorge.

— Oui, je trouve ça plus pratique. Tu aimes ?

— Dire que j'aime serait un euphémisme, belle Katherine. Laisse-moi te faire du bien.

Une réponse que Kat interpréta comme un oui enthousiaste. Il ne lui avait pas échappé que Howard tirait satisfaction du plaisir qu'il lui donnait. Qu'il faisait passer son désir avant le sien.

Deux doigts caressants s'étaient introduits en elle et une spirale magique se déroulait au creux de son ventre, s'épanouissant vers l'extérieur. Les doigts glissaient en elle et ressortaient. Lentement, inexorablement. Lubrifiant les replis de son sexe, encerclant la perle de son clitoris. Howard la dorlotait en prenant tout son temps, comme aucun homme ne l'avait jamais fait avant lui.

Un gémissement franchit ses lèvres, elle encercla son dos de ses bras et écarta spontanément les cuisses. Le va-et-vient de ses doigts s'accéléra, mimant l'action de son sexe, lui donnant un aperçu de ce qu'il lui ferait si elle l'y autorisait. Ils s'enfonçaient délicieusement en elle, et l'action conjuguée de cette caresse envoûtante et des petits bruits humides qu'elle produisait enflamma tous ses sens.

— Voilà, laisse-toi aller. Jouis pour moi.

Le ton de mâle autorité qu'il avait employé précipita Kat au bord du gouffre. L'orgasme qui la traversa fut si soudain et d'une telle intensité qu'elle laissa échapper un long cri. Les spasmes du plaisir qui se répandaient en elle, faisant écho aux pulsations de son sexe, dépassaient de très loin l'idée qu'elle s'était faite du plaisir que saurait lui donner l'homme de sa vie, le jour où elle le connaîtrait enfin.

— Oh, Howard ! Oui, *oui* !

Elle s'abandonna totalement à lui et accompagna son plaisir d'une ondulation des hanches jusqu'à ce qu'il se soit entièrement estompé. Jusqu'à ce que sa vision s'éclaire et qu'elle aperçoive le sourire satisfait de Howard.

— Hou ! s'exclama-t-elle, flottant encore sur un petit nuage. Alors c'est à *ça* que ça ressemble, un orgasme !

— Pardon ? s'étonna Howard.

Kat sentit un flot de chaleur envahir sa nuque, mais fut incapable de réprimer un grand sourire.

— Tu m'as très bien entendue.

— Tu n'avais encore jamais eu d'orgasme ? Sans rire ?

— Je suis mortellement sérieuse. J'avais déjà, euh… ressenti une certaine excitation, un trouble, mais… je crois bien que ça n'a jamais été plus loin, ajouta-t-elle avec une grimace. Jusqu'à aujourd'hui.

— Tu as dû tomber sur de sacrés incapables ! commenta-t-il en haussant les sourcils.

Elle lui coula un regard en coin, le corps encore vibrant de plaisir.

— L'un d'entre eux, surtout. Je crois que je commence seulement à réaliser à quel point Rod était nul.

— Rod ? ricana-t-il. Porter un nom de cow-boy ne suffit pas à faire le bonheur de sa cavalière, dirait-on.

— En parlant de faire le bonheur de l'autre… reprit-elle en caressant la solide érection qui pressait contre la fermeture de son jean. Il me semble que c'est à moi de jouer.

À sa grande surprise, Howard saisit son poignet et écarta sa main pour la porter à ses lèvres. Le regard brillant de regret, il embrassa ses doigts. Kat comprit qu'en dépit de son désir, il rejetait son offre.

Aïe.

— Pourquoi ? J'ai fait quelque chose de mal ? demanda-t-elle en se redressant, tirant gauchement sur son T-shirt pour dissimuler ses seins.

— Non, mon ange. Disons que j'ai mes raisons. Je tenais tout particulièrement à ce que cette première fois te soit exclusivement dédiée. Je voulais qu'on apprenne à se connaître un peu et te faire passer un bon moment.

— Mission accomplie ! Aucune autre raison ?

Pitié, faites qu'il ne dise pas qu'il vaut mieux remettre ça à une autre fois et qu'il me rappellera…

— J'ai l'impression qu'il se passe quelque chose de spécial entre nous, Kat, répondit-il doucement. Je tiens à ce qu'on prenne un bon départ.

Le soulagement et la joie transformèrent ses muscles en gelée. Heureusement qu'ils étaient toujours assis.

— Moi aussi, répliqua-t-elle en tendant la main vers son visage.

Elle fit courir le bout de ses doigts sur la cicatrice de sa tempe, le long de sa mâchoire, sur ses lèvres pleines et sensuelles.

— Je sais qu'on vient tout juste de se rencontrer, ajouta-t-elle, mais j'ai l'impression d'avoir trouvé la part manquante de moi-même. C'est fou, non ?

Kat eut conscience qu'un tel aveu risquait de l'inciter à se sauver à toutes jambes, mais Howard conserva une expression ouverte. Un bon point pour lui.

— Je ne trouve pas ça fou, pour la bonne raison que je ressens la même chose. Mais je ne veux pas te mentir et je tiens à ce que tu saches où j'en suis. Une fois que je t'aurai expliqué les choses, tu pourras prendre le temps de réfléchir avant de décider d'aller plus loin.

Et voilà. C'était trop beau pour durer… Kat serra les dents, s'apprêtant à recevoir un seau d'eau glacée sur la tête.

— Je t'écoute, dit-elle en conservant une expression parfaitement neutre.

Howard allongea ses grandes jambes devant lui et hésita.

— Je ne cherche pas une aventure d'une nuit, Kat.

— Tant mieux, répliqua-t-elle, froissée.

— Je ne veux pas dire par là que je pense que c'est ce que tu cherches, s'empressa-t-il d'assurer. Ce que je veux dire, c'est que je n'ai plus vingt ans et que je n'ai plus envie de me sentir comme un vieux Kleenex au terme d'une nuit de passion.

Il avait prononcé cela d'un ton si sérieux qu'elle ne put s'empêcher de le taquiner.

— Je croyais que c'était plutôt un truc de fille…

— Très drôle. J'en ai marre d'être tout seul, dit-il en arrachant un brin d'herbe sans cesser de la dévisager d'un air pensif. Tu n'en as pas marre, toi ?

— Si, bien sûr. Mais j'ai franchement du mal à t'imaginer souffrant de solitude.

Alors même qu'elle formulait cette phrase, Kat comprit que Howard ne faisait pas uniquement allusion au manque de compagnie féminine. Son sentiment de solitude était plus profond, recouvrait des manques plus nombreux que chez la plupart des gens. Étant donné ce qu'il lui avait révélé de son enfance – et il y avait des chances pour qu'il ait laissé dans l'ombre les aspects les plus épouvantables – il n'était guère difficile de deviner pourquoi un beau parti comme lui était toujours célibataire.

N'importe quel enseignant digne de ce nom sait qu'un enfant victime de mauvais traitements traîne jusqu'à l'âge adulte le sentiment d'être inadapté et la peur d'être abandonné. Parfois même toute sa vie. Les paroles qu'il prononça ensuite confirmèrent ses soupçons :

— C'est facile de rester tout seul quand on ne vise pas très haut. Pas d'attaches, des aventures sans importance. Quand la fille s'en va, on n'a même pas un pincement au cœur.

— Quel résultat a donné cette attitude en ce qui te concerne ?

— À ton avis ?

Il avait arraché un petit carré d'herbe et contemplait la terre qu'il venait de dégager comme si elle recelait un profond secret.

— Un jour, je me suis réveillé à côté d'une fille que je connaissais à peine et je me suis mis à haïr ce que ma vie était devenue. Ce que j'en avais fait. Au lieu d'un étalon, je me suis fait l'effet d'une vieille serpillière. Alors j'ai demandé à la fille de rester pour le petit déjeuner.

— Qu'est-ce qu'elle a fait ?

— Elle m'a répondu : « Je ne prends jamais de petit déjeuner, *Harry*. »

— Aïe.

Howard laissa échapper un rire sans joie.

— Une leçon qui ne s'oublie pas, je te le garantis. Depuis, je me suis abstenu de toute relation sexuelle. Ça fait à peu près un an.

— Un an ? Waouh !

Kat se mit à arracher des brins d'herbe, elle aussi, afin de masquer sa stupéfaction.

— Et… tu as tiré quelque chose de cette année d'abstinence ? questionna-t-elle. Qu'est-ce qui a changé ?

Il se rapprocha d'elle et caressa son bras.

— Je t'ai rencontrée.

Un frisson de plaisir traversa sa colonne vertébrale, aussitôt tempéré par la méfiance acquise au gré des rudes leçons de sa propre vie.

— Qu'est-ce que tu veux dire par là, exactement ?

Un sourire passa sur ses lèvres.

— Tu préfères les œufs brouillés ou au plat ? lui demanda-t-il.

— Brouillés avec du bacon, répondit-elle en haussant un sourcil. Mais j'aime aussi les gaufres, le pain perdu et les pancakes. Pas tout le même jour, évidemment.

— J'en prends bonne note. Cinéma, resto, balades ?

— Oui, oui et oui. OK, maintenant dis-moi où est le piège ?

Sa question parut le surprendre.

— Il n'y a pas de piège. On tâtonnera autant l'un que l'autre dans cette histoire, comme tout le monde, et puis on verra ce que ça donne. J'avoue ma totale inexpérience dans le domaine des relations suivies et que ça me fait un peu peur, mais avec toi, j'ai vraiment envie d'essayer, précisa-t-il en se penchant vers elle pour l'embrasser tendrement. Qu'est-ce que tu en penses ?

— Mmm… J'en pense que c'est une idée qui a du potentiel, répliqua-t-elle d'un ton faussement distant alors qu'elle bondissait intérieurement de joie.

Howard se rembrunit.

— Tu ne sais pas tout de moi. Certaines choses te feraient peut-être changer d'avis...

— Du calme, Howie, dit-elle en lui tapotant le bras. L'heure des révélations fracassantes n'a pas encore sonné.

— Mais...

— Tu es recherché par le FBI ? Tu dois du fric aux impôts ?

— Non.

— Tu ne payes pas la pension alimentaire du gamin que tu as involontairement fait à une de tes précédentes conquêtes ?

Il eut un haut-le-corps.

— Impossible !

— Tu as des verrues sur les fesses ou un zizi riquiqui ?

Cette fois, ses taquineries firent mouche et Howard sourit.

— Aucun risque.

— Des MST ?

Il éclata de rire et lui lança une poignée d'herbe.

— Sale peste !

— Pour le reste, on verra plus tard. Chaque chose en son temps, d'accord ?

Howard retrouva aussitôt son sérieux et la dévisagea longuement.

— Je crois que ça peut attendre, admit-il d'un ton soulagé. Allez viens, ajouta-t-il en se redressant, tendant la main vers elle. Il est temps d'aller ramasser les restes de notre pique-nique.

Vaguement déçue, Kat se redressa, se passa la main dans les cheveux pour en chasser les brins d'herbe et épousseta son jean. Elle n'avait pas senti le temps passer auprès de lui. Le soleil commençait déjà à décliner. Ce merveilleux interlude s'achevait bien trop tôt à son gré.

Ils redescendirent l'étroit sentier jusqu'à l'aire de pique-nique, où Howard s'acquitta du ménage en un clin d'œil avant de récupérer sa veste.

— Prête ? demanda-t-il, un masque impénétrable recouvrant soudain ses traits.

— Toujours.

Ils se dirigèrent vers la Harley et Howard retomba dans le silence. Une fois qu'il eut jeté le sac de déchets dans la poubelle, il prit heureusement sa main dans la sienne.

À quoi pouvait-il bien penser ? Sa nature de célibataire endurci cherchait-elle à reprendre le dessus ? Ou bien ruminait-il ses sombres secrets et la façon dont elle réagirait lorsqu'elle les découvrirait ?

Tout le monde a un passé. Jusqu'ici, le lieutenant s'était montré parfaitement tendre et prévenant avec elle. Il avait consacré cette journée à lui faire plaisir en se privant de la seule chose dont elle était absolument certaine qu'il avait envie.

Howard Paxton était quelqu'un de bien.

Trop beau pour être vrai ?

Ils passèrent tout près de lui. Ne s'aperçurent même pas que la Mort les observait, attablée à moins de cinq mètres d'eux.

— Tu te crois au paradis, hein ? ricana Frank en allumant une cigarette.

Il eut presque pitié du pauvre imbécile. Frank était bien placé pour savoir tout le mal qu'une femelle peut faire à un homme.

Il aurait même pu se laisser attendrir, si ce bâtard de Howard Paxton n'avait pas été responsable de toutes les merdes qu'il avait subies. Tout était sa faute.

Frank allait le lui faire payer. Le regarder souffrir pendant qu'il bousillerait systématiquement sa vie serait merveilleusement excitant. Contempler l'expression de son visage quand il comprendrait enfin *qui* et *pourquoi* serait aussi jouissif qu'une paire de lèvres lui pompant le dard.

— Savoure la partie, Frankie.

Chaque chose en son temps.

6

Kat.

Nom de Dieu, cette fille lui faisait du bien.

Trop de bien.

Howard ne s'était jamais senti aussi perdu de sa vie. C'est pour ça qu'il s'était toujours tenu à distance des femmes. Il préférait que sa vie se déroule de façon aussi répétitive et monotone qu'une version dépourvue d'humour d'*Un jour sans fin* plutôt que d'endurer ce calvaire qui ne faisait que commencer. Flotter dans un cocon d'indifférence plutôt que se faire coincer les cacahuètes dans un étau par une minette aux yeux verts qui savait se servir de sa tête et avait un corps incendiaire.

Bon sang, il n'avait jamais rien compris à la façon de penser des femmes et n'y comprendrait jamais rien. Elle l'avait empêché de lui révéler ses plus noirs secrets ! Peut-être qu'au fond d'elle-même, elle refusait de voir la vérité. Oui, mais *quelle* vérité ?

Élémentaire : une femme comme Kat finirait forcément par exiger de lui un engagement total. Que Howard ne pouvait lui offrir. Et elle devait le sentir.

Le visage d'ange de la petite Emily, la façon dont elle avait tendu les bras vers sa maman, surgirent soudain dans son esprit. Son cœur se serra.

Comment était-il censé expliquer qu'il ne pouvait pas accorder ce don précieux à Kat alors qu'il mourait d'envie de le faire ?

D'un autre côté, quelle femme a envie d'être réveillée en sursaut chaque nuit par les cauchemars de son amant ? Mais le pire de tout, c'était que s'il se mettait à confier ses problèmes à quelqu'un, il deviendrait vulnérable.

Il n'arrivait toujours pas à croire qu'il avait été sur le point de tout lui révéler. Comment avait-elle pu réaliser ce prodige ?

Parce qu'il avait l'impression de pouvoir tout lui dire. Il lui avait dévoilé plus de choses sur son passé qu'il ne l'avait jamais fait avec quiconque, excepté Sean. Le problème, c'était que Kat méritait mieux qu'un barjot comme lui. Bon sang, il n'était même pas fichu d'appeler ses parents papa et maman !

Mieux valait oublier Kat avant qu'ils ne commencent à se faire du mal.

Il se répéta cette formule comme un mantra pendant tout le trajet de retour jusque chez elle. Aligna devant lui les nuits qu'il ne passerait jamais dans ses bras.

Il suffirait qu'il y goûte une seule fois pour qu'il soit perdu. Chaque gorgée d'elle serait plus dévastatrice qu'une gorgée d'alcool pour un alcoolique repenti.

Quand il arriva devant chez elle, il coupa le moteur. Le bruit l'aurait empêché de lui dire au revoir, et les bonnes manières que Georgie lui avait inculquées depuis l'enfance le lui interdisaient.

Il savait mieux que quiconque la souffrance qu'il y a à se sentir abandonné.

Kat descendit, retira son casque et le lui tendit.

— Eh bien, merci pour cette belle journée. Je...

Elle se mordilla la lèvre, hésitante, et Howard eut envie de mordre cette lèvre, lui aussi.

— Je t'accompagne jusqu'à la porte, décida-t-il en lui prenant le casque des mains avant de retirer le sien.

— Ce n'est pas la peine, répondit-elle en plongeant la main dans la poche de son jean. Tu as sûrement des millions de trucs à faire.

— Rien qui ne puisse attendre.

Quelle qu'ait été la bonne réplique, ce n'était pas celle-là, *bougre d'âne* !

— Comme tu voudras, lâcha-t-elle avec un haussement d'épaules avant de se diriger vers la porte, le laissant libre de la suivre ou non.

Howard fronça les sourcils, posa les casques sur la moto et s'empressa de la rejoindre. Il avait suffi qu'il la voie s'éloigner pour que son intention de prendre sobrement congé se désintègre.

Elle inséra la clef dans la serrure, puis hésita. L'expression bouleversée qu'il découvrit sur son visage, lorsqu'elle se retourna, lui fit l'effet d'une lame de couteau en pleine poitrine. La bouche de Kat était faite pour le rire, les baisers… et bien d'autres choses plus coquines. Pas pour s'affaisser ainsi.

— Qu'est-ce que je t'ai fait pour que tu te refermes comme ça ? demanda-t-elle en rivant sur lui un regard qui le cloua sur place.

— Rien, répliqua-t-il en secouant la tête. Rien que du bien, ajouta-t-il avec un sourire malicieux. Ce qui m'arrive ne concerne que moi, et j'espère que tu ne m'as pas déjà rangé dans la même catégorie que Rod.

Elle éclata de rire. Howard sentit une sorte de chatouillement passer sur sa peau, comme si des doigts de soie effleuraient une à une ses vertèbres d'une caresse.

— Tes pieds ne rentreraient jamais dans ses petits mocassins à pompons bien cirés ! Vous êtes si différents l'un de l'autre !

— Et c'est une bonne chose ?

— Devine !

Et voilà. Maintenant, la balle est dans ton camp, Musclor.

— On… on se reverra ? reprit-elle.

Le visage de Kat avait conservé une expression parfaitement naturelle, mais sa voix l'avait trahie. Haletante. Pleine d'espoir.

— Demain soir ? proposa-t-il. Tu viens dîner chez moi ?

Le beau visage de Kat s'éclaira et le monde se remit à tourner normalement.

— En général le lundi, j'évite les sorties. Mais pour toi, je ferai une exception.

— Je reprends le service mardi matin, moi aussi, alors on ne fera pas de folies. Tu viens vers six heures et demie et on dînera vers sept heures, ça te va ?

— Tout à fait. Tu veux que j'apporte quelque chose ?

— Rien d'autre que toi, ma belle. Tu l'ignores peut-être, mais en plus de leurs innombrables talents, les pompiers sont d'excellents cuisiniers, déclara-t-il en bombant fièrement le torse, un petit sourire flottant sur ses lèvres.

Kat voulait bien lui donner une chance ! Son intention de ne plus la revoir s'était évaporée comme par enchantement.

— Je t'appellerai ce soir pour t'expliquer le chemin, ajouta-t-il en écartant une mèche de cheveux de son visage.

Il avait du mal à se retenir de la toucher.

— Ça marche. Comme ça, je n'aurai pas besoin d'inventer un prétexte pour t'appeler.

Une vision de Kat allongée sur son lit, nue, l'oreille collée au téléphone, ses cheveux blonds répandus sur l'oreiller, faillit lui tirer un gémissement.

— Avec moi, tu n'as pas besoin de prétexte, Kat. Je suis à ton entière disposition, où tu veux, quand tu veux.

Une lueur de convoitise passa dans ses beaux yeux verts, et Howard s'empara de ses lèvres le plus naturellement du monde. Ce baiser raviva instantanément son désir, et l'idée d'attendre jusqu'au lendemain soir pour la revoir lui parut soudain insupportable. S'il ne s'arrêtait pas tout de suite, cette étreinte allait mettre le feu aux poudres.

Il interrompit leur baiser, s'écartant d'elle à regret, conservant entre ses doigts une mèche de ses cheveux aussi longtemps qu'il put.

— À tout à l'heure, murmura-t-il avant de s'éloigner.

— Tu es un vrai soldat du feu, lieutenant ! lui lança-t-elle alors qu'il atteignait sa moto.

Howard se figea sur place. Jeta un coup d'œil par-dessus son épaule. Et lui coula un sourire malicieux.

— Les soldats ont aussi leurs faiblesses, ma belle.

— J'espère bien ! rétorqua-t-elle en le détaillant de la tête aux pieds d'un regard si brûlant qu'il sentit son pouls atteindre des records de vitesse.

Il gloussait encore comme un bienheureux quand elle referma la porte derrière elle. Il accrocha le casque qu'il lui avait prêté à l'arrière, enfila le sien, se mit en selle et alluma le contact. Sortant son distributeur de Pez de sa poche, il en projeta un directement dans sa bouche. Lorsqu'il fit descendre la Harley du trottoir, il pensait déjà à la liste des courses qu'il ferait le lendemain en prévision du dîner.

Il se demandait aussi s'il serait judicieux de louer un film, alors qu'ils travaillaient tous deux le lendemain matin… et faillit ne même pas remarquer la plus vieille Buick Regal de la planète.

Il l'avait déjà repérée sur le parking de la Cumberland River, pas très loin de sa Harley, au moment du retour. Avec cette peinture vert vomi tout écaillée, c'était forcément la même. Impossible qu'il y ait deux voitures aussi hideuses dans le comté.

Quand il passa près de la voiture garée le long du trottoir, il aperçut un homme brun au volant. La main en coupe devant son visage, il allumait une cigarette.

Howard sentit son sang se glacer dans ses veines, et un frisson d'épouvante parcourut sa moelle épinière. Il avait déjà ressenti cette déplaisante sensation... La veille, après l'incendie de cette maison où Skyler et Ève étaient tombés sur un cadavre carbonisé.

Dans son rétroviseur, il vit la Buick s'éloigner du trottoir et partir dans la direction opposée.

Il secoua la tête et s'efforça de chasser l'impression désagréable qui l'avait saisi. Il arrive qu'on croise la route de quelqu'un plus d'une fois dans la même journée. Une simple coïncidence n'a rien d'étrange ni de menaçant.

Sur le coup de minuit et demi, alors que Howard allait entamer sa troisième série de tractions, l'enveloppe laissée sur la porte d'entrée lui revint à l'esprit. Il l'avait complètement oubliée.

Il replaça lentement la barre argentée des haltères sur son support, puis se glissa dessous en se tortillant et s'assit sur le banc capitonné. Après avoir essuyé la sueur de son visage et de son torse avec une serviette, il quitta la salle d'entraînement et traversa le couloir conduisant au séjour en faisant rouler ses épaules.

Il commençait à se faire vieux pour jouer à ce petit jeu. S'exercer jusqu'à la limite de ses forces pour glaner quatre ou cinq heures de sommeil d'affilée finirait par avoir sa peau. En tant qu'infirmier diplômé, il savait que les somnifères peuvent être d'une aide précieuse, mais il vivait avec l'insomnie depuis si longtemps qu'il n'en voyait pas l'intérêt. Peut-être était-il trop têtu pour laisser gagner ses démons intérieurs.

Ou peut-être, plus honnêtement, avait-il tellement peur de se retrouver coincé dans ses cauchemars, incapable de se réveiller, que cela suffisait à le tenir à distance des somnifères.

L'enveloppe blanche, format courrier, tomba en virevoltant sur le porche quand il ouvrit la porte. Il se baissa pour la ramasser, et la vision de son nom imprimé le fit frissonner. On n'avait pas seulement indiqué son nom, mais aussi son rang.

Lieutenant Howard Paxton.

Troublant. L'espace d'un instant, sans trop savoir pourquoi, il se dit qu'il n'aurait pas dû toucher cette enveloppe. Il referma la porte sur la fraîcheur de la nuit, la verrouilla et retourna dans le séjour en étudiant l'enveloppe des deux côtés. Ordinaire. Blanche. Rien que son nom, imprimé sur le devant.

Il s'assit sur le canapé. La décacheta. Jeta un coup d'œil à l'intérieur.

Et en sortit la photographie qu'elle contenait.

Il ne comprit pas immédiatement ce que virent ses yeux. Ses poumons se bloquèrent involontairement. Il essayait de donner un sens à quelque chose d'impossible, et son cerveau pétaradait comme le starter mal réglé d'une voiture. Le regard braqué sur la photo, il déglutit.

Une femme nue. Assise sur un lit et menottée, chacun de ses poignets attaché au montant métallique, de part et d'autre de son corps. Elle relevait le menton et cambrait le dos. Ses seins nus pointaient à travers le rideau de ses longs cheveux bruns. Ses genoux étaient repliés et la plante de ses pieds s'enfonçait dans le matelas. Ses jambes largement écartées révélaient une épaisse toison entre ses cuisses, ainsi que la chair rose et luisante de son sexe.

— Mon Dieu.

Qui avait bien pu prendre une photo aussi dégueulasse et la laisser devant sa porte ? Dans une enveloppe à *son nom* ?

Julian ? Non. Impossible. Le sens de l'humour parfois tordu de Salvatore ne l'aurait jamais incité à faire quelque chose d'aussi malsain.

Il y avait un truc qui clochait avec cette photo. Il scruta le visage de la femme et se demanda ce qui le perturbait, en dehors de ce qui sautait aux yeux. Qu'est-ce qui manquait ? Quand il comprit enfin, il eut l'impression de recevoir un coup sur la tête.

Le désir. Howard savait à quoi ressemble une femme dans l'excitation. Celle qui posait sur la photo avait un beau visage, mais son regard vide d'expression et ses lèvres pincées ne reflétaient aucun désir. Elle semblait résignée. Aussi expressive qu'un mannequin de vitrine ou une toxicomane posant pour un magazine de BDSM.

Aussi résignée qu'une femme *qui sait qu'elle va mourir*.

Un souvenir l'assaillit. Skyler émergeant en chancelant de la maison fumante. Vomissant sur la pelouse.

— *Un... un corps. Dans la chambre principale. Menotté au lit.*

Un cadavre calciné, méconnaissable.

Ses mains se mirent à trembler. Non, ce n'était pas possible. La personne qui était morte dans cet incendie ne pouvait pas être la femme de la photo, sinon pourquoi aurait-on déposé ce cliché obscène de la victime devant chez lui ?

Il posa l'image affreuse sur la table basse. Fonça sur le téléphone et appuya sur la touche d'appel rapide de Skyler. Il avait enregistré les numéros de tous les membres de son équipe dans la mémoire de l'appareil, de façon à les joindre le plus rapidement possible en cas d'urgence.

Skyler décrocha au bout de trois sonneries et, d'après les bruits, se bagarra contre le combiné qui avait dû lui échapper des mains.

— Ouais ? coassa-t-il d'une voix rauque de sommeil.

— C'est moi. Howard. Désolé d'interrompre ton sommeil, petit. Tu es réveillé ?

— Hmm… Ouais… Je veux dire, oui, mon lieutenant.

Le combiné dut lui échapper une fois de plus et il le rattrapa en soupirant.

— Que puis-je pour vous, lieutenant ?

— J'ai besoin de te poser quelques questions au sujet de la nuit dernière. L'incendie avec le cadavre. Tu y es ?

— J'y suis, répondit-il. Qu'est-ce que vous voulez savoir ?

— Tu t'en sors ? s'enquit Howard, sa main se contractant sur le combiné.

— Ça va, répliqua Skyler après un temps d'hésitation.

Les paroles qu'il n'osa pas prononcer, « au vu de ce qui s'est passé », pesèrent de tout leur poids dans le silence qui suivit.

— La plupart des gars ont des années de métier dans les pattes avant de tomber sur une scène de ce genre. Il y en a aussi qui ont du bol et à qui ça n'arrive jamais de toute leur carrière.

— Ça va, lieutenant, affirma Skyler avec un peu plus de mordant.

— Content de l'entendre, fit Howard, sincèrement soulagé. Dis-moi, j'aimerais que tu me décrives la chambre dans laquelle vous avez trouvé le corps, Ève et toi. Commence par le lit.

Le silence se fit à l'autre bout de la ligne.

— Tommy ?

— Pour quoi faire ?

— Fais ce que je te demande.

— Le lit. D'accord. Euh… grand format. Bois sombre. Merisier, peut-être. Massif, avec des montants robustes. Tête de lit en bois surmontée d'un ornement en fer forgé. Une sorte de guirlande de feuilles enchevêtrées, si vous voyez le genre.

Les pieds de Howard l'avaient ramené près de la table basse. Il baissa les yeux vers la photo.

— Les poignets de la victime étaient-ils menottés à cette guirlande de fer forgé ?

— Oui, répondit Tommy. Comment le savez-vous ? ajouta-t-il d'un ton suspicieux.

— Et près du lit ? Est-ce qu'il y avait une table de chevet ?

— Deux. Il y avait un cendrier sur celle de droite quand on regardait la scène depuis le pied du lit.

Howard scruta la cigarette posée en équilibre sur le rebord du cendrier de la photo et sentit un flot de bile remonter dans sa gorge.

— Des cigarettes dans le cendrier ?

— La chambre était encore en flammes, lieutenant. Sauf votre respect, on n'a pas vraiment eu le temps de faire l'inventaire. Pourquoi me posez-vous toutes ces questions ? Je risque d'avoir des problèmes ?

— Non, ça n'a rien à voir avec toi.

— Qu'est-ce qu…

— Je t'expliquerai quand on se verra mardi.

D'ici là, il y avait fort à parier que toute la caserne aurait entendu parler de l'affaire.

— Retourne te coucher, Skyler.

— Bien, lieutenant, marmonna Tommy.

Howard pressa la fourche de l'appareil et appela aussitôt la police. Le ton fatigué du standardiste s'anima considérablement une fois que Howard eut exposé les faits. Annoncer qu'on détient peut-être des éléments liés à un homicide a généralement cet effet.

Howard attendit ensuite la visite de la police, perplexe et nauséeux. *Pourquoi ?* La police avait peut-être un début de piste à présent et serait en mesure de lui expliquer pourquoi cette photo avait été déposée devant sa porte.

Mais les officiers de police qui se présentèrent chez lui se montrèrent aussi sarcastiques et grossiers que Starsky et Hutch. Le fait de s'adresser à un lieutenant des pompiers ne leur faisait ni chaud ni froid. Starsky et Hutch se contentèrent de l'abrutir de toutes les questions que Howard s'était posées avant leur arrivée.

— Que cette femme soit ou non la victime de l'incendie d'hier soir, je ne la connais pas et je ne l'ai jamais vue de ma vie, répéta-t-il pour la centième fois.

Bras croisés sur le torse, dos bien droit, pieds légèrement écartés et visage fermé, il avait adopté la posture qu'il prenait quand il passait un savon à son équipe. Howard en imposait, et il le savait.

L'officier Peters, le Starsky du duo, feuilleta ses notes.

— Reprenons. Vous avez vu cette enveloppe sur votre porte en début d'après-midi, mais vous n'avez pas pris le temps de l'ouvrir parce que vous aviez un *rencard,* c'est bien ça ?

Peters avait accentué le mot comme s'il doutait que la chose fût possible. Howard passa sa langue sur ses dents pour réprimer une réplique cinglante.

— Absolument. Je ne m'y suis pas intéressé avant minuit et demi.

— Après avoir mangé, appelé votre copine pour arranger un dîner avec elle demain soir – c'est-à-dire ce soir, étant donné l'heure – et une séance de muscu, c'est bien ça ?

Kat n'était pas sa « copine ». Pas encore.

— C'est bien ça.

Autant rester simple.

Peters leva la tête et dévisagea Howard de ses petits yeux perspicaces. Visiblement, il ne croyait jamais un mot de ce qu'on lui disait.

— En admettant que cette femme soit bien la victime de notre homicide, pourquoi quelqu'un – sans doute l'assassin – vous narguerait-il personnellement avec sa photo ? Vous prétendez ne pas la connaître, et vous n'avez même pas vu la scène du crime de vos propres yeux. Le capitaine Tanner est le chef de votre brigade. Si cette raillerie visait directement la caserne, pourquoi ne pas avoir adressé l'enveloppe à Tanner ? Ou, mieux encore, au commandant Mitchell ?

— J'espère que vos hommes trouveront les réponses à ces questions, officier Peters. En ce qui me concerne, je ne suis pas détective et je vous ai dit tout ce que je savais, ce qui se résume à bien peu de chose, je vous l'accorde.

Peters et Holden, son coéquipier, échangèrent un regard. Peters referma son carnet de notes.

— Très bien. Je crois que nous allons vous laisser. Le détective de la brigade des homicides qui s'occupe de l'affaire voudra sans doute vous entendre dès demain, ainsi que votre équipe. Vous êtes de repos ?

— Je reprends le service mardi matin à sept heures.

— Arrangez-vous pour rester à sa disposition, laissa tomber Holden d'un ton mauvais.

— C'est embêtant. Ça va m'obliger à annuler mon aller simple pour les Bahamas, rétorqua Howard.

Starsky et Hutch pincèrent les lèvres comme s'ils venaient de croquer une rondelle de citron. Peters plaça la photo et l'enveloppe dans un sachet de plastique en tant que pièces à conviction, et ils débarrassèrent le plancher.

Howard se laissa aller contre la porte qu'il venait de refermer, et le masque de gros dur imperturbable qu'il s'était fabriqué pour affronter Starsky et Hutch fondit instantanément. Rien de tout cela n'était logique.

Des flashs des événements survenus au cours des vingt-quatre dernières heures défilèrent dans sa tête.

L'incendie et la façon dont ses cheveux s'étaient dressés sur sa nuque.

La silhouette solitaire qui se tenait sous l'arbre de son jardin.

La vieille Buick verte. Au parc.

La même, devant chez Kat. *Oh, mon Dieu.*

L'homme qui se trouvait à l'intérieur, dissimulant son visage derrière sa main.

Allumant une cigarette.

Cette photo obscène. Le regard vide de la femme.

Une cigarette sur la table de nuit.

Les jambes en coton, Howard s'assura que toutes les portes étaient bien fermées. Une fois dans sa chambre, il retira ses tennis et ses chaussettes, passa le T-shirt qu'il avait enfilé avant l'arrivée de la police par-dessus sa tête et se dépouilla de son short en nylon.

La douche brûlante qu'il s'infligea ne parvint pas à réchauffer ses os glacés, et il eut beau s'attarder longuement sous le jet, le sentiment d'horreur grandissant qui lui collait à la peau refusa de disparaître, tel un serpent venimeux rampant dans l'obscurité, invisible jusqu'à son attaque mortelle.

Howard n'était pas stupide. Quelqu'un le tenait dans l'écran de son radar et souhaitait le lui faire savoir. Message reçu.

L'assassin l'avait-il observé pendant qu'il était avec Kat, cet après-midi ? Pourquoi ? Pour le narguer une fois qu'il aurait capturé Kat et l'aurait carbonisée, comme il l'avait fait avec l'autre femme ?

Howard ferma le robinet, sortit de la douche en chancelant, attrapa une serviette et la noua sur ses reins, puis se rua sur l'annuaire téléphonique de la cuisine sans se soucier de mettre de l'eau partout. Il prit la précaution de noter le numéro de Kat sur un Post-it, cette fois-ci, et l'apprit par cœur tandis qu'il regagnait sa chambre.

Il s'assit lourdement sur son lit, décrocha le téléphone et composa le numéro. Compta les sonneries, le cœur battant.

— Allô ?

Elle n'a rien. Ses épaules s'affaissèrent de soulagement.

— Salut, c'est Howard. Désolé de te réveiller, ma belle.

— Howard ? répéta Kat d'une voix endormie. Mais quelle heure est-il ?

— Pas loin de deux heures du matin. J'avais besoin d'entendre ta voix.

Il avait conscience d'aggraver son cas, mais lui révéler le véritable motif de son appel eût été encore pire. Il s'était fait un film et s'était lancé à l'assaut de fantômes qui n'existaient que dans sa tête. Kat se serait affolée pour rien et l'aurait pris pour un désaxé.

Avec raison, peut-être.

— C'est gentil, répliqua-t-elle d'une voix douce. Mais ce n'est pas toi qui vas affronter toute une classe de petits démons tout à l'heure.

— Dis que tu es malade et passe la journée avec moi.

Il avait lancé cela sous le coup de l'inspiration. Parce qu'il avait besoin de la serrer dans ses bras. De sentir ses cauchemars se dissiper sous la caresse de ses mains, de son petit corps aux formes pleines. D'accepter l'alléchante proposition qu'il avait déclinée quelques heures auparavant.

— ... souffla le démon tentateur à l'oreille de la pure jeune fille, dit-elle, avant de laisser échapper un long soupir de regret. Je ne peux pas, Howard. On a deux instits en stage en ce moment et si je sèche, ça veut dire que je laisserai mes deux autres collègues gérer cinq classes.

— Je comprends, répondit-il d'un ton sincère, bien qu'il fût profondément déçu.

— On remet ça à une prochaine fois ?

— Et comment !

— Je suis impatiente de dîner avec toi, Howard, ajouta-t-elle presque timidement.

— Moi aussi. Mais dis-moi, tu pourrais peut-être arriver plus tôt, non ?

— J'avoue que c'est tentant... Je finis à trois heures et demie. Si je me sauve comme une voleuse et que je repasse chez moi pour me changer en vitesse, je peux être chez toi vers quatre heures et demie. Qu'est-ce que tu en dis ?

— J'en dis que c'est génial, mais que je vais compter les heures.

— Moi aussi. Bonne nuit, Howard.

— Bonne nuit, princesse.

Howard reposa le combiné sur son support et frissonna. Il était encore ruisselant d'eau. Une partie de son anatomie ne souffrait cependant absolument pas du froid. Le simple son de sa voix avait suffi à l'exciter, et sa prodigieuse érection donnait à la serviette l'allure d'un chapiteau de cirque.

Il se sécha à la va-vite, négligeant ses cheveux, et s'allongea sur le lit, les mains croisées derrière la tête, sans se donner la peine d'enfiler le caleçon qu'il portait habituellement pour dormir. Les yeux fixés au plafond, il se demanda si Kat était la seule susceptible de déclencher en lui un tel désir, ou si sa libido négligée réagirait de façon aussi énergique avec n'importe quelle femme.

N'importe qui ferait l'affaire pour le soulager de son énergie sexuelle. L'idée sonnait faux, mais il avait besoin d'en avoir le cœur net. Pour cela, il devait mettre sa théorie à l'épreuve, et il n'y avait qu'un seul moyen de le faire sans que quiconque en pâtisse.

Il écarta les jambes et étendit les bras le long de ses flancs. Laissa son corps s'enfoncer dans le matelas. Ferma les yeux. Inspira à fond, expira, et fit appel à ses souvenirs.

La rousse. La dernière femme qui ait passé la nuit chez lui. Celle qui ne prenait jamais de petit déjeuner. Qui ne devait pratiquement jamais manger, d'ailleurs. Ils s'étaient connus au club de fitness. Une fille splendide avec un corps de top model. Howard se sentait seul, ce jour-là. Il l'avait emmenée faire un tour sur sa Harley – c'était pour elle qu'il avait acheté le deuxième casque. Ils avaient atterri chez lui, dans son lit, et y étaient restés deux jours d'affilée. Il s'était servi d'elle – et l'avait incitée à se servir de lui – pour réaliser des prouesses qui auraient réussi à choquer quelqu'un d'aussi averti que Julian Salvatore.

Howard avait toujours eu un solide appétit sexuel. Par bien des aspects, il menait une petite vie de père tranquille, mais son côté sage disparaissait sitôt qu'il franchissait le seuil de sa chambre à coucher en galante compagnie. Là, il s'autorisait toutes les folies. Il avait un besoin vital de contact, de sensation charnelle, peau contre peau. Il aimait posséder une femme brutalement, sans ménagement, mais aussi lentement, tendrement. Il aimait se laisser faire aussi, de toutes les façons qui plaisaient à la dame.

La rousse ne s'en était pas privée. Janine – ou Janice ? – n'avait pas hésité un instant à l'enfourcher, sa toison cuivrée chatouillant le ventre de Howard. Elle s'était penchée en avant, ses longs cheveux roux frôlant son torse, et lui avait parlé à l'oreille. Il devait garder les bras le long du corps, avait-elle ordonné. Interdiction de se toucher ou de la toucher. Il devrait satisfaire tous ses désirs, faute de quoi le jeu cesserait.

Elle avait embrassé son cou, sa gorge, sa poitrine. Fait courir la pointe de sa langue jusqu'à son ventre. S'était agenouillée entre ses cuisses écartées, gratifiant ses testicules de la caresse de ses doigts experts, les soupesant avec un ronronnement d'approbation.

Un flot de chaleur s'emparant de son entrejambe, Howard gémit au souvenir de la bouche de Janine enserrant son sexe. Elle l'avait aussi étroitement enveloppé qu'un gant délicieusement tiède, et l'avait sucé. Il avait soulevé les hanches pour l'inciter à glisser la main entre ses fesses et lui caresser l'anus. Glisser un doigt à l'intérieur. Une faveur sombre et décadente qu'ils se faisaient l'un l'autre. La tigresse en elle avait exulté du pouvoir qu'elle avait sur lui et, en dépit de son instinct de domination inné, le mâle en lui avait adoré lui conférer ce pouvoir.

Howard s'immergea dans le souvenir de cette superbe créature qui l'avait sucé, léché, pénétré… Il avait adoré concrétiser cet audacieux fantasme masculin, mais une étrange insatisfaction le ramena à la solitude de sa chambre. Il ne parvenait pas à dépasser le délicieux tourment de son sexe en érection, n'arrivait pas à se laisser complètement aller comme d'habitude. Janine ne signifiait rien pour lui, et il eut soudain la certitude absolue que si elle s'était trouvée dans son lit, il lui aurait demandé de se rhabiller et de rentrer chez elle.

La preuve était faite : n'importe quelle femme ne ferait *pas* l'affaire.

Il laissa son esprit dériver vers ce qu'il savait être une source de plaisir certaine. La chevelure qui tombait en cascade sur ses cuisses devint soyeuse et d'un blond doré, et les yeux de chat qui se levaient vers lui prirent une teinte vert émeraude. Sa voluptueuse poitrine se balançait au rythme des savantes caresses dont elle gratifiait son sexe, ses fesses…

— Kat, gémit-il, le corps en feu.

Oh oui, c'était elle qu'il voulait. Il lui aurait promis tout ce qu'elle souhaitait pour que sa bouche et ses mains traitent son corps de cette façon. Absolument tout. Il se serait livré à elle pieds et poings liés, disposé à lui appartenir éternellement.

— Aaah, oui ! Comme ça, c'est bon ! Oui !

Son sexe entra en éruption et la sève en jaillit violemment. D'épaisses coulées de semence se répandirent sur son ventre, encore et encore, comme si son orgasme ne devait jamais s'arrêter. Finalement, une ultime secousse le parcourut et il resta là, haletant, clignant bêtement des yeux, les murs de sa chambre redevenant progressivement nets. Si le simple fait d'imaginer les mains et la bouche de Kat sur son corps lui faisait cet effet, il lui tardait de concrétiser ce délicieux fantasme !

Il n'avait même pas eu besoin de se toucher.

Plus aucun doute n'était permis : Kat était la femme de sa vie.

Il se mit à siffloter gaiement, chassant résolument de son esprit toute pensée relative à l'incendie criminel et à la photographie. Dès demain, cette impression de malédiction inéluctable se dissiperait. Rien de tout cela ne les concernerait plus, Kat et lui. C'était certainement le fait d'un esprit dérangé. Un incident isolé.

— Katherine McKenna, dit-il à voix haute.

Il adorait la caresse de son nom sur ses lèvres.

— Tu m'appartiens déjà, mon ange.

Le sommeil le gagna rapidement, pour une fois, profond et réparateur.

Dans un premier temps.

Jusqu'à ce qu'un monstre se mette à courir après un petit garçon terrifié dans le potager de sa mère.

Un monstre qui réussissait toujours à l'attraper.

7

Contre toute attente, Shane Ford, détective à la brigade des homicides, se révéla tout à fait sympathique. Grand et svelte, la trentaine, cheveux blond sable un peu trop longs, regard pétillant d'intelligence et sourire contagieux, le détective Ford dissipa ses appréhensions.

Contrairement à Peters et Holden, il se montra d'une grande courtoisie et écouta patiemment son récit de la nuit de l'incendie jusqu'aux incidents de la veille, incluant l'implication de Kat et leur premier rendez-vous. Ses inquiétudes avaient eu beau lui paraître ridicules à la lumière du jour, Howard jugea préférable de parler de la silhouette aperçue devant chez lui et de l'affreuse Buick verte.

La photo obscène qu'on avait déposée devant sa porte incita Ford à prendre ces révélations au sérieux. Assis dans un profond fauteuil en cuir dans le séjour de Howard, le détective se tapota le genou avec son stylo tandis qu'il relisait ses notes en fronçant légèrement les sourcils.

— Je présume que vous avez des raisons de penser que la femme de la photo est bien la victime de l'incendie, dit Howard, profitant de son silence. Sinon, vous ne seriez pas ici.

Ford leva les yeux et hocha la tête.

— En effet. La chambre dans laquelle la photo a été prise est identique à celle des Hargrave. D'autre part, la femme en question correspond à la description d'une femme dont on nous a déclaré la disparition hier. La comparaison de leurs fichiers dentaires permettra peut-être son identification aujourd'hui même.

— Je ne comprends pas pourquoi l'assassin a pris la peine de la brûler. Peu lui importait que la police découvre l'identité de sa victime, apparemment.

— Punition, châtiment, pulsion sadique... n'importe quelle raison tordue, répondit Ford en écartant les mains. Pourquoi vous a-t-il fait parvenir cette photo ? Il vous a peut-être choisi au hasard, mais il est trop tôt pour spéculer au stade où nous en sommes.

— Lancer la police sur une fausse piste est peut-être une idée qu'il a eue après coup. C'est tombé sur moi, mais il aurait pu adresser cette photo à n'importe qui. Il va peut-être passer à autre chose et m'oublier, conclut Howard en réalisant qu'il cherchait à conjurer le sort.

— Nous ne tarderons pas à le savoir. Un sociopathe ne s'en tient jamais à un seul meurtre. Soit il reste sur place et complique le jeu, soit il change de secteur, auquel cas nous n'entendrons sans doute plus jamais parler de lui.

L'espoir naissant de Howard de voir l'assassin disparaître retomba. S'il quittait la ville, il recommencerait à tuer dans un autre comté ou un autre État. La lugubre résignation qu'il avait lue dans le regard de la femme de la photo lui revint en mémoire, et il se sentit coupable d'avoir formulé un souhait aussi égoïste. Howard n'avait jamais reculé devant le danger et ce n'était pas aujourd'hui qu'il allait commencer. Si ce malade persistait à déposer des insanités devant sa porte, il découvrirait *qui* et *pourquoi,* et le pervers en question n'aurait plus qu'à prier pour que la police le trouve avant lui.

— Je ne vais pas vous importuner plus longtemps, déclara Ford en se levant. Je dois m'entretenir avec Mlle McKenna au sujet de l'incendie et du camion qu'elle a croisé en arrivant.

— L'officier qui était sur place la nuit de l'incendie a déjà recueilli son témoignage, objecta Howard qui détestait l'idée que Kat ait à subir une nouvelle entrevue avec la police.

— Il m'a transmis ses notes, acquiesça Ford en lui décochant un regard scrutateur. Mais je préfère recueillir personnellement ses observations. Une fois le drame passé, les gens se souviennent parfois d'un détail jugé sans importance sur le moment. Je n'ai malheureusement pas pu la joindre hier, et je tiens à la voir le plus tôt possible.

— Pensez-vous que ce malade représente un danger en ce qui la concerne ?

— Un surcroît de prudence ne peut pas faire de mal. Maintenant... je me demande s'il est judicieux de lui parler de cette photo. L'expérience m'a appris qu'il vaut mieux éviter de divulguer le moindre détail au début d'une enquête. Sauf si cela s'avère nécessaire, évidemment.

C'était précisément ce qui embêtait Howard. Dissimuler à Kat le cadeau que lui avait fait l'assassin le mettait dans une position qu'il n'aimait pas.

Ford promit de le tenir au courant et prit congé. Une fois le détective parti, Howard arpenta son séjour, luttant contre sa conscience. Malgré ses réticences à tisser des liens durables, Kat faisait déjà intimement partie de sa vie. Et contrairement à ce qu'il avait espéré, la lumière du jour n'avait pas chassé ses craintes.

Un fou meurtrier s'amusait avec lui.

Un fou qui surveillait peut-être Kat. Que devait-il faire ? Laisser à la police le soin d'assurer sa protection ? Confier sa sécurité à des gugusses comme Starsky et Hutch ?

Hors de question.

— Je ne laisserai pas ce salopard lui faire du mal *à cause de moi,* ragea-t-il à voix haute.

Il passa dans la cuisine, se versa un café et jeta un coup d'œil à la pendule. Pas tout à fait neuf heures et demie. Il décida de rappeler Sean, qu'il n'avait pas réussi à joindre avant l'arrivée du détective.

Au bout de quatre sonneries, le répondeur se déclencha. Howard grimaça.

— Bonjour, vous êtes bien chez Sean, Blair, Bobby et Mia. Laissez un message après le bip, pépièrent une à une les voix enregistrées des membres défunts de la famille de Sean.

— Salut frangin, c'est encore moi. Si tu ne décroches pas, je débarque chez toi et je défonce ta porte. Je te préviens que je suis sérieux, Sean !

Rien ne se produisit. Frustré, Howard se pinça l'arête du nez entre le pouce et l'index.

— Je serai chez toi dans vingt minutes. Si tu as ce message, rappelle-moi sur mon portable.

Il raccrocha, et le courant de frayeur qui le traversa l'incita à passer à l'action. Ramassant son portefeuille et ses clefs, il s'élança vers la porte.

Faites qu'il tienne le coup encore une journée, mon Dieu ! Faites que je ne le trouve pas mort…

Cela faisait plusieurs mois qu'il répétait cette prière plusieurs fois par semaine. Quelque chose finirait par craquer, un jour ou l'autre. Sean avait atteint un carrefour au milieu duquel il restait planté, comme pétrifié, incapable de décider du chemin qu'il avait envie de suivre. Son meilleur ami pouvait choisir de survivre à la disparition de sa famille. Ou pas.

Le jour où le drame s'était produit, Sean, qui aurait dû assister au match de foot de son fils, faisait des heures supplémentaires au sein de l'équipe B. L'appel qu'il avait reçu l'avait directement conduit vers les restes disloqués d'une voiture en flammes qu'il avait immédiatement reconnue…

— C'est mauvais signe quand on ne pleure pas, avait tristement commenté un de leurs coéquipiers après l'enterrement.

Jusqu'à ce jour, Sean n'avait pas pleuré une seule fois. Il s'était barricadé derrière un mur de silence qui l'éloignait progressivement du monde, et Howard savait qu'il attendait de se retrouver seul pour se laisser couler.

Mais il n'avait pas l'intention de le laisser faire.

Quelques minutes plus tard, il s'engageait dans l'allée gravillonnée qui conduisait chez Sean. La maison en rondins apparut devant ses yeux. Ce joyau rustique implanté sur un terrain de douze hectares amoureusement aménagé par Sean et Blair pour y élever leurs enfants, évoquait désormais une prison sans barreaux.

La voiture de son ami était garée à côté de la maison. Sean se plaça derrière et coupa le moteur. Le ventre noué, il grimpa les marches du porche et cogna à la porte de son poing fermé.

— Sean ! Ouvre-moi !

Silence. Howard frappa à nouveau.

— Sean !

Sa crainte laissa place à la panique. Le cadre céda au troisième de ses coups de pied et la porte s'ouvrit à la volée. Howard traversa au pas de course le séjour et le couloir menant à l'arrière de la maison, puis s'immobilisa sur le seuil de la chambre de Sean, ses yeux fouillant l'obscurité.

L'odeur lui parvint avant qu'il ne distingue quoi que ce soit. Un relent douceâtre de vieux vomi. Il porta une main à sa bouche et, malgré les rideaux tirés, parvint à localiser les contours du lit.

— Sean ?

Il s'approcha et alluma la lampe de chevet.

— Nom de Dieu !

Des gélules jonchaient le sol, ainsi que le flacon qui les avait contenues et une bouteille de whisky vide. Howard ramassa le flacon et lut l'étiquette. Des somnifères. *Pitié, non !*

Il s'assit à côté de Sean. Vêtu d'un bas de jogging et d'un T-shirt, il était allongé sur le ventre, la tête tournée sur le côté, une couverture entortillée autour des jambes. Terrifié, Howard posa la main sur son épaule. Sentit le mouvement d'une respiration régulière.

Il faillit en pleurer de soulagement, mais son ami n'était pas tiré d'affaire.

— Réveille-toi, mec ! dit-il en le secouant. Allez !

Un grognement étouffé salua ses efforts. Après plusieurs essais infructueux, il le retourna sur le dos, saisit son poignet et vérifia son pouls. Lent, mais régulier.

Sean s'étira, gémit :

— Nooon ! Ne t'en va pas !... Papa arrive...

Howard ferma brièvement les yeux, le cœur serré de douleur.

— Sean, c'est moi ! dit-il en tapotant les joues de son ami. Réveille-toi.

Il avait le visage d'un gris de cendre et les joues recouvertes d'un début de barbe, mais apparemment il n'avait pas vomi dans son lit. L'odeur devait venir de la salle de bains. Sean refit lentement surface, émergeant par paliers de ses cauchemars, et cligna des yeux.

— Qu'est-ce qui se passe ? demanda-t-il d'une voix aussi râpeuse qu'une boîte de conserve rouillée.

— Moi aussi, j'aimerais bien comprendre.

— Howard ?

— C'est moi, mon vieux.

— Comment es-tu...

Il déglutit douloureusement.

— Comment es-tu entré ici ?

— Par la porte.

— Mais... tu n'as pas la clef.

— C'est bien pour ça que j'ai explosé ta porte d'entrée.

— Et merde.

Sean ferma les yeux et garda le silence un moment. Mieux valait lui laisser le temps de reconnecter ses synapses avant de le soumettre à la question.

— Quand est-ce que tu as commencé à picoler ? demanda tranquillement Howard.

Sean se redressa lentement et adossa le haut de son corps au montant du lit.

— Quel jour on est ?

— D'après toi ? répliqua Howard en s'efforçant de juguler la colère que la peur de trouver son meilleur ami mort avait fait naître en lui.

— Je... je ne sais pas, marmonna-t-il en baissant la tête. J'ai loupé le service de mardi ?

Howard le laissa ruminer cette éventualité.

— Non, finit-il par révéler. On est seulement lundi.

Sean laissa échapper un soupir, mais ne fit aucun commentaire. Howard tendit une main vers le flacon vide sur la table de chevet.

— Tu as fait descendre ces cochonneries avec une bouteille de whisky ?

— Je suis toujours là, non ? rétorqua Sean d'un ton bourru.

La colère de Howard prit le dessus. Saisissant d'une main le T-shirt de son ami, il approcha son visage tout près du sien.

— Ne m'envoie pas bouler comme ça ! Pas *moi* ! hurla-t-il en le secouant. Combien tu en as pris ? Réponds !

Surpris, Sean s'accrocha au bras d'acier qui l'avait saisi.

— Mais arrête !

— Dis-le-moi ! rugit Howard.

— Presque tout le flacon ! hurla Tanner en réponse.

Haletant, il eut un instant d'hésitation tandis que la vérité se réverbérait contre les murs, puis retomba dans un silence de mort. Lorsque Howard le prit par les épaules, son corps était complètement flasque.

— J'en ai avalé une poignée, précisa-t-il en détournant les yeux. Je ne me souviens pas de grand-chose, mais finalement j'ai changé d'avis. Je suis allé dans la salle de bains et… j'ai réglé le problème.

— Tu… tu as voulu te tuer, balbutia Howard.

Il savait que Sean était sur une mauvaise pente. Ils le savaient tous les deux. Mais constater de visu à quel point son ami avait sombré, l'anéantissait. Il était atterré.

— Je ne suis pas allé jusqu'au bout, Musclor.

— Tu réalises que c'est moi qui aurais trouvé ton cadavre ? s'enquit-il d'une voix brisée.

— Je suis désolé, répondit Sean, les traits tirés par le chagrin. Pardonne-moi.

— Tu n'aurais pas pu les sauver, mon vieux. Personne n'aurait pu. Tu dois te pardonner, insista-t-il, luttant pour contenir les larmes qui lui nouaient la gorge.

— Je n'y arrive pas, avoua Tanner en secouant la tête. Deux témoins ont rapporté que Mia était morte en suppliant son papa d'éteindre le feu. Ils n'ont pas pu la tirer de là, Howard. Je suis arrivé trop tard. Trop tard…

Il avait déjà entendu cette histoire. Mais jamais de la bouche de Sean.

Sans un mot, il prit son ami dans ses bras. Il serra contre lui l'homme qui était son frère dans tous les sens du terme, sauf celui du sang, comme s'il cherchait à lui insuffler sa force et son envie de vivre. S'il avait su comment faire, il aurait siphonné sa propre vie et l'aurait transmise à Sean jusqu'à la dernière goutte, rien que pour le voir sourire.

— Va prendre une douche pendant que je fais du café, dit-il finalement en s'écartant.

Sean hocha la tête et se leva, vacillant sur ses jambes.

— Tu vas y arriver ?

— Je crois, répondit-il d'un ton incertain.

— Tant mieux, parce que je me vois mal me mettre à poil pour t'aider à te doucher. Il y a des limites, quand même. On ne sort même pas officiellement ensemble.

Il n'avait pas réussi à le faire sourire, mais les lignes blanches qui encadraient la bouche de son ami s'estompèrent. C'était déjà un progrès.

Howard quitta la chambre. Une fois la cafetière en route, il revint ramasser les somnifères, les jeta dans la cuvette des toilettes et mit le flacon vide à la poubelle.

Dix minutes plus tard, Sean apparut dans la cuisine d'un pas chancelant, les cheveux mouillés, vêtu d'un jogging propre et d'un T-shirt de la caserne des pompiers de Sugarland. Il se laissa tomber sur une chaise en face de Howard et baissa les yeux, visiblement honteux.

Howard lui servit une tasse de café et la poussa vers lui sans prononcer un mot. Qu'aurait-il pu dire qu'il ne lui ait déjà répété cent fois ?

Jure-moi de ne jamais recommencer, avait-il envie de hurler. Mais il craignait trop d'entendre la réponse. Ils burent donc le café en silence, Sean sirotant le sien à petites gorgées prudentes, comme s'il n'était pas certain de pouvoir le garder. Finalement, il leva les yeux vers lui et le dévisagea franchement.

— Qu'est-ce que tu vas faire ? demanda-t-il, sa main serrant l'anse de sa tasse. Tu vas me dénoncer ?

Howard posa les coudes sur la table et cala ses poings l'un contre l'autre.

— Qu'est-ce qu'il faut que je fasse, à ton avis ?

Une vive souffrance assombrit le regard de son ami.

— Laisse-moi encore une chance. Un peu de temps. *Je t'en supplie.*

— Pour que je trouve ton cadavre demain ? Ou la semaine prochaine ?

Sean eut un mouvement de recul, comme s'il avait reçu un coup de poing dans le ventre.

— Non, bon sang ! Ça n'arrivera plus. Je te jure que…

— Si tu ne veux pas que la hiérarchie fourre son nez dans tes affaires, tu as intérêt à te ressaisir. À prendre ton Zoloft tous les jours et à arrêter de boire.

Sean soupira et baissa les yeux sur ses mains.

— D'accord.

— Sors de chez toi les jours où tu es de repos, occupe-toi un peu de ton terrain. Tonds ta pelouse, au lieu de laisser ton pauvre diable de voisin le faire à ta place. Quel âge a-t-il, nom de Dieu, quatre-vingt-cinq ans ?

— Message reçu, lieutenant, répondit Tanner en rougissant.

— Tu en es sûr ? insista Howard en se penchant vers lui. Parce que je ne partirai pas d'ici tant que tu ne m'auras pas donné ta parole de faire un véritable effort. Mon cœur ne supportera pas deux fois la trouille que j'ai eue quand je suis entré ici, persuadé que tu étais déjà mort.

— J'essayerai, mais…

— Il me faut ta parole, Sean.

— D'accord. Je te donne ma parole que je ferai ce que tu as dit. Je ferai tout mon possible, juré, ajouta-t-il en braquant sur Howard un regard déterminé. Ce qui s'est passé hier ne se reproduira plus.

Il était sincère, mais tous deux savaient à quoi s'en tenir.

— Tu ne vas pas arrêter de déprimer du jour au lendemain, Sean. Il t'arrivera encore de souffrir autant qu'hier, et peut-être même plus. Mais quand ça se produira, je veux que tu m'appelles, tu as compris ?

— Oui. Merci, Musclor.

— C'est à ça que ça sert, les amis, mon vieux, répliqua-t-il en attrapant son distributeur de Pez dans sa poche poitrine pour lui en offrir.

Sean en prit deux et les lança dans sa bouche, le regard brillant de reconnaissance. Tout en croquant les bonbons, il pencha la tête sur le côté d'un air pensif.

— Et toi ? s'enquit-il. Quoi de neuf ?

— Rien, pourquoi ?

— Tu mens.

— Quoi ? Mais qu'est-ce que tu racontes ?

— Tu te grattes le torse. Tu fais toujours ça quand tu mens.

Howard cessa de se gratter et fronça les sourcils.

— Pas du tout.

— Oh, que si ! rétorqua Sean en relevant le coin de ses lèvres. Allez, donne-moi au moins un indice. Ça me changera les idées.

Howard hésita. S'il lui parlait de la photo et du type à la Buick, il serait obligé de parler de Kat. D'un autre côté, s'il ne disait rien, Sean l'apprendrait par un des gars de l'équipe. Et il serait vexé que Howard ait eu des secrets pour lui.

— Je sors avec quelqu'un.

Sean haussa les sourcils.

— Depuis quand ?

— Depuis hier. Elle s'appelle Kat McKenna.

— La blondinette de samedi soir ?

— Celle-là même.

Sean émit un long sifflement admiratif.

— Eh bé ! Tu ne perds pas de temps, toi, dis donc.

— Je l'ai invitée à dîner chez moi ce soir, annonça-t-il d'un ton faussement détaché. Pour l'instant, je ne m'emballe pas. On verra ce que ça donne.

— Bonne chance, mon grand. L'un de nous deux mérite d'être heureux, déclara Sean avec un sourire qui ne parvint pas à effacer complètement l'ombre qui rôdait sur ses traits.

Howard s'abstint d'objecter que Sean méritait lui aussi de retrouver le bonheur. Il n'était pas encore prêt à l'entendre.

— Mais il y a autre chose. Quand je suis rentré chez moi, hier soir, j'ai trouvé une lettre anonyme sur ma porte.

— Quel genre ? Un ex-amoureux jaloux ?

— Non. Un tueur fou.

— Quoi ? s'exclama Sean.

Lorsque Howard eut achevé son récit, Sean resta pensif.

— Le détective Ford ne comprend pas plus que moi pourquoi l'assassin m'a fait parvenir la photo de sa victime.

— Ils vont assurer ta protection, j'espère ?

— Sur quelle base ? Ni Kat ni moi n'avons reçu de menaces directes.

— Quoi ? Si t'adresser la photo d'une femme prise juste avant d'être assassinée ne constitue pas une menace, qu'est-ce qu'il leur faut de plus ?

— Je suis d'accord avec toi, admit Howard. Mais c'est peut-être une mauvaise plaisanterie. Ou une coïncidence. Si ça se trouve, la femme de la photo n'a rien à voir avec celle qui est morte dans l'incendie. Du moment que les choses en restent là, je ne vois aucune raison de me faire du mouron.

— Tu en as parlé à Kat ?

— Non, et je n'ai pas l'intention de le faire pour l'instant. Inutile de l'inquiéter.

Sean n'eut pas l'air convaincu. Et à dire vrai, Howard ne l'était pas davantage. Mais au moins, il venait de donner à son ami une bonne occasion de se changer les idées.

— Je crois que je vais y aller, dit-il en se levant. Tu tiendras le coup ?

— Sans problème.

Sean semblait tout à coup plus solide que depuis des mois. Howard n'était pas certain de pouvoir le laisser livré à lui-même, mais s'il le couvait trop, il risquait de détruire le minuscule progrès qui venait de s'accomplir.

— Bon. Eh bien, à demain, alors.

Sean le raccompagna jusqu'à la porte et fit la grimace en constatant les dégâts.

— Eh bé ! Tu n'y es pas allé de main morte. C'est du chêne massif, tu sais ?

— J'appellerai quelqu'un pour qu'on vienne la réparer cet après-midi.

— Non. C'est ma faute. Et puis, ça me donnera de l'occupation, ajouta-t-il avec un sourire qui mourut presque aussitôt sur ses lèvres. Je te remercie de ta discrétion, Howard.

Howard le serra dans ses bras et lui tapota le dos.

— Ça reste entre nous, mon vieux. Si tu as besoin de moi, je suis là, d'accord ?

Seul le temps lui dirait s'il avait ou non pris la bonne décision.

Mais s'il s'était trompé, il ne se le pardonnerait jamais.

8

Pour Kat, le lundi était toujours chargé. Elle courait toute la journée sans pouvoir souffler une seconde. Trop de choses à faire. Elle avait calé un rendez-vous avec des parents d'élèves sur le créneau qu'elle consacrait normalement à l'établissement du planning, et son seul moment de répit fut sa pause déjeuner.

Cela aurait dû l'être, en fait, si le détective Shane Ford n'avait pas surgi à cet instant précis et consacré les vingt-cinq précieuses minutes de sa pause déjeuner à la questionner sur ce qu'elle avait vu le soir de l'incendie. Le policier était sympathique, et la conversation s'était déroulée calmement. Kat ne lui avait pas révélé grand-chose, mais sa description du camion avait paru le ravir.

L'un dans l'autre, ce lundi s'était révélé épuisant. Mais elle ne s'en plaignait pas. Plus les aiguilles de la pendule se rapprochaient de trois heures et demie, plus elle se sentait heureuse. Bientôt, elle allait revoir son beau et grand pompier.

Une fois rentrée chez elle, elle s'empressa d'enlever son ample pantalon kaki et son sweater rouille, puis se rasa les jambes et les aisselles. Non qu'elle ait l'intention d'autoriser l'homme le plus sexy du Tennessee à faire ce qu'il voudrait d'elle. Règle numéro un du *Manuel de savoir-vivre à l'usage des filles* :

Veillez à ce que vos jambes et vos aisselles soient toujours parfaitement épilées. On court toujours le risque de se faire renverser par une voiture et de se retrouver à l'hôpital.

Ou de s'évanouir entre les bras puissants d'un séduisant colosse d'un mètre quatre-vingt-dix-huit…

Elle prit une douche rapide pour se rafraîchir, se sécha, enfila un soutien-gorge et une culotte assortie de soie vert émeraude, puis se dirigea vers l'armoire. Elle choisit un pantalon noir, des boots en cuir noir, une tunique verte, puis se maquilla très légèrement en un temps record. Pour finir, elle entortilla ses cheveux au-dessus de sa nuque et les maintint à l'aide d'une grosse pince dorée.

Elle inspecta ensuite son reflet dans le miroir d'un regard critique. Elle était trop habillée pour un simple dîner, mais elle avait envie de plaire au lieutenant. Elle avait perdu l'habitude de se faire belle pour quelqu'un ces derniers temps, et elle espérait que ses efforts rencontreraient l'approbation de Howard.

Séduit ou pas, il devrait se contenter de ce qu'elle avait à offrir. Elle ne pouvait pas se comparer à Grace, sa sœur aînée, comme Rod n'avait cessé de le faire. Contrairement à sa sœur, Kat était petite et ronde. Howard n'avait pas semblé rebuté par son physique, la veille.

Elle repensa à leur étreinte sur le promontoire dominant la rivière, et se sentit rougir. Elle avait failli faire l'amour avec lui en plein air et en plein jour ! Quelqu'un aurait pu les surprendre quand ils étaient couchés dans l'herbe, et cette idée lui tira un délicieux frisson.

Tu es sur la pente savonneuse, ma petite.

Tout en roulant vers sa maison, ses nerfs frémissaient d'impatience à l'idée de se retrouver en tête à tête avec un aussi bel homme. Cette fois, ils ne seraient pas dans un parc noir de monde avec des chiens qui aboient sans cesse et des enfants qui tombent à l'eau. Il n'y aurait qu'eux deux. L'excitation montait en elle comme la pression d'une cocotte-minute.

Quand elle s'engagea dans sa rue, elle fut instantanément conquise. Elle était bordée de petites maisons anciennes parfaitement entretenues. Leurs pelouses tondues à ras, ornées de haies impeccablement taillées et de massifs de fleurs, offraient un agréable contraste avec les couleurs de l'automne.

La maison de Howard était en brique rouge. Des pensées poussaient le long du trottoir et au pied du grand chêne qui s'élevait majestueusement au milieu de la pelouse. Elle gara sa petite voiture rouge devant la porte du garage, coupa le moteur et regarda autour d'elle. Elle imagina ce grand diable de Howard agenouillé dans l'herbe, plantant des fleurs délicates dans la terre, et sentit ses entrailles remuer délicieusement.

Elle sonna à la porte et tandis qu'elle attendait sur le porche, elle eut la troublante impression que sa vie était sur le point de prendre un tournant décisif. Une impression si puissante qu'elle faillit se sauver en courant... mais Howard ouvrait déjà la porte avec un grand sourire.

— Salut ! Entre, je t'en prie, dit-il en s'écartant pour la laisser passer, la détaillant au passage d'un regard appréciateur. Tu es superbe !

— Merci.

Kat l'observa à son tour, depuis ses cheveux en pointes bicolores jusqu'à ses pieds nus. Il était élégamment vêtu d'un pantalon ocre et d'une chemise à rayures bleu marine et beiges qui dégageait son encolure bronzée. La chemise moulait son torse massif et le pantalon mettait en valeur l'impressionnante musculature de ses cuisses.

— Toi aussi, beau gosse, répondit-elle en riant.

Visiblement troublé par ce compliment, il agita la main en direction du séjour.

— Pose ton sac où tu voudras, je vais te faire visiter. Il n'y en aura pas pour longtemps, je te rassure tout de suite !

— Tu rigoles ! J'adore ta maison et elle est bien plus grande que mon petit appart, répliqua-t-elle en allant déposer son sac sur la table basse, à côté d'une bonne demi-douzaine de paquets de Pez qui la firent sourire.

— Bof, c'est une maison normale, dit-il en haussant les épaules.

La petite lueur de fierté qui était passée dans ses beaux yeux bruns n'avait cependant pas échappé à Kat. Cette maison était son havre de paix, et il avait envie de l'impressionner.

Il y parvint aisément. Certes, la maison de Howard n'avait rien du showroom d'un décorateur d'intérieur, mais elle était agréable, bien rangée et décorée dans des tons ocre et fauves qui lui ressemblaient complètement. On sentait partout sa présence, et son parfum épicé relevé d'une pointe de musc qui imprégnait le moindre recoin chatouilla délicieusement les narines de Kat. Plus que jamais, elle eut conscience de se trouver seule en présence d'un homme… exceptionnellement viril.

S'approchant de la grande cheminée en brique du salon, elle fit courir son doigt sur le cadre argenté d'une photo trônant en place d'honneur sur le manteau, entourée d'une multitude de petits cadres. Un couple d'âge mûr souriait à l'objectif. L'homme, bien découplé, les traits réguliers et les cheveux poivre et sel, formait un saisissant contraste avec la toute petite bonne femme brune qui se tenait auprès de lui.

— Ce sont tes parents ?

— Oui, Bentley et Georgie, répondit-il d'un ton chaleureux.

— Ils semblent former un couple superbe.

— Ils le sont.

— Tu ressembles beaucoup à Bentley. Même mâchoire, mêmes yeux, même silhouette...

— Oui, on nous le dit tout le temps.

Kat contempla les autres photos. L'une d'elles représentait un groupe de six pompiers en uniforme posant devant un gros camion rouge. Cinq hommes et une femme à la peau cuivrée. Métisse ou d'origine hispanique, Kat n'aurait su le dire. Ses cheveux bruns, tirés en arrière, révélaient un beau visage et elle avait la silhouette d'une athlète. Kat savait qu'il y avait des femmes pompiers, et avait toujours trouvé extraordinaire qu'une femme soit capable de suivre une formation physique aussi rigoureuse. En la regardant, elle se demanda comment elle s'en sortait dans un environnement composé uniquement d'hommes.

L'équipe souriait pour la photo, chacun posant le bras sur l'épaule de son voisin, le lieutenant dominant tous les autres d'une tête.

— Mes frères, commenta-t-il sobrement.

— Et ta sœur, ajouta Kat en tapotant la vitre du cadre.

— C'est peut-être ce que je pensais quand Ève a rejoint l'équipe, répliqua-t-il, mais aujourd'hui, je ne fais plus aucune différence entre elle et les autres. Bon, elle a un vestiaire séparé du nôtre, mais ce détail mis à part, Ève Marshall est un coéquipier comme un autre.

Le naturel avec lequel il parlait d'elle suggérait qu'il n'y avait jamais rien eu entre eux. Intéressant, se dit Kat, soulagée – et qui se serait fait hacher menu plutôt que d'avouer sa pointe de jalousie.

— Et les autres ?

Howard désigna le premier de ses coéquipiers en partant de la gauche.

— Tommy Skyler, Zack Knight, que tu connais et qui m'a remplacé quand je suis passé lieutenant. Le Latino, c'est Julian Salvatore, le plus pénible de la bande, et le grand brun à l'autre bout, c'est Sean Tanner, notre capitaine et mon meilleur ami.

La voix de Howard s'était fêlée en prononçant le nom de Sean. Kat lui jeta un coup d'œil et découvrit une telle expression de souffrance et de tristesse sur ses traits qu'elle en eut le souffle coupé. La déclaration teintée de mélancolie qu'il avait faite la veille lui revint en mémoire.

— *On a beau se croire très fort, on se prend parfois des coups tellement puissants qu'ils vous mettent définitivement hors jeu.*

— L'ancien marine, dit-elle en passant son bras autour de sa taille. Sean est-il celui auquel tu faisais allusion quand tu parlais d'une histoire très triste ?

Howard poussa un long soupir, glissa un bras sur ses épaules et l'attira contre lui.

— Oui. Sa famille est morte dans un accident de voiture il y a quelques mois. Son fils, qui était en terminale, raccompagnait sa mère et sa sœur à la maison après un match de foot qu'il venait de disputer. Il a embouti un poids lourd. La voiture a pris feu et ils sont morts tous les trois.

— Mon Dieu ! s'exclama-t-elle. Et Sean ? Il n'était pas avec eux ?

— Non, il avait dû faire des heures supplémentaires avec l'équipe B ce soir-là. Le camion dans lequel il se trouvait a été appelé sur les lieux de l'accident, et c'est comme ça qu'il a appris la nouvelle.

— Quelle horreur, souffla-t-elle. Je comprends que Sean ne s'en soit pas remis. C'est épouvantable.

— Le pire de tout, c'est que des témoins de l'accident lui ont rapporté que sa fille de six ans, Mia, n'est pas morte après la collision et qu'elle appelait son papa au secours. À son arrivée, elle avait brûlé vive. Plusieurs personnes avaient tenté de la sauver, mais les portières étaient coincées.

Incapable de trouver ses mots, Kat sentit ses yeux se remplir de larmes alors qu'elle ne connaissait même pas Sean Tanner. La petite Mia avait l'âge de ses élèves, et elle imaginait aisément la souffrance d'un père.

Howard n'avait pas besoin de lui dire que le capitaine allait mal et qu'il ne serait plus jamais le même homme… s'il parvenait à survivre à cette tragédie.

Il se redressa et déposa un baiser sur son front.

— Je te montre le reste de la maison ?

Kat hocha la tête.

— Avec plaisir.

L'ameublement de toutes les pièces, massif et robuste, correspondait au physique imposant de Howard, et l'immense lit à baldaquin qu'elle découvrit dans la chambre principale, tout au bout du couloir, ne la surprit pas.

— Ma chambre, annonça-t-il.

Kat s'imagina étendue sur ces draps frais. Entièrement nue. Et sentit son estomac faire un drôle de petit bond. Leurs regards se croisèrent, et une puissante tension sexuelle se fit instantanément jour entre eux.

Howard détourna les yeux et s'éclaircit la gorge en refermant la porte, puis s'empressa de tourner les talons afin de poursuivre la visite. Il avait aménagé une des chambres donnant sur le couloir en salle d'entraînement, et Kat aurait été bien en peine de nommer les appareils de torture qu'elle aperçut, luisant lugubrement dans la pénombre.

Une vague sensation de malaise contracta sa poitrine. Howard était le plus beau spécimen d'homme qu'elle ait rencontré et elle n'était pas naïve au point de s'imaginer qu'il n'avait connu qu'une ou deux femmes. À l'évidence, il y en avait eu des centaines. Toutes plus belles et longues en jambes les unes que les autres, toutes formant avec lui un couple merveilleusement bien assorti.

Intérieurement, elle s'intima l'ordre de se calmer. Howard lui avait clairement fait savoir qu'il avait envie d'être avec elle, et avec personne d'autre.

— Impressionnant, dit-elle.

— Mais pas vraiment ton truc, si je me rappelle bien.

— Non, désolée, répondit-elle plus sèchement qu'elle ne l'aurait voulu. Je n'ai jamais brûlé du désir d'être parfaite. Être appréciée pour ce que je suis me suffit amplement.

— Tu penses que je suis vaniteux ? demanda-t-il en souriant.

— Je n'ai pas dit cela. Je me suis contentée de dire que j'accepte les particularités de mon physique que je ne peux pas changer.

Il réfléchit un instant, puis hocha la tête.

— Bien vu. En ce qui me concerne, j'accepte ce que je peux changer.

— C'est-à-dire ?

— Je n'aurai plus jamais peur d'être une petite chose chétive qui se fait rouer de coups, répondit-il tranquillement, les poings calés sur les hanches. Pour moi, être capable de se défendre ne relève pas de la vanité, Kat. On a très peu d'emprise sur notre destin, peut-être même aucune, en définitive. Mais je me tiens prêt à affronter le pire.

Profondément émue, Kat posa la main sur son bras, et son cœur se serra à l'idée du petit garçon qu'abritait cette grande carcasse d'homme, farouchement déterminé à ne plus jamais recevoir de coups.

— Personne ne te fera ce que ton père t'a fait, Howard, souffla-t-elle.

L'ombre qui avait obscurci son beau regard disparut, mais l'étrange expression que revêtit son visage l'intrigua. Il lui prit la main, la porta à ses lèvres et lui baisa les doigts.

— Je te montre la terrasse ?

Sujet clos. Kat reçut parfaitement le message.

— Volontiers.

Après lui avoir fait traverser le séjour, Howard ouvrit la porte-fenêtre qui donnait sur une impressionnante terrasse en séquoia, au-delà de laquelle s'étendait une somptueuse pelouse plantée d'arbres.

— C'est fabuleux ! s'exclama Kat.

— Merci, répondit-il avec un sourire. J'ai construit cette terrasse avec Bentley. Ça me permet de recevoir mes amis, ajouta-t-il en désignant une grande table surmontée d'un parasol à côté d'un barbecue en brique.

De l'autre côté, Kat aperçut une structure en bois de forme hexagonale.

— Tu as même un Jacuzzi, veinard !

— Tout ce qu'un homme peut désirer, acquiesça-t-il avant de tourner vers elle un regard brûlant. Enfin, presque tout…

Ce simple regard suffit à la faire fondre. Avant même qu'il ne se rapproche pour prendre son visage dans ses mains, elle brûlait déjà d'un feu intérieur. S'ils s'étaient trouvés nus, la friction de leurs épidermes aurait sans doute produit des flammes.

— Kat, murmura-t-il d'une voix aussi râpeuse que du papier de verre avant de recouvrir sa bouche de la sienne, pressant son corps contre elle.

Elle sentit son sexe contre son ventre, et l'intensité du désir qu'il ne cherchait pas à dissimuler lui tira un gémissement. Elle enfouit les doigts dans ses cheveux, sa langue répondant aux caresses de Howard. Ses pointes de seins durcies frottaient sur son torse et elle cambra le dos, cherchant la chaleur de son corps. Elle avait tellement envie, besoin même, de le sentir en elle, l'enveloppant et la protégeant tout à la fois. Elle voulait s'immerger dans son essence, son parfum. Le savourer et l'explorer tout entier.

Howard interrompit leur baiser, mais la garda étroitement serrée dans ses bras, brûlant de désir.

— J'ai envie de toi.

— Moi aussi, lieutenant, répliqua-t-elle en souriant pour masquer sa nervosité.

Son regard s'assombrit et ses muscles se contractèrent quand son sexe remua, s'enfonçant dans son ventre. Son désir était d'une rare violence, mais ce fut pourtant avec une douceur infinie qu'il effleura sa joue du bout de l'index avant de le faire glisser le long de ses lèvres.

— Je peux attendre que tu sois prête le temps qu'il faudra. C'est toi que je veux, et personne d'autre.

Solide et droit, il s'exprimait avec une sincérité confondante qui fit bondir son cœur de joie.

— Que dirais-tu si je te répondais que je suis déjà prête ?

Howard laissa aller son front contre le sien, le corps parcouru d'un violent frisson.

— Dis-le, ma belle. J'ai besoin de l'entendre.

— Je suis prête, dit-elle en effleurant ses lèvres des siennes. Pour toi.

Un lent sourire éclaira son visage. Il lui prit la main et l'entraîna à l'intérieur, s'arrêtant à peine pour refermer la porte-fenêtre. Ils n'avaient pas fini de traverser le séjour qu'il lui volait un baiser ardent, ses mains remontant le long de ses flancs. Lorsque ses pouces frottèrent ses pointes de seins à travers l'étoffe de sa tunique,

Kat eut l'impression de recevoir une décharge électrique.

Les mains tremblantes, Howard lutta contre les minuscules boutons de sa tunique, et sa maladresse la bouleversa. Une fois le dernier bouton défait, il la fit glisser sur ses épaules et défit l'attache frontale de son soutien-gorge. Il l'écarta et contempla, émerveillé, le spectacle qui s'offrait à sa vue.

— Tu es absolument parfaite, approuva-t-il en effleurant du bout des doigts le galbe de sa poitrine. Laisse-moi goûter cette chair splendide.

Il ne s'agissait pas d'une requête. Il s'agenouilla, enfouit son nez entre ses seins et fit passer sa langue sur sa peau. Kat caressa ses cheveux, tout en s'émerveillant qu'il fût si grand. Sa tête arrivait juste au niveau de sa poitrine. Levant les yeux vers elle, il encercla l'une après l'autre de la pointe de sa langue les aréoles de ses seins. Il fit durer le plaisir, jouant avec sa patience, avant de consentir à refermer les lèvres sur l'objet de sa convoitise. L'obligeant à regarder ce qu'il lui faisait, tissant entre eux un puissant lien d'intimité. Jamais encore Kat n'avait été séduite d'une façon aussi érotique, pourtant elle se doutait qu'il ne s'agissait là que d'un aperçu de l'étendue de son talent.

Sans jamais la quitter du regard, il saisit délicatement la pointe durcie de son sein entre ses dents, la mordilla avant de la sucer, suavement, puis passa à l'autre. Tandis qu'il honorait ainsi sa poitrine, sa main remonta le long de sa jambe.

— Mon Dieu, tu es déjà brûlante, dit-il en la caressant. Il va falloir retirer tout ça.

D'un geste expert, il défit la fermeture de son pantalon et le fit glisser en même temps que la culotte de soie. Toujours agenouillé devant elle, il l'aida à ôter ses boots et repoussa ses vêtements dans un coin.

Elle était désormais complètement exposée devant lui, sa vulnérabilité amplifiée par la position de Howard. Elle ne pouvait rien lui cacher, et il ne l'aurait sûrement pas laissée faire si elle avait essayé. Un rayon de soleil tardif traversa la fenêtre, intensifiant l'étincelle de désir qui brillait dans ses yeux.

— Écarte les jambes pour moi, gronda-t-il d'une voix rauque, presque dangereuse.

Tremblante, elle obéit. Et attendit.

Deux doigts effleurèrent les replis moites de son sexe. Elle retint son souffle et stabilisa sa position en lui saisissant l'épaule. Howard humectait sa fente de l'essence de son désir, apportant un soin particulier à la perle de chair durcie qui la surmontait. Ses doigts faisaient naître des spirales de plaisir dans tous ses membres. Sans interrompre ses délicates attentions, il plongea la pointe de sa langue au creux de son nombril.

— Oh, Howard !

— Ce petit diamant me rend fou, se justifia-t-il.

La paume de ses mains glissa sur l'arrondi de ses cuisses, les contourna et s'arrêta sur ses fesses. Il l'attira vers lui, si près qu'elle sentit la tiédeur de son souffle sur son sexe.

— Donne-toi à moi.

Elle s'offrit à lui davantage et ferma les yeux. La pointe de sa langue s'introduisit entre ses lèvres humides et la pénétra lentement. Puis ressortit. Et recommença, l'enflammant jusqu'au tréfonds de l'âme.

Kat enfonça les doigts dans ses épaules.

— Oh… oh… oui…

— C'est bien, murmura-t-il. Tu es si belle et si douce. Toute rose…

Sous ses caresses, Kat se sentait *vraiment* belle. Aimée. Libérée. Pour la première fois.

Il passait la langue sur ses lèvres, soumettait son clitoris à une délicieuse torture. De douces palpitations s'élevèrent au creux de son ventre.

Howard interrompit la caresse de sa langue et encercla son clitoris du bout du doigt.

— Regarde-moi.

Elle lui obéit et sentit son corps devenir brûlant. L'expression sauvage de son regard fouailla son âme. Howard savait ce qui lui manquait cruellement. Ce qu'elle méritait. Et il ne s'arrêterait pas avant de le lui avoir donné.

Il gratifia son sexe d'un long coup de langue, tel un gourmet savourant une pâtisserie crémeuse. Introduisit deux doigts en elle. Sa bouche se joignant à ce jeu amoureux pour la sucer alors que la caresse de ses doigts la propulsait vers des sommets. Kat crut défaillir.

— Tu es à moi, dit-il tranquillement.

— Ou… oui, hoqueta-t-elle, sentant qu'elle allait lâcher prise. Fais-moi l'amour, Howard, le supplia-t-elle.

— C'est ce que je fais, ma douce.

Il la torturait inexorablement de ses lèvres et ses doigts. Se repaissait de son sexe, dévorait sa volonté. Exigeait sa reddition. Le flot de son pouvoir la submergeait. Kat n'avait jamais ressenti une connexion aussi puissante. Immédiate, inaltérable. Toute sa vie, elle avait attendu cela.

— Howard, haleta-t-elle, je veux te sentir en moi.

— Pas encore. Jouis pour moi, ma belle. Laisse-toi aller.

Le rythme de ses caresses empêchait toute résistance. Ses hanches se mirent à onduler indépendamment de sa volonté, et ses doigts s'enfoncèrent dans ses épaules au point de lui laisser des marques. Elle s'abandonna à lui. Lâcha prise.

— Oh, oui… oui ! cria-t-elle, submergée par un orgasme d'une intensité aveuglante.

Ses muscles palpitèrent autour de ses doigts tandis qu'il continuait de la caresser, inlassablement. Il laissa échapper un grognement de contentement, savourant l'essence de son plaisir jusqu'à la dernière goutte.

Quand les palpitations s'estompèrent, il se redressa et s'essuya les lèvres. Kat chancela légèrement et il l'attira contre son torse. Elle passa les bras autour de son cou, dévastée, et se demanda ce qu'il avait en tête.

La réponse ne se fit guère attendre.

— Je n'en ai pas terminé avec toi, ma belle. On est encore loin du compte, toi et moi, murmura-t-il en se penchant pour l'embrasser.

Tant mieux, aurait-elle voulu lui répondre, parce que je n'en ai pas terminé avec toi, moi non plus. Mais sa bouche s'était déjà emparée de la sienne, leurs saveurs riches et exotiques se combinant sur sa langue. Ravivant son excitation.

Howard la porta dans ses bras jusque dans sa chambre et la déposa délicatement sur le lit. Debout, il déboutonna sa chemise, la retira et la laissa tomber par terre.

Seigneur ! Le corps d'un dieu ne devrait jamais être vêtu. Un dieu avec de larges épaules et un torse somptueux. Des biceps que Kat n'aurait pas réussi à encercler même si elle avait eu trois mains, et des abdominaux nettement dessinés. Elle se passa la langue sur les lèvres.

— Tes collègues ne se sont pas beaucoup creusé la cervelle pour te trouver un surnom, Musclor.

— Il s'est imposé à eux dès qu'ils m'ont vu torse nu au vestiaire, avoua-t-il en souriant, ses mains se rapprochant de sa braguette.

Kat se redressa et saisit ses poignets.

— Attends, dit-elle. Laisse-moi faire.

Le sombre regard de Howard devint brûlant.

— Tes désirs sont des ordres, consentit-il.

— *Tous* mes désirs ? rétorqua-t-elle en faisant lentement descendre la fermeture pour immiscer les doigts sous l'élastique du caleçon.

— Tous, assura-t-il en se raidissant.

Un grand sourire aux lèvres, Kat fit glisser pantalon et caleçon sur ses hanches. Son sexe en érection jaillit glorieusement… Dieu du ciel ! Depuis le nid de boucles brunes couronnant ses cuisses, un exquis sucre d'orge veiné de bleu et long de vingt centimètres pointait fièrement vers elle.

Kat se rapprocha et enveloppa son sexe de ses doigts. Le caressa doucement, avec curiosité. Prit le temps de s'accoutumer à sa forme et à sa taille, à cette intimité si particulière. Sans grande difficulté. Sa peau était aussi souple et soyeuse que celle d'un bébé, aussi brûlante que le sable du désert. Elle affermit sa prise et entama un lent mouvement de va-et-vient.

— Tu me tues, Kat, râla-t-il, projetant les hanches en avant.

— Quelle belle mort, n'est-ce pas ?

Une goutte translucide perla au bout du gland. Kat la recueillit de la pointe de la langue avant d'y déposer un baiser. Howard gémit, tendit la main vers la pince dorée qui retenait sa chevelure sur sa nuque et la libéra. La pince tomba par terre et il enfouit les mains dans ses cheveux pour l'attirer à lui.

Une sensation inédite de puissance féminine galvanisa Kat. Jamais encore elle ne s'était servie de sa bouche pour satisfaire un homme de cette façon, bien que l'envie ne lui en ait pas manqué. Rod n'appréciait pas la fellation et avait refusé d'établir cette connexion avec elle. Tout à coup, la vérité se fit dans son esprit, lumineuse de simplicité.

La puissante sensualité de Howard était celle d'un *homme*, pas d'un gamin.

Kat referma les lèvres sur son gland, l'encercla de sa langue. Lécha la base de son sexe et s'enivra du parfum musqué qui émanait de sa peau. Encouragée par ses gémissements, elle passa la langue sur ses testicules et les pressa entre ses doigts, vivement excitée à l'idée qu'un tel colosse puisse devenir un gentil toutou obéissant sous ses caresses. Les doigts de Howard s'enfoncèrent dans son cuir chevelu.

Elle fit glisser la pointe de sa langue sur son sexe et le prit en bouche. Ses lèvres entamèrent un lent mouvement de va-et-vient pendant que sa main enserrait la base de son sexe.

— Aaah... merde !

Kat battit des cils. C'était la première fois qu'elle l'entendait jurer. Si un tel parangon de galanterie avait flanché, c'était sans doute parce qu'elle lui avait donné de bonnes raisons de le faire, se dit-elle en gloussant intérieurement.

Elle s'employa à le satisfaire sans plus de pitié qu'il n'en avait eu avec elle quelques instants plus tôt. Le suça et le caressa jusqu'à ce qu'il s'écarte, les yeux pratiquement révulsés, haletant.

— Si tu n'arrêtes pas, je vais jouir avant de t'avoir pénétrée.

— Et alors ? répondit-elle crânement en le regardant se défaire de son pantalon et de ses chaussures.

— Et alors ? répliqua-t-il, superbe. Et alors j'ai d'autres projets, figure-toi !

9

Howard ouvrit le tiroir de la table de chevet et en sortit un préservatif dont il déchira l'emballage. Il l'enfila avec dextérité et la rejoignit sur le lit.

— Allonge-toi sur le dos, ma belle.

Kat glissa au milieu du lit. Howard saisit ses genoux, lui écarta les jambes et se plaça entre ses cuisses. Flattant doucement son clitoris de son pouce, il nicha l'extrémité de son sexe entre ses lèvres et la pénétra de deux ou trois centimètres. Puis de deux ou trois autres. Lui laissant le temps de s'adapter à la taille de son sexe.

— Ça te plaît ? s'enquit-il, la crainte de lui faire mal prenant le pas sur son désir.

— Oh, Howard…

Il fronça les sourcils.

— Je peux arrêter. Il suffit que tu me le demandes et…

— Je t'interdis d'arrêter. Fais-moi l'amour, Howard, par pitié !

Un vif soulagement apparut sur ses traits, aussitôt remplacé par un désir plus vif encore. Kat venait de lui donner l'autorisation de disposer de son corps, et désormais, plus rien ne pouvait l'arrêter.

Il lui souleva les jambes, les cala au creux de ses épaules et glissa les mains sous ses fesses afin de décoller ses reins du lit. Alors seulement, il l'empala. Un délicieux centimètre à la fois, il pénétra sa chair brûlante jusqu'à la garde, comblant une partie d'elle-même qu'elle ignorait.

Jusqu'à cet instant précis. Jusqu'à Howard.

— Alors ? murmura-t-il. Ça te plaît toujours ?

Les mains de Kat se refermèrent sur ses cuisses.

— C'est... c'est merveilleux, Howard.

Il entama un lent mouvement de va-et-vient.

— Et ça ?

— Oh, mon Dieu ! Ne t'arrête pas. Plus vite, par pitié ! Je veux...

— Dis-moi ce que tu veux, ma douce.

Il accrut la puissance de ses poussées. Juste ce qu'il fallait pour qu'elle en redemande.

Les muscles de son torse et de ses bras se contractaient et jouaient sous sa peau. Kat n'osait pas formuler sa requête.

— Tu veux que je te prenne à fond, c'est ça ? dit-il à sa place.

Une onde de choc déchira son voluptueux nuage de bien-être et lui incendia le sang. La facette crue et charnelle qu'il venait de révéler dépassait de loin tous ses fantasmes les plus secrets.

— Oui, chuchota-t-elle. Oh oui, Howard !

Sans prononcer un mot de plus, il la pénétra d'une vigoureuse poussée. S'immobilisa quelques secondes, un filet de sueur coulant sur sa joue, puis recommença. Encore. Et encore. Accélérant progressivement le rythme. De plus en plus fort et de plus en plus vite, jusqu'à la pilonner avec la puissance d'un marteau-piqueur. Le claquement de sa chair contre la sienne formait une musique décadente.

Le feu qui la dévorait s'étendit, échappant complètement à son contrôle, et elle s'agrippa désespérément à ses bras tandis qu'elle s'enfonçait dans le matelas sous ses coups de butoir.

— Oh, oh, *oh* ! Je vais... Je ne peux pas...

L'une après l'autre, les vagues déferlèrent, se fracassèrent en elle, et elle émit un long cri, ses contractions enserrant spasmodiquement le sexe de Howard. Il la gratifia d'une ultime poussée, renversa la tête en arrière, et son rugissement sauvage retentit dans la chambre. Le corps parcouru de spasmes, il tremblait de tous ses membres au-dessus d'elle, évoquant un dieu païen.

La violente tempête céda progressivement la place à un océan de bien-être. Kat flottait, posant sur son amant un regard de pur émerveillement. Son torse emperlé de sueur se soulevait comme un soufflet de forge. Ses cheveux pointaient dans toutes les directions et ses grands yeux bruns plongeaient dans les siens.

Il se retira délicatement, l'allongea sur le lit et s'écarta. Kat eut l'impression qu'on lui ôtait une partie d'elle-même et ne put réprimer un petit cri plaintif. Howard se pencha pour déposer un baiser sur sa joue.

— Je reviens, ne t'inquiète pas.

Il disparut dans la salle de bains, mais réapparut quelques secondes plus tard, s'allongea près d'elle et l'attira à demi sur lui, sa tête reposant sur son torse.

— C'était prodigieux, dit-elle en plaquant un baiser sur son téton gauche, éperdue de bonheur. *Tu* es prodigieux, lieutenant. Personne ne m'avait encore donné cette impression de sortir de mon corps.

— Eh ! Tu me piques ma réplique, se plaignit-il.

Kat sourit.

— Tu n'as pas besoin de me bercer de mots tendres, tu sais, Howard. Il suffirait que tu me dises avec les yeux que tu as envie de moi pour que j'arrive en courant.

Il la serra plus fort dans ses bras, puis lui caressa doucement le dos.

— J'admets que c'est pratique, railla-t-il gentiment.

— Prétentieux, répondit-elle en se blottissant contre lui, disposée à rester là un siècle ou deux. Howard ? ajouta-t-elle au bout d'un moment.

— Mmm ?

— C'est la première fois que je t'entends jurer.

— Désolé, dit-il en gloussant. Quand je fais l'amour à une belle femme, je ne me contrôle plus.

Oh ! *Grrr.* Kat n'avait absolument pas envie de penser aux belles femmes que Howard avait connues, ni à ce qu'elles avaient bien pu lui faire. Jusqu'à présent, spéculer sur la vie sexuelle de Howard était assez désagréable, mais pour le coup, elle eut envie d'étrangler quelqu'un. Elle jugea cependant plus sage de l'interroger sur un point qui l'intriguait depuis un moment.

— Pourquoi t'es-tu décoloré les cheveux ?

— Tu n'aimes pas ?

Kat souleva le menton et jeta un coup d'œil au sommet de sa tête.

— Si, c'est sympa comme look. Et puis ça te va bien. Mais j'ai du mal à imaginer un colosse comme toi dans un salon de coiffure, la tête recouverte de tortillons en papier d'alu !

Howard eut un sourire contrit.

— Entouré de shampouineuses qui gloussent à qui mieux mieux... Une expérience humiliante que je ne suis pas près d'oublier, tu peux me croire !

— Pourquoi t'y être risqué ?

— J'ai perdu un pari.

— Contre qui ? Jean-Louis David ? gloussa-t-elle.

— Contre cinq classes de CP.

Argh ! Kat compatit immédiatement.

— Quelle horreur ! Raconte ! Je veux tous les détails.

— J'imagine que tu sais que les pompiers vont parfois dans les écoles pour expliquer aux enfants les mesures de sécurité en cas d'incendie ? C'est ce qui m'est arrivé il n'y a pas très longtemps et pour faire court, disons que j'ai parié avec ces petits monstres que le lendemain matin, il y en aurait forcément au moins un qui n'aurait pas fait ses devoirs.

— Et que s'ils faisaient tous leurs devoirs, tu te ferais décolorer les cheveux ? s'esclaffa Kat. Qu'est-ce qu'ils avaient à faire ?

— Dessiner un schéma de leur maison en indiquant le point où toute leur famille devait se retrouver et au moins deux trajets à suivre en cas d'incendie. Je suis revenu le lendemain pour vérifier avec leurs instits, et ils l'avaient tous fait ! Il ne faut jamais parier avec les enfants.

Kat ne fut pas dupe et perçut la profonde tendresse qu'ils lui inspiraient. Si elle n'avait pas déjà été en adoration devant lui, cette révélation aurait suffi. Ce géant était prêt à se décolorer les cheveux pour faire plaisir à des enfants.

Il sauvait quotidiennement des vies au péril de la sienne, il savait cuisiner, c'était un amant de rêve et il aimait la famille *et* les enfants. Que pouvait-elle demander de plus ?

La formule magique qui ne faisait apparemment pas partie du vocabulaire de ce beau pompier ?

Pas encore.

Howard avait toujours cru qu'il mourrait de vieillesse avant d'estimer qu'une femme préparant une salade dans sa cuisine formait un tableau séduisant. Bizarrement, l'idée de deux personnes en train de manger des légumes après s'être envoyées en l'air lui avait toujours paru… réfrigérante. Faire la cuisine lui semblait incompatible avec la sexualité. Avec son ange, pourtant, la normalité avait quelque chose d'étrangement réconfortant.

Kat ne donnait pas l'impression d'avoir envie de se sauver. Elle paraissait même parfaitement à sa place chez lui. Dans sa vie. Elle portait un vieux T-shirt à lui qui lui arrivait aux genoux et ses cheveux étaient tout ébouriffés. Stupéfait, il secoua la tête, sortit un plat en Pyrex rectangulaire du frigo et souleva un coin du papier d'aluminium qui le recouvrait.

Kat leva les yeux de sa salade.

— Qu'est-ce que tu as mitonné de bon ?

— Des rouleaux de lasagnes au poulet, répondit-il en découvrant entièrement le plat devant elle pour jauger sa réaction.

Le nœud d'inquiétude qui se forma dans son ventre lui fit une drôle d'impression. Jamais encore il n'avait cherché à épater une femme avec sa cuisine.

— Oooh, ça a l'air bon ! J'ai faim !

Devant un tel enthousiasme, il sentit le nœud se dissoudre.

— C'est une recette que j'ai testée sur mon équipe la semaine dernière. Tout le monde a adoré, sauf Zack qui déteste les pâtes. Je t'accorde qu'une horde de pompiers affamés peut engloutir n'importe quoi. Normal : à la vitesse où on brûle les calories !

— Tant mieux pour vous ! riposta-t-elle en lui tirant la langue.

Il rit et planta un baiser sur le bout de son nez.

— Tu es mignonne quand tu fais ton impertinente.

Kat roula des yeux et rougit légèrement tandis qu'elle ajoutait des tranches de concombre dans le saladier. Elle avait aussi tranché une tomate qu'elle avait placée dans un récipient à part.

— Je n'en reviens pas que tu n'aimes pas les tomates dans la salade. C'est rare.

— Je ne mange jamais de tomates, sous quelque forme que ce soit, répliqua-t-il en frissonnant.

— C'est pour ça que tu as recouvert les lasagnes de béchamel plutôt que de sauce tomate ?

— Exact.

— Espèce d'anormal !

— J'assume, acquiesça-t-il. C'est marrant, parce que j'ai vaguement le souvenir d'avoir aimé ça quand j'étais petit. Ma mère préparait une sauce spaghetti…

Sa main s'immobilisa subitement au-dessus du plat, et un frisson parcourut son corps comme s'il venait d'entrer dans une chambre froide. Sa tête se mit à tourner, il se sentit gagné par un début de nausée.

— Howard ? Ça ne va pas ? fit Kat en posant la main sur son bras.

Il sursauta et la regarda en clignant des yeux. Kat le contemplait d'un air soucieux. Il inspira et expira lentement.

— Ça va, assura-t-il en déposant un baiser sur son front.

— Tu es sûr ? On aurait dit que tu allais tourner de l'œil.

— Non, c'est passé, je t'assure.

Le four sonna, signalant que la température souhaitée était atteinte. Oubliant instantanément l'incident, Howard glissa le plat dans le four.

— Trente minutes, annonça-t-il. Tu veux un verre de vin en attendant ?

— Après la journée que j'ai eue, ce n'est pas de refus.

Il prit une bouteille dans le frigo et la soumit à son approbation.

— Ça te conviendra ? La couleur m'a plu, mais je ne sais absolument pas ce que ça vaut.

— J'adore le zinfandel blanc !

Howard farfouilla tout au fond de son tiroir d'accessoires de cuisine et finit par en extraire un tire-bouchon de randonnée.

— Tu ne bois jamais de vin ? demanda Kat en le dévisageant avec curiosité.

— Jamais d'alcool, répondit-il en secouant la tête. J'ai essayé une seule fois et j'ai détesté. Tout : le goût et la sensation. Mais j'aime que mes amis se sentent à l'aise, aussi ne te gêne surtout pas pour moi.

— Mmm, je vois. Tu as l'intention de me saouler pour me soumettre à tes caprices sexuels, hein ? le taquina-t-elle en lui coulant un regard à travers ses cils.

— Je serais un bien piètre amant si je devais te saouler pour ça, rétorqua-t-il en souriant. J'espère que ça ne te dérangera pas si je te sers dans un verre à jus de fruit ? s'enquit-il une fois qu'il eut débouché la bouteille.

— Du zinfandel ? Je le prendrais en intraveineuse, s'il le fallait !

— Vraiment ? Méfie-toi, j'ai mon diplôme d'infirmier, répliqua-t-il en attrapant un verre qu'il remplit.

Kat prit une gorgée de vin et soupira de plaisir.

— Tout simplement divin. Merci, Howard.

— À ta santé, ma belle.

La sonnerie du téléphone qui se trouvait sur le comptoir de la cuisine retentit, interrompant leur tête-à-tête. Howard se rembrunit et souhaita qu'il ne s'agisse pas d'une demande de renforts en provenance de la caserne. Ou pire encore, un appel de Sean qui aurait perdu les pédales. Le numéro d'appelant qu'il découvrit sur l'écran ne le rassura guère.

— Excuse-moi un instant, dit-il à Kat avant de décrocher. Paxton, annonça-t-il.

— Ford, répondit le détective d'un ton lugubre. Le fichier dentaire de la femme portée disparue correspond à celui de la victime. Sherri Pearce. Cela vous dit-il quelque chose ?

Howard chercha dans sa mémoire, en vain.

— Rien du tout, désolé. Jamais entendu parler.

— Réfléchissez bien. Vous avez pu la croiser dans le cadre d'une intervention. Accident de la route, urgence médicale, chat perché dans un arbre.

Il passa dans le séjour et baissa la voix afin que Kat ne l'entende pas.

— J'ai vu sa photo. Cela aurait suffi à réveiller mes souvenirs si je l'avais déjà vue.

— Exact, soupira le détective. Rien d'inhabituel depuis ma visite ?

— Absolument rien. Peut-être que je ne l'intéresse plus.

— Peut-être, admit Ford sans conviction. Continuez à ouvrir l'œil et appelez-moi s'il se passe quelque chose.

— C'est tout ? On se contente d'attendre ?

— *Vous* attendez. Moi, j'enquête. Je ne vous laisserai pas tomber, lieutenant, vous avez ma parole. On reste en contact.

— Attendez !

Il jeta un coup d'œil vers la cuisine. Kat mettait le couvert en fredonnant.

— Vous avez parlé de la photo à Mlle McKenna ?

— Non, je ne le ferai qu'en cas de nécessité. Nous n'en avons pas non plus parlé à la presse. C'est un atout qu'on garde sous le coude pour le moment. Mais je suis tenu de lui demander si elle connaissait Sherri Pearce.

— Ça me paraît peu probable. L'assassin a utilisé la maison des Hargrave, pas celle des McKenna. De plus, Kat n'était pas censée se trouver dans le coin quand l'incendie s'est déclaré. Mais elle est justement ici. Vous pouvez le lui demander tout de suite, si vous voulez.

— Bien sûr, acquiesça Ford sans manifester la moindre surprise.

Howard retourna dans la cuisine avec le téléphone.

— Kat ? Le détective Ford aimerait te parler.

— Oh… D'accord, répondit-elle en prenant le combiné, fronçant les sourcils.

Howard fit mine d'aller surveiller la cuisson de son plat, mais ne perdit pas un mot de la conversation. Non, elle ne connaissait aucune Sherri Pearce. Oui, elle en était sûre. Ouf !

Elle raccrocha et se frotta les bras.

— Pauvre femme, c'est affreux. Tu la connaissais ?

— Non, Dieu merci.

— Pourquoi ce policier persiste-t-il à te poser des questions ? C'est la procédure habituelle ?

— Cet incendie criminel était assez inhabituel et j'étais responsable de mon équipe ce soir-là. Mais j'imagine qu'il cherche surtout à protéger ses arrières, répliqua-t-il, furieux contre lui-même de lui mentir.

Il aurait dû lui dire la vérité, mais il ne voulait pas que cette histoire vienne troubler la première soirée qu'ils passaient ensemble. Avant son départ, il lui raconterait tout, ne serait-ce que pour sa sécurité. Il ne pourrait pas la protéger vingt-quatre heures sur vingt-quatre. Pourvu qu'elle lui pardonne ce mensonge et accepte de le revoir.

Pendant qu'ils dînaient, il livra quinze rounds contre sa conscience. Une femme comme Kat méritait un homme capable de lui garantir la stabilité. De lui donner des enfants. De l'*aimer*. La stabilité, ça passait encore. Mais le reste ?

Elle ne pouvait pas imaginer à quel point il en avait envie. À quel point c'était impensable.

— C'était tout simplement délicieux, le complimenta-t-elle en se laissant aller contre le dossier de sa chaise, tapotant son ventre en gémissant. Je n'ai pas l'habitude de faire des repas aussi copieux en semaine.

— Content que ça t'ait plu, répondit-il en souriant. Tu ne cuisines jamais ?

— Pour moi toute seule ? Ça ne vaut pas le coup !

— C'est vrai.

— Ma mère cuisine très bien, poursuivit-elle. On se retrouve chez mes parents un ou deux dimanches par mois. Ma sœur Grace vient de Nashville. Des fois, elle vient avec un copain, mais en général, on est juste tous les quatre.

Et toi ? faillit-il lui demander. Ça t'arrive aussi d'y aller avec un copain ? Heureusement, il se retint à temps. Ça ne le regardait pas, et il ne tenait pas vraiment à le savoir.

— De mon côté, on ne fait pas trop de réunions de famille, dit-il à la place. Mais quand ça se produit, c'est la grande fiesta. Comme samedi qui vient.

L'idée surgit dans sa tête dès que ces mots eurent franchi ses lèvres. Comment n'y avait-il pas pensé plus tôt ?

— Qu'est-ce qui se passe, samedi ? questionna Kat.

— C'est l'anniversaire de Bentley. Soixante-cinq ans ! On fera des hamburgers sur la terrasse, ajouta-t-il en agitant le pouce en direction de celle-ci. Il y aura beaucoup de monde. Des pompiers avec leur famille, essentiellement. Des collègues de Bentley, mais aussi des gars de toutes les brigades, y compris la nôtre. Si tu te sens d'attaque, tu es officiellement invitée.

Kat arrondit les yeux.

— Houlà ! S'il y a autant de monde, je ne sais pas trop. Je devais déjeuner et faire un peu de shopping avec ma sœur…

— Amène-la. Je te promets qu'on est inoffensifs. Enfin, presque tous, rectifia-t-il en pensant à Julian, mais vous serez l'une et l'autre sous ma protection et vous n'aurez donc rien à craindre. J'aimerais vraiment que tu viennes, et je suis sûr que tout le monde sera ravi de te rencontrer. Promets-moi au moins d'y réfléchir.

— Eh bien… dit-elle en se mordant la lèvre inférieure, visiblement tentée. Oh, et puis zut ! Quel risque y a-t-il à assister au soixante-cinquième anniversaire de ton papa ? J'en parlerai à Grace. Si elle est d'accord, on viendra. Ça te va ?

— Un peu, que ça me va !

Il venait d'inviter une femme à pénétrer dans le saint des saints. Une grande première. Il entendait d'ici les innombrables questions et sous-entendus de ses coéquipiers.

Il devait avoir perdu l'esprit.

Deuxième Avenue. Un peu trop chic au goût de Frank, rien que des types en costard et des touristes. La clientèle des bars y était trop éclectique, il ne se sentait pas dans son monde au milieu de tous ces gros yuppies. Le Wild Horse Saloon, un grand dance-bar country, aurait peut-être pu faire l'affaire. Bondé même un lundi soir, l'endroit lui aurait semblé prometteur sans ces videurs à l'entrée qui vérifiaient les papiers d'identité des clients.

Quelqu'un risquait de se souvenir de lui. Pas bon.

Il continua sa route, les épaules voûtées contre le froid de cette soirée d'octobre. Au carrefour, il tourna le dos au fleuve et prit la direction du vieux centre-ville qu'il connaissait mieux. Bien plus adapté à sa mission.

Le quartier était resté comme figé dans le temps et les devantures des magasins, combinant brique sale et peinture écaillée, n'avaient visiblement pas été refaites depuis son dernier passage. Fatigué, il était à l'image de ce cow-boy vieillissant accoté à l'ombre d'un immeuble, grattant sa guitare et poussant la chansonnette dans l'espoir de ramasser quelques pièces.

Quel gaspillage d'oxygène, se dit Frank. Dégage, pauvre type.

Il passa devant une boutique de cadeaux, un magasin de vêtements de cow-boy et un magasin d'instruments de musique à la vitrine remplie de guitares en tout genre. Quelques mètres plus loin se trouvait le Tootsies Orchid Lounge, et Frank réfléchit aux bénéfices qu'il pourrait tirer en y allant.

Le Tootsies était un bar à deux étages, pas très grand, toujours bondé de touristes et de poivrots locaux. Si un type n'arrivait pas à lever une gonzesse pour tirer un coup au Tootsies, il n'en trouverait pas ailleurs. L'inconvénient majeur, c'était la musique live à chaque étage, l'établissement étant un repaire de dénicheurs de talents, d'impresarios et de professionnels de musique country.

Quand on allait au Tootsies, c'était dans l'espoir d'être repéré, et un nouveau venu ne pouvait pas espérer passer inaperçu. Mais Frank ne pouvait pas retourner dans le bar où il avait déniché l'autre salope. Trop risqué.

Sur un coup de tête, il poussa la porte d'un troquet, quelques mètres après le Tootsies. Il y avait du monde, sans que ce soit la cohue. Aucun groupe ne se produisait sur la petite scène ce soir-là, ce qui signifiait qu'il pourrait écouter discrètement les conversations et faire connaissance. Appâter sa proie et la ferrer pour le lendemain soir.

Il s'assit à une table en bois éraflée le long du mur, à demi plongée dans l'ombre, mais assez proche du bar pour croiser le regard de la traînée brune qui cherchait visiblement de la compagnie.

Patient, il observa la plus parfaite immobilité. Lui laissa le temps de sentir sa présence, d'éveiller sa curiosité. Il en était à la moitié de sa deuxième bière quand elle s'approcha. Elles le faisaient toujours.

Ses tresses brunes et brillantes retombaient sur ses épaules, encadrant une poitrine mûre à souhait. Son visage ovale était plutôt agréable, mais ses yeux sombres avaient une expression blasée. Elle avait déjà un peu trop vécu et avait dû en baver.

Sa silhouette s'accordait bien avec sa taille moyenne malgré quelques kilos de trop, stockés sur les hanches. Le regard de Frank s'attarda sur le jean ultramoulant taille basse. Lorsqu'on frise la quarantaine, on évite de s'habiller comme une gamine, surtout si ce qu'on a à montrer n'est plus de première fraîcheur. Frank n'avait jamais réussi à comprendre qu'une gonzesse exhibe le boudin de chair graisseuse débordant de la ceinture de son jean. S'imaginaient-elles qu'on puisse avoir envie d'admirer un truc aussi immonde ?

— Tu attends quelqu'un ? demanda-t-elle en guise d'entrée en matière.

Elle l'étudia depuis le sommet de sa tête jusqu'au bout de ses longues jambes, croisées au niveau des chevilles. Frank savait qu'elle aimerait ce qu'il avait à offrir. Un homme d'âge mûr, dans une excellente forme physique, aux tempes légèrement argentées. Un beau visage aux traits fermes et expressifs.

C'était du moins ce que Sherri Pearce lui avait dit avant qu'il ne la bâillonne, ne l'arrose d'essence et ne la transforme en torche humaine.

La bouche de sa nouvelle proie se releva sur un sourire avant même qu'il ne formule sa réponse.

— Plus maintenant, ma belle.

Non, pauvre traînée. Plus maintenant.

10

Howard chargea dans l'ambulance un homme de soixante-seize ans qui venait probablement de se fracturer la hanche. L'accident aurait pu être plus grave. Bien plus grave. Un fait dont la jeune fille hystérique qui gémissait sur le trottoir n'avait visiblement pas conscience.

— Mes parents vont me tuer! lâcha-t-elle en contemplant d'un air abasourdi l'avant complètement enfoncé de la Ford Explorer.

Un agent de la circulation s'adressa à elle d'un ton apaisant afin de lui soutirer les informations nécessaires à la rédaction de son rapport.

Non, se dit Howard. Ses parents la serreraient dans leurs bras et remercieraient Dieu que le vieil homme qui avait grillé le feu n'ait pas été tué. C'était la réaction qu'il aurait eue à leur place, en tout cas.

Une fois la dépanneuse appelée, Julian et lui conduisirent leur blessé à l'hôpital. L'agent de la circulation veillerait sur la jeune fille jusqu'à l'arrivée de ses parents. Durant le trajet, Howard remarqua le ton parfaitement calme avec lequel Julian s'adressait au vieux monsieur. Tout à la fois attentif, poli et respectueux. Professionnel, mais attentionné. Le singe ironique et ricanant qui se fichait de tout avait disparu. Julian Salvatore constituait décidément une énigme.

À l'hôpital, ils remirent le patient entre les mains du médecin des urgences. Après lui avoir adressé un salut de la main, Salvatore regagna au pas de course l'ambulance auprès de laquelle Howard l'attendait.

— Tu ne pourrais pas être gentil comme ça avec tout le monde ? marmonna Howard en se mettant au volant.

Salvatore boucla sa ceinture de sécurité, puis tourna la tête vers son lieutenant, visiblement sur ses gardes.

— Tu as quelque chose à me dire, Musclor ?

— Peut-être. Quelle heure est-il ?

Julian haussa les sourcils.

— *Cristo !* s'exclama-t-il. Tu m'en veux encore à cause de cette engueulade avec Knight ? J'ai juste collé une maxi-serviette périodique d'Ève sur le volant du Quint et il a pété les plombs.

— Tu avais dessiné un smiley dessus, lui rappela Howard. Et tu avais écrit le nom de Zack à côté. Et tu avais accroché des Tampax au rétroviseur en guise de peluche !

Howard se sentit immédiatement coupable de lui reprocher cela. Depuis l'altercation avec Zack à cause de cette plaisanterie stupide, Salvatore avait eu un comportement irréprochable au sein de l'équipe. Et même si Zack avait très mal pris la plaisanterie, il fallait bien reconnaître qu'elle était inoffensive.

— Il n'y pense même plus, répondit Julian en haussant les épaules. Tu ferais mieux de me dire clairement ce qui te tracasse.

— Tu as une heure devant toi ?

Le ton résigné sur lequel il avait lâché cela radoucit instantanément Julian.

— Pour toi, j'ai tout le temps que tu voudras, répliqua-t-il en lui coulant un regard inquiet.

— Non, c'est bon. Laisse tomber.

Qu'est-ce qui lui prenait ? Julian était bien la dernière personne au monde à qui il ait envie de se confier. Il s'inséra dans le flot de la circulation en espérant que son coéquipier n'insisterait pas.

— Je suis sérieux, mec. Je sais que j'ai une grande gueule, mais je sais aussi garder un secret. Tu peux me demander tout ce que tu veux, *hermano*.

— Je n'ai rien à voir avec ton frère, Julian. Ton frère traîne avec des dealers.

Salvatore roula des yeux.

— Tonio est un narcotrafiquant. Moi, je suis le gentil de la famille.

— Que Dieu t'entende.

— Mais…

— Laisse tomber, je te dis.

Salvatore hésita, puis haussa une épaule.

— Comme tu voudras.

Howard surprit une lueur dans ses yeux, juste avant qu'il ne tourne son regard vers le pare-brise. Vexé ? Déçu ?

— Comment tu fais ? lui demanda-t-il à brûle-pourpoint.

— Comment je fais quoi ? répondit Julian en lui jetant un regard méfiant.

— Pour plaire aux femmes, comme ça ?

Un lent sourire détendit ses traits.

— Si tu veux que je te donne des conseils de ce genre, *amigo,* tu m'en demandes trop.

— Mais non, ce n'est pas de *ça* que je parle, rétorqua Howard en agitant la main. Non, je veux dire, comment fais-tu pour sortir avec plusieurs filles à la fois sans qu'elles essayent de te mettre le grappin dessus et qu'elles soient contentes quand même ?

— Ah, lâcha sentencieusement Julian. Super parties de jambes en l'air *et* relations amicales *sans* le piège du mariage. Les copines *avec* les intérêts, quoi.

— Exactement !

Quel homme porté sur la chose n'a jamais rêvé d'un tel arrangement ?

— Ce n'est pas aussi simple que ça en a l'air. Tu es au courant de mon histoire avec Carmelita ?

Howard s'arrêta à un feu rouge et en profita pour regarder Julian. Jamais encore il ne l'avait vu aussi sérieux.

— Pas vraiment. Je t'ai entendu parler d'elle, c'est tout.

Julian observa un instant de silence, comme s'il cherchait la meilleure façon d'expliquer.

— Carmelita et moi, on est... intimes. Amants. Ma famille et la sienne se connaissent depuis toujours. Tout le monde pensait qu'on finirait par se marier, mais en fait, on est très bien comme ça. On a *besoin* de liberté, alors on voit d'autres personnes, tu comprends ?

Le feu passa au vert et Howard appuya sur l'accélérateur, stupéfait de ce qu'il venait d'entendre. Stupéfait, mais... intrigué aussi.

— Et ça lui convient ?

— Oui. Mais notre histoire est un cas unique, Musclor. On se connaît depuis toujours. On est amis et on s'aime à notre manière. Avec elle, je peux parler de tout, je n'ai aucun tabou. La seule exception, c'est nos aventures respectives. Ça, c'est secret défense.

Howard laissa échapper un rire bref qui résonna comme un aboiement.

— Je comprends. Waouh ! Tu es vraiment un cas, toi !

Julian sourit de toutes ses dents et remua les sourcils.

— J'ai déjà entendu ça quelque part, mais j'étais en meilleure compagnie.

Howard secoua la tête, souriant malgré lui. Julian n'était pas un mauvais bougre. Vantard, mais pas méchant.

Il essaya de s'imaginer concluant avec Kat un arrangement comme celui de Julian et Carmelita, mais le tableau ne collait pas. Non seulement ça ne collait pas, mais subitement, le simple fait de penser à Kat avec un autre homme dans son lit, se laissant aimer comme elle avait laissé Howard l'aimer la veille...

Son sourire s'envola. Cette idée le rendait physiquement malade. Lui faisait mal au ventre et lui donnait envie de cogner sur quelque chose.

— Pourquoi ce quiz sur ma vie amoureuse, au fait ?

La question le tira de ses idées noires.

— Comme ça.

— Tu sors avec quelqu'un ?

— En quelque sorte. Peut-être. D'accord, ajouta-t-il devant le sourcil dubitatif de Julian. J'avoue. J'espère la revoir souvent.

— Cool. Je la connais ?

Howard soupira. À quoi bon garder le secret ? Tout le monde la verrait à l'anniversaire de Bentley.

— Kat McKenna, la blonde de l'incendie.

La blonde à qui, en dépit de ses bonnes intentions, il n'avait toujours pas parlé de la photo obscène.

— Je le savais ! jubila Julian en se donnant une tape sur la cuisse. Eh ben, c'est pas trop tôt ! Howie a *marquééé* !

— Je ne pense pas à elle de cette façon-là, rétorqua-t-il.

Un sourd aurait perçu la menace mortelle que recelait le ton de sa voix. Julian leva les bras en l'air.

— Houlà ! Du calme ! Loin de moi l'idée de manquer de respect à ta dame. C'est juste que... Putain, mec, Zack s'éclate plus que toi et il est puceau, quoi !

— Il n'est pas puceau ! s'étrangla Howard, ravi de la diversion.

— Attends, je suis sérieux, là. Ne me dis pas que tu n'es pas au courant ?

— Quel âge il a ? Vingt-six ? Arrête, c'est pas possible.

— Eh ben si, c'est possible. Je l'ai entendu le dire à Ève, l'autre jour. Attention, hein ! Je n'ai pas fait exprès d'écouter ce qu'ils disaient...

— Pourquoi irait-il confier à Ève quelque chose d'aussi personnel ? Tu as peut-être surpris une conversation en dehors de son contexte.

— Non, mais tu sors d'où, toi ? D'une grotte ? demanda Julian avant de renverser la tête en arrière et de fermer les yeux. Ces deux-là sont copains comme cochons. Et je sais très bien ce que j'ai entendu.

Que Zack soit puceau ou non, ça ne les regardait pas. Même si cela éclairait d'un jour nouveau la réaction de Zack à la blague de Julian.

— Je trouve qu'on ne devrait pas parler de Zack derrière son dos.

— Attends, je croyais que tu le savais ! Sinon, je n'aurais rien dit. Je n'aurais pas dû, de toute façon. Considère le sujet clos. Alors, ajouta-t-il après une pause, tu me présenteras ta *chica,* samedi ?

— Brièvement, répondit-il avec une lenteur délibérée. *Très* brièvement.

— Message reçu, fit Julian en souriant.

— Tant mieux. Parce que je ne t'ai pas encore annoncé la meilleure. Kat viendra avec sa sœur, Grace.

— Ah ouais ? lança Julian en redressant la tête, sans chercher à dissimuler son intérêt. Et… elle est aussi mignonne qu'elle ?

Howard affermit sa prise sur le volant.

— Je n'en sais rien, mais de toute façon, ça ne t'intéresse pas, répliqua-t-il fermement, histoire de remettre Julian à sa place. Elle est avocate. C'est une fille cultivée et de bonne famille. Kat l'adore et si elle trouve quoi que ce soit à redire au comportement de mes invités, les personnes concernées s'en repentiront amèrement. C'est clair ?

Le sourire de Julian se figea. L'expression que Howard avait vue passer dans son regard un peu plus tôt réapparut fugitivement, puis disparut, cédant la place à quelque chose de dur. De buté. Son regard devint aussi brillant que l'onyx, froid et impénétrable.

— Parfaitement clair, lieutenant.

Et voilà ! Salvatore se sentait insulté. Mais d'un autre côté, Howard ne pouvait pas le laisser embobiner la sœur de Kat.

— Ne te braque pas comme ça, Julian, ce n'est pas ce que je voulais dire. Mais s'il arrivait quelque chose de déplaisant à la sœur de Kat alors que c'est moi qui l'ai invitée, j'aurais l'impression que c'est ma faute.

Julian détourna le regard.

— Ouais, ouais, je comprends.

Le reste du trajet jusqu'à la caserne s'effectua dans un silence tendu. Howard laissa dériver ses pensées vers Kat et se demanda si sa journée de travail s'était bien passée. Il jeta un coup d'œil à sa montre. Bientôt quinze heures trente. Il allait lui laisser le temps de rentrer chez elle, puis il l'appellerait.

Il avait envie d'entendre sa voix, son rire. Elle lui manquait déjà. Il aurait aimé qu'elle reste plus longtemps, la veille. La deuxième fois qu'ils avaient fait l'amour, après le dîner, avait été encore plus ardente et passionnée que la première.

La prochaine fois, il prendrait son temps, lui donnerait une bonne raison de s'attarder jusqu'à l'aube. Il l'aimerait lentement, tendrement.

Avec elle, je n'ai pas *baisé*. Que ce soit rapide et brutal ou lent et intense, je fais l'amour. Je l'aime avec mon corps.

Ses testicules se contractèrent et son sexe devint douloureux. Il avait besoin de la voir, mais son service ne s'achèverait pas avant une éternité. Il n'avait pas prévu de la revoir si vite, peut-être pas avant la fête de samedi, pourtant…

Il s'investissait déjà trop avec cette adorable blonde aux yeux verts. Ses courbes généreuses comblaient tous ses sens et faisaient battre son cœur. Leur histoire progressait à toute vitesse. Il fallait qu'il prenne un peu de recul. Qu'il lui parle de la photo de la femme qui était morte dans l'incendie. Qu'il fasse preuve d'honnêteté, qu'il partage avec elle certaines vérités épouvantables à son sujet et avoue son incapacité à lui donner ce qu'elle était en droit d'attendre d'un compagnon digne de ce nom.

Mais il ne le pouvait pas.

Bientôt, se promit-il. Le moment venu, il lui dirait tout. Après quoi, elle se sauverait à toutes jambes.

Et il se retrouverait seul.

Une fois de plus.

Kat eut à peine le temps de passer la porte, de jeter sa grosse sacoche remplie de bouquins sur le canapé et de retirer ses chaussures qui lui faisaient affreusement mal aux pieds, que le téléphone sonna. Elle consulta le numéro appelant et décrocha aussitôt, un grand sourire aux lèvres.

— Salut !

— Je te manque ? ronronna à son oreille la voix profonde de Howard.

Elle rougit et se sentit devenir brûlante de partout.

— Viens chez moi, et tu le sauras.

— Tu sais ce qu'il faut faire pour mettre un homme à tes genoux, toi, fit-il mine de se plaindre avec un rire de gorge.

— Tu étais très beau dans cette position, maintenant que tu m'y fais repenser, modula-t-elle suavement en emportant le téléphone dans sa chambre.

Elle cala le combiné sous son oreille, défit la braguette de son pantalon et le retira.

— Comment se passe ton service ? Pas trop mouvementé jusqu'ici ?

— Chargé. Deux urgences médicales à domicile, un gamin qui a touché un câble à haute tension en allant à l'école et un AVP.

— Un quoi ?

— Pardon. Jargon de métier. Un accident de voie publique. Un papy a grillé un feu et une jeune fille lui est rentrée dedans au volant de la voiture de ses parents. Le papy est à l'hosto, mais il s'en sortira. La fille s'en est tirée sans une égratignure. Le gamin qui a posé la main sur un câble à haute tension n'a pas eu autant de chance. On a dû relancer son cœur.

— Oh, mon Dieu !

Kat, qui s'apprêtait à retirer sa tunique, interrompit son geste et s'assit sur le lit. Les journées de travail de Howard étaient-elles toutes semblables à celle-ci ? Comment supportait-il une telle pression ? Parler des coups durs avec ses coéquipiers suffisait-il à évacuer le stress ? Il lui avait confié que c'était toujours plus dur quand il s'agissait d'enfants.

— J'aimerais être près de toi.

Pour une raison complètement différente, cette fois-ci. Elle aurait voulu le serrer dans ses bras et le réconforter.

— Moi aussi, répondit-il tendrement.

— Je suis désolée. Tu pourras t'informer de son état ?

— Je connais bien un des médecins des urgences. Il s'en chargera pour moi.

Il semblait si abattu que le cœur de Kat vola vers lui.

— Tu penses qu'il ne s'en tirera pas, c'est ça ?

— J'espère me tromper.

Une voix d'homme retentit. Howard mit sa main sur le téléphone, répondit quelque chose que Kat ne comprit pas, puis revint à elle.

— Excuse-moi. Je squattais le bureau que je partage avec le capitaine pour être tranquille, et il a besoin de la place. Il faut que je te laisse.

— Pas de problème. Ça m'a fait plaisir que tu m'appelles.

— Pour me décharger de mes misères sur toi ? Je comprends que ça t'ait fait plaisir ! s'esclaffa-t-il. Bon, je ne veux pas te quitter sur une note triste. Tu serais d'accord pour un ciné et un resto, demain soir ? Je promets de te laisser rentrer de bonne heure.

— Bonne idée, approuva-t-elle en souriant, ravie de cette invitation.

— Je t'appelle demain, alors ?

— Oui. J'attends déjà ton appel.

— Salut, Kat.

— Salut, dit-elle avant de raccrocher.

Katherine Frances, tu n'es pas cuite : tu es archi-grillée, ma petite…

Pourvu que le lieutenant Paxton n'ait pas deviné à quel point elle était mordue.

Howard avait encore un coup de fil à passer avant de libérer le bureau. Il attendit qu'une infirmière des urgences aille chercher le médecin qu'il connaissait en tapotant le bout de son crayon sur le bureau, les muscles bandés à bloc, comme s'il s'attendait à recevoir un coup. Pourquoi s'infligeait-il cela ? Parce qu'il aurait voulu que le mythe qui veut que le bien l'emporte sur le mal s'avère au moins une fois ?

Peu importaient ses motivations. Il s'agissait de la vie d'un enfant et il avait besoin de savoir.

— Lieutenant ? fit le médecin d'une voix sombre.

Howard n'eut pas besoin de lui poser de question. Le crayon se brisa net entre ses doigts et il ferma les yeux. La conversation fut brève. Il écouta, remercia le médecin, raccrocha et enfouit son visage dans ses mains.

— Musclor ?

Howard releva la tête et regarda Sean. Il ne l'avait pas entendu revenir.

— Steven Carter est en état de mort cérébrale.

Tanner se laissa aller contre la porte qu'il venait de refermer et évacua tout l'air que contenaient ses poumons.

— Bon sang. Skyler va avoir du mal à encaisser.

Howard acquiesça, lugubre. À vingt-trois ans, Tommy Skyler était avec eux depuis moins d'un an et venait tout juste de recevoir son diplôme d'infirmier. Sympa, vif et apprécié de tous, il incarnait l'idéal du garçon américain, beau, sain et sportif, que tous les parents rêvent d'avoir pour fils et que tous ses camarades envient un peu. Pas trop parce que Tommy irradiait d'une telle joie de vivre et d'un tel charme naturel que les gens lui souriaient spontanément, attirés vers lui comme des ours par un pot de miel. Il arrivait même à bien s'entendre avec cette tête à claques de Salvatore ! La jeunesse, l'innocence et l'optimisme de Skyler étaient des atouts essentiels au sein de l'équipe.

Une innocence qui allait devoir encaisser le deuxième coup dur de la semaine. D'abord la découverte de ce cadavre carbonisé, et maintenant…

— On devrait le faire venir ici avant de l'annoncer à tout le monde, dit Howard. Le premier patient qu'on perd est toujours un coup dur, mais quand il s'agit d'un enfant…

— Ça aurait pu tomber sur n'importe lequel d'entre nous.

Tanner se passa la main dans les cheveux, luttant visiblement pour contenir le flot d'émotions que la mort de cet enfant soulevait en lui. Il n'ignorait malheureusement rien de la douleur que provoque une telle tragédie.

— Je vais le chercher.

Zack passait justement dans le couloir lorsque Sean ouvrit la porte. Quand le capitaine lui demanda d'un ton sec s'il savait où se trouvait Skyler, le faisceau laser de son regard bleu passa de Sean à Howard. Au vu de leur expression solennelle, il comprit instantanément la situation.

— Oh, mon Dieu. Il passe la serpillière dans les toilettes, répondit Zack en clignant furieusement des yeux derrière les verres de ses lunettes à monture d'acier. Je vais le chercher. Vous voulez que j'assiste à l'entretien ?

Tanner abattit sa main sur son épaule.

— Pas cette fois-ci, mais je te remercie.

— Pas de quoi.

Knight partit chercher Skyler. Quelques instants plus tard, le plus jeune membre de l'équipe frappa à la porte et entra dans le bureau. Après un bref salut de la tête, il se tint bien droit et leur décocha un sourire incertain qui creusa ses fossettes.

— Capitaine. Lieutenant. Qu'est-ce qui se passe ?

Son regard bleu pâle fouillait leur visage. La vérité s'imposa à lui dans le silence qui s'installa. Il devint blanc comme un linge, se redressa encore et serra les poings.

— Le garçon est mort.

Sa voix rauque était lourde de culpabilité. Howard se leva, contourna le bureau et se planta à deux pas de lui.

— Ni toi ni personne n'y est pour rien, Skyler. Il n'y avait plus rien à faire. L'enfant était déjà mort au moins trois minutes avant notre arrivée, et on a lutté sept minutes avant que son cœur redémarre. On ne pouvait compter que sur un miracle pour qu'il survive, mais les miracles arrivent bien plus rarement que les catastrophes.

Skyler secoua la tête, sa pomme d'Adam fit un aller-retour dans sa gorge et ses yeux devinrent vitreux.

— J'aurais dû…

— Quoi faire ? intervint le capitaine. Repasse la procédure dans ta tête et dis-nous ce que tu aurais pu faire que tu n'as pas fait.

— Je… je…

Il fut incapable d'en dire plus. Son torse se soulevait rapidement et son visage reflétait une profonde détresse. Howard savait cependant que Skyler luttait vaillamment pour se maîtriser, et il lut sur son visage aussi clairement que sur un écran chacune des étapes de leur intervention. Tommy avait concentré son regard, les sourcils froncés, sur un cadre accroché au mur qui lui faisait face, et quand il parvint à l'inévitable conclusion, son front se détendit et il hocha la tête.

— Je sais que vous avez raison, mais c'est juste que… Putain, ça fait mal !

— Une intervention de ce genre avec défibrillateur et tout le bataclan, c'est la croix et la bannière pour tout le monde, déclara Tanner, parfaitement stoïque. Personne n'aurait pu sauver ce garçon, je t'en donne ma parole d'honneur.

— On ne va pas te mentir, Tommy. Perdre un enfant que tu as essayé de sauver te marque pour la vie et tu auras du mal à t'en remettre. Mais on est tous là, et le psychologue de la caserne est là aussi si tu as besoin de parler.

— Un psy ? marmonna Skyler. Non, c'est bon, ça ira.

Howard ne fut pas surpris de sa réaction. Les hommes aiment rarement vider leur sac devant un inconnu, *a fortiori* lorsque l'inconnu en question est lié à l'administration et peut décider, dans une certaine mesure, si un pompier est apte ou non au service.

— On est là pour toi, quel que soit le problème, lui assura-t-il, aussitôt secondé par Sean.

La bouche de Tommy trembla, mais il ne s'écroula pas.

— Merci.

Howard le serra brièvement dans ses bras et lui tapota virilement le dos. Sean, lui, se contenta de lui serrer la main, son rang lui imposant de maintenir une certaine distance. Le capitaine s'était toujours comporté ainsi, mais les hommes qui étaient sous ses ordres savaient que sous ses dehors bourrus, il dissimulait un cœur d'or. Un cœur brisé.

Tommy quitta le bureau, et Ève passa la tête dans l'entrebâillement.

— Comment il va ? s'enquit-elle à voix basse.

Sean darda aussitôt son regard sur elle.

— Tommy n'est pas en sucre. Plus tôt tu arrêteras de le materner, mieux il se portera.

Ève Marshall n'était pas du genre à se laisser rabrouer, fût-ce par le capitaine. Howard ouvrit la bouche, mais avant qu'il ait eu le temps d'intervenir, Ève s'était plantée devant le bureau, les poings sur les hanches, les yeux écarquillés de surprise feinte, un sourire mortel aux lèvres.

— Qu'est-ce qui se passe ? On va avoir ses règles ? Si quelqu'un a besoin d'un Tampax, j'en ai dans mon sac.

Howard réprima un sourire. Cette femme avait de l'aplomb et du tempérament, il n'en avait jamais douté, mais là, elle poussait le bouchon un peu loin. Ève claqua des doigts.

— J'aurais bien proposé une de mes maxi-serviettes, mais Julian m'a chipé la dernière…

— Nom de Dieu, Ève ! tonna Sean, le visage rouge de colère. Tu n'as rien de plus productif à faire ?

Elle inclina la tête sur le côté, feignant de réfléchir.

— Hmm… Non.

Tanner grommela quelque chose d'incompréhensible qui n'était certainement pas gracieux et quitta son bureau d'un pas résolu. Dès qu'il eut franchi le seuil, Ève pivota sur elle-même pour le regarder s'éloigner, et sa façade bravache tomba en poussière. L'espace d'une fraction de seconde, un désir irrépressible fit étinceler ses beaux yeux sombres, mais elle s'empressa d'abaisser un rideau de fer sur ses émotions et raidit sa colonne vertébrale.

— Pauvre type, cracha-t-elle avant de quitter la pièce.

— Waouh ! lâcha Howard qui avait retenu son souffle sans s'en rendre compte.

Ève en pinçait pour le capitaine ! Julian devait avoir raison, Howard n'avait rien vu. Il se demanda si Sean soupçonnait quoi que ce soit, et décida que non. En tout cas, il venait de débusquer une sacrée bombe à retardement au sein même de la caserne. Une bombe qui risquait de faire sauter toute l'équipe le jour où elle exploserait.

Avec tout ce qui vient de se passer, se dit-il avec philosophie, la fin du service me paraîtra reposante.

Ce en quoi il n'aurait pu se tromper davantage.

11

Les trois sonneries suraiguës retransmises par les haut-parleurs firent voler en éclats le sommeil durement gagné, mais néanmoins agité, de Howard. Sa traversée cauchemardesque du potager de sa mère se dissipa comme une volute de fumée, le laissant désorienté, luttant pour discerner la réalité.

Sa confusion ne dura pas plus d'une ou deux secondes. Ses années de métier lui avaient appris à opérer en pilotage automatique en cas d'alerte, et il avait déjà presque fini d'enfiler son équipement quand la voix synthétisée s'élevant des haut-parleurs le plongea dans un nouveau cauchemar.

Incendie d'habitation. Dans leur secteur. Encore une fois.

Quelle était la probabilité pour que deux incendies d'habitation se déclarent dans leur secteur en moins d'une semaine ? Proche de zéro.

La pensée qui lui vint aussitôt après le réveilla complètement. Dieu merci, ce n'est pas l'adresse de Kat !

Son sang se glaça. Son esprit ralenti enregistra à peine le juron que proféra Julian tandis qu'ils quittaient leur chambre au pas de course. L'équipe pénétra dans le garage sans un bruit, hormis celui des bottes, des portières des camions qui claquaient et du coulissement des grandes portes du garage.

— Encore un incendie d'habitation ? C'est complètement dément, ronchonna Julian en se frottant les yeux.

Plus que tu ne le crois.

S'il s'agissait une fois de plus d'un meurtre orchestré par son mystérieux tourmenteur, Howard devrait tout expliquer à ses coéquipiers cette nuit même. Et à Kat aussi, le plus tôt possible. Pour sa défense, deux jours seulement s'étaient écoulés depuis qu'il avait reçu cette photo obscène, et il avait espéré que personne n'aurait besoin de le savoir ni de s'en soucier.

Mais il avait trop tardé, et son silence aurait pu coûter la vie à Kat. Cette idée lui donna la nausée.

Il secoua la tête. Un pompier qui se laisse submerger par ses émotions ou ses problèmes personnels dans le cadre d'une intervention risque de rentrer chez lui dans un sac à viande. Hors de question qu'il laisse un détraqué le priver de toutes les choses agréables que l'avenir lui réservait.

Sa concentration n'empêcha pas l'étrange frisson qu'il avait déjà ressenti de s'emparer de sa nuque, et il eut une fois de plus la désagréable impression que quelqu'un dansait sur sa tombe.

Tout en suivant Zack, il s'efforça de juguler la peur qui s'épanouissait dans son torse. Tout cela dépassait sa conception de la réalité. Il ne pouvait pas livrer bataille contre un ennemi qu'il ne comprenait pas.

Mais le pire de tout, c'était cette effroyable intuition que le jour où il serait enfin en mesure d'assembler les pièces du puzzle, il serait déjà trop tard.

Frank se glissa sous la grande porte coulissante juste avant qu'elle ne se referme complètement. Il s'en était fallu d'un cheveu. Ouf, son timing serré avait failli lui jouer des tours. Il avait utilisé un téléphone portable volé pour déclarer lui-même l'incendie et avait dû se magner le train pour être certain de pénétrer dans la caserne, même si la maison qu'il avait utilisée n'en était éloignée que de trois kilomètres.

La maison. Il faillit rire en repensant à la crédulité de ces deux poufiasses qui avaient cru que ces baraques lui appartenaient. Il aurait pu aller chez elles, bien sûr. Mais Sherri Pearce n'habitait même pas à Sugarland, et Lorna Miller était mariée.

Frank tenait à ce que les incendies aient lieu dans le secteur de la caserne 5, et repérer une maison vide avant de passer à l'action était un jeu d'enfant. Il lui suffisait d'en crocheter la serrure à l'avance, et de faire semblant d'ouvrir la porte avec une clef bidon quand il arrivait avec la pétasse. Dans la voiture de Lorna, cette fois-ci. Il avait garé le véhicule à un kilomètre de la caserne avant de passer à la dernière phase de son plan.

Une fois qu'il aurait terminé, il la ramènerait en centre-ville, l'abandonnerait et récupérerait son propre tas de ferraille, avant que ces imbéciles de flics aient seulement compris ce qui se passait ou découvert l'identité de sa victime.

Il se redressa et écouta les sirènes des camions décroître. Pressés comme ils étaient d'arriver sur les lieux de l'incendie, il doutait fort que quiconque l'ait remarqué. Ils allaient en avoir pour un bon moment, avec le bordel infernal qu'ils allaient découvrir. Frank avait tout son temps pour laisser un petit cadeau au lieutenant.

La couchette de ce bâtard était la cible idéale. C'est toujours très désagréable de s'apercevoir qu'on a violé votre espace personnel. Un rien sinistre, même. Le tout, c'était de trouver la bonne et ça, c'était déjà plus coton. Il allait chercher en vitesse et s'il ne la trouvait pas, il laisserait son petit cadeau dans le bureau.

Lorsqu'il franchit la porte séparant l'immense garage du hall desservant les différentes parties de la caserne, il jeta un coup d'œil à la formule imprimée sur la vitre et sa bouche forma un rictus méprisant. *TOUT LE MONDE REVIENDRA VIVANT.*

— Pas toujours, les mecs.

Et sûrement pas après que l'équipe chérie de Paxton aurait pris en pleine poire ce qu'il leur réservait au prochain round. Un frisson d'impatience parcourut son épine dorsale. Anéantir les coéquipiers du lieutenant porterait à ce fils de pute un coup dont il ne se relèverait pas.

Patience. Savoure l'instant.

Le moment venu, tu donneras le coup de grâce.

Chaque chose en son temps.

Baissant la tête comme il passait devant une fenêtre, il tira le revolver coincé dans la ceinture de son jean et inspecta du regard le réfectoire et la cuisine. Personne n'était censé rester à la caserne en cas d'alerte, mais on n'est jamais trop prudent. Si quelqu'un était là, il n'aurait pas le temps de réaliser qu'il allait mourir avant que Frank lui colle un pruneau entre les yeux.

Les deux grandes pièces étaient désertes. Une lampe éclairait le réfectoire faisant également office de séjour, et dans la cuisine, une petite ampoule dépolie brillait au-dessus de l'imposante cuisinière, trouant à peine l'obscurité. Le bâtiment paraissait entièrement désert, mais il conserva son arme à la main.

À l'extrémité de la cuisine, un couloir menait au bureau. Ordinateur, téléphone, socle chargeur pour deux talkies-walkies dont un manquait. Rien d'anormal.

Au bout du couloir, la lumière était restée allumée dans quatre pièces. Les chambres de l'équipe qui était de service cette nuit-là, probablement. On allume la lumière, on enfile son équipement en vitesse… Ouais, c'était sûrement ça, et ça allait lui simplifier la tâche.

La chambre la plus proche du bureau était certainement celle du capitaine. Pure hypothèse, qui se trouva partiellement confirmée quand il découvrit qu'une seule des couchettes avait été défaite. Celui qui dormait là ne partageait son espace avec personne, un privilège réservé aux gradés. Sur la petite photo encadrée près du lit figuraient un homme brun, une belle femme et deux enfants. Qui n'avaient rien à voir avec le lieutenant.

Chambre suivante : deux couchettes occupées – oui, mais par qui ? L'espace était sacrément réduit, on se serait cru dans une capsule stérile. Sur chacune des minuscules tablettes de chevet, trois photos encadrées. Familles au grand complet, couples d'amoureux et deux chiens. Ouais, il aurait dû se douter que les trois équipes tournantes utilisaient les chambres à tour de rôle, et qu'ils ne laissaient pas traîner beaucoup d'objets personnels.

Sur une étagère, au-dessus d'une des couchettes, il aperçut un trophée de football. Il s'en approcha et déchiffra la plaque fixée au socle : *Thomas Skyler, Varsity MVP, lycée de Broadmore.* Datée de cinq ans plus tôt. Skyler faisait partie de l'équipe de Paxton. Il avait vu son nom inscrit en lettres réfléchissantes sur la veste du type qui était sorti de la première maison incendiée et qui avait dégueulé sur la pelouse.

— Mauviette, ricana-t-il.

L'autre couchette était impossible à attribuer à qui que ce soit, les photos de la tablette ne fournissant aucun indice probant. Frank passa à la chambre suivante, conscient des minutes qui passaient. Il devait en finir et se tirer au plus vite. Un sentiment d'urgence raidit ses épaules, le privant d'une partie du plaisir qu'il y a à fouiller dans les affaires des autres.

La troisième chambre était moins nue que les deux autres. Sur une tablette figurait la photo d'une très belle jeune femme mexicaine. Il devait donc s'agir de la couchette de celui qui s'appelait Salvatore. Et l'autre...

Là ! La photo du chef Mitchell, sa petite épouse maigrichonne auprès de lui. La main de Frank se crispa sur la crosse du revolver et un flot de rage brûlante emplit son esprit. Un jaillissement de haine volcanique si puissant et explosif qu'il crut un instant qu'il allait le tuer.

Concentre-toi, bon sang ! Ils vont bientôt revenir.

Il cala le revolver dans la ceinture de son jean, sortit deux petits objets de son sac et les déposa sur la couchette du lieutenant. Voilà. Un autre déplacement sur l'échiquier, exécuté à la perfection. Si seulement il avait pu rester là et voir la tête que ferait Paxton en découvrant son cadeau.

Jugé pour le plus impardonnable des péchés.

Condamné à endurer une agonie prolongée tandis qu'il chercherait désespérément la vérité.

Et finalement contraint de prononcer mon nom dans son dernier souffle.

Lorsqu'ils s'arrêtèrent devant la petite maison triangulaire, celle-ci était presque entièrement la proie des flammes. Howard grimaça. S'il restait quelqu'un à l'intérieur, il fallait intervenir *immédiatement*.

Tandis que Julian, Tommy et lui-même enfilaient leurs masques et ouvraient la valve de leurs packs d'oxygène, il s'efforça de se calmer. Il s'agissait d'une intervention de routine, rien de plus. Entrer, chercher d'éventuels survivants, ressortir en vitesse.

D'un bref coup d'œil, il s'assura que Zack s'affairait à son poste à côté du camion, assujettissant la lance, armant la pompe et surveillant les jauges. Il ajusta dans le même mouvement la petite caméra thermique qui utilisait la chaleur pour y voir clair à travers la fumée et dans l'obscurité, et s'élança vers la porte d'entrée, Julian et Tommy sur ses talons portant la lance.

Sean, Zack et Ève restaient à l'extérieur, formant leur UIR – unité d'intervention rapide – prêts à intervenir s'ils se retrouvaient coincés à l'intérieur. Sean informa par radio le chef de bataillon que ses hommes effectuaient une première incursion sur les lieux de l'incendie. Une information qui déclenchait automatiquement le départ des camions des casernes 3 et 4.

Première constatation évidente : aucune famille affolée ne les avait accueillis, se lamentant sur leurs biens partis en fumée ou, pire encore, sur l'un d'entre eux resté à l'intérieur. Impossible donc de savoir si quiconque se trouvait encore dans la maison.

Si les propriétaires étaient absents, il y avait de fortes chances pour que l'équipe ait hérité d'un incendie identique à celui de samedi.

Non, ne pense pas à ça.

Sur le porche, Howard et Julian se positionnèrent de part et d'autre de la porte d'entrée. Au signal de Howard, ils donnèrent en même temps un violent coup de pied à la porte au niveau de la serrure. Une fois. Deux fois. La serrure ordinaire céda au troisième assaut. Ils s'écartèrent avant d'être atteints par le mur de chaleur et de flammes qui jaillit aussitôt de l'ouverture.

— Par-derrière ! hurla Julian, joignant à la parole un geste de sa main gantée pour s'assurer d'avoir été compris.

Les trois hommes coururent jusqu'à l'arrière de la maison. Les flammes qui dansaient derrière la fenêtre à l'angle de la maison illuminaient le jardin. Howard pressentit qu'il s'agissait d'une chambre à coucher et redouta instinctivement ce qu'ils allaient y découvrir.

Julian et Tommy n'eurent aucun mal à défoncer la porte de derrière. Un épais tourbillon de fumée jaillit à l'extérieur, mais aucune flamme ne se présenta pour leur barrer le passage. Howard pénétra à l'intérieur, la caméra thermique à la main, et les guida vers l'enfer.

Il eut l'impression qu'une fournaise bouillonnante faisait fondre sa peau à travers son équipement ignifugé. Tel le souffle d'un dragon furieux, un feu orange léchait les murs et le plafond du séjour, les mettant au défi dans un rugissement de flammes d'oser affronter sa colère et d'en sortir indemne.

Bravant les ténèbres, ils inspectèrent brièvement la cuisine et la salle à manger. N'ayant trouvé personne, ils s'engouffrèrent en file indienne dans le couloir, Julian ouvrant la marche. L'une après l'autre, ils inspectèrent deux chambres à coucher.

Armé de la caméra thermique, Howard vérifiait sous les lits et jusque dans les placards. Partout où un être humain affolé aurait pu chercher refuge – tout particulièrement un enfant. Rien. À travers l'épais voile de fumée tourbillonnant, il secoua la tête à l'intention de ses coéquipiers.

— Vide !

Des craquements infernaux rendaient pratiquement impossible toute communication, et la chaleur était presque insupportable.

— On se grouille, les mecs !

Julian fonça vers la dernière chambre où semblait se situer le foyer de l'incendie. Howard inspecta un cabinet de toilette situé dans un renfoncement du couloir, écarta un rideau de douche, et fut intensément soulagé de découvrir que personne ne se trouvait derrière.

— Lieutenant !

L'appel pressant de Julian le fit accourir. Depuis trois ans qu'il connaissait Salvatore, jamais encore il n'avait entendu cet accent horrifié dans sa voix. Son cri électrifia toutes ses terminaisons nerveuses et tandis qu'il rejoignait son coéquipier, il dut ravaler le flot de bile que la peur avait fait remonter dans sa gorge.

Ses pieds effectuèrent un dérapage contrôlé devant le seuil de la chambre. Julian et Tommy arrosaient le lit, luttant contre un mur de flammes.

Sur le lit gisaient les restes d'un être humain, les bras menottés à l'un des montants. Aussi carbonisés que du charbon de bois.

— Putain ! hurla Tommy en détournant le regard. Non, pas deux fois !

L'espace de quelques battements de cœur, il s'autorisa à intégrer la terrible réalité que ses yeux venaient de voir. Les anneaux métalliques des menottes. La chair noircie et boursouflée révélant à travers ses lambeaux des morceaux de squelette et un crâne grimaçant.

La nausée submergea Howard, mais il trouva la force de saisir Julian par le bras pour l'entraîner vers le couloir.

— Le foyer est éteint ! On ne peut plus rien faire !

Julian pivota sur lui-même et braqua sur lui un regard sauvage. Tommy et lui hésitèrent moins d'une seconde avant d'emboîter le pas à Howard, qui s'assura d'un coup d'œil que ses coéquipiers le suivaient. Quand ils atteignirent le séjour, l'incendie avait été maîtrisé grâce aux bons soins des casernes arrivées en renfort.

Une fois dehors, Julian arracha son masque et se pencha en avant, les mains en appui sur les genoux, luttant visiblement contre une puissante envie de vomir. La lance d'incendie gisait à ses pieds. Non loin, Tommy semblait secoué, mais tenait le coup. Le pauvre avait eu l'occasion de s'aguerrir quelques jours plus tôt. À côté de lui, Sean aboyait dans sa radio, exigeant l'arrivée de la police.

Howard arracha son propre masque et inspira de longues goulées d'air pour se calmer.

— Demande-leur d'envoyer le détective Shane Ford, siffla-t-il lorsqu'il croisa le regard de Sean.

— Julian m'a dit qu'il y avait un cadavre. Tu penses que c'est lié à…

— Oui.

— Tu dois informer l'équipe de la situation, Howard, répliqua Sean, les lèvres pincées. Tout de suite, déclara-t-il après avoir considéré l'incendie qu'ils venaient de maîtriser. Il se passe un truc qui nous dépasse, là.

Julian, qui avait réussi à se ressaisir, se redressa et fit passer son regard de l'un à l'autre.

— Nous informer de quoi ?

— Plus tard, répondit Howard. Une fois qu'on aura refilé ce merdier aux flics et qu'on sera de retour à la caserne. Réunion dans la salle de télé.

— Une réunion ? En pleine nuit ? ricana Julian. J'aimerais pas être à ta place, *amigo*.

— Tu ne crois pas si bien dire, mon pote, rétorqua Howard d'une voix aussi éteinte que son moral.

Deux heures plus tard, Howard arpentait la salle de télé en attendant que ses coéquipiers, sales et épuisés, soient tous réunis. La colère et la fatigue faisaient vibrer une migraine à ses tempes. L'idée d'entraîner son équipe dans ce cauchemar lui faisait horreur. Il aurait voulu pouvoir en affronter le responsable à mains nues, lui arracher la tête et lui poser des questions après.

— Qu'est-ce que tu as de si important à nous dire, qu'on ne peut même pas prendre une douche avant de l'entendre ? ronchonna Tommy en essuyant de son bras replié son visage encrassé de suie et de sueur.

Un chœur de grognements lui fit écho tandis que tous les autres membres de l'équipe s'affalaient, plus ou moins dévêtus, sur les fauteuils et les canapés de la pièce. Tous à l'exception de Zack, qui ne disait jamais rien et qui les surprit d'autant plus en exprimant à haute et intelligible voix son point de vue.

— Taisez-vous, un peu ! Vous ne voyez pas que le lieutenant est sérieux ?

Le silence se fit instantanément, et Howard décocha un coup d'œil reconnaissant à Knight avant de prendre la parole.

— Je n'en aurai pas pour longtemps, mais il s'agit d'un problème qui nous concerne tous. Il s'agit des deux incendies criminels auxquels nous venons d'être confrontés, et cela nous met tous en péril.

— Viens-en au fait, Musclor, intervint Ève d'une voix douce, les sourcils froncés d'appréhension.

— Il semblerait que, pour je ne sais quelle raison tordue, l'assassin trouve amusant de m'inclure dans son jeu. Il a déposé une photo obscène de sa première victime devant ma porte. Une photo prise avant sa mort.

Une explosion de jurons des plus colorés accueillit cette annonce.

— La police a confirmé officiellement l'identité de la victime et il n'y a plus aucun doute : la femme de la photo et la victime de l'incendie sont une seule et même personne.

Ève plaqua une main devant sa bouche, les yeux écarquillés. Julian bondit sur ses pieds et proféra un chapelet de jurons en espagnol qui ne nécessitait aucune traduction. Tommy répéta « putain, mec » une bonne douzaine de fois et Sean, qui était déjà au courant, se contenta de serrer les poings. Zack fut le seul à garder apparemment son calme, étudiant tranquillement Howard du rayon laser de ses yeux bleus.

— Vous avez raison de nous en informer, lieutenant, déclara-t-il. Mais notre travail consiste uniquement à éteindre le feu, fût-il ou non d'origine criminelle. Le reste – déterminer qui en est l'auteur – est du ressort de la police.

— Vous n'avez aucune idée de l'identité du criminel ni des griefs qu'il peut avoir contre vous, lieutenant ? s'enquit Ève.

Griefs. Le mot figea son sang dans ses veines. Jamais encore il n'avait imaginé qu'il puisse s'agir d'une vengeance directement dirigée contre lui. Qui aurait pu le haïr au point de l'entraîner dans ce cauchemar ? En dehors de Bentley et Georgie, il ne fréquentait personne. Jusqu'à ce qu'il rencontre Kat.

— Pas la moindre, soupira-t-il. Mais si l'un d'entre vous a envie de changer d'horaires avec un membre de l'équipe B ou C, je comprendrai parfaitement.

— N'importe quoi.

— Faut pas déconner.

Une litanie de protestations s'ensuivit, épicée de descriptions de ce qui arriverait à l'assassin si un des membres de l'équipe lui mettait la main dessus.

Réconforté, Howard leva les mains en l'air.

— C'est sympa, les mecs, j'apprécie. Maintenant, à la douche et au dodo avant la relève !

Ève s'approcha de lui et le serra fraternellement dans ses bras.

— Si tu as besoin de quoi que ce soit, je suis là, Musclor.

— Merci, Ève.

— Pareil, assura Zack en lui pressant l'épaule. N'hésite surtout pas.

Ils quittèrent la salle les uns après les autres, au grand soulagement de Howard. Il avait horreur d'être le centre de l'attention et supportait difficilement les marques d'affection. Jusqu'ici, il avait toujours été le pilier de l'équipe. Celui sur lequel les autres s'appuyaient.

Et il en était arrivé à un stade où il ne pouvait même plus s'appuyer sur lui-même.

Traîner sa carcasse jusqu'à sa couchette lui coûta un immense effort. Quand il atteignit la chambre, Salvatore avait déjà retiré ses bottes et sa combinaison ignifugée.

— *Cristo,* j'empeste ! grommela-t-il en retirant son polo bleu marine.

Il s'étira, puis plia les bras, faisant saillir des biceps qui avaient le don de faire oublier tout sens moral aux femmes. Le crucifix en or qui brillait au centre de son torse avait quelque chose d'inapproprié sur un homme comme lui.

— Je peux prendre ma douche en premier ?

— Oui, c'est bon, vas-y, répondit Howard en se tournant vers son lit. Julian ? ajouta-t-il en apercevant un téléphone portable.

— Oui ?

— C'est à toi ?

— Quoi donc ? répliqua-t-il en jetant un coup d'œil par-dessus son épaule tandis qu'il attrapait un caleçon propre. Le portable ? Non, j'ai cru que c'était le tien.

Serrant les dents, Howard considéra le petit téléphone noir et sentit la peur l'étreindre, aussi mortelle que la fumée d'un incendie. Le minuscule objet qui reposait à côté du téléphone ne fit qu'accroître son angoisse.

— Tu as cru aussi que cette bague était à moi ?

— De quoi ?

Julian s'approcha pour observer l'anneau orné d'un solitaire.

— Comment ce truc a-t-il atterri ici ?

Howard vit immédiatement que Salvatore ne feignait pas la surprise, et tout espoir qu'il puisse s'agir d'une blague de chambrée déserta instantanément son esprit. Il tendit la main vers le téléphone.

— Attends ! intervint Julian en saisissant son bras. Tu ne devrais pas y toucher. Le détective Ford voudra sûrement voir ça. Regarde, enchaîna-t-il en tendant l'index vers la bague, on dirait du sang.

On apercevait en effet une substance d'un rouge sombre sur l'anneau. Howard déglutit.

— Je veux allumer ce portable. On ne l'a pas laissé ici par hasard.

— Prends le coin du drap, suggéra Julian.

Howard lui obéit et souleva délicatement le couvercle du téléphone. L'écran s'alluma, et il sentit son estomac descendre dans ses talons.

— Oh, non ! s'exclama-t-il en reculant instinctivement la main.

— *Madre de dios !* s'écria Julian en se signant. Je vais chercher le capitaine.

— Dis-lui d'appeler Ford !

Julian jaillit de la chambre, laissant Howard seul en compagnie de la deuxième victime.

Bouche ouverte sur un cri silencieux. Les yeux écarquillés d'horreur. Menottée au lit, sans défense, la flamme du dragon léchant sa peau blanche et ses longs cheveux bruns.

12

Kat roula sur le côté, jeta un coup d'œil endormi aux chiffres lumineux du réveil et gémit. Dans une demi-heure, elle devrait se lever. La réalité s'infiltra dans sa chambre avec la lueur du jour qui commençait à poindre derrière la fenêtre. Elle allait bientôt devoir quitter la tiédeur et la douceur de son nid, et se préparer pour affronter une nouvelle journée avec d'adorables petits monstres.

Elle se laissa retomber sur ses oreillers et sourit. Au départ, elle avait été conçue pour venir au monde dans la peau d'une riche héritière oisive, mais il avait dû y avoir une erreur à la fabrique des âmes, car elle s'était retrouvée coincée dans la peau d'une enseignante pauvre.

D'un autre côté, elle avait rencontré Howard. Son guide divin savait peut-être ce qu'il faisait, après tout.

Un bruit en provenance du séjour la fit sursauter et elle se redressa, la main sur sa poitrine. Sous sa paume, son cœur battait à toute vitesse. Avait-on frappé à sa porte, ou bien cherchait-on à s'introduire chez elle par effraction ?

Elle glissa hors du lit et attrapa son peignoir. Tout en nouant la ceinture autour de sa taille, elle s'agenouilla, et sa main se referma sur une batte de baseball. Pas aussi efficace qu'un revolver, d'autant que son utilisation supposait de s'approcher d'un éventuel agresseur, mais avec une batte de baseball, on pouvait être sûr que le coup ne partirait pas accidentellement et on ne risquait pas de tuer un innocent.

Tandis qu'elle traversait le couloir, on frappa discrètement quatre coups à la porte. Quelqu'un voulait attirer son attention sans réveiller pour autant le voisinage. Si elle avait dormi à poings fermés, ce bruit ne serait pas parvenu à la réveiller, et cette idée la mit mal à l'aise.

Elle s'approcha de la porte sur la pointe des pieds, colla l'œil au judas et lâcha un profond soupir de soulagement. Même sous la pâle lueur de l'aube, l'immense silhouette qui se tenait devant sa porte ne pouvait appartenir qu'à une seule personne.

— Qui est là ? demanda-t-elle pour en avoir le cœur net.

— Kat, c'est moi, Howard.

Elle déverrouilla la porte, le fit entrer, puis repoussa le verrou derrière lui. Les mains dans les poches, Howard s'avança jusqu'au milieu du séjour, plongé dans l'obscurité.

— Tu peux te vanter de m'avoir fichu une sacrée trouille ! le gronda-t-elle sans trop de conviction.

Elle laissa tomber la batte de baseball sur le canapé et alluma la lampe qui se trouvait à côté.

— Qu'est-ce qui te prend de débouler comme ça à six heures du…

Elle s'était tournée vers lui et les mots restèrent bloqués dans sa gorge. Howard portait son pantalon et son polo bleu marine réglementaires, ainsi qu'une veste en cuir épais dont il n'avait pas fermé les boutons. Pourquoi avait-il abandonné son service une heure plus tôt, et pourquoi avait-il cette mine de déterré ?

Son regard était rivé au sol comme si la moquette s'apprêtait à lui faire une révélation cruciale. Ses cheveux bicolores étaient plus ébouriffés que jamais, et il sentait la fumée. Une longue traînée noirâtre s'étalait depuis son menton jusqu'à son cou, mais le reste de son visage était propre, comme s'il s'était débarbouillé à la va-vite.

Lentement, il releva la tête. Ses yeux couleur chocolat reflétaient une profonde détresse. Kat sentit son cœur se serrer. Des plis de fatigue encadraient sa bouche et il donnait l'impression que tout le poids du monde reposait sur ses épaules.

— Mon Dieu, Howard ! Qu'est-ce qui t'arrive ?

— Kat, je... J'ai tellement besoin de toi, murmura-t-il.

— Oh, mon trésor ! s'exclama-t-elle en le rejoignant pour se presser contre lui.

Howard l'entoura aussitôt de ses bras et enfouit son visage dans ses cheveux. Kat passa les mains autour de sa taille, troublée qu'un tel colosse puisse avoir besoin d'être réconforté, émerveillée qu'il soit venu la trouver, elle, plutôt que quiconque.

La joue sur le mur rigide de son torse, elle écouta les battements désordonnés de son cœur. Sa douleur était palpable, tel un océan profond qui l'engloutissait sous une houle aussi furieuse qu'implacable. Ne sachant que faire d'autre, elle le serra très fort dans ses bras.

— Le garçon, dit-elle subitement. Celui qui a touché le câble à haute tension. Il est mort, c'est ça ?

Un frisson parcourut le corps de Howard.

— Oui, il est mort.

— Oh, Howard ! Je suis désolée.

— Moi aussi. Mais ce n'est pas pour ça que je suis venu.

L'inquiétude de Kat prit des proportions effrayantes. Howard ne lui avait-il pas dit que rien dans son travail n'était plus douloureux que la perte d'un enfant? Elle recula pour l'observer et prit son visage entre ses mains.

— Qu'est-ce qui te tracasse? demanda-t-elle. Je t'en prie, Howard, parle-moi.

— Plus tard.

Ses cils s'abaissèrent et son regard sombre se posa sur ses lèvres. Il l'embrassa doucement, sa langue franchissant délicatement le rempart de ses lèvres pour jouer avec la sienne. Pour caresser son palais et savourer le goût de sa bouche.

Il rompit leur baiser.

— Plus tard, répéta-t-il.

— Mais…

— J'ai besoin de toi, Kat, dit-il d'une voix pressante. J'ai besoin d'être en toi, de te faire l'amour. Je t'en prie, ne me repousse pas.

En entendant cette requête, criante de sincérité, quelque chose se brisa en elle. Personne n'avait jamais eu besoin d'elle de cette façon-là. Aucun homme ne l'avait jamais regardée comme si elle était d'une importance vitale pour lui, comme si elle avait le pouvoir de l'anéantir d'un simple refus. Cet homme – *son* homme – souffrait. Profondément.

Et c'est moi qu'il est venu voir.

Kat le prit par la main et le conduisit dans sa chambre. Il la regarda retirer son peignoir, et elle se sentit secrètement flattée quand elle l'entendit retenir son souffle. Une lueur prédatrice fit briller ses yeux lorsqu'il retira sa veste et son polo.

Kat s'allongea sur le lit et savoura le spectacle qu'il offrait alors qu'il achevait de se déshabiller. Une fois nu, il s'approcha du lit, y grimpa et enfourcha ses hanches. Il s'éleva au-dessus d'elle, ses cuisses musclées enserrant les siennes, ses grandes mains recouvrant sa poitrine. Elle étudia la courbe de sa mâchoire, son cou, son torse lisse et puissant. Elle aimait le creux à la base de sa gorge, les touffes de poils sous ses bras, la ligne de fin duvet qui descendait depuis son nombril jusqu'à la base de son sexe pour se confondre avec sa toison pubienne.

Mais ce qu'elle aimait encore davantage, c'était la glorieuse érection qui pressait contre son ventre. Howard était si merveilleusement viril, tellement mâle et dominateur. Possessif aussi. Kat mourait d'envie d'être possédée.

— Tu es si belle, murmura-t-il.

— Grâce à toi, je me *sens* belle, répondit-elle en étalant sur son gland la goutte translucide qui y perlait. Je ne me suis jamais sentie aussi belle avec personne.

Il gémit, saisit ses pointes de seins et les fit doucement rouler entre ses doigts. Elles durcirent instantanément et des étincelles de plaisir envahirent son ventre. Kat sentit qu'elle devenait moite. Ses hanches se mirent à onduler spontanément.

Howard caressa son ventre, ses doigts effleurèrent les boucles dorées de sa toison et s'immiscèrent entre ses cuisses. Il glissa un doigt en elle, le fit doucement aller et venir.

— Tu es brûlante. C'est moi qui te fais cet effet-là, ma belle ?

— Oh, oui, dit-elle en cambrant le dos. Je t'en prie, Howard…

— Oui ?

— Fais-moi l'amour.

Il écarta ses cuisses et se plaça entre ses jambes. Glissa en elle, écartant les parois de son vagin au fur et à mesure de sa lente progression. Il s'immergea profondément, bien plus profondément qu'elle ne l'eût cru possible. Il la posséda jusqu'à la garde avec un gémissement, la comblant totalement. Plaçant les mains à plat de part et d'autre de son visage, il s'empara de sa bouche d'un baiser passionné et suça suavement sa langue au rythme du va-et-vient de son sexe.

Le parfum vaguement terreux qui émanait de lui imprégnait ses sens tandis qu'il la pénétrait. Fumée, sueur, et le sel de sa peau. Tellement puissant et pourtant vulnérable. Un homme, un vrai.

Un homme qui était tout à elle.

Howard rompit leur baiser, renversa la tête en arrière. Kat n'avait jamais rien vu d'aussi délicieusement érotique et sensuel que cet homme, immergé dans sa passion.

— Oh oui, Howard !

Le feu qui s'était emparé de son ventre se propagea dans tout son corps et gagna en intensité. Elle encercla sa taille de ses jambes, agrippa ses épaules et l'incita à accélérer le rythme de ses assauts. Howard lui obéit. Son sexe glissait aisément en elle, faisait mine de sortir, et la possédait de nouveau, de plus en plus vite, de plus en plus profondément. À chacune de ses poussées, il effleurait délicieusement son clitoris, attisant irrépressiblement la montée de l'orgasme.

Ses muscles ployaient, jouaient sous sa peau, roulaient sous les doigts de Kat. Il l'enveloppait de toute sa puissance et l'amenait au bord du précipice tout en la protégeant.

Il la besognait farouchement et les bruits de succion décadents de leurs sexes, le parfum qui en émanait, la force de l'homme qui lui faisait l'amour mirent le feu aux poudres.

Kat laissa échapper un cri lorsque ses muscles vaginaux se mirent à palpiter, enserrant sa verge. Au bout de trois poussées, il la rejoignait dans un cri, enfoui en elle de toute la longueur de son sexe, et répandit sa semence à longs traits brûlants, encore et encore, alors que Kat s'accrochait à lui, les spasmes de son sexe prolongeant leur plaisir partagé.

Haletant, Howard la serrait contre lui. Tous deux dégoulinaient de sueur, mais Kat ne s'était jamais sentie aussi belle de toute sa vie. Comment avait-elle fait pour survivre pendant toutes ces années, privée des caresses de cet homme merveilleux ? Son puissant appétit sexuel, mais aussi sa chaleur et sa tendresse la bouleversaient. Howard était quelqu'un qui se souciait réellement des autres, même s'il cherchait à cacher ses émotions.

Je l'aime.

Cette révélation brutale la tétanisa de stupeur. Comment pouvait-elle être tombée amoureuse aussi vite ?

Mais une femme connaît les secrets de son cœur, et il n'y avait aucun risque d'erreur. Elle aimait Howard, corps et âme. Le Ciel lui vienne en aide, parce qu'elle ne savait absolument pas ce qu'elle devait faire.

Elle savait en revanche qu'elle ne devait surtout pas l'avouer au principal intéressé. Pas tout de suite. Pas avant de connaître ses sentiments.

Il se retira et roula sur le dos, l'entraînant avec lui. Kat laissa aller sa tête contre son épaule et posa la main sur sa poitrine pour caresser sa peau bronzée.

— Maintenant que tu as eu ton petit réconfort, m'expliqueras-tu enfin ce qui te ronge ?

La main qui lui caressait le dos s'immobilisa.

— On a fait l'amour parce que je te l'ai demandé, c'est vrai. Mais je crois que c'était autre chose que du réconfort.

Ces paroles lui mirent du baume au cœur.

— Je suis d'accord.

— Mais je te dois des excuses.

Kat s'écarta de lui et scruta son visage.

— Des excuses ? Pour quoi ?

— Pour faire irruption chez toi comme ça et te sauter dessus comme un lapin en rut, pour commencer.

— La partie « lapin en rut » m'a bien plu, le taquina-t-elle.

— Je t'ai fait l'amour sans préservatif, Kat. Je suis désolé.

Il semblait s'en faire si cruellement reproche qu'elle sourit.

— J'étais là, je te le rappelle. Je suis donc à moitié coupable, moi aussi. De toute façon, je prends la pilule : donc, je pense qu'on n'a pas trop de soucis à se faire – même si un accident reste toujours possible.

Il détourna le regard, bouche pincée.

— Il y a peu de chances.

— Pourquoi cela ? demanda-t-elle. Howard ? insista-t-elle en le sentant se raidir.

— J'utilise les préservatifs uniquement contre les MST. Je ne peux pas avoir d'enfants.

Stupéfaite, Kat le contempla. Howard, un des hommes les plus virils qu'elle ait jamais vus, ne pouvait pas avoir d'enfants ? Le souvenir de Howard observant la petite Emily au parc, près de la rivière, lui revint en mémoire. L'expression d'envie qui s'était emparée de ses traits acquit soudain une tout autre dimension.

— Tu ne sais pas tout de moi. Certaines choses te feraient peut-être changer d'avis…

— J'imagine que tu ne t'y attendais pas, dit-il avec un petit sourire triste.

— Je… je ne sais pas quoi dire, souffla-t-elle. Je suis désolée.

Il haussa les épaules.

— C'est comme ça, comme la couleur de mes yeux. Je n'y peux rien.

Kat ne fut pas dupe une seconde de cette parade.

— Tu es né stérile ?

— Non. Ce n'est pas ce que j'ai voulu dire, répliqua-t-il d'un ton signifiant que le sujet était clos.

— Mais alors, comment ça se fait ? insista-t-elle, dévorée de curiosité.

Il soupira, regrettant sans doute d'avoir parlé.

— Tu te souviens que je t'ai raconté que mon père m'avait abandonné dans la forêt et qu'il était ensuite mort au volant de son camion ?

Elle hocha la tête.

— Avant de partir, il m'avait battu, me laissant pour mort.

Horrifiée, Kat plaqua la main sur sa bouche. Le père de Howard avait voulu tuer son propre fils ? Comment pouvait-on faire quelque chose d'aussi épouvantable à un petit garçon ?

— C'est de l'histoire ancienne, Kat, précisa-t-il en lui soulevant le menton. Contre toute attente, j'ai survécu. Mais j'ai eu tellement de fièvre que ça m'a rendu stérile. C'est tout.

Non, ce n'était pas tout. Kat commençait à réaliser qu'elle ignorait bien des choses au sujet de Howard Paxton. Il gardait une partie de lui-même enterrée dans le tombeau de son silence, bien décidé à ne jamais l'exhumer. Il lui avait clairement fait comprendre qu'il ne souhaitait pas parler des fantômes de son passé, mais Kat était certaine qu'il en restait encore bien d'autres.

Howard ne voulait rouvrir ses vieilles blessures pour personne, pas même elle. S'il persistait à dissimuler une partie vitale de lui-même, s'il refusait d'aborder avec elle des sujets importants, détournant la conversation en lui faisant l'amour – aussi agréable fût la diversion –, une barrière invisible ne tarderait pas à s'élever entre eux.

Un premier nuage venait d'apparaître au paradis.

Kat choisit de ne pas insister pour le moment et reprit le fil de la conversation.

— Tu as envie d'avoir des enfants un jour ? Il existe d'autres solutions.

— Et toi ? répondit-il en haussant un sourcil.

— J'ai posé la question la première.

— Un jour, peut-être, concéda-t-il. Je pourrais adopter.

— En ce qui te concerne, ça t'a plutôt réussi, non ? dit-elle avec un sourire encourageant. Tu n'as pas trop mal tourné, pour un enfant adopté.

Cette taquinerie lui tira un sourire.

— Je ne sais pas. Samedi, tu pourras demander à Georgie et Bentley ce qu'ils en pensent.

— Je n'y manquerai pas. Et maintenant, déclara-t-elle en plantant un index accusateur sur son torse, vas-tu te décider à m'expliquer ce qui t'a amené devant ma porte avec une tête de rescapé de l'enfer ?

Si Howard remarqua qu'elle n'avait pas répondu à sa question concernant les enfants, il n'en laissa rien paraître. Kat ne cherchait pas à éviter le sujet, mais elle sentait que si la conversation déviait, elle aurait encore plus de mal à lui soutirer la vérité.

— À quelle heure commences-tu ton travail ?

Elle se redressa et jeta un coup d'œil au réveil.

— Houlà ! Dans une heure, et je ne suis ni lavée ni habillée. Je pourrais peut-être appeler pour prévenir que je serai en retard.

— Non, dit-il en glissant du lit. File te laver, je t'emmènerai au boulot. On discutera en chemin.

Kat songea que cette solution lui permettrait d'éviter les sujets qui le dérangeaient. S'il devait faire attention à la route, il aurait un excellent prétexte pour se défiler. À moins qu'elle n'ait envie de passer la journée à se poser des questions, Kat n'avait cependant pas d'autre solution que d'accepter.

— D'accord, acquiesça-t-elle. Tu viens me frotter le dos ?

Elle se mit à ramper hors du lit, puis s'arrêta pour remuer les fesses en lui coulant une œillade suggestive. Cette pitrerie lui valut une petite tape sur la fesse.

— Aïe ! Méchant !

Elle s'extirpa du lit, se redressa et se frotta la fesse en fronçant furieusement les sourcils.

— Je me vengerai, lieutenant. Quand tu ne t'y attendras plus.

— Ne me promets pas de gâteries si tu n'as pas l'intention de me les faire, modula-t-il d'un ton moqueur.

— Tu ne perds rien pour attendre.

Kat se mordit la lèvre pour éviter de rire et fila dans la salle de bains. Quand l'eau eut atteint la température idéale et qu'elle entra dans la douche, elle comprit qu'il ne la rejoindrait pas.

Qu'il s'était servi de son charme pour la distraire temporairement.

L'eau de la douche soigneusement réglée lui parut subitement glacée, et elle s'appliqua à lutter contre cette déplaisante impression de défaite en lui opposant des faits. Et d'une, quand Howard n'avait pas le moral, c'était à *sa* porte qu'il venait frapper, dans *ses* bras qu'il trouvait refuge. Et de deux, ils venaient de faire connaissance, or les hommes ont notoirement besoin d'un peu plus de temps pour *se livrer,* comme aimait à le dire sa mère. Elle devait se montrer patiente.

Vingt-cinq minutes plus tard, vêtue d'un pantalon noir et d'un sweater bleu, les cheveux ramassés au-dessus de sa nuque en une simple torsade maintenue par une pince, Kat vérifia son apparence d'un ultime coup d'œil critique au miroir. Pas trop mal, étant donné la vitesse à laquelle elle s'était préparée. Elle voulait être sûre que Howard aurait le temps de lui expliquer ce qui n'allait pas.

Elle le trouva dans le séjour, habillé de pied en cap, tournant en rond au point de creuser un trou dans le tapis. Toutes les hormones femelles de son corps émirent un soupir appréciateur. Il était tellement grand et beau, sa seule présence dégageait une telle autorité… Elle dut se rappeler qu'il lui cachait des choses. Des choses qu'il refuserait de partager si elle ne lui forçait pas la main.

— Il me reste quelques minutes, déclara-t-elle d'un ton ferme en désignant le canapé. Assieds-toi et explique-moi ce qui se passe. On ne partira pas tant que tu ne l'auras pas fait.

Résigné, Howard prit place sur les coussins en soupirant et posa les coudes sur ses genoux. Kat alla s'asseoir près de lui, de plus en plus inquiète.

— Je suis devenu la cible de l'assassin qui a fait flamber Sherri Pearce.

Elle le contempla un instant bouche bée, s'efforçant de trouver un sens à ses paroles.

— Qu… quoi ? La cible ? Mais comment ?

Les mains jointes entre ses genoux écartés, il leva les yeux vers elle, son regard sombre reflétant un mélange de désespoir et de culpabilité.

— Il a laissé des photos des victimes à mon intention. Aucun message, aucun autre indice.

— Attends, attends, tu as bien dit *les* victimes ?

— Oui. On a eu un deuxième incendie, cette nuit. Une femme attachée à un lit à laquelle on avait mis le feu, mais on n'en savait rien avant d'entrer dans la maison. De retour à la caserne…

Il déglutit, et son regard s'assombrit.

— L'assassin avait trouvé le moyen d'entrer et de trouver ma chambre. Il a laissé le portable de sa victime sur mon lit et quand je l'ai ouvert… c'était affreux, Kat.

Les épaules de Howard s'affaissèrent et il enfouit son visage dans ses mains. Kat posa la main dans son dos.

— Dis-moi.

— Il avait mis une photo d'elle en fond d'écran, dit-il d'une voix presque inaudible. Elle hurlait... le corps en flammes.

Horrifiée, tant pour cette pauvre femme que pour Howard, Kat passa le bras autour de sa taille. Plutôt que de l'assommer de questions, elle attendit qu'il parle de lui-même.

— Pourquoi fait-il ça ? se lamenta Howard en relevant la tête. Est-ce qu'il les tue à cause de moi, pour me punir de quelque chose ? Je ne veux pas vivre avec un poids pareil sur les épaules !

— Tu ne peux pas savoir ce qui se passe dans la tête d'un détraqué pareil, Howard. Pas plus que tu ne peux contrôler ses actions.

Il laissa échapper un rire amer, ses yeux reflétant une haine à peine contenue.

— C'est justement ça qui lui plaît ! Sauver des vies, ce n'est pas seulement mon métier, c'est ma passion, l'héritage que m'a transmis Bentley. Pour une raison que j'ignore, ce monstre se régale de me mettre le nez dans mes échecs. Non, c'est même pire que ça : il *jouit* de me torturer.

Kat frissonna, incapable de réprimer l'idée que Howard était sans doute proche de la vérité.

— Et la photo de sa première victime ? Elle était aussi sur le portable ?

Howard se tortilla et lui jeta un coup d'œil gêné.

— Non. Je l'ai trouvée dans une enveloppe glissée dans l'encadrement de ma porte. Dimanche soir.

Fronçant les sourcils, Kat réfléchit, suivit le fil et aboutit à sa conclusion naturelle. Une conclusion qui ne lui plut pas du tout.

— Lundi soir, tu ne m'en as pas parlé, pas même après le coup de fil du détective Ford.

Elle réfléchit encore, se raidit et écarta son bras.

— Je t'ai demandé pourquoi il t'avait appelé, et tu m'as menti.

Alors qu'ils venaient de faire passionnément l'amour.

Alors qu'elle s'était ouverte à lui comme elle ne l'avait jamais fait avec un autre homme.

— Je ne voulais pas t'impliquer dans cette histoire tant qu...

— Je suis le seul témoin qui se soit trouvé sur place et je sors avec l'homme que le meurtrier s'amuse à rendre fou ! explosa-t-elle en se levant du canapé. Tu attendais que je sois *impliquée* jusqu'où, exactement ?

— Je ne voulais pas t'effrayer inutilement.

Elle le foudroya du regard, encore stupéfaite. Elle était désolée de ce qu'il subissait, mais il devait comprendre l'énormité de son erreur.

— Tu as raison, se moqua-t-elle. C'est sûr que je préférerais être morte, plutôt qu'effrayée et sachant à quoi m'attendre.

Howard ferma les yeux.

Kat lui tourna le dos et croisa les bras pour cacher ses mains tremblantes. Pour dissimuler la frayeur qui grossissait en elle, enserrant sa gorge de ses doigts froids et osseux.

L'assassin aurait pu s'en prendre à elle, la veille au soir.

Elle était peut-être la prochaine victime sur sa liste.

Kat entendit Howard se lever et se rapprocher d'elle. Ses grandes mains caressèrent ses épaules, la tiédeur de son souffle effleura sa nuque.

— Je suis désolé, pardonne-moi, l'implora-t-il à voix basse.

Cette supplique calme et sincère la fit fondre intérieurement, mais elle refusa de le montrer. Il avait sans doute pris la mauvaise décision pour de bonnes raisons, mais cela n'empêchait pas qu'il lui avait menti. Les yeux dans les yeux. Sans ciller.

— Je peux passer sur beaucoup de choses, mais le mensonge n'en fait généralement pas partie. Et encore moins quand ma vie est en jeu. Je n'ai pas envie de finir mes jours grillée comme un steak, ajouta-t-elle en se retournant.

Son regard meurtri lui fendit le cœur. Elle posa la main sur son menton que bleuissait un début de barbe.

— Promets-moi que ça ne se reproduira pas, lieutenant.

— Je te le jure, souffla-t-il en la prenant dans ses bras pour la serrer contre lui. Je ne ferai plus jamais rien qui te mette en danger, tu le sais, Kat. Je préfère mourir plutôt que te perdre.

Kat se blottit contre lui, acceptant ses excuses.

— C'est bon, je te pardonne. Mais je pense que tu n'auras pas besoin d'aller jusque-là. La police le pincera avant.

— Oui, je le pense aussi, répliqua-t-il d'un ton aussi convaincu que le sien – c'est-à-dire pas du tout.

Il s'écarta légèrement d'elle, lui souleva le menton du bout de l'index et l'embrassa tendrement.

— Je ferais mieux de t'accompagner au boulot, sinon tu seras obligée d'aller chercher un billet de retard.

Kat laissa échapper un soupir hoquetant.

— Les élèves vont chercher un billet de retard. Les enseignants, eux, reçoivent un e-mail du principal.

— Qu'ils s'empressent de supprimer sans même prendre la peine de le lire, je parie.

— Parce que c'est ce que vous faites, quand vous recevez un appel d'un notable qui a perdu son caleçon dans un buisson, peut-être ?

— Je ne peux pas te le dire, rétorqua-t-il avec un fin sourire. Ça risquerait de revenir aux oreilles de Bentley.

Kat lui rendit son sourire, puis attrapa son sac à main et sa sacoche sur le canapé. Au fond d'elle-même, elle en voulait toujours à Howard de lui avoir caché la vérité, et la colère pesait lourdement au fond de son ventre. Elle n'avait jamais supporté qu'on puisse mentir sans ciller, or l'homme dont elle venait de tomber amoureuse l'avait fait avec une aisance redoutable.

Pour une bonne raison.

Elle aurait aimé avoir le temps de discuter avec sa sœur, mais Grace devait déjà être en route pour le palais de justice. Sa sagesse et sa sérénité lui auraient été bien utiles à cet instant précis.

— Tu ne m'as pas complètement pardonné, hein ?

Grillée. Kat ne pouvait pas reprocher à Howard de mentir et faire la même chose ensuite.

— Pas encore, non. Mais j'y travaille.

Howard grimaça et enfouit les mains dans les poches de sa veste, l'air aussi désespéré qu'un petit garçon.

— Permets-moi de m'amender.

— Je t'écoute, rétorqua-t-elle en plissant les yeux.

— Resto en tête à tête comme prévu… dit-il d'un ton plein d'espoir. Et après, tu viens chez moi. Je te ferai goûter mes œufs au bacon.

— Petit présomptueux.

— Je me contente d'implorer ta clémence.

— Je doute que tu aies jamais eu besoin d'implorer la clémence de quiconque, lieutenant.

— N'en sois pas si sûre, répondit-il en se rapprochant d'elle pour lui prendre la main. Je t'en supplie, Kat, viens ce soir. Passe la nuit avec moi.

L'offre était diablement tentante, et Kat sentit sa résistance faiblir sous la douceur de son assaut.

— J'y réfléchirai.

— Je passerai te prendre à la sortie de l'école.

— Je sais conduire, tu sais. Je peux me débrouiller toute seule.

— Je n'en doute pas un instant. Mais tant que ce maniaque sera en liberté, je tiens à t'avoir sous les yeux. Tu seras plus en sécurité avec moi.

— Howard…

— Inutile de discuter.

Oh ! Quelle tête de mule !

— D'accord. Mais on a une réunion pédagogique après la classe. Ne viens pas avant quatre heures et demie.

Une lueur de triomphe passa dans ses yeux.

— Quatre heures et demie, c'est parfait.

— Je n'ai pas dit que je passerai la nuit chez toi, lui fit-elle remarquer en se dirigeant vers la porte d'un pas décidé.

Le gloussement amusé de Howard s'éleva dans son sillage. Ils savaient aussi bien l'un que l'autre qu'elle céderait dès qu'il poserait la main sur elle. Dès qu'il se glisserait entre ses cuisses pour l'empaler de son sexe.

Kat avait déjà envie de lui. Elle savait qu'elle pouvait l'avoir. N'importe où, n'importe comment. Et ce soir, elle ne s'en priverait pas.

D'ici là, il ne lui restait plus qu'à survivre à la plus longue journée qui ait jamais existé.

Et à dissiper la désagréable impression qu'ils s'étaient contentés de mettre un pansement sur la blessure de leur relation naissante.

À se débarrasser du doute affreux que si le corps de Howard lui appartenait bel et bien, ses mondes secrets lui demeureraient à jamais inaccessibles.

13

— Quitte à tout gâcher, autant le faire à fond, marmonna Howard en traînant sa lourde carcasse dans sa chambre.

Kat n'avait pas apprécié qu'il tarde à l'informer du lien que l'assassin avait établi avec lui, mais elle avait carrément très mal pris qu'il lui mente au sujet de l'appel du détective Ford. Une femme comme elle ne tolérerait ce genre d'erreur qu'une seule fois, et l'avoir blessée faisait autant souffrir Howard qu'un pic à glace planté dans son cœur.

Il n'avait jamais joué aux révélations progressives de son passé dans le cadre d'une relation sentimentale, et ne voyait pas comment il pourrait s'y risquer alors que cela faisait trente-six ans qu'il gardait ses secrets enfermés dans un caisson étanche.

Laissant ses vêtements en tas sur le sol, il se traîna jusqu'au sanctuaire de son lit. Vêtu de son seul caleçon, il se laissa tomber sur le matelas avec un grognement d'épuisement. La douche attendrait. Pour l'instant, il n'aurait pas pu lever le petit doigt si les trompettes du Jugement dernier avaient retenti.

Jugement.

Le mot le poursuivit dans son sommeil, conjurant les démons qui rôdaient dans l'ombre, les amenant à se manifester sous la forme d'un monstre courant à toute allure dans la nuit illuminée par le clair de lune.

Un monstre qui écrasait les buissons épineux et les arbustes squelettiques derrière lui tandis qu'il courait de toutes ses forces. Perdant du terrain à chaque pas. Remarquant à peine les ronces qui griffaient ses bras et ses jambes maigres, déchiraient son pyjama.

Il n'était pas aussi rapide qu'un super-héros. Il ne pouvait pas s'enfuir dans les airs. Ni se retourner pour faire face au méchant, le pulvériser grâce à ses pouvoirs et redonner le sourire à maman.

Son cœur remonta dans sa gorge, étouffant presque ses hurlements de terreur.

— Non ! Maman ! Mamaaaaan !

— Reviens ici, sac à merde !

Il accéléra sa course. Il savait ce qui se passerait s'il obéissait. Papa le frapperait. Pas avec la sangle de sa ceinture mais avec le gros bâton qu'il tenait à la main. Il le frapperait et l'insulterait, frapperait encore et encore jusqu'à ce qu'il soit en sang et ne bouge plus. Aussi raide et poisseux que le chien d'Andy Roger après que papa l'avait surpris en train de renifler dans le jardin. Raide et poisseux comme…

Une main se referma sur sa nuque et il sentit ses pieds décoller du sol. Hurlant, il donna des coups de pied et se débattit de toutes ses forces, par pur instinct de survie. Il savait qu'il n'avait plus rien à perdre.

Qu'il allait mourir.

Il griffa et mordit le bras qui le tenait, planta ses petites dents aussi profondément qu'il le put. Le cri de rage de papa ne lui donna qu'une seconde de satisfaction avant que son corps n'aille cogner contre le sol de la forêt.

Il inspira, voulut reprendre ses hurlements, mais un violent coup à l'estomac l'en empêcha. Le coup le souleva du sol et la douleur atroce qui se répandit par vagues dans tout son corps anéantit le peu de défenses qu'il avait.

Il ne pourrait plus jamais faire semblant d'être un super-héros. Papa allait y veiller. Dans le petit monde triste de Howard, le méchant gagnait à chaque fois.

Il ne vit pas venir le coup suivant qui l'atteignit directement dans les parties. Il se recroquevilla sur lui-même et se fit le plus petit possible. Vomit de douleur. Pria pour que le monstre s'en aille.

Les coups pleuvaient, les bottes à bouts ferrés entrant brutalement en contact avec son corps.

Les mains de papa saisirent le devant de sa veste de pyjama d'une poigne de fer, et il le secoua comme une poupée de chiffon.

— Je suis enfin débarrassé de toi, ricana le monstre, les traits déformés par la haine.

Avec une précision mortelle, le monstre frappa rythmiquement sa tête par terre. Encore et encore. Des millions d'étoiles se mirent à briller et un liquide chaud remonta dans sa gorge, manquant l'étrangler. Il ne pouvait plus pleurer, plus bouger. Il se mit à flotter, son esprit s'éloignant de la terreur. Un répit.

— Meurs, sale bâtard galeux, éructa le monstre en relâchant sa proie avant de se redresser et de reculer la jambe pour lui assener l'ultime coup de botte.

Celui qui le tuerait.

Howard se réveilla en sursaut, un cri étranglé mourant sur ses lèvres. Son sang martelait ses tempes au rythme infernal de la migraine qui pulsait dans son crâne. L'espace d'un instant affreux, il regarda follement autour de lui, s'attendant presque à se retrouver piégé dans son cauchemar. À n'être plus qu'une carapace disloquée s'accrochant désespérément à la vie. Abandonné et oublié de tous.

Mais les tentacules du passé refluèrent face à la lumière du jour présent qui filtrait à travers les volets. Il avait survécu, même s'il n'en était pas sorti complètement indemne.

Ce cauchemar récurrent devait être un souvenir refoulé. Les détails se précisaient de plus en plus à chaque fois, comme les pans d'un rideau s'écartant lentement.

Cette fuite éperdue avait vraiment eu lieu. Il en était presque sûr.

D'autant plus sûr que, par pur instinct de survie, il ne voulait surtout pas que le scénario se précise davantage.

Une fois refermées, certaines portes doivent le rester à jamais.

Kat regardait dormir Howard. Elle se disait que l'amour aurait dû être simple et qu'il ne l'était jamais. Pas même dans les contes de fées.

Après être passé la chercher à l'école dans son énorme voiture – pour la plus grande satisfaction de l'insidieuse curiosité de ses collègues et amis – Howard s'était montré charmant et attentionné. Autour d'un délicieux dîner au Don Pancho, ils avaient eu une *gentille* conversation, n'abordant que de *gentils* sujets, à tel point que Kat avait failli hurler à Howard de redevenir normal.

Après le dîner, ils n'avaient pas parlé du tout. Oubliant allègrement tout projet de cinéma, Howard était rentré directement chez lui, l'avait portée dans ses bras jusqu'à sa chambre et lui avait fait l'amour avec une urgence fiévreuse, comme si elle risquait de disparaître d'une minute à l'autre. À la suite de quoi ils avaient recommencé, par-derrière, en douceur.

Un demi-sourire retroussa ses lèvres. Ce séducteur diabolique avait une fois de plus réussi à la distraire. Des heures durant. Il était trois heures du matin, et elle n'arrivait toujours pas à dormir parce qu'elle adorait tout simplement le regarder.

Howard était allongé sur le ventre, le visage tourné vers elle, un bras en travers de l'oreiller sur lequel reposait sa tête, l'autre glissé en dessous. Sa position faisait saillir les muscles de ses biceps et donnait l'impression que son dos était encore plus large que d'habitude. Le regard de Kat glissa le long de sa colonne vertébrale jusqu'au creux de ses reins, qu'elle trouvait étrangement émouvant, franchit la double colline de ses fesses nues, si parfaites qu'elles semblaient faites au moule, puis parcourut ses jambes entortillées dans les draps.

Émue, elle reporta les yeux sur son visage, si vulnérable dans le sommeil avec ses cheveux ébouriffés qui pointaient dans tous les sens. Sa bouche légèrement entrouverte laissait passer le souffle régulier de sa respiration, son dos s'élevant et s'abaissant rythmiquement.

C'était la première fois qu'elle avait l'occasion d'observer Howard de cette façon, et le spectacle qu'il offrait était très agréable. D'autant plus agréable qu'il ne savait pas qu'elle le contemplait.

Un petit bruit remonta dans sa gorge, voisin du gémissement, et Kat fronça les sourcils. Ses bras se crispèrent autour de l'oreiller et sa respiration s'accéléra jusqu'à ressembler à un halètement frénétique.

— Nooon... gémit-il, son grand corps tressautant comme sous l'effet d'un coup. Non, pitié... ne me...

— Howard ? l'appela-t-elle en posant la main sur son dos.

Il cligna des yeux comme si elle l'avait frappé.

— Howard, réveille-toi.

— Je serai gentil, murmura-t-il en rentrant la tête. Arrête, papa.

— Howard, c'est Kat ! dit-elle en le secouant plus fort. Réveille-toi.

Ses paupières frémirent, il les ouvrit et la dévisagea, suspendu entre deux mondes. Malgré l'obscurité, Kat vit que ses yeux étaient humides, emplis d'une souffrance indicible. Il cligna des yeux, reprenant conscience de ce qui l'entourait, mais son expression sombre et hantée demeura.

— Kat ?

— C'est moi, acquiesça-t-elle en lui caressant les cheveux. Tu faisais un cauchemar.

Poussant un profond soupir, il s'assit et passa une main tremblante sur son visage.

— Hou ! souffla-t-il. Excuse-moi, Kat.

Elle se redressa.

— Je ne dormais pas. Même si j'avais dormi, tu n'aurais pas à t'excuser. Tu veux m'en parler ? suggéra-t-elle d'un ton hésitant.

Mais à en juger d'après le pli amer de sa bouche, Howard n'avait pas plus envie de se livrer au beau milieu de la nuit qu'au lever du jour.

— Non, c'est passé. Aucune importance.

— Tu fais souvent des cauchemars ?

Kat se doutait que c'était le cas, et son haussement d'épaules confirma ses soupçons.

— Si tu en fais souvent, c'est qu'il y a quelque chose qui te tracasse. Tu devrais en parler, ça t'aiderait peut-être.

Howard se tourna vers elle et approcha ses lèvres tout près des siennes.

— Tu m'aides déjà beaucoup, Kat. Rien qu'en étant ici, rien qu'en étant près de moi.

Quel tricheur ! Cet homme était incorrigible.

— Attends…

Mais il l'avait déjà renversée sur le dos, et la rigidité de son sexe pressait contre sa cuisse. Déterminée à ne pas se laisser avoir, Kat écarta sa bouche et le repoussa. Elle aurait certainement obtenu un résultat plus satisfaisant si elle avait essayé de repousser un autobus.

— Non, Howard ! Laisse-moi !

Il se raidit et la dévisagea comme si elle venait de le gifler.

— Quoi ?

— Tu m'as entendue. Mets ta libido en veilleuse et laisse-moi respirer, tu m'épuises !

— Oh. Pardon.

Sa déception était palpable. Il recula et s'allongea, la tête tournée vers elle.

— C'est vrai, écoute, franchement ! Déjà trois fois aujourd'hui… dit-elle dans l'espoir d'atténuer ce qu'il prenait visiblement pour un rejet.

— C'est parce que je me suis économisé en prévision du jour où je rencontrerais la femme de ma vie, se défendit-il d'un ton enjôleur.

— Moi aussi, répondit-elle en caressant son visage dans l'obscurité, j'attendais l'homme de ma vie.

— Et tu penses que c'est moi ?

Elle sentit le poids de son regard, perçut l'intensité de son désir derrière le ton faussement désinvolte.

— Je ne m'imagine pas désirant quelqu'un d'autre, lieutenant, répliqua-t-elle avec sincérité.

Elle n'avait pas directement répondu à sa question, mais elle ne pouvait pas faire mieux pour le moment. Pas tant qu'elle ignorerait les sentiments de Howard et la place qu'il était prêt à lui accorder dans sa vie.

Pas tant que Howard ne serait pas suffisamment à l'aise avec elle pour partager ses pensées et ses émotions profondes, et qu'il utiliserait les rapports sexuels comme échappatoire.

Il roula sur le dos et écarta les bras.

— Câlin ?

Sans hésiter, elle se blottit contre lui. Dans le cercle de ses bras qui la protégeait de toutes les mauvaises choses que la vie réservait parfois.

Mais qui protégeait Howard ?

Un frisson passa sur sa peau nue et elle se pelotonna plus étroitement dans ses bras, s'efforçant de chasser l'idée qu'ils fonçaient vers un désastre. Qui était aux commandes ? Elle et Howard, ou bien un assassin sans pitié déterminé à détruire son amant ?

Elle était trop fatiguée pour évoquer les visions épouvantables d'un destin fatal. Il ne leur arriverait rien de mal, jamais.

Leur relation se renforcerait, continuerait de croître.

Et la police arrêterait l'assassin.

Elle devait y croire de toutes ses forces.

Howard confectionna un par un les hamburgers à partir de cinq kilos de viande hachée et les disposa sur deux immenses plateaux argentés. Il aurait pu acheter des steaks surgelés, surtout pour une assemblée aussi nombreuse, mais il trouvait qu'ils avaient un goût de carton. Pour l'anniversaire de Bentley, il voulait que tout soit parfait.

Et puis Kat serait là, aussi. Oui, il le reconnaissait : il avait envie de l'impressionner. Il espérait qu'elle apprécierait Georgie, Bentley et tous ses amis. Il tenait beaucoup à ce qu'elle passe un bon moment. Et sa sœur aussi. Grace avait accepté de venir, et il était content parce que cela voulait dire quelque chose. Il ne savait pas trop quoi, mais il préféra éviter de creuser la question.

Tout en façonnant le dernier hamburger, il jeta un coup d'œil à la pendule de la cuisine. Kat et Grace arriveraient dans une heure. Un peu après les autres. Grace avait eu un problème de dernière minute à régler avec un client au beau milieu de leur virée shopping, et Kat avait tenu à l'accompagner à Nashville. Les avocats de la défense ne se reposent sans doute jamais, se dit-il.

Une fois qu'il se fut lavé les mains, il étudia l'endroit d'un œil critique. Nickel. Sa maison étincelait de propreté.

Dehors, une merveilleuse journée d'automne, tiède et ensoleillée, garantissait un succès total à l'événement. Il avait disposé des chaises supplémentaires sur la terrasse et sur la pelouse, ouvert le grand parasol au-dessus de la table, récuré à fond le barbecue qui n'attendait plus que d'être allumé. Sur un coin de la terrasse, vin, bière et soda avaient été mis au frais dans de grandes bassines métalliques remplies de glace.

Quelques-uns de ses invités, comme Julian ou Clayton Montana, de l'équipe B, apporteraient des bouteilles d'alcool. Même s'il n'y touchait jamais, Howard tolérait qu'on boive de l'alcool chez lui, mais avec modération. Ceux qui se saoulaient se voyaient confisquer leurs clefs de voiture et passaient la nuit sur le canapé ou dans la chambre d'amis.

Howard espérait que ça ne serait pas nécessaire ce soir. La veille, Kat lui avait tellement manqué que leur séparation forcée avait bien failli le rendre fou. Les deux nuits d'amour passionnées qu'elle avait passées dans son lit l'avaient salement accroché et il était en manque.

Pas seulement en manque de sexe.

Il était en manque de Kat McKenna.

N'y avait-il pas là de quoi effrayer un célibataire endurci ?

Il ouvrit un paquet de chips tortillas et le versa machinalement dans un saladier, tout occupé qu'il était à repenser au sourire lumineux de Kat, à son vibrant optimisme et à sa joie de vivre qui le réchauffait comme les rayons du soleil. Qui dénouait un nœud étroitement serré dans sa poitrine. Qui l'incitait à se demander s'il était vraiment possible de faire entièrement confiance à quelqu'un, de risquer la dévastation de son âme en échange d'une promesse abstraite d'amour éternel.

La vision de son sourire fut remplacée par une autre, plus troublante encore : Kat à quatre pattes, les fesses tournées vers lui, les jambes largement écartées. Ses courbes pleines et sa chair vibrant de désir. Brûlante et moite, elle l'invitait en elle et renversait la tête en arrière quand il pénétrait la fente luisante de sa...

La sonnerie insistante de la porte d'entrée le tira de son souvenir orgasmique. Baissant les yeux, il fronça les sourcils et grommela un juron en découvrant les proportions de son érection. Il sortit le bas de son polo bleu de la ceinture de son ample bermuda kaki. Cela ne dissimulait pas entièrement son état, mais c'était déjà moins voyant.

Le temps qu'il aille ouvrir, le problème était à moitié réglé et quand il découvrit ses parents sur le seuil, il se résorba totalement.

— Howie, tu as une mine splendide ! s'exclama Georgie en passant la porte.

Elle saisit son visage entre ses mains minuscules, plaqua un baiser sonore sur ses lèvres, puis le serra dans ses bras avec une vigueur étonnante pour un aussi petit bout de femme.

— Alors, où étais-tu passé, mon ange ?

Howard adorait cette femme. Elle lui avait toujours tout donné sans compter, ne pensant jamais à elle, n'exigeant de lui qu'une brève visite de temps à autre pour donner de ses nouvelles. La gorge nouée d'émotion, il toussota avant de lui répondre.

— Je m'abrutissais de travail, comme d'habitude. Le chef de la brigade est un affreux esclavagiste, mais je ne t'apprends rien. Toi aussi, tu es en pleine forme, ajouta-t-il en s'écartant. Mais attention : si tu continues ton régime, on ne te verra plus du tout !

— Ne change pas de sujet ! répliqua-t-elle en lissant son pantalon beige, l'œil étincelant de malice. Tu as eu deux jours de repos et tu n'es même pas venu goûter à ma tarte aux pêches. Comment s'appelle-t-elle ?

Toujours aussi intuitive et directe. Georgie ne changerait jamais.

— Allons, ma puce, n'embête pas Howie avec sa vie sentimentale, la gronda Bentley d'une voix qui avait le pouvoir de faire se mettre au garde-à-vous les plus coriaces de ses hommes.

Ses hommes les plus coriaces, certes, mais pas Georgie.

— Taratata ! rétorqua-t-elle en appliquant un coup de poing inoffensif sur le bras de son époux. Comment suis-je censée savoir ce qui arrive au petit, quand il s'obstine à garder les lèvres aussi serrées que la gaine de maintien d'Ernestine Judd ?

Bentley leva les yeux au ciel.

— Je t'en prie, chérie ! Je te remercie, enchaîna-t-il en tendant la main à Howard. Tu n'aurais pas dû te donner tout ce mal.

Howard saisit sa main et se retrouva aussitôt attiré contre le torse de Bentley, qui passa l'autre bras autour de ses épaules. Il répondit à son étreinte et lui tapota affectueusement le dos.

— Bon anniversaire, vieux.

Bon anniversaire, *papa*. Un besoin urgent d'appeler Bentley « papa » le submergea brutalement. Pourquoi n'arrivait-il pas à exprimer ses sentiments à l'homme qui lui avait tout donné ? Qu'est-ce que cela avait de si difficile ?

Mais le moment était passé. Déjà, Bentley s'était écarté et s'essuyait furtivement les yeux.

— Des ballons ? ricana-t-il en désignant les ballons colorés et les serpentins accrochés au porche et aux ventilateurs du plafond. Tu ne crois pas que je suis un peu vieux pour ça ?

— Détends-toi, Ben, s'amusa Georgie. Estime-toi heureux qu'ils ne soient pas noirs !

— Hum. Dis donc, fiston, tu n'aurais pas une petite bière ? J'espère que tu n'as pas dépensé tout ton argent en crèmes glacées et en piñatas ?

Howard rit.

— Pour toi, j'ai prévu tout ce qu'il faut ! Tu trouveras ton bonheur sur la terrasse.

Georgie ouvrit la marche, s'extasiant au passage sur ce que Howard avait préparé. Entraîné par sa voix, il s'apprêtait à la suivre, mais la main de Bentley enserra puissamment son avant-bras. Surpris, il se retourna et découvrit l'expression sérieuse de son visage. Bentley avait quelque chose d'important à lui dire. Un poing invisible lui comprima l'estomac.

— Tu devais bien te douter que je serais le premier informé de ces deux incendies criminels dans ton secteur, non ?

Howard écarquilla les yeux et hocha la tête.

— Comment se fait-il que ce soit ce détective qui m'apprenne qu'un malade t'a personnellement menacé ? Quelqu'un que je n'ai jamais vu, Howie. Pourquoi ne m'as-tu rien dit ? demanda-t-il en le dévisageant, à la fois furieux et blessé.

— Parce... parce qu'on ne m'a pas vraiment menacé, bredouilla-t-il.

— Pas de ça avec moi, fils, l'interrompit-il en jetant un coup d'œil vers la cuisine où Georgie goûtait la mayonnaise, fermant les yeux d'extase. Tu aurais dû venir me trouver dès le début. J'aurais dû être le premier informé qu'un détraqué t'avait pris pour cible.

— Je suis désolé, chef, répondit-il en se raidissant. J'ai brisé le protocole en omettant de t'en informer. Mon rapport sera sur ton bureau dès demain matin…

— Il ne s'agit pas de protocole, bougre d'âne ! rugit Bentley entre ses dents. Tu es mon *fils*, nom de Dieu ! dit-il en lui broyant l'épaule de sa main gauche. Georgie et toi, vous êtes ma seule famille, tu comprends ça ? Si l'un de vous deux venait à disparaître…

Sa voix se brisa, et il lutta visiblement pour reprendre le contrôle de ses émotions.

Mon Dieu. C'était précisément la scène que Howard avait souhaité éviter, même s'il n'était pas assez stupide pour espérer y couper. Voir ce colosse de Bentley, cet homme solide comme le roc, se décomposer de cette façon, fut pour lui un choc épouvantable. Les plis anxieux qui barraient son front et encadraient sa bouche le faisaient paraître dix ans de plus que son âge. Howard se sentit affreusement coupable.

— Je n'ai pas cherché à te cacher quoi que ce soit, murmura-t-il. J'ai cru que la première photo n'était qu'une plaisanterie de mauvais goût. Quand j'ai reçu la deuxième… Mon Dieu. J'avais l'intention de t'en parler, mais je ne voulais pas que ça gâche ton anniversaire, voilà.

Il se défendait comme il pouvait, mais c'était la vérité.

— Tu as décidément la tête aussi dure que la mienne, grommela Bentley en relâchant son étreinte, considérant son fils d'un air d'exaspération et de fierté mêlées. Mais je m'en contrefiche, de mon anniversaire ! Ce qui compte, c'est toi, nom de Dieu ! Ne me tiens plus jamais à l'écart comme ça.

L'un dans l'autre, Howard s'en tirait plus facilement avec Bentley qu'avec Kat.

— Georgie est au courant ?
— Non, je lui en parlerai à la fin de la soirée. Ça fait une semaine qu'elle ne vit plus que pour ça… et dans l'attente de tes nouvelles.
— Elle va nous en vouloir.
— Non, tout le blâme retombera sur moi, assura-t-il en secouant la tête, un sourire malicieux aux lèvres. Tu sais bien que Georgie chérit le sol que tu foules.
— Qu'est-ce que c'est que ces messes basses, vous deux ? lança Georgie depuis la cuisine d'un ton accusateur qui les fit sursauter.
— On parle boulot, ma petite fleur, l'apaisa aussitôt son époux. Je t'expliquerai tout à l'heure.
— Humpf ! Je te rappelle que tu es de repos aujourd'hui, grand chef. Viens donc siroter ta bière sur la terrasse avec moi. Il fait un temps splendide !
— J'arrive tout de suite, trésor !
Se tournant vers Howard, il le gratifia de son regard le plus sévère.
— On reparlera de tout ça plus tard, toi et moi. Ouille.
— À ta disposition.
La sonnette de la porte d'entrée retentit. Sauvé par le gong ! Bentley se dirigea vers la cuisine tandis qu'il s'empressait d'aller ouvrir la porte, soulagé de ce répit. Le chef flairait le moindre mensonge à des kilomètres et Howard s'était imaginé pouvoir le tenir à l'écart. Quel idiot !

Le nuage de morosité qui flottait au-dessus de sa tête s'évapora sitôt qu'Ève, Zack et Tommy pénétrèrent chez lui, bataillant pour faire franchir la porte à un immense paquet-cadeau. Le trio riait encore d'une plaisanterie dont Skyler s'était apparemment rendu coupable, à en juger par les claques qu'Ève appliquait sans pitié sur le ventre plat de son jeune collègue.

— Espèce de sale petit porc sexiste, grinça-t-elle. À peine sorti de ses langes et déjà aussi bête que les autres !

Skyler mima à la perfection la façon dont Michael Jackson se tenait l'entrejambe.

— Hou ! Le petit cochon est dans tous ses états, Billie Jean. Viens un peu par ici le mesurer, et tu verras qu'il n'est pas si petit que ça !

— Quand je les prendrai au berceau, je te le ferai savoir, *Michael* ! rétorqua-t-elle en pivotant sur elle-même pour saluer leur hôte. Ta maison est superbe, Musclor. Je te remercie de nous recevoir.

Derrière elle, Tommy posa la main sur son cœur et articula silencieusement : « Mon amour. » La tragédie antique de l'équipe A était loin d'être résolue : Tommy aimait Ève qui en pinçait pour le capitaine qui ne s'en rendait même pas compte. Tous les éléments étaient réunis pour une catastrophe d'envergure.

— Tout le plaisir est pour moi, Ève. Il y a de la bière au frais sur la terrasse et... mes parents sont arrivés, annonça-t-il d'un ton d'avertissement.

— Autant dire carrément qu'on a intérêt à bien se tenir en présence de Georgie, gros balourd, commenta Zack avec un grand sourire.

Howard lui sourit en retour, l'idée que Zack Knight puisse mal se tenir lui apparaissant comme risible.

Celui-ci se débarrassa de sa veste.

— Où veux-tu qu'on mette le cadeau ?

— Je vais le poser sur la terrasse à côté du mien. Mettez vos manteaux sur le lit de la chambre d'amis, d'accord ? La vache ! s'exclama Howard en soulevant le cadeau. Qu'est-ce que vous avez mis là-dedans ?

— Le nouvel équipement de golf qui fait baver le chef depuis des mois, répondit Ève en tendant sa veste et son sac à main à Zack. Les trois équipes de la brigade se sont cotisées.

— C'est super sympa de votre part, dit Howard, touché par leur générosité. Il va adorer.

— Et toi, qu'est-ce que tu lui offres ? s'enquit Tommy tandis qu'ils traversaient la cuisine.

— Secret. Tu le sauras quand il ouvrira ses cadeaux !

— Je parie que tu ne t'es pas foutu de sa gueule, déclara Tommy en picorant une chips tortilla.

— Tu l'as dit ! acquiesça Howard.

Le cadeau avait sérieusement écorné ses économies, mais l'expression qu'il lirait sur le visage de Bentley lorsqu'il le découvrirait le rembourserait au centuple de cette extravagance.

Sur la terrasse, Howard plaça le cadeau de la brigade à côté du sien, tandis que le chef grommelait dans sa barbe, rappelant qu'il avait demandé qu'on ne lui fît aucun cadeau. Tout le monde savait à quoi s'en tenir, et personne n'accorda la moindre attention à ses bougonnements.

— Qui dit anniversaire dit paillettes, pas vrai, Einstein ? lança Tommy à Zack quand il les rejoignit sur la terrasse, passant son bras autour de ses épaules.

Howard vit distinctement Zack tiquer. Qu'est-ce que cela signifiait ? Était-ce l'allusion à son puissant QI ou aux anniversaires en général qui dérangeait Zack ?

— Absolument, répondit-il d'un ton forcé. Quelqu'un aurait un Coca light pour moi ? Ce soir, c'est moi qui conduirai.

Une annonce sans surprise. Tommy, Ève et Zack formaient un trio inséparable, mais en cas de festivités, c'était toujours Zack qui leur tenait lieu de chauffeur, sans jamais perdre le sourire.

Du moins jusqu'ici. Ce soir, l'intello de la bande semblait… fatigué. Démotivé. Howard se faisait peut-être des idées, mais il eut soudain l'impression que quelqu'un avait éteint la lumière qui brillait habituellement derrière ses yeux bleus. Que celui qui se tenait là, les épaules raides et les joues creuses, n'était plus le gentil garçon paisible qu'ils avaient toujours connu.

Des collègues de la section administrative que dirigeait le chef arrivèrent à ce moment-là, accompagnés de leurs épouses, interrompant le cours de ses préoccupations, mais Howard se promit d'avoir un petit entretien avec Zack dès que possible.

La fête s'anima gentiment au fur et à mesure de l'arrivée des invités, collègues ou anciens collègues de Bentley pour la majorité d'entre eux. Les autres étaient les membres de la caserne 5, qui avaient appris à connaître personnellement leur chef du fait de son lien étroit avec Howard.

La soirée s'amorçait donc paisiblement, chacun buvant un coup, grignotant des chips ou dégustant un cocktail de crevettes, jusqu'à l'apparition de Sean. Bravant les exclamations de surprise et les regards intrigués, il s'avança d'un pas chancelant parmi les invités, serrant les mains qu'on lui tendait au fur et à mesure de sa progression, le regard vitreux et un peu trop brillant, riant beaucoup trop fort aux plaisanteries.

Tanner n'avait fait acte de présence à aucune fête depuis le deuil qui l'avait frappé, et personne ne s'était attendu à sa venue. Dieu seul savait quel cocktail chimique le capitaine avait ingurgité pour trouver le courage d'affronter sa première apparition publique depuis près d'un an, mais à l'évidence, il n'était pas dans son état normal. Howard souhaita que personne ne s'en rende compte, le chef moins que quiconque. Qu'est-ce qui lui prenait de se montrer dans cet état ? Mais il est difficile d'être lucide et cohérent quand on a un trou béant à la place du cœur, songea-t-il.

Avec un soupir de résignation, il reporta son attention sur le barbecue tout en gardant un œil sur Sean. Péter les plombs en privé, c'était une chose, mais pour ses coéquipiers, le spectacle d'un capitaine complètement défoncé n'était pas pensable. Il ne devait surtout pas laisser la situation dégénérer.

Julian choisit ce moment pour surgir à son tour, tout auréolé de son talent hors pair pour semer la pagaille, souriant tel un chat aux babines recouvertes de plumes.

— *Hola amigos!* Où se cachent les jolies poupées célibataires ?

Incroyable. Ce type planquait sa Carmelita dans les coulisses et continuait à draguer à tout va.

— Loin de toi et de tes MST, grommela John Valentine, de l'équipe B.

Les deux hommes se livrèrent sur un ton bon enfant à un concours d'insultes qui amusa beaucoup ceux qui les entouraient. Valentine semblait sincèrement apprécier Salvatore. Décidément, cette soirée réservait bien des surprises. Julian Salvatore avait enfin réussi à se faire un copain !

— Vise un peu les deux bombes qui arrivent ! s'exclama soudain Clayton Montana. Tu les connais ? ajouta-t-il à l'intention de Julian.

Howard n'eut pas besoin de lever les yeux du barbecue pour deviner qui suscitait un tel intérêt. Kat, accompagnée d'une jeune femme qui ne pouvait être que sa sœur Grace, se frayait un chemin jusqu'à la terrasse, jetant des coups d'œil inquiets autour d'elle, échangeant des salutations avec de parfaits inconnus qui les dévoraient des yeux. Kat déposa un petit paquet près du tas grandissant de cadeaux au centre de la table, et Howard se rengorgea de fierté. Elle ne connaissait pas Bentley, mais cela ne l'avait pas empêchée de penser à marquer le coup.

La sœur de Kat la dépassait de plusieurs centimètres. Grande et mince, elle avait un port de reine. Sa façon de se tenir était celle d'une femme qui a l'habitude d'être le centre de l'attention et de s'exprimer en public, sans paraître prétentieuse pour autant. Ses grands yeux en amande s'harmonisaient à la perfection avec le sourire franc et sincère dont elle gratifiait tous ceux qu'elle regardait, et ses longs cheveux blond platine impeccablement lisses arrivaient pratiquement à la ceinture de son élégant pantalon marron.

Grace. Un prénom qui convenait parfaitement à sa beauté éthérée. Certes, son allure irréprochable de femme d'affaires ne pouvait pas rivaliser avec les courbes voluptueuses et le doux minois de Kat, mais elle lui valait de nombreux regards admiratifs.

Tandis qu'il allait à leur rencontre, Howard remarqua l'expression médusée qui n'avait pas quitté le visage de Julian depuis qu'il avait posé les yeux sur la sœur de Kat. Salvatore en avait oublié de porter son verre à ses lèvres, et, le geste suspendu à mi-parcours, il dévisageait Grace comme si c'était la première fois de sa vie qu'il voyait une grande dame en chair et en os. Ce qui était probablement le cas.

Glisse tes mains entre les barreaux de la cage de cette tigresse et je ne donne pas cher de ta peau, Roméo.

Quand il parvint enfin à la hauteur de la seule femme qui l'intéressait, Howard la serra dans ses bras et la garda contre lui quelques secondes de plus que nécessaire. Reculant alors légèrement, il lui souleva le menton et, au cas où un de ces zozos n'aurait pas compris le message, l'embrassa avec une passion qu'il n'avait encore jamais manifestée en public.

— Calmos, Musclor, s'exclama un des zozos. Attends qu'on soit partis avant de t'aventurer sur la troisième base !

De nombreux quolibets ponctués de sifflements fusèrent à la suite. Howard se souvint que Bentley et Georgie n'étaient pas loin et rompit à regret leur baiser, les joues en feu. Kat avait décidément le don de lui faire perdre la tête.

Elle s'éclaircit la gorge et laissa échapper un petit rire gêné.

— Toi aussi, lieutenant, tu m'as manqué. Hum, ajouta-t-elle en désignant sa compagne, s'efforçant de reprendre contenance. Je te présente Grace, ma sœur. Grace, je te présente mon… euh, le lieutenant Howard Paxton.

Règle numéro deux lorsqu'on sort avec quelqu'un : définir précisément le statut officiel du partenaire avant de le présenter aux amis et à la famille. La règle numéro un concernant le port obligatoire du préservatif, bien évidemment.

Grace intervint à point nommé, en grande professionnelle de l'expression orale.

— Ravie de vous connaître, lieutenant Paxton, déclara-t-elle tout sourire en tendant la main vers lui. Kat m'a tellement parlé de vous que vos oreilles ont dû tinter.

— Appelez-moi Howard, je vous en prie, répliqua-t-il en prenant sa main.

Il s'apprêtait à échanger avec elle une brève poignée de main, mais Grace le surprit par la fermeté avec laquelle elle l'incita à répondre virilement à la sienne. Elle hocha la tête.

— Je vous remercie de m'avoir invitée, Howard.

Quelle combinaison exceptionnelle. Belle et altière, mais également franche et directe. Grace lui plut instantanément.

— Tout le plaisir est pour moi. Ces garçons sont un peu remuants, mais je vous assure qu'ils sont inoffensifs et je vous souhaite de passer une excellente soirée parmi nous.

— C'est précisément mon intention, lui assura-t-elle, ses splendides yeux violets lançant des éclairs. Je viens de passer une semaine épouvantable au tribunal et j'ai bien mérité de me détendre un peu.

— Je peux vous offrir quelque chose à boire ? Vin, bière ?

— Un verre de chardonnay serait parfait. Il m'a semblé en apercevoir une bouteille...

— Permettez-moi de vous guider jusqu'à elle, intervint une voix grave derrière Howard. Excellent de démarrer sur du blanc, *querida*. Si vous voulez bien me suivre ?

Julian. Il aurait dû se douter que ce chien en chaleur foncerait comme un missile à tête chercheuse sur cette élégante créature. Grace et Kat échangèrent un regard de connivence, puis Grace haussa nonchalamment les épaules et gratifia son nouvel admirateur d'un demi-sourire parfaitement serein.

— Je vous en prie.

Ils s'éloignèrent, et Kat couva leur sortie d'un œil soucieux.

— J'ai déjà vu ce type le soir de l'incendie chez Joan et Greg. Ma sœur est-elle en sécurité avec lui ?

Howard gloussa.

— S'il s'agissait de la sœur de n'importe qui d'autre, je répondrais par la négative. Mais mon petit doigt me dit que Grace est capable de lui arracher le foie d'un seul de ses ongles manucurés. Je me trompe ?

— Absolument pas ! répliqua-t-elle en souriant avant de regarder autour d'elle. Tu ne me présentes pas tes parents ?

Si son cœur avait enflé davantage, il aurait explosé.

— Mais comment donc ! Viens par là, ma belle.

Il allait présenter une fille à ses parents. Il n'y avait pas si longtemps de cela, il se serait sauvé en courant si on s'était seulement avisé de le lui suggérer. Hurlant à pleins poumons et protégeant ses testicules à deux mains. C'était mille fois plus intime et personnel que de préparer une salade dans sa cuisine après l'amour.

Avec Kat auprès de lui, cependant, il ne pouvait rien imaginer de plus agréable.

14

Tremblante comme une feuille, Kat s'approcha des parents de Howard et eut un choc en apercevant Bentley. Jamais encore elle n'avait vu un homme aussi colossal. À l'exception de Howard, bien sûr. Mais l'aura qu'il dégageait était encore plus impressionnante que celle de son fils adoptif. Bentley était un vrai bloc de granit.

Il se leva pour la saluer, et Kat fut stupéfaite par sa profonde ressemblance avec Howard. Jusqu'à ses cheveux, bruns et courts, clairsemés de fils argentés, qui avaient dû être exactement identiques aux siens quand il était plus jeune.

Les parents de Howard affichaient une expression chaleureuse, visiblement dévorés de curiosité. Kat se fit l'effet d'un insecte sous la lentille d'un microscope et se tortilla, mal à l'aise. Instinctivement, elle se rapprocha de Howard.

— Détends-toi, tout va bien se passer, lui murmura-t-il à l'oreille en passant un bras autour de ses épaules. J'aimerais vous présenter quelqu'un qui compte beaucoup pour moi, annonça-t-il en se tournant vers ses parents. Kat McKenna. Kat, je te présente mes parents, Georgie et Bentley Mitchell.

Quelqu'un qui compte beaucoup pour moi. La façon dont il avait défini leur relation lui plut, autant que le ton confiant sur lequel il s'était exprimé. Rien à voir avec son épouvantable bafouillage quand elle l'avait présenté à Grace.

Bentley enserra fermement sa main entre les siennes.

— Mon fils nous avait caché votre existence et j'avoue que c'est une excellente surprise, déclara-t-il de sa voix bourrue. Alors, avez-vous l'intention de faire un honnête homme de cette crapule ?

— Bentley ! gronda la femme la plus minuscule que Kat eût jamais vue, en lui donnant un coup de coude pour l'écarter et la serrer dans ses bras. Ne faites pas attention à lui, mon petit, enchaîna-t-elle en reculant, l'humour le disputant à l'exaspération sur son adorable visage. Voilà quarante ans qu'il ne fréquente que les pompiers de Sugarland, et il a les manières d'un bouc !

Le père de Howard grimaça. Réprimant un rire nerveux, Kat bredouilla la réponse qu'on attendait d'elle.

— Je... euh... suis enchantée de faire votre connaissance. Howard m'a beaucoup parlé de vous.

Quelle platitude ! Mais Georgie rosit de plaisir et Bentley bomba fièrement le torse.

— Oh, et bon anniversaire, monsieur, ajouta-t-elle.

— Merci, jeune fille. Je crois que je ne m'en tire pas trop mal pour un vieux bouc, commenta-t-il en lançant un coup d'œil aiguisé à sa femme.

Celle-ci l'ignora.

— Asseyez-vous, je vous en prie, proposa-t-elle. Parlez-nous un peu de vous. Howard nous avait caché jusqu'à votre existence !

Howard disposa deux chaises près de celles de ses parents, invita Kat à s'asseoir près de Georgie et prit place à côté d'elle une fois qu'elle fut assise.

— Ma foi, il n'y a pas grand-chose à dire. J'ai rencontré Howard la nuit où la maison des voisins de mes parents a brûlé.

— Mon Dieu, fit Georgie, cette pauvre femme qui est morte à l'intérieur, quelle horreur ! Vous n'avez pas été blessée, j'espère ?

Kat regretta aussitôt d'avoir parlé de l'incendie, car elle n'avait pas la moindre idée de ce que Howard avait révélé à ses parents.

— Non, non, je n'ai rien eu. Toujours est-il qu'on se voit depuis ce jour-là quand nos emplois du temps respectifs le permettent. Je suis institutrice à Sugarland.

Cette révélation déclencha une série de commentaires positifs de la part des Mitchell, qui déclarèrent qu'il est essentiel de bien rémunérer et d'assurer la formation continue des enseignants, dont la tâche est primordiale pour la société. Ils lui posèrent ensuite tout un tas de questions sur son métier, désireux de savoir si ce n'était pas trop difficile et si elle s'estimait récompensée de ses efforts. Progressivement, Kat se détendit.

Parler de son métier l'amena tout naturellement à évoquer sa famille, qu'elle adorait, même si elle avait choisi de ne pas suivre la voie de son père, contrairement à sa sœur Grace qui avait intégré son cabinet d'avocats. Elle s'abstint cependant de mentionner la déception de son père vis-à-vis de son choix personnel. Tandis qu'elle parlait, elle s'aperçut soudain que Howard avait pris sa main. Elle lui jeta un coup d'œil et constata qu'il souriait et la couvait d'un regard étincelant de fierté. Cette découverte lui tourna légèrement la tête, et elle se sentit soudain très heureuse. Plus heureuse que jamais.

Contrairement à son père, Howard ne serait jamais déçu de la voir suivre son propre chemin.

Elle incita alors adroitement les parents de Howard à lui raconter comment ils s'étaient connus, et comment ils avaient décidé de l'adopter. L'amour qu'ils lui portaient illumina leurs visages. Chaque mot qu'ils prononcèrent en était imprégné lorsqu'ils évoquèrent le petit garçon terrifié qu'ils avaient recueilli.

Howard remua sur sa chaise, visiblement mal à l'aise, que ce soit à cause des compliments ou de l'évocation de son affreux passé, et Kat s'en voulut d'avoir soulevé ce sujet. Mais ses parents étaient intarissables et ne semblaient pas s'apercevoir que Howard pâlissait sous son bronzage.

Un de ses amis intervint heureusement à point nommé. C'était le beau jeune homme au regard bleu laser qui s'était occupé d'elle la nuit de l'incendie. Comment s'appelait-il, déjà ? Ah oui, Zack.

— Dis donc, Musclor, lança-t-il en s'approchant de leur petit groupe, une canette de Coca light à la main. Tu vas garder ta copine pour toi tout seul toute la soirée, ou tu vas te décider à nous la présenter ?

— Je ne sais pas si je peux faire confiance à des obsédés dans votre genre, rétorqua Howard en se levant. Mais il faut que je m'occupe des hamburgers.

— Ne t'inquiète pas, je veillerai sur ta copine, assura Zack, tout sourire.

— Tu as intérêt, répliqua-t-il en haussant un sourcil. Ça m'ennuierait d'être obligé de trouver un coin pour planquer ton cadavre.

Kat glissa un regard gêné vers Georgie… qui souriait tranquillement en les écoutant.

— Allez-y, dit-elle à Kat en agitant la main. Allez rejoindre la jeunesse. Vous n'êtes pas obligée de nous tenir compagnie.

Kat se leva et prit congé des Mitchell d'un signe de la main, avant que Zack et le lieutenant l'entraînent vers leurs coéquipiers. Tandis qu'ils s'en approchaient, elle s'efforça de juguler son appréhension. Jamais encore elle n'avait eu l'occasion de voir autant d'hommes aussi athlétiques réunis.

— Kat, je te présente mes coéquipiers. De gauche à droite : Zack, que tu connais déjà, le grand costaud qui nous vient du Texas s'appelle John Valentine – on l'appelle Val et il fait partie de l'équipe B.

Les pouces calés dans les passants de sa ceinture, Val hocha la tête.

— Ravi de vous connaître, dit-il de son accent chantant.

— À côté de lui, c'est Tommy, la dernière recrue de l'équipe A.

Waouh ! Le blondinet ressemblait tellement à Brad Pitt tel qu'il était dix ans plus tôt, qu'elle se crut victime d'une hallucination. Il était presque trop beau.

— Bonjour, dit-elle à Val et Tommy.

— Après, c'est Ève Marshall, qui fait également partie de mon équipe, et Clayton Montana de l'équipe B. Clay est un professionnel du rodéo, le week-end.

Le cow-boy aux cheveux blond sable haussa un sourcil.

— Vous voulez que je vous montre mes cicatrices ?

Howard lui pressa l'épaule au point de le faire grimacer.

— Non, elle n'a pas envie de voir tes cicatrices, Clay. Rends-toi utile au lieu de dire des conneries et viens me donner un coup de main pour le barbecue. Je reviens tout de suite, murmura-t-il à l'oreille de Kat après l'avoir embrassée.

— Vas-y. Ne t'inquiète pas, je suis entre de bonnes mains.

— Eh bé ! s'exclama Tommy en regardant le lieutenant s'éloigner, remorquant Clay derrière lui.

Musclor est mordu. Il vient carrément de marquer son territoire.

— Kat est une femme, pas une borne d'incendie sur laquelle on lève la patte, imbécile, le reprit Ève en calant un poing sur sa hanche. Je comprends pourquoi tu n'as toujours pas de copine, Skyler.

— Moi ? Mais j'ai des tas de copines ! J'en ai même plus que Salvatore !

— Parce que tu appelles ça des copines, toi ? intervint Zack. Personnellement, j'appelle ça un risque accru d'attraper quelque chose de contagieux et d'inflammatoire qui se soigne avec des antibiotiques.

— Appelle ça comme tu voudras, mec, riposta Tommy. En tout cas, moi, ma copine n'est pas attachée à mon poignet. Content d'avoir fait votre connaissance, ajouta-t-il à l'intention de Kat. Je vous laisse, j'ai des gens à voir.

Val lui emboîta le pas, et Kat les regarda s'éloigner en fronçant les sourcils. S'agissait-il de plaisanteries entre copains ? Il lui avait semblé déceler une lueur de souffrance dans le regard de Zack.

— Ah, les mecs ! commenta Ève en levant les yeux au ciel. Ils sont insupportables, mais malheureusement, on n'a pas le droit de les tuer.

Zack détacha sa canette de Coca de ses lèvres.

— Je suis un mec et tu n'as pas envie de me tuer, objecta-t-il.

— Tu n'es pas un mec, tu es mon meilleur pote.

— Je crois que je vais aller lécher mes plaies dans un coin, marmonna-t-il après avoir poussé un long soupir. À plus.

Une fois Zack hors de portée d'oreilles, Kat se pencha vers Ève en détaillant d'un air ouvertement intéressé ses petites fesses bien musclées.

— Zack est trop mignon, souffla-t-elle.

Ève suivit le regard de Kat et contempla le dos de son coéquipier comme si c'était la première fois de sa vie qu'elle le regardait.

— Ouais, il est pas mal. Mais c'est surtout sa personnalité qui me plaît. Un peu comme Howard, quoi… ajouta-t-elle en braquant sur Kat son singulier regard bleu pâle qui contrastait avec sa peau cuivrée.

— J'imagine que je suis censée commenter ce commentaire ? répondit Kat avec un grand sourire, qu'Ève lui rendit aussitôt. Oui, acquiesça-t-elle, ravie de sentir que le courant passait entre elles, Howard est très beau et a une personnalité très séduisante. Je n'ai jamais rencontré quelqu'un comme lui.

— Le lieutenant est quelqu'un d'exceptionnel. C'est un des hommes les plus respectés de la brigade. Sous ses airs de méchant grizzli, c'est un vrai Bisounours. Il a le cœur sur la main, précisa-t-elle en regardant Kat à travers ses cils, et ça m'embêterait beaucoup si quelqu'un s'avisait de le lui briser.

— Tu n'as aucun souci à te faire en ce qui me concerne, lui assura Kat. Je crois qu'il risque de briser le mien avant.

Elle ne connaissait pas assez Ève pour lui confier que Howard avait des secrets pour elle, mais elle s'était confiée à Grace, qui lui avait conseillé de ne pas le presser de questions. De se montrer patiente et de laisser les événements suivre leur cours.

— Je n'en suis pas aussi sûre que toi, répliqua Ève. Il m'a l'air sacrément mordu.

— Si tu le dis…

Elles éclatèrent de rire, et Ève lui raconta certains des appels désopilants auxquels la caserne avait répondu au cours des derniers mois. Ainsi que d'autres, nettement plus graves. Kat se demanda tout à coup pourquoi Howard ne lui avait jamais relaté ces anecdotes. Estimait-il que c'était sans importance... ou bien Kat n'était-elle pas assez importante à ses yeux pour qu'il prenne la peine de lui en faire part ?

— Qui est-ce qui a sifflé toutes les bières ? s'exclama Clay en remuant les bouteilles d'une des bassines en zinc.

— Il y en a au frigo, l'informa Howard en se tournant vers lui. Tu veux bien en ramener quelques-unes, s'il te plaît ?

Kat s'engagea sur les marches de la terrasse.

— Je m'en charge, annonça-t-elle à Clay.

Quand elle ouvrit le frigo, Kat découvrit un grand pack de bière calé entre des bouteilles de soda, des sauces et des salades de crudités, mais lorsqu'elle voulut tirer dessus, elle s'aperçut qu'il était coincé.

— Attendez, je vais vous aider.

Surprise, Kat s'immobilisa, puis pivota sur elle-même et se cogna à la porte du frigo.

— Aïe !

— Ça va ? Excusez-moi, je ne voulais pas vous faire peur.

Clignant des yeux, Kat composa un sourire de façade à l'intention de l'homme d'âge mûr qui venait de s'adresser à elle.

— Oui, oui, ça va.

En fait, l'homme envahissait son espace personnel. Il la coinçait contre la porte ouverte du frigo, et il n'y avait qu'eux deux dans la cuisine. L'homme lui décocha un sourire en coin.

— La bière ?

— Oh ! Oui, bien sûr !

Ouf ! Il attendait simplement qu'elle lui cède la place pour attraper le pack de bière. Elle se sentit complètement idiote et s'effaça. Il dégagea aisément le pack pour le poser sur le comptoir.

— Il n'y a pas de quoi, répliqua-t-il en lui tendant la main avec un sourire chaleureux. Duane Moore.

— Kat McKenna, répondit-elle. Vous êtes un ami de Bentley, j'imagine ? enchaîna-t-elle en lui serrant la main, avant de reculer de deux pas pour ménager un espace entre eux.

Certaines personnes sont incapables de maintenir une distance polie avec leurs interlocuteurs.

Une lueur amusée passa dans le regard de l'homme.

— On peut dire ça. Ça ne date pas d'hier, entre Mitchell et moi.

— Vous travaillez à la caserne ou… ?

La porte-fenêtre coulissante de la terrasse s'ouvrit, et Clay passa la tête à l'intérieur.

— Alors, ça vient ? On a soif, dehors !

Kat gratifia M. Moore d'un petit sourire d'excuse.

— On me réclame ! dit-elle en soulevant le pack de bière et en se dirigeant vers la porte-fenêtre. Je vous demandais si vous êtes un collègue de Bentley, lança-t-elle par-dessus son épaule.

Le silence lui répondit. Tandis qu'elle franchissait la porte-fenêtre, elle tourna la tête et fronça les sourcils. Duane Moore avait disparu.

— Qu'est-ce qui t'arrive ? questionna Clay en la délestant du pack.

— Tu as vu l'homme avec qui je parlais ?

— Je n'ai pas vraiment fait attention à lui, répliqua-t-il en jetant un coup d'œil vers la cuisine déserte. Pourquoi ?

— J'étais en train de lui parler, et il s'est évaporé !

— Il est peut-être allé aux toilettes, rétorqua le cow-boy du dimanche en haussant les épaules. Ou bien il est parti.

— Mais… Ouais, tu as sûrement raison, soupira-t-elle, oubliant instantanément Duane Moore.

Va mettre les bières au frais, je vais voir si Howard a besoin d'aide avec les hamburgers.

— Ça marche ! lui assura-t-il avec un clin d'œil.

La soirée se poursuivit sans autre incident, excepté son bref entretien avec le capitaine Sean Tanner dont l'haleine empestant le whisky aurait pu tuer un essaim de mouches. Kat remarqua qu'Ève ne le quittait pas des yeux, alors que le capitaine ne lui accordait pas la moindre attention. Si quelqu'un risquait d'avoir le cœur brisé, Ève aurait peut-être la préséance, finalement.

Les hamburgers étaient juteux à souhait, Howard aux petits soins pour ses invités, et ses amis amusants comme tout. À un moment, elle réalisa que Grace avait disparu et la chercha du regard. Elle la repéra bientôt tout au bout de la terrasse en compagnie de Julian Salvatore. Ils se tenaient dans l'ombre, au-delà du halo lumineux des torches que Howard avait allumées un peu plus tôt. Le *bad boy* attitré de l'équipe A déployait visiblement son charme irrésistible… sans grand résultat.

Une hanche nonchalamment appuyée contre le mur, Grace sirotait son verre de vin en l'écoutant débiter ses sornettes d'une oreille distraite. Kat pouvait presque distinguer les contours du champ de force invisible qu'elle avait érigé entre eux, que ce pauvre Julian s'évertuait désespérément à franchir. Elle sourit pour elle-même. Aussi séduisant fût-il, le tombeur de la caserne 5 ne serait pas le premier bellâtre à essuyer une rebuffade royale de la part de sa sœur. Ni le dernier, d'ailleurs. Kat eut presque pitié de lui.

Un peu plus tard, Kat et Howard s'amusèrent beaucoup à regarder Bentley marmonner qu'il avait spécifiquement demandé qu'on ne lui offrît rien, avant de déchirer les emballages avec l'entrain d'un gosse un matin de Noël. Il mit un point d'honneur à remercier chacun personnellement, même Kat, qui ne lui avait offert qu'un modeste bon d'achat valable dans une célèbre chaîne de magasins de bricolage.

Les clubs de golf offerts par la caserne 5 furent chaudement appréciés. L'enveloppe qu'il ouvrit en dernier lieu, cependant, remporta le pompon.

— C'est de ma part, lui apprit Howard en observant attentivement sa réaction.

Bentley décacheta l'enveloppe et en tira une feuille de papier pliée en quatre. Il s'immobilisa, soudain muet, puis déglutit bruyamment.

— Georgie, regarde... dit-il en lui tendant le papier.

— Oh, Howard ! s'exclama-t-elle en posant la main sur sa bouche. Une croisière en Alaska ! Tu es fou, mon chéri...

Les invités s'extasièrent et Howard haussa l'épaule, feignant la nonchalance.

— Ça fait des années que vous rêvez de cette croisière, alors je me suis dit que le moment était venu. Oh, et j'ai réservé pour juillet : comme ça, Bentley aura largement le temps de régler les derniers détails au bureau.

Georgie se jeta dans ses bras et Bentley réussit à les envelopper tous les deux de son étreinte, débordant d'excitation. Cet instant marqua le temps fort de la soirée et tous les invités en eurent la larme à l'œil. Combien d'entre eux auraient fait cela pour leurs *vrais* parents ?

Une fois que Bentley eut soufflé ses bougies, les invités commencèrent à prendre congé. Zack subtilisa les clefs de voiture de Sean et informa son capitaine, qui tenait à peine sur ses jambes, qu'il le raccompagnait chez lui. Tanner ne broncha même pas.

Grace rejoignit Kat sur la terrasse, Julian toujours collé à ses basques.

— Tu veux que je te raccompagne ? lui demanda Kat, la véritable question qu'elle lui posait restant suspendue entre elles : « Tu vas ramener ce bouffon chez toi ? »

Grace sourit, les joues empourprées.

— Non, ce ne sera pas la peine, Julian a proposé de me raccompagner.

Serrant Kat dans ses bras, elle lui glissa à l'oreille :

— Ne t'inquiète pas, il me dépose et c'est tout.

Kat gratifia Julian d'un sourire glacial.

— Appelle-moi une fois que tu auras verrouillé ta porte, dit-elle à sa sœur.

— Il est déjà tard, répliqua Grace en riant, et je doute que Howard apprécie l'interruption. Je t'appellerai plutôt demain.

— Ta sœur est en sécurité avec moi, lui assura Julian avec un sourire enjôleur. Et je n'ai pas envie de donner des raisons au lieutenant de me botter le train.

Kat ne trouva rien à objecter à cela. Après tout, Julian et sa sœur étaient adultes…

Une fois tous les invités partis, Howard aida ses parents à charger les cadeaux dans le coffre de leur voiture, et prit congé d'eux en promettant à Georgie de passer prendre le café avec Kat la semaine suivante.

Quand elle rentra dans la maison, Kat sentit le poids de la fatigue de la journée retomber d'un seul coup sur ses épaules. Si elle était dans cet état-là, Howard devait être vanné. Il s'était donné du mal pour que la soirée soit réussie, et elle décida de commencer à ranger.

Alors qu'elle se penchait pour jeter des assiettes en carton dans un grand sac-poubelle noir, une main se posa sur une de ses fesses et des doigts inquisiteurs se faufilèrent vers son entrejambe.

— Laisse, murmura Howard à son oreille d'une voix chargée de désir. Je m'en occuperai demain matin.

Le sac lui échappa et elle se redressa, oubliant son projet de rangement. Fermant les yeux, elle se laissa aller contre lui.

— Je me suis dit que tu devais être fatigué…

— Pas pour ça, répondit-il en enfouissant le nez dans son cou, ses mains remontant sous sonT-shirt pour lui caresser les côtes. Pour ça, je ne suis jamais fatigué.

Son sexe en érection pressait au creux de ses reins et ses grandes mains caressantes firent habilement passer son T-shirt par-dessus sa tête. Localisèrent l'agrafe du soutien-gorge et libérèrent ses seins. Exposèrent son corps comme personne ne l'avait jamais fait. L'air frais du soir lécha sa poitrine de sa langue invisible et ses pointes de seins durcirent instantanément.

— Je te veux là, tout de suite, déclara-t-il d'un ton sans réplique.

Il caressa ses seins et en pinça les pointes, juste ce qu'il fallait pour la faire soupirer d'extase. Le plaisir et la douleur conjuguèrent leurs effets au creux de son ventre et déclenchèrent la délicieuse palpitation de son clitoris.

— Non. Quelqu'un pourrait nous voir.

Howard émit un rire dangereusement tranquille.

— Et alors ?

Oh, mon Dieu ! L'idée qu'on puisse les observer la bouleversa et intensifia brutalement la chaleur de son entrejambe.

— M… Mais… il fait froid !

— Je vais te réchauffer.

Kat avait déjà atteint le degré de combustion !

— Howard…

— Chuuut. Je vais te prendre, ma belle. Ici, sous les étoiles. Je vais te prendre à fond comme personne ne t'a encore jamais prise.

Un long frisson parcourut tout son corps. Elle lui appartenait et savait qu'elle le laisserait faire tout ce qu'il voudrait.

Howard la prit par la main et l'entraîna jusqu'au Jacuzzi. Il écarta le couvercle matelassé qui recouvrait le bassin, appuya sur le bouton qui déclenchait le bouillonnement de l'eau parfumée et se tourna vers elle.

— Déshabille-toi.

Elle ôta ses sandales, et le contact lisse du plancher de séquoia sous ses pieds déclencha une sensation délicieuse. Lorsqu'elle fit passer son pantalon corsaire et sa culotte en dentelle sur ses hanches, Howard la regarda faire d'un air si ardent qu'elle eut l'impression qu'il avait le pouvoir de brûler sa peau. Nue et vulnérable, disposée à accéder à tous ses désirs. Le sort qu'il lui réservait attisait diaboliquement sa curiosité.

La lumière électrique du patio avait été éteinte et la terrasse n'était plus éclairée que par les trois grandes torches d'extérieur. Kat réalisa qu'il avait éteint la lumière avant de venir la rejoindre. Le faible halo des torches donnait une atmosphère plus intime au décor et intensifiait l'éclat dangereux qui brillait dans ses yeux.

— Mmm. Je vais bien te réchauffer, tu vas voir, promit-il. Grimpe dans le bain, agenouille-toi sur le siège du fond, la tête tournée de l'autre côté, et agrippe-toi au rebord des deux mains.

Tremblante d'excitation, Kat lui obéit. L'eau chaude déclencha une sensation de bien-être immédiat sur sa peau. Elle soupira, conquise, et laissa les bulles chatouiller ses orteils.

— Voilà, c'est bien. Maintenant écarte les jambes, que je puisse admirer ma récompense. Écarte encore un peu… Penche-toi un peu plus… Voilà, comme ça, c'est parfait. Ouh ! Je crois que je pourrais jouir rien qu'en te regardant, ma belle.

La fente de Kat était entièrement exposée à son regard concupiscent… et elle adorait cela. Un froissement d'étoffe s'éleva derrière elle quand il se déshabilla, puis le clapotis de l'eau lui apprit qu'il était entré dans le bassin. Elle sentit ses mains se poser sur ses hanches… L'une d'elles glissa sur sa fesse avant de s'introduire entre ses cuisses… Ses doigts habiles caressèrent les replis de son sexe pour la préparer à l'assaut. Elle ferma les yeux.

— Tu sais ce que j'ai l'intention de te faire, ma belle ? Dis que tu m'appartiens.

— Je t'appartiens, souffla-t-elle. Tu peux me faire ce que tu veux.

— *Tout* ce que je veux ?

— Tout, Howard, murmura-t-elle, folle d'impatience.

Il souleva légèrement ses fesses de façon à écarter un peu plus ses cuisses, et elle sentit son souffle tiède sur sa peau mouillée.

Howard mit fin à leur attente mutuelle en s'emparant à pleine bouche de l'objet qui suscitait sa convoitise.

La docilité de Kat produisait sur Howard l'effet d'une décharge électrique d'un million de volts. Il aimait lui faire tendrement l'amour, mais ses goûts l'avaient toujours porté vers des pratiques beaucoup plus coquines. Plus sombres et plus sauvages. Il lui avait clairement fait savoir qu'il n'avait rien d'un moine, mais Kat était encore d'une totale innocence dans ce domaine. Une vraie novice tout juste sortie du couvent.

Le simple fait de la voir s'offrir à lui de façon aussi indécente, se laisser posséder ainsi à la belle étoile, le rendait complètement fou. Howard avait un petit côté exhibitionniste. Janine l'avait initié au délicieux frisson d'un rapport sexuel furtif dans un lieu public lorsqu'il avait fait sa connaissance au club de fitness, et il avait adoré cela. Depuis qu'il avait goûté à la douceur de l'entrecuisse de Kat au parc, depuis qu'il l'avait regardée jouir sous ses caresses, il rêvait de cet instant.

Il s'agenouilla dans l'eau bouillonnante et se plaça entre ses cuisses. Des gouttelettes d'eau étincelaient sur sa peau laiteuse comme de minuscules diamants et sa petite fente luisait déjà de désir avant même qu'il ne s'y consacre. Cette merveilleuse vision accrut son érection. Sa verge exigeait douloureusement d'entrer en elle, mais le moment n'était pas encore venu. Avant cela, il avait d'autres projets.

Il mordilla légèrement les replis de son sexe, puis s'ingénia à l'agacer de la pointe de sa langue. Uniquement avec la pointe, afin de la mettre dans le même état que lui. Ses gémissements retentirent comme une douce musique à ses oreilles et il l'en récompensa par la caresse appuyée de sa langue. Il la fit lentement aller et venir le long de sa fente, et la saveur épicée de son sexe réjouit ses papilles. Elle cambra les reins avec un gémissement.

— Tu es si belle, murmura-t-il en révélant l'ouverture de sa fente.

Sa langue s'immisça entre ses lèvres aussi loin qu'elle put. Amorça un mouvement de va-et-vient qui s'accéléra progressivement. Il honorait son sexe des caresses de sa langue comme il l'aurait fait avec son sexe, s'immergeant totalement dans la délicate saveur de cette femme, dans les ondulations de plus en plus frénétiques de sa croupe, savourant avidement l'essence de son plaisir, de plus en plus abondante au fur et à mesure de sa voracité.

Ses gémissements de plaisir rendaient son sexe de plus en plus douloureux, tant il brûlait d'envie de la pénétrer. La pointe de sa langue concentra ses caresses sur son clitoris, qu'il se mit à sucer jusqu'à la rendre folle. Il le lapa alors suavement, accrut savamment son excitation pour l'amener au point où elle ne se soucierait plus de ce qu'il lui ferait. Il sut, au parfum musqué de sa fente, à l'abandon de son corps et à son tremblement irrépressible, qu'elle était fin prête et qu'il pouvait désormais user d'elle à sa guise.

— Tu m'appartiens, ma belle. Je vais te prendre comme tu n'as jamais rêvé qu'on puisse le faire !

— Oh oui, dépêche-toi, je t'en supplie !

Son désir s'élevant à un niveau presque insupportable, il se redressa entre ses cuisses ouvertes et lui écarta les fesses. Sans lui laisser le temps d'émerger de l'hébétude dans laquelle il l'avait plongée, il introduisit son médium en elle et franchit aisément l'anneau étroit.

— Howard ! s'écria-t-elle en se raidissant. Je n'ai jamais... Je ne peux pas...

— Mais si, tu peux, ma douce, lui assura-t-il. Tu en as envie.

— Oui, souffla-t-elle, honteuse.

Il fit doucement aller et venir son doigt dans l'œillet qui ne demandait qu'à s'épanouir et Kat s'ouvrit spontanément à lui, brûlante de désir et de curiosité à l'idée de recevoir ce qu'aucun homme ne lui avait encore donné. Il introduisit un second doigt pour l'élargir davantage et préparer la voie.

— Oh, oh... Oui, encore !

Elle se détendait sous ses caresses, renversait la tête en arrière, ses cheveux humides se répandant sur ses épaules. Elle était tellement excitante dans cette position, mûre à point, l'incitant à la pénétrer du frémissement impatient de sa chair.

Howard n'aurait pu se retenir une seconde de plus. Il retira ses doigts, frotta son sexe contre sa fente moite pour l'imprégner de l'essence de son désir, puis en inséra l'extrémité dans l'entrée interdite. Il était dans un tel état d'excitation qu'il eut du mal à parler.

— Détends tes muscles, laisse-toi complètement aller.

À la première poussée, elle poussa un cri. Un cri qui n'avait rien d'un cri de douleur. Non, Kat avait lâché un cri de pure extase qui lui alla droit au cœur. Toutes les femmes n'apprécient pas forcément d'être prises de cette façon – à plus forte raison par un homme aussi bien équipé que lui.

Mais le corps de Kat était fait pour l'amour. Fait pour lui, disposé à le recevoir de toutes les façons qui lui plairaient. Saisissant ses seins à pleines mains, il s'inséra en elle avec la plus grande douceur. La vision de son sexe luisant, gorgé de désir, constituait le spectacle le plus érotique qu'il lui ait été donné d'admirer. Il la pénétra de plus en plus profondément au rythme des ondulations de ses hanches et elle l'accepta... sur toute sa longueur.

Son visage ruisselait de sueur. Jamais encore une femme ne l'avait reçu tout entier. Elle l'enserrait si étroitement qu'ils ne formaient plus qu'un. Il serra les dents, la prit par la taille et entama un lent mouvement de retrait. Tout doucement, pour ne pas risquer de lui faire mal.

— Oh, Howard, continue comme ça, c'est tellement bon.

Il sentit son contrôle lui échapper.

— Tu aimes que je te prenne comme ça, ma belle ?

— Oh, oui ! Plus vite, je t'en supplie, j'adore ça !

Cet aveu déclencha la tornade. Lui grilla le cerveau et libéra l'animal de sa cage. Il accéléra le rythme jusqu'à la besogner sauvagement, de grandes giclées d'eau retombant sur le plancher de la terrasse.

— Je vais jouir, Howard ! Je ne peux pas me retenir…

Ses spasmes le firent basculer dans l'extase, et il eut l'impression d'être projeté dans l'espace. Touché jusqu'au tréfonds de son âme, il explosa et éjacula en elle comme s'il ne devait plus jamais s'arrêter, jusqu'à s'affaler sur son dos, épuisé, vidé, vaincu.

Il se redressa, écarta les cheveux de Kat et déposa un baiser sur sa nuque.

— Ça va ?

— Mon Dieu, j'ai cru mourir, répondit-elle dans un langoureux soupir. Si j'avais su à quel point c'est bon d'être une vilaine fille, j'aurais commencé plus tôt.

— T'aurais-je convertie à la dépravation ?

— Absolument.

— Tant mieux, répondit-il avec un petit sourire. Je commence justement à me sentir échauffé.

— Attention… La prochaine fois, c'est mon tour !

Avec un soupir de regret, il se retira d'elle et s'immergea dans l'eau.

— J'ai besoin d'un temps de répit, ô femme vorace !

Kat se redressa, se tourna vers lui en souriant et glissa une main vers lui sous l'eau.

— Combien de temps ça prendra, *papy* ?

Il haussa les sourcils.

— Attends un peu que le papy ait pris une douche, et il va te montrer de quel bois il est fait, jeune impertinente !

— Ça marche ! Une douche, et après tu es tout à moi, je peux te faire tout ce que je veux, rétorqua-t-elle en nouant les bras autour de son cou, ses seins caressant doucement son torse.

Elle attira son visage vers le sien, introduisit sa petite langue fraîche dans sa bouche et savoura le suc de leurs saveurs mêlées.

Howard sentit son sexe répondre immédiatement à cette invitation, et il eut hâte de se retrouver livré à sa merci. Rompant leur baiser, il fit glisser un doigt le long de sa joue.

— Pars devant, je te rejoins. Je m'occupe de tes vêtements et je ferme la maison pour la nuit.

Kat lui décocha une œillade coquine avant de sortir du bassin, puis fila comme une flèche vers la maison, laissant derrière elle l'empreinte de ses pieds mouillés. L'esprit nimbé d'un délicieux brouillard, Howard sortit lentement de l'eau et entreprit de ramasser leurs vêtements épars. Un peu plus bas dans la rue, une voiture démarra. Un bruit parfaitement normal, quotidien, qui n'avait rien de surprenant.

Un frisson saisit pourtant sa nuque.

Howard avait eu la certitude que les festivités inciteraient son tourmenteur à ne pas approcher de la maison. Qu'il remettrait son harcèlement à plus tard, guettant l'instant propice.

Il se maudit de sa stupidité. Il n'aurait pu offrir meilleure occasion à ce monstre, au contraire. Aveuglé par le désir, il avait oublié le danger qu'il y a à rester dehors, sans protection. Il n'avait même pas envisagé qu'un éventuel voyeur puisse revêtir non pas les traits d'un voisin scandalisé, mais ceux… d'un tueur fou et sans pitié.

Il enfila son caleçon, déposa le reste des vêtements sur le dossier d'une chaise et rentra chercher une torche électrique. Lorsqu'il ressortit, il promena le rayon de sa torche le long de la clôture, fouilla les buissons et les moindres recoins du jardin. Rien de suspect. Aucun buisson piétiné, aucune trace de pas.

Mais il ne se sentit pas rassuré pour autant.

Il ramassa les vêtements, ferma la maison pour la nuit et rejoignit Kat dans la salle de bains.

Pour le moment, il avait envie de se réfugier dans ses bras et de faire comme s'il n'y avait pas eu de meurtres, pas d'assassin qui s'amusait à jouer avec ses nerfs. Aucun cauchemar qui l'empêchait de dormir.

Rien qu'une femme adorable pour réchauffer son lit et son cœur, sans chercher à creuser trop profondément dans son âme.

Pourvu que ce ne soit pas trop demander.

15

Kat se plaça sous le jet de la douche et sentit ses joues devenir brûlantes. Elle n'en revenait pas d'avoir laissé Howard lui faire l'amour *comme ça*. Pire, elle l'avait supplié de le faire ! Jamais encore elle ne s'était sentie aussi dépravée… ni aussi merveilleusement vivante.

Quand il la rejoignit, elle le détailla d'un œil appréciateur. C'était entièrement nu qu'elle le préférait. Nu et mouillé ? Encore mieux.

— Je te frotte le dos ?

Son petit sourire sexy disait clairement que la savonner n'était pas vraiment sa priorité.

— Hmm. Je ne sais pas si je peux te faire confiance quand je te tourne le dos.

— Trop tard, ma belle. Tu as créé un précédent, répliqua-t-il en la faisant pivoter sur elle-même afin de se plaquer contre son dos, son sexe en semi-érection s'insérant entre ses fesses et s'animant spontanément.

Kat ferma les yeux et se laissa aller contre lui, appréciant le contact de leurs corps mouillés sous le jet de la douche. Il effleura son cou du bout du nez, puis plaça son menton au sommet de sa tête, se contentant de la serrer contre lui un moment.

Kat savoura chaque seconde de cet instant. La sensualité de Howard était gravée dans son ADN, mais elle chérissait tout autant son côté tendre et affectueux.

Il relâcha son étreinte et attrapa un flacon de gel douche pour homme sur l'étagère. Il l'ouvrit, le pressa afin d'en recueillir une généreuse quantité au creux de sa main, et reposa le flacon sur l'étagère.

— Tu veux que je sente l'homme, lieutenant ? demanda-t-elle en lui jetant un coup d'œil pardessus son épaule.

— Je veux qu'on sente pareil, répondit-il avec un sourire mutin.

Il passa les mains devant elle et savonna amoureusement ses seins et son ventre. La peau de Kat s'échauffa aussitôt et ses pointes de seins se dressèrent. Les mains de Howard s'affairaient à présent sur son dos, descendaient vers ses fesses… s'attardaient délicatement sur les replis, effaçant toute trace de ses attentions.

— Tu as mal ? s'inquiéta-t-il.

— Un petit peu.

— Je suis désolé.

— Il ne faut pas. Ça m'a vraiment plu.

— Vraiment ? demanda-t-il en retrouvant le sourire.

— Je crois que tes voisins ont moins de doutes que toi à ce sujet.

Le petit rire qu'il laissa échapper chatouilla ses terminaisons nerveuses. Sa main descendit plus bas, pour lui savonner l'entrejambe. Kat retint son souffle et se dit que se faire laver par son amant était plus intime encore que de faire l'amour.

D'un autre côté, ce rituel amoureux était peut-être en soi une façon de faire l'amour.

Ses doigts s'attardaient sur son sexe, effleuraient son clitoris, et toutes les cellules de son corps étaient conscientes de ses caresses expertes. Mouraient d'envie qu'il continue. Se déployaient, s'épanouissaient, l'incitaient à se donner à lui. Encore.

Attends une minute.

— Non, dit-elle en pivotant vers lui.

— Oooh, gémit-il.

— Ce n'est pas toi qui commandes, cette fois, décréta-t-elle en refermant les doigts sur son sexe. C'est moi, le chef !

Il cligna des yeux et le coin de sa bouche sensuelle se releva sur un sourire.

— Bien, madame. Comme madame voudra.

Elle pressa son sexe dans sa main.

— Tu es mon esclave sexuel. Recule, lève les bras et tiens-toi au pommeau de la douche.

Les yeux brillants, Howard s'exécuta et sa position fit saillir ses muscles.

— C'est bien. Maintenant tu es enchaîné, à ma merci. Écarte les jambes.

Il obéit et elle s'agenouilla devant lui. Passa le bout de sa langue sur l'extrémité de son sexe. Le juron qu'il laissa échapper accrut son excitation, et elle le prit en bouche.

Le lécha et le suça sans pitié, l'avalant autant qu'elle le pouvait, manœuvrant la base de son sexe d'une main, caressant ses testicules contractés de l'autre.

Il laissa aller sa tempe contre la paroi de la douche en étouffant un nouveau juron. Constater le pouvoir qu'elle exerçait sur un homme aussi dominateur déclencha en elle une bouffée d'ivresse.

À sa grande satisfaction, elle sentit que le lieutenant n'allait pas tarder à perdre le contrôle. Elle poursuivit la caresse de sa langue et de ses mains jusqu'à ce que ses gémissements se répercutent entre les murs de la salle de bains.

Il laissa soudain échapper un cri rauque et s'immobilisa un instant, avant que ses hanches entament un lent mouvement de va-et-vient. Le soulagement qui s'ensuivit secoua Kat par son intensité.

Sa semence gicla dans sa gorge… et elle avala. Elle but tout ce qu'il avait à lui donner, s'émerveillant autant de son goût salé que de son total abandon.

Quand son dernier spasme décrut, Kat lui rendit sa liberté, se redressa et se plaça sous le jet de la douche pour se rincer. Howard baissa les bras et laissa échapper un long soupir.

— Tu abuses de moi, ma belle.

— Pourquoi ? Papy est déjà fatigué ?

Il laissa échapper un rire bref et l'attira contre lui, les paupières lourdes, visiblement repu.

— Pitié, je me rends.

— Ah ! Je savais bien que je finirais par t'avoir ! Je crois qu…

— Qu'est-ce que c'est que ça ? s'exclama-t-il en écarquillant soudain les yeux. Regarde !

Kat suivit son regard et se sentit blêmir.

Sur la porte vitrée de la douche, la buée révélait un terrifiant message tracé à l'aide d'une substance grasse et transparente.

DÉJÀ DEUX. D'AUTRES GRILLADES À VENIR… SUPER FÊTE, CONNARD.

Le détective Ford et deux techniciens du laboratoire criminel passèrent chaque centimètre carré de la maison de Howard au peigne fin.

Une fois de plus, l'assassin avait investi son espace personnel sans se faire remarquer, se moquant cette fois ouvertement de lui.

— Dans *ma maison*. En présence de tous mes amis.

Assis au bord du canapé, seulement vêtu du caleçon qu'il avait enfilé en vitesse avant l'arrivée de la police, Howard serra les poings, conscient du regard soucieux de Kat. Il détestait cette sensation de viol. De n'avoir aucun pouvoir sur son ennemi invisible.

Il n'avait pas su protéger Kat.

À cela au moins, il pouvait désormais remédier.

— Je vais te donner la clef de chez moi et le code de l'alarme, déclara-t-il. Amène un maximum de vêtements de rechange, parce que tu vas t'installer chez moi. Pour une durée indéterminée.

Kat se raidit et plissa ses beaux yeux verts.

— Je ne crois pas que c'est chez toi que je me sentirais le plus en sécurité.

La riposte heurta sa fierté de plein fouet, et il grimaça.

— À partir de maintenant, ce sera le cas. Il ne pourra plus me surprendre.

— Tant mieux pour toi, mais je préfère rester chez moi, Howard, rétorqua-t-elle en pinçant les lèvres.

— Ce n'est pas négociable.

— Ah, vraiment ? répliqua-t-elle en se levant avec un rire sans joie. Figure-toi que j'ai de bonnes raisons de ne plus vivre avec mon père et que je ne reçois d'ordres de personne, mon grand.

Elle était vraiment très jolie lorsqu'elle était en colère. Ses cheveux blonds retombaient librement sur ses épaules, sa poitrine qu'il savait dépourvue de soutien-gorge se tendait vers lui, et ses beaux yeux verts lançaient des éclairs.

Dans n'importe quelle autre circonstance, Howard aurait adoré ce spectacle.

— Désolé, ma belle, mais c'est comme ça.

— C'est tout à fait hors de question ! Tu peux...

— Excusez-moi, intervint Ford en s'éclaircissant la gorge. Désolé de vous interrompre, mais nous avons terminé.

— Alors ? s'enquit Howard, soulagé de ce répit.

— À part le message tracé avec un stick à lèvres transparent, absolument rien.

— Pas d'empreintes ?

— Si. Des tas, partout, y compris dans la salle de bains… répondit-il en leur glissant un petit coup d'œil par en dessous. Mais je suis prêt à parier que l'analyse révélera que ce sont uniquement les vôtres. Je ne crois pas ce type assez stupide pour laisser des empreintes, et vu le nombre de personnes que vous avez reçues aujourd'hui, les relever toutes me semble plutôt futile.

— Bon sang ! s'exclama Howard en se frottant les yeux, partagé entre l'épuisement et la frustration.

— Vous n'avez rien remarqué de suspect ? D'anormal ?

— Non, répliqua Kat en posant sur Ford un regard songeur. Il y a bien eu ce type qui m'a aidée à sortir les bières du frigo, mais…

— Quel type ? intervint Howard en se levant, un frisson d'alarme picotant sa nuque.

— Un type plus très jeune, expliqua-t-elle en haussant les épaules. Grisonnant. Plutôt bel homme. Il m'a dit être un ami de Bentley. Non, corrigea-t-elle en fronçant les sourcils, quand je lui ai demandé s'il était un ami de Bentley, il m'a répondu qu'entre eux, ça remontait à loin.

— Une nuance qui méritait d'être précisée, commenta Ford.

— J'ai trouvé ça un peu bizarre, mais ce qui m'a le plus surprise, c'est qu'il a disparu tout de suite après. Je ne l'ai pas revu de la soirée.

— Vous a-t-il dit son nom ? questionna le détective en faisant cliqueter son stylo-bille.

— Oui, Moore. Darryl ? Non… Duane. Duane Moore.

Howard sentit son sang se figer dans ses veines.

— Paxton ? lui demanda Ford.

— Je ne connais personne de ce nom-là, et je doute que Bentley ait invité qui que ce soit sans m'en faire part.

Il en était même absolument certain.

Une émotion bien plus violente que la rage le saisit. L'assassin s'était arrangé pour se retrouver seul avec Kat *rien que pour lui faire savoir qu'il en était capable* !

Dieu vienne en aide à ce salopard s'il commettait cette erreur une deuxième fois.

Les deux semaines qui suivirent l'anniversaire de Bentley s'étaient déroulées à la perfection... tant que Kat acceptait d'appliquer les directives de Howard. Chaque jour, il l'accompagnait et venait la chercher au travail. Si par malheur elle s'avisait de rentrer chez elle les jours où il était de service, elle avait droit à des sermons interminables.

Comme si sa simple présence pouvait effrayer l'assassin.

Comme si Kat était une écervelée, incapable de veiller sur elle-même.

L'un dans l'autre, le tableau était idyllique – quelle femme ne rêve pas d'être protégée par un géant bienveillant ?

Le problème, c'est que Howard ne lui demandait jamais la permission de rien. Il avait l'habitude de donner des ordres et d'être obéi au doigt et à l'œil.

Kat avait toujours eu horreur d'en recevoir, surtout quand ils limitaient sa liberté. Quelles que soient ses bonnes intentions et ses inquiétudes au sujet de sa sécurité, les frictions entre eux autour de ce sujet avaient fini par former un gros nœud de stress.

Comme si cela ne suffisait pas, Howard s'était progressivement révélé un célibataire endurci de la plus belle eau. Particulièrement réservé en ce qui concernait ses pensées et son espace vital. Peu habitué à s'expliquer ou à s'impliquer dans une conversation qui s'écarterait ne serait-ce que d'un millimètre de l'avenir immédiat.

Les choses en seraient peut-être restées là, si Kat n'avait pas été persuadée que cette distance émotionnelle était bien plus grave qu'il n'y paraissait et trouvait sa racine dans un traumatisme ancien. Howard avait peur de s'ouvrir parce qu'il avait peur d'être trahi et de souffrir.

Howard avait peur d'aimer.

Pire, il ne se rendait même pas compte qu'il essayait de lui imposer son style de vie, plutôt que de chercher à en découvrir un autre qui les aurait mutuellement satisfaits. Selon son humeur, Howard la traitait comme une maîtresse provisoire ou la grondait comme une gamine. Pas comme une compagne.

— Je vous dis que je ne l'avais jamais vue.

Tandis qu'elle sortait du frigo de Howard les ingrédients qu'elle avait achetés pour faire des sandwichs, Kat suivait d'une oreille distraite sa conversation téléphonique avec le détective Ford. L'intonation perplexe de cette dernière phrase retint son attention.

— Absolument sûr. Pourquoi ses parents ont-ils tellement tardé à vous le faire savoir ?

De quoi pouvaient-ils bien parler ? Elle coupa les petits pains en deux pendant que Howard écoutait la réponse de Ford.

— Ça me dépasse. Les motifs, c'est votre terrain, pas le mien... Ouais, rien que les appels habituels, c'en est presque effrayant. Comment vous l'interprétez ?

Tendant l'oreille, elle étala de la moutarde sur les pains et les garnit de jambon, de laitue, de tomate et de fromage en tranches.

— Ah. C'est possible. Il n'y a plus qu'à espérer qu'il se fatigue et qu'il se manifeste, finalement... Oui, je reprends le service mardi. S'il se passe quoi que ce soit, vous serez le premier, enfin le deuxième ou troisième averti.

C'était justement ce qui faisait peur à Kat au point de la priver de souffle. Qu'attendait l'assassin pour agir ? Une cible facile ? Tout faire basculer une fois qu'il aurait bien joué avec les nerfs de Howard ?

Et pourquoi l'avoir pris pour cible, *lui,* plutôt qu'un autre ?

Toutes ces questions rebondirent dans son esprit, exigeant des réponses qui s'obstinaient à lui échapper. Elle plaça les sandwichs sur des assiettes en carton, les garnit de chips puis les apporta sur la table de la salle à manger. Elle se dit subitement que c'était un peu triste de manger à l'intérieur. Dîner sur la terrasse serait peut-être plus agréable.

— Tu veux manger ici ou… commença-t-elle en se tournant vers lui.

Elle s'arrêta net à la vue de ce grand gaillard assis sur le canapé, serrant sa tête entre ses mains.

— Oh, mon Dieu ! Ford t'a dit quelque chose, c'est ça ?

— Pas grand-chose, non.

Le silence tendu qui suivit cette réponse laconique lui fit l'effet d'un pont-levis rabattu sur une forteresse imprenable. Oubliant le dîner, elle s'approcha de lui.

— À te voir, on dirait pourtant que c'était important.

— Tu as l'ouïe fine, en tout cas, dit-il en se passant la main sur le visage avant de poser sur elle un regard dépourvu d'expression.

Hérissée, Kat croisa les bras.

— Mon ouïe est normale, lieutenant, répliqua-t-elle. Il faut dire que la maison n'est pas bien grande et que tu as la voix qui porte.

Elle scruta son expression abattue, le pli triste que formait sa bouche… Non, pas question ! Cette fois, elle ne se laisserait pas prendre au piège de ses émotions.

— Il faut dire aussi que je me retrouve ici contre mon gré, pour permettre à monsieur d'assurer la protection de la faible femme que je suis. Est-ce que tu te rends compte que ça fait deux semaines que je n'ai pratiquement pas mis les pieds chez moi ?

— C'est marrant, parce que tu ne t'en plaignais pas jusqu'ici. Tu étais peut-être trop occupée à faire des galipettes avec moi...

— Ce n'est pas de ça que je me plains, banane ! J'aimerais simplement savoir ce que tu as. Et je ne fais pas uniquement allusion à ce que Ford vient de te dire. J'aimerais que tu me parles.

— Et voilà, c'est reparti pour un tour !

Kat devina qu'ils allaient avoir leur première dispute. Mais elle ne voyait pas comment y échapper, à moins de lâcher prise et de le laisser se replier dans sa coquille. Et ça, c'était hors de question.

— J'ai l'impression de parler dans le vide avec toi, Howard. Si tu en as marre de moi, dis-le carrément, ça ira plus vite !

— Qu'est-ce que tu racontes ? s'exclama-t-il, stupéfait. Mais non, j'aime que tu sois là ! Je ne veux surtout pas que tu t'en ailles !

— Si tu as besoin d'une présence, prends un chien, il ne te demandera pas de parler. C'est sûr, ajouta-t-elle, pour le sexe, ce ne sera peut-être pas aussi bien...

— Dis donc, toi, grommela-t-il en se levant. Tu cherches la bagarre ou je me trompe ?

Oh, oh. Elle l'avait mis en colère. Kat préféra reculer d'un pas.

— Non, répondit-elle posément. J'aimerais que tu me parles de tes cauchemars. Tu dors très peu et quand ça t'arrive... commença-t-elle, écartant les mains en signe d'impuissance. Tu t'imagines vraiment que je ne ferai rien pour t'aider ?

— Tu ne peux pas m'aider, répliqua-t-il froidement. Pas pour ça.

— Bon sang, Howard! Tu te permets de me donner des ordres alors que toi, tu n'es même pas capable d'accepter l'aide que je te propose?

— Ce n'est pas la même chose.

Kat poussa un long soupir et regarda le bout de ses chaussures. Compta silencieusement jusqu'à dix.

— Tu veux bien me raconter ce qu'a dit Ford, au moins? Tu avais promis de ne plus me tenir à l'écart.

Il lui jeta un coup d'œil méfiant, puis hocha la tête.

— D'accord. Ce sera vite fait, vu qu'il n'a pas dit grand-chose. Les sandwichs ont l'air bon, enchaîna-t-il en s'approchant de la table.

— Merci. Je t'écoute, ajouta-t-elle une fois qu'elle fut assise avant de mordre dans son sandwich.

— Ford pense que si l'assassin ne se manifeste plus, c'est parce qu'il a du mal à trouver une maison vide dans le secteur de la caserne 5. Soit il ne sait pas que même si l'incendie se produisait ailleurs, la caserne 5 serait obligée d'intervenir, soit il tient à ce que je sois le premier sur les lieux.

— C'est ce que je me suis dit aussi. Ce qu'il veut, c'est rendre ta vie et celle de tes coéquipiers infernale.

— Il y arrive assez bien jusqu'ici, acquiesça-t-il en soupirant. Je ne sais plus si je te l'avais dit, mais quand l'assassin a laissé le portable de Lorna Miller sur mon lit, il avait aussi laissé une bague de femme à côté.

Kat sentit son ventre se nouer et perdit soudain tout appétit.

— Non, tu ne m'en avais pas parlé. Quel genre de bague?

— Une sorte d'alliance avec un solitaire. Assez ordinaire. Il y avait du sang séché dessus.

— Et la bague n'appartient à aucune des deux victimes, c'est ça ? déduisit-elle des bribes de sa conversation avec Ford.

— Exact.

— Bizarre.

— Très.

— Et le sang séché ?

— Ne leur appartenait pas non plus. Pas le bon groupe.

— Une précédente victime ? hasarda-t-elle. Dont tu ne saurais rien. Mais pourquoi ?

— C'est la question à un million de dollars. Ford est persuadé que cette bague n'était pas là pour rien.

— Et toi ? Qu'est-ce que tu en penses ?

— J'en pense que je prendrais bien un aller simple pour Tahiti.

Une fois de plus, il érigeait un mur entre eux. Kat masqua sa déception du mieux qu'elle put.

— Comment se fait-il que les parents de Lorna Miller ne se soient pas aperçus plus tôt que la bague n'appartenait pas à leur fille ?

— Parce que la brigade des homicides ne la leur avait pas donnée. Comme le portable lui appartenait, la police n'avait aucune raison de penser que la bague ne lui appartenait pas. Hier matin, Ford est passé la leur remettre, et ils ont dit qu'ils ne l'avaient jamais vue. Ford l'a alors montrée aux amis et à la famille des deux victimes. Sans résultat.

— Ce qui ne laissait plus que toi. Tu es sûr et certain de ne l'avoir jamais vue ?

Il secoua la tête. Kat prit une bouchée de sandwich et la mâcha sans conviction.

— Tu ne manges pas ? demanda-t-elle à Howard.

— Désolé.

Comme pour se faire pardonner, il croqua à belles dents dans son sandwich. Il venait à peine de commencer à mâcher que ses yeux s'arrondirent, comme s'il s'étranglait. Plaquant une main sur sa bouche, il se leva si précipitamment que sa chaise tomba par terre.

— Howard ? Qu'est-ce qu...

Mais il courait déjà vers sa chambre. Kat sursauta au bruit de la porte qui claqua derrière lui. Alarmée, elle contempla son sandwich abandonné. Le jambon était peut-être périmé ? Elle le prit, le renifla, en goûta même un morceau pour en avoir le cœur net. Non, il avait un goût normal. Pourquoi Howard...

— Oh, non !

La tomate ! Elle avait mis des tranches de tomate dans son sandwich ! Il lui avait dit qu'il ne supportait pas les tomates, et elle avait complètement oublié !

Kat se précipita vers la porte de la chambre pour s'excuser. Elle frappa, mais il ne répondit pas. Que faire ? Retourner s'asseoir ou entrer quand même ?

Elle devait s'assurer qu'il allait bien. Il était peut-être gravement allergique. Elle ouvrit la porte et jeta un coup d'œil à l'intérieur. Il n'était pas dans la chambre, mais la porte de la salle de bains était fermée. Elle s'en approcha et l'entendit se racler la gorge.

Partagée entre l'envie de l'aider et de le laisser tranquille, elle s'attarda devant la porte, bourrelée de remords. Les bruits cessèrent. Elle attendit encore, impatiente de lui dire à quel point elle était désolée.

Une longue minute passa, puis une autre. Howard ne se décidait toujours pas à émerger. Prenant son courage à deux mains, elle gratta discrètement à la porte.

— Howard ? Je peux entrer ?

Des bruits étouffés lui parvinrent. Des bruits semblables à ceux qu'il faisait la nuit lorsqu'il était en proie à ses cauchemars.

Lentement, elle ouvrit la porte… et son cœur remonta dans sa gorge.

Howard était assis par terre, le dos contre la baignoire, les genoux relevés, les bras croisés enserrant son ventre. Il avait les yeux fermés et de faibles gémissements, ponctués de halètements angoissés, franchissaient ses lèvres. De temps à autre il baissait la tête, comme pour échapper à des coups invisibles.

Kat s'agenouilla auprès de lui et posa la main sur sa joue. Sa peau était moite de transpiration.

— Excuse-moi, Howard ! Ça m'était complètement sorti de la tête. Tu fais une réaction allergique, c'est ça ? Tu veux que j'appelle un médecin ?

— Non ! répliqua-t-il en écartant vivement son visage de sa main.

Bon. Peut-être ne supportait-il pas qu'on le voie quand il était malade. Elle posa doucement la main sur son épaule.

— Tu veux que je t'apporte quelque chose ? Un peu d'eau ?

— Non… gémit-il d'une voix brisée, ses bras se crispant complètement sur son ventre. Pitié… je ne le répéterai pas…

Kat se figea. Puis blêmit. Ce n'était pas à elle qu'il parlait. Howard s'adressait à quelqu'un d'autre ! Il n'avait même pas conscience de sa présence !

Prostré de terreur, il implorait la pitié d'un tourmenteur invisible. S'agissait-il d'un syndrome post-traumatique ? Et si oui, qu'est-ce qui l'avait déclenché ?

Une pauvre petite rondelle de *tomate* ?

— Chuuut, calme-toi, murmura-t-elle d'une voix douce en caressant son biceps. C'est moi, Kat. Reviens vers moi, mon grand.

Il grommela quelque chose d'incompréhensible, sans chercher cette fois à s'écarter d'elle. Encouragée, Kat continua de chuchoter des paroles apaisantes et sentit progressivement ses muscles se détendre. Sa respiration redevint normale, puis il frissonna et redressa la tête.

— Kat ? s'étonna-t-il en la dévisageant de ses yeux aux pupilles dilatées. Qu... Qu'est-ce que tu fais là ?

— Je suis venue voir si tout allait bien, répondit-elle prudemment. Comment te sens-tu ?

— J'ai mal au cœur, dit-il en regardant autour de lui, visiblement confus. Qu'est-ce qui s'est passé ?

— Tu ne te souviens pas ?

— Pas trop, croassa-t-il. J'ai mangé de la tomate et j'ai été malade. J'ai couru ici. J'ai dû perdre conscience une minute.

— Howard, tu n'as pas perdu conscience.

— Si. Je viens de revenir à moi...

— Non, Howard, ce n'était pas ça.

Elle hésita, ne sachant trop comment lui annoncer la chose.

— Tu as eu une sorte de... flash-back. Tu avais peur. Tu suppliais quelqu'un... et tu lui promettais que tu ne le répéterais pas.

Howard la dévisagea. Déglutit.

— C'est ridicule.

— Je te raconte ce que je viens de voir. Tu étais terrifié, et je crois que c'est la tomate qui a déclenché ce... cette crise. Laisse-moi parler ! ajouta-t-elle comme il cherchait à l'interrompre. Chaque fois que tu entres en sommeil profond, tu fais des cauchemars. Peut-être que c'est à cause du stress que ce malade te fait subir, mais tu devrais vraiment envisager de consulter quelqu'un. Un psychologue ou...

— Je ne suis pas fou.

Il avait prononcé chacun de ces mots comme si sa gorge avait été tapissée de fil barbelé. Son visage était livide et ses grands yeux sombres reflétaient une frayeur intense.

— Évidemment que non ! Je n'ai jamais pensé ça, voyons, tu le sais. Il faut que tu sortes de ce truc, et puisque tu ne peux pas me faire confiance, tu devrais consulter un professionnel.

— Je ne laisserai pas quelqu'un que je ne connais pas me triturer la tête, siffla-t-il en se levant. Et je te ferai remarquer que je te fais *vraiment* confiance.

Kat se leva à son tour et considéra sa fureur grandissante, plus inquiète que jamais.

— Non, tu ne me fais pas confiance, rétorqua-t-elle d'un ton posé. Si tu me faisais confiance, tu partagerais ce qui est important avec moi.

— Qu'est-ce que tu racontes ? explosa-t-il. Je partage ma maison, mon lit, toute ma vie avec toi ! Tout ! Qu'est-ce que tu veux de moi ?

Ton cœur.

— Je veux que tu t'ouvres à moi, murmura-t-elle à la place. Que tu me laisses t'aider, comme les vrais partenaires le font l'un pour l'autre.

— Tu veux que je m'ouvre une veine pour que tu puisses me regarder saigner, c'est ça ? Alors là, ne compte pas sur moi, ma fille, laissa-t-il tomber avec un ricanement mauvais.

Ces mots lui firent l'effet d'une gifle.

— Comment peux-tu dire une chose pareille ? répliqua-t-elle, piquée au vif. Il ne s'agit pas de *moi*, Howard, mais de *nous* ! Mais puisque tu refuses de comprendre, enchaîna-t-elle, gagnée à son tour par la colère, je ne vois pas pourquoi je resterais plus longtemps chez toi. Limiter une relation de couple aux quatre murs de ta chambre, c'est très superficiel, tu sais.

Il recula précipitamment et se cogna contre le mur. Sa colère céda la place à une surprise choquée. À la souffrance.

— Superficiel ? Tu crois que faire l'amour avec toi ne veut rien dire pour moi ?

— Je commence à le penser, rétorqua-t-elle du tac au tac.

Le mensonge avait franchi ses lèvres avant qu'elle ait pu le retenir. Howard n'était pas le seul à souffrir.

— J'espère que tu te souviendras que c'est toi qui as dit ça, pas moi.

L'étincelle qui animait ses beaux yeux bruns mourut. Soufflée comme la flamme d'une chandelle. Face à son expression glaciale, Kat sentit son sang se figer dans ses veines.

— J'ai été bien inspiré de ne pas te faire de confidences, ajouta-t-il d'un ton sarcastique, tu en aurais profité pour les piétiner.

Et voilà, Kat avait trouvé le moyen de lui donner raison. Howard avait orchestré le scénario de leur dispute – inconsciemment, peut-être, mais le résultat n'en était pas moins là. Il fuyait quelque chose qui l'épouvantait, et il ne voulait pas entendre parler de l'amour inconditionnel qu'elle était disposée à lui offrir. Ni maintenant, ni jamais.

— J'ai l'impression que nous nous retrouvons dans une impasse, lieutenant.

Lui tournant le dos, elle passa dans la chambre, attrapa son sac et y jeta pêle-mêle ses vêtements et ses affaires de toilette.

— Je vais appeler ma sœur pour lui demander de venir me chercher.

— Non, dit-il derrière elle. Je vais te raccompagner.

Kat préféra s'abstenir de refuser. Howard la raccompagnerait en dix minutes, alors que Grace mettrait au moins une heure à venir la chercher. Une heure à se regarder en chiens de faïence ? Plutôt mourir !

— Comme tu voudras.

Un quart d'heure plus tard, Kat lâcha son sac sur son canapé et écouta la voiture de Howard s'éloigner.

Il ne reviendrait pas en arrière. Malgré les conseils de Grace, Kat l'avait pressé de questions, exigeant de Howard quelque chose qu'il n'était pas prêt à lui donner. Qu'il n'aurait peut-être jamais été prêt à lui donner.

Et elle l'avait perdu.

Elle s'obligea au calme. Elle ne voulait pas avoir l'impression qu'on venait de lui arracher le cœur de la poitrine. Mais ses profondes inspirations se convertirent en sanglots, et le sentiment d'une perte irrémédiable la submergea.

Kat se laissa tomber sur le canapé, enfouit son visage dans ses mains et fondit en larmes.

Dieu lui était témoin qu'il avait eu envie de se confier à Kat. De la serrer dans ses bras et de lui raconter cette nuit d'épouvante où il avait traversé le potager de sa mère de toute la vitesse de ses petites jambes, et où son propre père avait failli le tuer. Les mois qu'il avait passés à pleurer après cela, et son chagrin inconsolable d'avoir été abandonné par la seule personne qu'il aimait et en qui il avait confiance.

C'était du moins ainsi qu'il se rappelait ses cauchemars, au fur et à mesure qu'ils s'étaient précisés. À plus de trente ans de distance, difficile de différencier les souvenirs réels des accommodements fiévreux que l'esprit tourmenté d'un petit garçon leur avait fait subir.

Et puis, il y avait autre chose. Une vérité que Kat aurait risqué de découvrir si elle avait un tout petit peu insisté.

Tout au fond de lui, quelque chose l'empêchait de reconstituer entièrement cette nuit cauchemardesque. Son esprit luttait contre ce que son inconscient savait et qu'il s'était appliqué à dissimuler. Un secret qui le déchirerait. Qui l'anéantirait à tout jamais.

S'il soulevait le voile et laissait entrer le mal, il serait détruit.

Alors il avait cédé à la peur et avait repoussé Kat.

Il l'avait perdue. Pour toujours.

La douleur qui broyait sa poitrine, l'absence des courbes voluptueuses de son corps contre lui et de ses cheveux qui lui chatouillaient le nez, ne l'aideraient pas à trouver l'oubli. Il roula sur le côté pour regarder son réveil et découvrit, dépité, qu'il n'était qu'une heure et demie du matin. On était mercredi, la troisième nuit depuis leur rupture.

Devant lui se profilait une journée de regrets accompagnés d'une souffrance qui ne cesserait jamais. La caserne, qu'il avait toujours considérée comme un havre de paix, s'était convertie en prison où ses camarades l'épiaient du coin de l'œil, tels des vautours.

Maintenant que Kat était partie, que pouvait-il espérer ? Rentrer chez lui après son service dans une maison plus froide et vide que jamais, parce qu'il avait laissé la chance de sa vie lui glisser entre les doigts.

D'une façon ou d'une autre, il devait en prendre son parti. Kat méritait mieux que de se retrouver piégée dans cette relation infernale, mieux que l'idée tordue que Howard se faisait de la vie à deux.

Elle mérite mieux qu'un type comme moi.

Abandonnant tout espoir de sommeil, il s'assit au bord du lit et réfléchit à ce qu'il pouvait faire. Soulever des haltères l'aidait généralement à trouver quelques heures de sommeil, mais il se sentait à l'étroit dans cette maison. Le parfum de Kat imprégnait encore les draps et son rire hantait l'atmosphère. S'il ne sortait pas, il allait étouffer.

Il enfila un short, un T-shirt et des tennis, fourra une tenue de rechange dans son sac de sport, attrapa son portefeuille et ses clefs sur la commode, et se retrouva au volant de sa grosse voiture moins de deux minutes après avoir pris sa décision, en route vers son club de fitness, Hardbodies. Situé sur la place principale de Sugarland, en plein centre-ville, Hardbodies offrait l'avantage d'être ouvert vingt-quatre heures sur vingt-quatre. À cette heure-ci, le gymnase serait désert. Exactement ce qu'il lui fallait.

Une demi-heure plus tard, il était hyper échauffé et priait pour que cet entraînement intensif libère son esprit plus efficacement que le trajet en voiture ne l'avait fait. Bras, cuisses, torse: tous les muscles que Dieu lui avait donnés, il les avait punis avec de la fonte. Il régla un tapis de jogging et se lança dans ses huit kilomètres habituels.

Le martèlement de ses tennis sur le tapis le berçait de son rythme mou, et il regretta de ne pas avoir apporté son MP3. Un bon classique de rock faisait toujours passer le temps un peu plus vite.

À l'autre bout de la salle, un officier de police qu'il avait déjà croisé quelquefois au gymnase suait sang et eau sur un vélo fixe, le pneu de graisse qui cernait son abdomen tressautant au rythme de ses efforts. Il avait salué Howard d'un bref signe de tête à son arrivée, lui faisant savoir qu'il n'était pas venu là pour bavarder. Tant mieux. Howard n'avait aucune envie de parler.

Quand le compteur du tapis indiqua cinq kilomètres, le flic quitta la salle et Howard se retrouva tout seul… jusqu'à ce que, cinq minutes plus tard, une rousse sculpturale fasse son apparition.

Janine.

Pas grave. Depuis leur aventure qui remontait à plus d'un an, ils s'étaient déjà croisés plusieurs fois. C'était inévitable. Ils étaient inscrits au même club de fitness et Janine, qui travaillait pour une société de transport et finissait souvent tard, aimait bien y faire un saut avant de rentrer chez elle. Une fois leur aventure terminée, Howard n'avait vu aucune raison de prendre un abonnement ailleurs.

Elle se dirigea vers un poste de lever d'haltères et entreprit de travailler le tonus de ses bras. Bien qu'elle n'ait pas daigné le saluer, Howard connaissait suffisamment Janine – ou les femmes dans son genre – pour savoir qu'elle était parfaitement consciente qu'il la regardait.

Le corps de Janine s'étirait aussi souplement que celui d'un chat sous les caresses. Sa brassière de sport noire mettait en valeur sa petite poitrine insolente tout en révélant son ventre impeccablement plat, et la maille de son bermuda assorti, si moulant qu'il semblait peint sur sa peau, amincissait divinement ses cuisses et ses hanches. Les boucles de ses cheveux cuivrés, dont il savait qu'elle n'était pas peu fière, retombaient en cascade sur ses épaules et s'arrêtaient juste au-dessus des fesses. Howard ne l'avait jamais vue les cheveux relevés.

Janine était superbe, cela ne faisait aucun doute. Un vrai fantasme masculin sur pattes – et quelles pattes ! Ces derniers temps, cependant, Howard en était venu à considérer ce genre de silhouettes raides nettement moins attirantes que les silhouettes curvilignes, dotées d'une poitrine généreuse et de paires de fesses qui remplissaient complètement ses mains. Une préférence qu'il devait, à n'en pas douter, à l'ange aux yeux verts qu'il avait laissé s'approcher plus près que quiconque de son cœur.

Il se secoua mentalement. Kat ne lui appartenait pas, ne lui avait jamais appartenu. Il l'avait fait fuir et elle ne renouerait pas avec lui.

Comme si elle percevait sa tension, Janine coula un regard vers lui et le gratifia d'un sourire en biais. Comme si elle *savait*. Fort heureusement, elle ne fit pas mine d'approcher.

Huit kilomètres. Il avait fini son parcours. Il ne lui restait plus qu'à rentrer chez lui et prier pour que la fatigue l'autorise à trouver le sommeil. Il attrapa sa serviette de toilette et épongea la sueur de son visage.

Dans les vestiaires, il se mit sous la douche avec un soupir d'aise, savourant la sensation de l'eau tiède sur ses muscles épuisés. Il aurait pu se doucher chez lui, mais il avait horreur de sentir la sueur refroidir sur sa peau jusqu'à devenir gluante et imprégner ses vêtements. Il subissait plus souvent qu'à son tour ce genre de désagrément au travail. Il se savonna des pieds à la tête, se rinça, et resta encore un moment sous la douche.

Lorsqu'il ferma enfin le robinet, il demeura un instant immobile, et la douleur que véhiculaient son corps et son esprit reprirent leurs droits. Les incendies. Ces crimes atroces. La perte de Kat. Rentrer chez lui tout seul.

Il n'y survivrait pas.

— Tu ne sais plus où tu as laissé tes vêtements, trésor ?

16

Surpris, Howard se retourna et se dit qu'il aurait dû s'y attendre. Sans oser se l'avouer, il s'y était peut-être attendu.

— Janine, qu'est-ce que tu fais là ? Le type de l'accueil…

— … roupille sur sa chaise, lui assura-t-elle en s'avançant vers lui.

Elle s'arrêta à sa hauteur, posa une main sur son torse ruisselant. Effleura un téton qui bourgeonna aussitôt.

— Mmm… Tu es déjà dans tous tes états, Harry. Au bord de l'explosion.

— *Howard,* rectifia-t-il en écartant gentiment sa main.

Inutile de dissimuler sa nudité. Janine avait déjà tout vu et goûté à tout.

Sa main revint vers lui, s'en prenant à son ventre, cette fois.

— Oooh, mais dis-moi, tu n'aurais pas une grosseur, là ?

Et merde. Il n'avait absolument pas envie d'elle, mais son sexe ne faisait pas la différence. Il ressentit un délicieux élancement à l'entrejambe, et son sexe grossit sous les doigts experts qui malaxaient sa chair et soupesaient ses testicules. Il recula pour résister à la tentation et se cogna la tête au pommeau de la douche.

— Ne le prends pas mal, mais ça ne marchera pas. Je vois quelqu'un d'autre.

Janine ne fut pas dupe de son mensonge une seconde.

— Je comprends mieux que tu viennes transpirer comme un malade au gymnase en pleine nuit. C'est tellement plus agréable que de rester entre les cuisses de madame, de venir se faire durcir ici. Entre mes mains…

— Janine… voulut-il l'interrompre.

Mais elle l'avait déjà plaqué contre le mur. Howard avait le choix entre l'écarter brutalement – et risquer de lui faire mal – ou lui faire entendre raison. Il hésita une seconde de trop, dont Janine profita pour le mettre à mort.

— Sois réaliste, trésor. Elle n'est pas là, mais moi je suis là, dit-elle en pressant doucement ses testicules, encerclant sa verge de ses doigts fuselés tout en se laissant aller contre lui pour murmurer à son oreille. Je comprends, crois-moi. Elle t'a fait du mal ?

Seulement parce que je lui en avais fait.

Howard ne dit pas un mot, mais Janine capta parfaitement le message.

— Pauvre bébé, susurra-t-elle, son beau visage reflétant plus le désir sexuel que l'empathie. Laisse Janine te faire du bien.

— Je ne pense pas…

Son désespoir et son appétit sexuel formaient cependant une combinaison mortelle. Il avait perdu Kat. Et avec elle, tout espoir de former un jour un couple avec une femme. Sa vie avait volé en éclats. Alors, qu'est-ce que ça pouvait bien faire ?

Les lèvres de la rousse se posèrent sur sa gorge et un gémissement franchit celles de Howard.

Il s'autorisa à imaginer sa langue glissant depuis son torse mouillé jusqu'à son ventre. Plus bas.

Un coin de la bouche de Janine se releva quand elle croisa son regard. Un demi-sourire triomphant qui le rappela brusquement à la réalité.

— Non.

Un frisson de protestation parcourut son corps et il s'écarta, saisit ses bras pour échapper à ses caresses.

— Excuse-moi, mais je ne peux pas.

Elle se redressa, ses mains poursuivant leur manège entre ses cuisses tremblantes.

— Une partie de ton corps me semble parfaitement disposée... répliqua-t-elle en plaquant sa vulve contre son érection. Qu'est-ce que tu as à perdre ?

Ce n'était que trop vrai. Kat l'avait accusé de lui faire *superficiellement* l'amour. Elle n'avait pas assez cru en eux pour lui donner du temps et l'avait mortellement blessé.

Janine avait raison. Il avait perdu la seule femme qui comptait et il était à l'agonie.

— Pas ici.

— Chez toi, alors. Je te suis.

Il enfila sa tenue de rechange sous le regard appréciateur de Janine. Ferma son esprit à tout pour se concentrer sur ce qui allait suivre. Il allait l'emmener chez lui et la baiserait jusqu'à ce qu'ils n'en puissent plus. Jusqu'à ce que Kat cesse de hanter ses rêves. Jusqu'à ce que sa vie redevienne aussi solitaire et normale qu'avant.

Il ne méritait pas mieux.

Il ramassa son sac de sport et traversa le hall du gymnase, Janine sur ses talons, le cœur aussi pesant qu'un poids mort.

À chacun de ses pas, il avait de plus en plus l'impression de se diriger vers son enterrement. Immergé dans son propre malheur, il remarqua à peine les deux autres voitures en stationnement sur le parking. L'une d'elles appartenait à l'employé de l'accueil. Mais l'autre ?

La question n'effleura même pas son esprit.

Qu'est-ce qu'il fabriquait ?

Je suis un abruti.

Arrivé à mi-parcours, il comprit qu'il ne pourrait pas aller jusqu'au bout. Coucher avec Janine ne résoudrait pas ses problèmes. Il avait quand même réussi à tirer une ou deux leçons de l'année d'abstinence qu'il s'était imposée.

Il existait peut-être encore un espoir d'arranger les choses avec Kat…

Il n'y croyait pas vraiment, mais il décida de rembarrer fermement Janine dès qu'ils seraient arrivés. Il lui faudrait aussi trouver le moyen d'éteindre l'incendie qui s'était déclaré dans son caleçon.

Son petit doigt lui souffla que la tâche ne serait pas simple.

— Tu es folle, Katherine Frances. Bonne à enfermer, ma pauvre fille.

Elle se frotta les mains pour les réchauffer et se recroquevilla sur le siège de sa voiture en continuant de grommeler dans sa barbe, plus inquiète qu'elle ne voulait le reconnaître de ce que Howard pouvait bien faire dehors à trois heures du matin.

S'il avait envie de traîner dans les bars jusqu'à l'aube avec ses copains, ce n'était plus ses affaires. Elle avait vainement lutté pour trouver le sommeil, seule et malheureuse, au point de ne plus pouvoir supporter sa situation une seconde de plus. Elle avait désespérément besoin de lui parler. D'arranger les choses, si c'était encore possible.

Malheureusement, elle avait trouvé porte close.

Guidée par une sorte de sixième sens, elle fit marche arrière et se gara un peu plus bas, de l'autre côté de la rue, comme un détective privé amateur. Elle n'allait quand même pas passer la nuit à l'attendre, alors qu'elle travaillait dans quelques heures, se dit-elle au bout d'un moment.

Elle tendait la main vers la clef de contact lorsque la grosse voiture de Howard apparut. Reconnaissable entre mille, l'énorme bolide remonta la rue, passa près d'elle et s'engagea dans l'allée.

Kat se ratatina sur son siège et se sentit complètement ridicule. Pourquoi se cachait-elle alors qu'elle brûlait d'envie de le voir ? Parce qu'elle ne voulait pas qu'il sache qu'elle avait fait le poireau comme une idiote, voilà pourquoi ! Elle compta jusqu'à trois et se redressa.

Juste à temps pour voir un élégant coupé sport se garer derrière lui. La portière du conducteur s'ouvrit et une femme sculpturale émergea du véhicule, sa longue crinière rousse étincelant à la lumière du garage que Howard venait d'ouvrir.

Les intestins liquéfiés, hébétée de surprise, Kat regarda cette créature à la silhouette irréprochable, moulée dans une tenue de sport noire, aller retrouver Howard à la portière de sa voiture. Il la referma et se laissa aller contre tandis que la rousse, plaquant les mains sur son torse, s'employait à vider l'air de ses poumons…

Et ceux de Kat par la même occasion.

— Oh… Oh, mon Dieu.

La rousse glissa les mains sous son T-shirt tandis qu'ils s'embrassaient pendant ce qui lui parut une éternité, mais ne dura en fait que quelques secondes. Elle rompit alors leur baiser, une de ses mains s'immisçant sous la ceinture élastique du short de Howard. Il saisit son poignet, murmurant ce qui ressemblait à une protestation qui n'entama visiblement pas la volonté de la rousse. Howard renversa la tête en arrière et ferma les yeux, laissant ses mains reposer sur les hanches étroites, presque masculines, de la femme.

Le regard braqué sur les mains de Howard, Kat serra les dents lorsqu'elle les vit remonter sur ses flancs nus pour aller recouvrir sa poitrine d'adolescente, moulée par la brassière de sport. Elle se prépara à subir une souffrance atroce. La souffrance de la trahison. Au lieu de quoi, elle sentit avec surprise et soulagement la morsure d'une colère brûlante.

La rousse faisait glisser le short de Howard sur ses hanches, libérant son sexe. Son membre en érection jaillit entre eux, visiblement disposé à la satisfaire. Cette fois, Kat sentit son sang bouillir.

Et quand les doigts fuselés de la rousse se mirent à caresser son membre, une boule de feu la projeta dans l'hyperespace.

Cerveau déclenché. Fonction Tuer-la-Truie activée.

Elle sortit de voiture et remonta l'allée en trombe avant même de réaliser que ses pieds avaient touché le trottoir. Tandis qu'elle fonçait sur le couple, elle remarqua à peine que Howard laissait retomber les bras le long de son corps, secouait la tête et se dégageait de l'étreinte de la rousse.

— *Non,* Janine. Attends…

— Écarte-toi de lui, truie ! rugit Kat avec la voix d'une créature démoniaque tout droit sortie de l'enfer.

Mon Dieu, c'est moi qui ai dit ça ?

Howard et la rousse se séparèrent comme s'ils avaient reçu une décharge électrique, et il remonta précipitamment son short, contemplant Kat, bouche bée.

Normal, son cerveau est concentré entre ses jambes…

La rousse fut la première à se ressaisir et ses lèvres formèrent un petit sourire méprisant.

— On ne t'a jamais dit que trois c'est un de trop, ma grosse ? Harry et moi, on ne donne pas dans le triolisme.

Harry semblait au bord de la nausée.

Kat avança d'un pas et eut la satisfaction de voir la rousse reculer, son visage laissant entrevoir une expression inquiète. Elle n'était pas du tout certaine de sa position vis-à-vis de Howard et avait probablement attendu de le coincer dans un moment de vulnérabilité. Celui-ci n'avait pas dû lui opposer beaucoup de résistance.

— Ah ouais ? Et la pension alimentaire, vous ne faites pas non plus ? riposta-t-elle sans prendre le temps d'y réfléchir à deux fois avant de proférer un mensonge aussi énorme. On ne formerait pas un trio, mais un quartet !

La rousse fronça les sourcils, tâchant d'assimiler ce qu'elle venait de dire. Elle n'avait visiblement pas inventé l'eau tiède. Howard, lui, la contemplait comme si elle venait de lui assener un coup de massue sur la tête.

— Kat...

— Toi, gronda-t-elle en agitant le doigt sous son nez, tu la boucles !

Sa bouche se referma aussi sec.

— Oh ! s'exclama la rousse, son regard passant de l'un à l'autre. Un enfant ? Tu as mis ta copine en cloque, et puis tu l'as plaquée et tu vas te tremper le biscuit avec la première venue, c'est ça ?

Howard écarquilla les yeux, les joues écarlates.

— Non, s'écria-t-il, ce n'est pas du tout ça !

— Alors là, c'est sans moi, mes petits cocos. Je me passe très bien de ce genre de salades. J'ai déjà divorcé d'un salaud qui avait fait le coup à deux nanas avant de me rencontrer. Il paiera une pension alimentaire à ses deux ex jusqu'à ce qu'il meure d'une crise cardiaque. Je te souhaite bien de la chance, ricana-t-elle à l'intention de Kat.

Problème numéro un résolu. Un halo de rage se reforma autour de Kat, bien décidée à s'occuper de sa véritable cible.

Tandis que la Marie-couche-toi-là remontait dans sa voiture, Kat chercha une arme du regard dans le garage de Howard. Elle s'empara d'une canne à pêche appuyée au mur et la brandit tel un guerrier samouraï. Howard leva aussitôt les mains en l'air.

— Ce n'est pas ce que tu crois, Kat.

— Salaud ! rugit-elle.

Elle souleva la canne à pêche et lui en flanqua un bon coup sur la tête. Howard laissa échapper un glapissement de douleur, tentant vainement de protéger sa tête et ses épaules de ses bras repliés.

Ah ! C'était cent fois mieux qu'une thérapie. Mille fois mieux, même. Une bouffée euphorique s'empara d'elle, et elle ponctua son discours de coups bien appliqués.

— Espèce…

— Ouille !

— … de fils de…

— Aïe !

— … pute !

— Je n'ai pas…

— Pauvre nul ! J'étais tellement malheureuse que j'étais venue te voir pour faire la paix avec toi. J'imagine que ça te fait rire, hein ?

— Arrête, Kat…

— Tes draps n'ont pas eu le temps de refroidir que tu étais déjà prêt à en sauter une autre…

— Je t'ai dit d'arrêter ! hurla-t-il en baissant la tête pour se ruer sur elle.

Il la délesta de son arme et la lança dans un coin où elle se brisa net, puis la saisit par les poignets et la plaqua contre sa voiture, son torse se soulevant de colère.

— Si tu avais fait attention, tu aurais vu que je m'apprêtais à la rembarrer. J'allais lui dire de rentrer chez elle, Kat.

— C'est ça ! répliqua-t-elle en riant, tremblante de colère.

— C'est la vérité, soutint-il en se collant à elle. Juste avant que tu charges sur nous comme une furie, je l'avais repoussée. J'étais excité, c'est vrai, mais ce n'était pas Janine que je voulais, c'était toi !

— Je t'en prie, ne m'humilie pas davantage avec tes mensonges, Howard, répondit-elle en entendant, horrifiée, sa voix se briser.

Howard serrait ses bras si fort que ses doigts s'enfonçaient dans sa chair, mais ce n'était rien en comparaison de la chaleur qui irradiait de son corps et de son sexe en érection qui s'incrustait contre son ventre. Une excitation qui, il y avait quelques minutes à peine, était dirigée vers une autre femme.

Malgré ses efforts, une larme roula sur la joue de Kat. La confortable couverture de la colère se dissipa, laissant place au chagrin. Howard étouffa un juron.

— Je sais que ça ressemble à un mensonge, mais je te jure que c'est vrai. Je n'avais pas envie de coucher avec elle. Je n'arrivais pas à dormir, alors je suis allé au gymnase et elle est venue me rejoindre dans les douches...

— Je ne veux pas entendre ça.

— J'avais mal. À cause de toi et de tout ce qui va de travers dans ma vie. Elle m'a surpris dans un moment de faiblesse et je suis désolé que tu aies assisté à cette scène, mais Dieu m'est témoin que je n'ai pas – que je ne voulais pas...

Il posa sur elle un regard suppliant et passa la main sur les pointes bicolores de ses cheveux.

— Même si tu n'étais pas arrivée, reprit-il, je lui aurais dit de partir.

Délicatement, il essuya ses larmes. Qui continuèrent à couler. La vision qu'elle avait eue de Howard en pleine érection, le fait de savoir qu'il avait accepté que Janine le suive chez lui... Oh, mon Dieu. Sa poitrine devint brûlante, et la douleur fut si intense qu'elle eut envie de mourir.

— S'il te plaît, pardonne-moi, murmura-t-il en faisant courir un doigt sur sa joue. S'il te plaît, Kat.

— Le problème n'est pas que je te pardonne ou non. On n'était plus ensemble, de toute façon, répondit-elle avant de prendre une longue inspiration. Le problème, c'est que je ne sais pas si je pourrai oublier tout ça, Howard.

— Ne dis pas ça, souffla-t-il en plaçant son front contre le sien. Donne-moi une deuxième chance. Je ne peux pas vivre sans toi, Kat. Si je ne peux pas te serrer dans mes bras, je suis complètement perdu.

Douces paroles. Celles qu'elle avait envie d'entendre. Mais sa blessure était encore à vif. Un sanglot remonta dans sa gorge.

— Je ne sais pas si je pourrai. J'ai besoin de réfléchir, et toi aussi. Tu n'es peut-être pas fait pour n'aimer qu'une seule personne.

Elle le repoussa et dégagea ses bras de son étreinte. Alors qu'elle reculait, elle vit les épaules de Howard s'affaisser sous le poids de la défaite. De profonds cernes noirs s'étalaient sous ses yeux, il était complètement dévasté.

— Ne pars pas.

Il avait les larmes aux yeux, et Kat fut incapable d'en supporter davantage. Il fallait qu'elle se sauve, sinon elle se jetterait dans ses bras et tout recommencerait comme avant.

Il l'avait pourtant prévenue dès le départ, non ?

— *C'est facile de rester tout seul quand on ne vise pas très haut. Pas d'attaches, des aventures sans importance. Quand la fille s'en va, on n'a même pas un pincement au cœur.*

— J'avoue ma totale inexpérience dans le domaine des relations suivies et que ça me fait un peu peur...

Elle aurait dû l'écouter.

— Je suis désolée. Au revoir, Howard.

— Kat, lâcha-t-il d'un ton suppliant.

Elle tourna les talons et se dépêcha de regagner sa voiture, s'attendant à demi à ce qu'il la rattrape pour l'en empêcher. Redoutant qu'il le fasse.

Terrifiée qu'il ne le fasse pas.

Lorsqu'elle atteignit sa voiture, elle constata qu'il n'avait pas bougé. Aussi immobile qu'une statue, il la regardait s'éloigner. Peut-être pour toujours. Des sanglots douloureux comprimèrent sa poitrine. Elle mit précipitamment le contact et démarra. La douleur et la confusion de Howard lui étaient insupportables.

Plus insupportables encore que les siennes.

— La vache ! Un vrai dîner-spectacle ! gloussa Frank en mordant dans un hamburger graisseux acheté à la va-vite dans un boui-boui.

De sa main libre, il attrapa les jumelles sur le siège du passager de sa nouvelle voiture et observa, un sourire aux lèvres, la petite blonde pulpeuse qui fonçait droit sur ce crétin de lieutenant et la rouquine qui avait tout de la mante religieuse. Elle faisait mumuse avec le salami du lieutenant à l'instant précis où la petite blonde furibarde leur tomba sur le poil – à leur grande surprise, et pour la plus grande joie de Frank.

— Grillé, trou du cul !

La blonde – Kat, se souvint-il – leur tomba dessus tel un ange exterminateur, et ce qu'elle dit fit instantanément reculer la rouquine. Kat attrapa ensuite une longue perche et déchargea sa colère sur Paxton.

Plié de rire, Frank faillit s'étrangler sur son hamburger. Il devait aimer ça, l'animal. *Lui* n'aurait jamais toléré ça d'aucune femelle. En tout cas, elle n'y allait pas de main morte et ce spectacle n'était pas pour lui déplaire.

Pendant ce temps-là, la rouquine, qui était remontée dans sa voiture, avait fait marche arrière et s'éloignait déjà dans la rue. Frank abandonna jumelles et hamburger sur le siège du passager et démarra derrière elle, déçu d'abandonner son poste d'observation au moment où ça devenait intéressant.

Mais il serait amplement récompensé de ce petit sacrifice. Le temps de mettre à exécution le plan qui avait germé dans son esprit quand il avait vu Paxton ressortir du gymnase avec une nouvelle pétasse et une érection visible à dix kilomètres.

Le temps de corriger le lieutenant à sa manière. La fin était proche.

Plus que deux déplacements sur l'échiquier, et Frank fêterait sa victoire.

Halloween. Le deuxième jour le plus chaud de l'année en matière d'appels d'urgence. Juste après le réveillon du jour de l'an. Cette année, c'était au tour de l'équipe A de s'y coller. Toute la journée, l'équipe avait répondu aux appels concernant pour la plupart des ados qui avaient séché les cours pour se livrer à des paris stupides. Le bilan de leurs exploits se limitait généralement à des blessures légères et des dégâts matériels mineurs.

Il y avait eu le classique début d'incendie d'un porche en bois : des gamins avaient mis le feu à un sac-poubelle rempli de feuilles mortes et l'avaient balancé devant la maison d'un vieux monsieur. Le feu avait été maîtrisé en un clin d'œil, il n'y avait pas eu de blessés.

Le gosse qui était allé s'amuser à renverser des pierres tombales au cimetière avec ses copains, lui, avait eu moins de chance. Une vierge en marbre de deux mètres de haut lui était tombée dessus, et il pouvait s'estimer heureux de s'en être tiré avec une légère commotion cérébrale.

Pour couronner le tout, Howard couvait une maladie quelconque. Allongé sur sa couchette, un bras replié devant les yeux, il savait qu'il ne pouvait pas espérer que les délinquants juvéniles de Sugarland se fatiguent miraculeusement de faire des bêtises et rentrent gentiment chez eux. Dans sa poitrine, la douleur s'était affirmée au cours des deux jours qui avaient suivi l'*incident*. La nourriture prenait un goût de cendre dans sa bouche, lui donnait des crampes d'estomac s'il se forçait à avaler, et il avait préféré cesser de manger.

Entre les appels et les corvées, Ève et ses coéquipiers échangeaient les plaisanteries habituelles ou jouaient aux cartes en discutant, mais Howard était incapable de se concentrer sur ce qu'ils disaient. Son esprit nageait en plein brouillard, son corps pesait des tonnes. Ils s'étaient évidemment inquiétés et avaient essayé de lui faire avouer ce qui n'allait pas. Sean lui-même avait émergé de ses problèmes pour le questionner sur son état. Le problème, c'était que Howard n'avait rien à dire.

Le seul aspect positif, c'était qu'il ne faisait plus de cauchemars. Normal. Il faut dormir pour faire des cauchemars.

— Musclor ? Tu dors ?

Réprimant un soupir, il écarta son bras et cligna des yeux dans la pénombre. À la faible lumière du couloir, il distingua Zack sur le pas de la porte, visiblement nerveux.

— Si c'est toi, oui. Qu'est-ce que tu veux ?

— Je… J'aimerais te demander un truc en privé. Avant le retour de Julian, précisa-t-il en s'approchant de sa couchette. C'est important.

Howard se redressa, alluma sa lampe de chevet et fit signe à Zack de s'asseoir. Le jeune homme s'installa au pied de la couchette, visiblement tendu, et Howard se souvint qu'il s'était promis de lui parler, le jour de l'anniversaire de Bentley. Noyé dans ses soucis, il ne l'avait évidemment pas fait. Il se sentit coupable.

— J'aurais besoin de deux jours de congé, déclara-t-il en posant les coudes sur ses genoux pour croiser les mains devant lui.

— C'est tout ? Ça devrait pouvoir se faire.

— La semaine prochaine.

— Hmm. Difficile, mais pas impossible. J'imagine que tu en as déjà parlé à Sean, ajouta-t-il en couvant son collègue d'un regard suspicieux.

— Sauf votre respect, lieutenant, le capitaine n'est pas vraiment réceptif à ce que je dis ou à ce que je fais en ce moment. Je ne lui en ai pas parlé.

— Quoi ? Tu as peur de parler à Sean ? Et depuis quand ?

— Si je devais avoir peur de quelqu'un, ce ne serait pas de lui, répliqua Zack sur un ton de mépris glacial. J'ai des choses à faire. Des trucs personnels. Et pour une fois, j'aimerais autant ne pas avoir à supporter ses conneries.

— Qu'est-ce que c'est que cette histoire ? De quelles conneries tu parles ?

— Si tu n'as rien remarqué, ce n'est pas à moi de te le dire. Je sais que vous êtes comme les deux doigts de la main, et je ne tiens pas à semer la zizanie entre vous. Tant pis, il ne me reste plus qu'à prier pour qu'il entende raison, parce que je vais être obligé de passer par la voie hiérarchique et que l'équipe risque de ne pas s'en relever.

— Tu fais allusion à une plainte officielle ? s'étonna Howard en clignant des yeux. C'est si grave que ça ?

— Ce n'est rien de le dire, répondit Zack en retirant ses lunettes pour se frotter les yeux.

Il avait l'air aussi fatigué que Howard.

— Écoute, j'ai juste besoin de deux jours de congé la semaine prochaine. Je ne réclame jamais rien, mais le capitaine n'en tiendra pas compte. Je ne te demande pas de m'accorder un congé dans son dos. Tout ce que je te demande, c'est de calmer le jeu une fois que je lui aurai parlé. J'ai *vraiment* besoin de m'absenter, je n'ai pas le choix.

— À t'entendre, tu es dans un sacré pétrin, mon pote.

— J'ai vendu ma maison.

— Pourquoi ? demanda Howard en fronçant les sourcils. Tu as eu un mal de chien à obtenir ton prêt, et ça ne fait même pas un an que tu y es.

— Je n'avais pas le choix. Je ne peux pas encore en parler.

Howard comprit à son attitude qu'il n'en révélerait pas davantage.

— D'accord, comme tu voudras. Quand tu seras disposé à parler…

— Je sais, l'interrompit Zack en se détendant un peu. Merci, Musclor, conclut-il avant de disparaître aussi silencieusement qu'il était venu.

Howard venait à peine de se rallonger sur sa couchette lorsque son téléphone portable vibra sur la table de chevet. Irrité, il fut tenté d'ignorer l'appel, mais le faible espoir qu'il provienne de Kat l'en empêcha. Il attrapa son portable et l'ouvrit.

— Paxton.

— Je suis avec une vieille copine à toi, lieutenant, grinça une voix d'homme. Elle va brûler pour toi une dernière fois, d'une façon qui ne te plaira pas du tout.

— Qui est à l'appareil ? répliqua-t-il en se redressant et en faisant passer ses jambes par-dessus la couchette.

Son interlocuteur émit un ricanement, et Howard sentit son sang se glacer dans ses veines.

— Tu aimerais bien le savoir, pas vrai ? Viens là, sale pute ! aboya-t-il, s'adressant à quelqu'un d'autre. Dis à notre courageux héros qu'il faut qu'il vole à ton secours.

Un hurlement de femme lui parvint, si épouvantable qu'il eut l'impression que son cœur cessait de battre.

— Il va me tuer ! Oh, mon Dieu, empêchez-le de me tuer ! Qu'est-ce que vous faites ? Nooon…

Sa voix décrut comme on éloignait le téléphone de sa bouche.

— Kat ! hurla Howard. Où est-elle, espèce de fils de pute ?

— Pas de blonde au menu ce soir. Seulement une rouquine. Katherine a bien de la chance, pas vrai, pétasse ?

En arrière-plan, les cris de la femme s'intensifièrent.

Une rouquine ? *Janine.*

Howard se redressa, chancelant, et se traîna vers la porte.

— Où est-elle ? Dis-le-moi !

— Note bien. Vu l'importance qu'elle a pour toi, tu risques de ne pas t'en souvenir, ricana-t-il avant de lui donner une adresse. Dépêche-toi, lieutenant. Le compte à rebours a commencé…

La communication fut coupée. Howard jaillit dans le couloir en criant des ordres. Tommy et Ève émergèrent d'une chambre, les yeux ensommeillés.

— Qu'est-ce qui se passe ? bâilla Tommy. Je n'ai même pas entendu l'alerte.

— Ce n'est pas une alerte, lui apprit Howard en se tournant vers lui pour l'informer brièvement de la situation. Tout le monde en tenue et à son poste ! Dis à Sean de lancer un appel radio à toutes les casernes et de prévenir la police ! Il n'y a pas une seconde à perdre !

Tous se mirent à courir en direction d'un désastre sans doute inévitable. Quand il poussa la porte vitrée du garage, la paume de sa main recouvrit l'inscription.

TOUT LE MONDE REVIENDRA VIVANT.

Pas toujours.

17

Janine était peut-être encore en vie.

L'esprit de Howard refusait d'envisager qu'on ait pu l'assassiner. S'accrochait désespérément à l'idée qu'ils arriveraient à temps. Même s'il savait dans ses tripes que ce n'était pas vrai.

Ne pense pas. Contente-toi de faire ton travail.

S'il s'autorisait à penser, il serait obligé d'affronter la part de responsabilité qu'il avait dans cette affaire. C'était lui qui avait conduit l'assassin sur la piste de Janine.

Et sa victime aurait aussi bien pu être Kat.

Julian et lui descendirent d'un bond de l'ambulance et enfilèrent leur équipement. Sean, Ève et Tommy jaillirent du camion en ajustant leurs bouteilles d'oxygène, leur masque pendant autour du cou. Zack, déjà à son poste, connectait la lance du Quint.

— Une première équipe s'apprête à pénétrer dans l'habitation, aboya Tanner dans sa radio à l'intention du chef de bataillon et de tous ceux qui étaient reliés à sa fréquence.

Deux autres camions des casernes les plus proches étaient en route. Ève resterait à l'extérieur avec le capitaine, prête à intervenir au cas où Howard, Julian et Tommy auraient besoin de renfort.

Howard décrocha la caméra thermique attachée à son épaule tandis que Julian s'emparait de la lance, et Tommy se positionna derrière eux.

— Prêts ? demanda Howard.

— Prêt, acquiesça Salvatore alors que Skyler hochait la tête.

Une main gantée se posa sur le bras de Howard pour le retenir. Sean secoua la tête, la visière de son casque maintenant le haut de son visage dans l'ombre.

— Je vais avec eux. Tu restes ici et tu te charges de la coordination. Attends les renforts.

— Pas question.

— Ce malade veut te faire entrer là-dedans, Howard. Je n'aime pas ça. Cette histoire pue !

— Pas le temps, rétorqua-t-il en donnant une tape sur l'épaule de son ami. À tout de suite !

Julian et lui défoncèrent la porte tandis que les sirènes des renforts commençaient à s'élever au loin. Ils seraient bientôt là. Avançant à l'aide de la caméra, Howard se plaça légèrement en retrait de Julian pour les guider tous trois dans l'obscurité. Le couloir conduisant aux chambres ne leur posa aucun problème, les flammes jaillissant de celle qui se trouvait au fond les éclairant suffisamment.

C'est là que l'enfer les attendait. Le lit était en feu, les flammes léchant le plafond. Mais le reste de la chambre était encore intact, et les vitres des fenêtres qui n'avaient pas encore explosé indiquaient que l'assassin avait déclenché l'incendie moins de deux minutes et demie plus tôt. Il avait donc attendu de les entendre arriver.

Alors seulement, il l'avait tuée.

Au milieu du lit, un corps était étendu, les mains menottées aux montants. Un corps que Howard n'aurait pu reconnaître comme étant celui de son ancienne maîtresse, la bouche ouverte sur un cri, déjà en train de rôtir.

Morte. Elle est morte à cause de moi. Mon Dieu...

Arrête ! Travaille !

Julian recula légèrement, Tommy dans son dos, et contrôla aisément la pression de la lance qui se serait autrement convertie en un animal sauvage. Il dirigea le jet sur les flammes, inondant le lit, les rideaux et le plafond. Mata la bête féroce, lui imposant la soumission. Mais ils ne pourraient plus rien faire pour la femme qui n'avait pas mérité ce destin.

Un élan de culpabilité menaça l'équilibre de Howard, qui sentit ses genoux faiblir.

— Je crois que c'est bon, lança Julian. Je n'envie pas le légiste qui va se... Eh ! C'est quoi ce bordel ?

— Qu'est-ce qui se passe ?

Howard se retourna, cligna des yeux derrière son masque et tâcha de distinguer à travers la fumée ce qui fascinait Julian. Il avait vu quelque chose sur le mur qui se trouvait derrière eux.

Quand il parvint à y voir clair, il resta bouche bée devant le message sur lequel Tommy braquait sa lampe torche. Un seul mot avait été tracé en lettres rouges avec ce qui ressemblait à du sang : *BOUM*.

Malgré l'air étouffant qui régnait dans la pièce, Howard sentit son corps se glacer.

— *Le compte à rebours a commencé.*

Une soudaine frayeur fit s'emballer son rythme cardiaque.

— Sortez ! hurla-t-il à ses coéquipiers. Tout le monde dehors ! Vite !

Il n'eut pas besoin de le leur dire deux fois. Lâchant la lance, Julian puis Tommy se précipitèrent dans le couloir, persuadés que Howard les suivait.

C'est ce qu'il avait l'intention de faire.

— Capitaine, lança-t-il dans son micro, dégagez le périmètre !.... Tanner ?

Le silence lui répondit. Son micro ne marchait pas. Il courut à la fenêtre, serra son poing ganté et le fit passer à travers la vitre à trois reprises, sans se soucier de la douleur irradiant dans sa main et son bras.

— Éloignez-vous de la maison et restez à couvert ! hurla-t-il à ses coéquipiers ainsi qu'aux équipes arrivées en renfort. *Vite !*

Pas le temps d'expliquer. Pourvu qu'ils lui obéissent. Il fallait qu'il se dépêche de sortir. Sans oser jeter un dernier coup d'œil au corps calciné qui gisait sur le lit, il courut aussi vite que le lui permettait son lourd équipement, franchit la porte de la chambre et s'engagea dans le couloir.

Encore une plaisanterie de mauvais goût de ce malade. Comme le message qu'il avait laissé dans sa salle de bains. Il s'amusait à les faire cavaler comme des rats et se gondolerait de rire lorsque sa proie comprendrait qu'il n'allait rien se pass...

Une explosion assourdissante souffla dans son dos avec la puissance d'un Boeing 747, le souleva de terre et le propulsa en avant, alors qu'une flamme gigantesque s'engouffrait derrière lui, cherchant à l'étreindre de ses bras mortels. Son vol plané s'acheva brutalement sur quelque chose de dur qui lui broya l'épaule droite. Son corps rebondit, retomba, ses côtes heurtant le coin d'une table dans un éclair de douleur aveuglant, puis il retomba sur le flanc, sous une pluie de verre brisé et de gravats.

Aussitôt, il essaya de se mettre à quatre pattes, mais la douleur fulgurante qui le traversa l'en empêcha et il s'écroula sur le sol. Son bras droit ne lui obéissait plus ; son épaule s'était déboîtée. Sa tête bourdonnait, et il eut l'impression qu'on enfonçait une lame chauffée à blanc entre ses côtes. Il était plongé dans l'obscurité la plus totale, et le seul bruit qu'il percevait était cet infernal bourdonnement. Il ne pouvait même pas atteindre le bouton de son système d'alarme pour appeler à l'aide. Il prit une profonde inspiration, essaya de crier, mais le son qui sortit de sa gorge ressemblait à un pitoyable sifflement qui déclencha une quinte de toux. Une terreur sans nom s'insinua dans son esprit. Son masque avait été arraché dans l'explosion. Dans son dos, la réserve d'oxygène pendait comme un poids mort. Sa gorge et ses poumons, remplis de fumée, brûlaient atrocement.

Comme il était demeuré trop longtemps immobile, le système d'alarme fixé à sa veste émit une sonnerie suraiguë, capable de réveiller les morts, et qui permettrait à son équipe de le localiser.

Reste calme. Respire.

Mais c'était impossible. Ses membres étaient pris dans une gangue de ciment, ses poumons comprimés. Il suffoquait.

Il allait mourir.

— Howard !

Bizarrement, la souffrance s'estompait. Signe qu'il perdait du sang. Il avait appris pendant sa formation que la mort en soi n'est pas douloureuse et songea qu'on ne lui avait pas menti.

— Lieutenant ? Vous m'entendez ?

S'il mourait, il ne verrait plus jamais Kat. Une vague de tristesse immense le submergea, et ses regrets devinrent plus épais encore que la fumée qui aspirait sa vie. Il n'avait même pas eu le temps d'arranger les choses entre eux. D'obtenir la seconde chance qui l'aurait autorisé à vivre avec la femme de sa vie.

— Je ne sais pas si je pourrai oublier tout ça, Howard.

Dites-lui…

— Howard ? Mon Dieu ! cria quelqu'un. Il est là !

Sean ?

Des bottes écrasaient les gravats autour de lui, et de puissants jurons retentirent. La pression de la bouteille d'oxygène disparut dans son dos. On le retourna précautionneusement pour l'allonger sur quelque chose de dur. Une civière. On le souleva et quand on le transporta à l'extérieur, il eut fugitivement l'impression de voler. Il sentit l'air frais caresser son visage écorché.

Mais il n'arrivait toujours pas à respirer.

Des sirènes retentissaient autour de lui. Des milliers de sirènes. Trop tard.

On abaissait la civière. On ouvrait sa veste, on déchirait sa chemise. On pressait un masque sur son visage. Des doigts tâtaient sa gorge, vérifiant son pouls.

— Intubez-le, bordel !

— Allez, vieux, accroche-toi ! Reste avec nous !

Il rassembla toute sa volonté pour tenter d'obéir à cette injonction.

Et échoua.

— Putain, il ne respire plus ! Musclor, *non* !

Les cris de ses coéquipiers décrurent et il sombra dans le néant.

Kat émergea du sommeil en clignant des yeux, sans bien comprendre ce qui l'avait réveillée. Un bruit, peut-être ? Elle tendit l'oreille, mais ne perçut que le léger vrombissement du ventilateur qui tournait au plafond.

Qu'est-ce qu'il faisait chaud, cette nuit, même toute nue ! Bizarre. D'habitude, elle adorait se blottir sous sa couette.

Du moins avait-elle adoré cela jusqu'à ce qu'elle découvre le bonheur de se blottir dans les bras de Howard. Sa récente solitude refit surface, déchirant sa poitrine. Howard se sentait-il seul, lui aussi ? Peut-être avait-il trouvé le moyen de se rabibocher avec cette Janine et déjà tout oublié des quelques semaines qu'ils avaient passées ensemble.

Un cri lointain déchira l'air de la nuit et lui donna la chair de poule. Elle se redressa dans son lit et tenta de le localiser. Ce n'était pas un cri, mais le mugissement d'une sirène. Non, de plusieurs sirènes. Un mugissement de plus en plus fort tandis qu'il se rapprochait. Toute une cohorte de véhicules d'urgence se dirigeait vers les lieux d'une tragédie. Howard était-il à bord de l'un d'eux ? Elle frissonna. Elle détestait ce bruit affreux, l'avait toujours détesté. Il signifiait que, quelque part, des vies venaient de voler en éclats, peut-être même de s'éteindre à tout jamais.

Le son décrut et elle s'allongea dans son lit, ne souffrant plus du tout de la chaleur. Elle était même transie de froid.

Elle ne se rendormit pas complètement, mais réussit à sommeiller au bout d'un moment, heureuse que le lendemain fût un samedi, ce qui lui permettrait de faire la grasse matinée. Cette perspective la berça doucement jusqu'à ce qu'un bruit de marteau pénètre son esprit embrumé. Elle gémit. Le bricoleur qui avait décidé de manier le marteau un samedi aux aurores était un homme mort.

Tap, tap, tap. Silence. *Tap, tap, tap*.

Plus fort, la deuxième fois. Ce n'était pas des coups de marteau… Quelqu'un frappait à sa porte.

Était-ce… ? Oh, mon Dieu !

Howard s'était déjà présenté aux premières lueurs de l'aube à la fin de son service, un jour qu'il était perturbé. Cherchant spontanément refuge dans ses bras. Il venait peut-être plaider sa cause. Parler, tenter de rattraper le coup. Maudit soit son traître de cœur, Kat ne demandait que cela. Était-il encore trop tôt pour enterrer ce qu'il avait fait ?

D'accord, ce qu'il avait *presque* fait. N'empêche, le souvenir était atrocement cuisant.

Elle sortit de son lit, enfila un immense T-shirt, disciplina ses cheveux de ses doigts et se dirigea vers la porte. Elle n'avait pas la moindre idée de ce qu'elle lui dirait. Difficile de trouver les mots dans un moment pareil.

— J'arrive !

Elle jeta un coup d'œil au judas, recula la tête en fronçant les sourcils et ouvrit la porte. Elle dévisagea Ève Marshall. Son visage maculé de suie, de poussière et de sueur. La coéquipière de Howard portait son pantalon de service et un polo orné du logo de la caserne de Sugarland, presque aussi sales que sa peau. Sa visite était tellement incongrue qu'elle ne savait pas quoi dire.

— Ève ? Quelle, euh… quelle surprise ! Comment as-tu trouvé mon adresse ?

— Dans l'annuaire, répondit-elle d'une voix fatiguée – exténuée, même. Je peux entrer ?

— Oh ! Bien sûr, répondit-elle en s'écartant pour la laisser passer. Tu viens à cause de Howard ?

— Ouais, dit-elle en se passant la main sur la figure. Kat…

— Attends. Il t'a demandé d'arranger les choses, c'est ça ? De me dire qu'il est malheureux, qu'il ne peut pas vivre sans moi et tout le bataclan, hein ? Eh bien, tu diras à ce joli cœur que s'il a besoin de me dire quelque chose, il ferait mieux de venir me le dire en face.

— Kat.

— Note bien que ce qu'il a à me dire ne m'intéresse pas. Absolument pas. En ce qui me concerne, il peut brûler en…

— Kat, fit Ève d'une voix tremblante.

Kat porta la main à ses lèvres. Elle connaissait ce regard de pitié. Un regard qui s'accompagnait de formules dérisoires telles que « je suis profondément désolé » et « si je peux faire quoi que ce soit »... En réalité, elle avait compris dès qu'elle avait vu Ève devant sa porte. Elle avait senti le sol se dérober sous ses pieds.

— Qu'est-ce qui lui est arrivé, Ève ?

— Il y a eu une explosion. Trois membres de notre équipe ont été blessés, mais Howard a été directement projeté par le souffle.

— Il... Il est mort ?

Mon Dieu, faites qu'il ne soit pas mort...

— Non, mais il est grièvement blessé. Quand Sean et Tommy l'ont sorti des décombres, il avait inhalé beaucoup de fumée et il ne respirait plus.

Ève renifla, et une larme coula du coin de son œil.

— Ce fichu toubib n'a rien voulu nous dire !

Voir pleurer une femme aussi solide qu'Ève en disait long sur la gravité des blessures de Howard. Il avait failli mourir et n'était pas encore tiré d'affaire. Kat n'avait jamais été aussi terrifiée de sa vie.

— Il faut que je le voie, murmura-t-elle.

— Habille-toi. Je t'emmène.

— OK.

Sur une impulsion, elle la rejoignit et la serra dans ses bras.

— Merci d'être venue.

Après une brève hésitation, Ève lui rendit son étreinte et lui tapota maladroitement le dos.

— Tu méritais mieux qu'un coup de fil. Même s'il ne le dit pas, je sais que Musclor t'aime.

Elle s'écarta et la gratifia d'un sourire embué.

— Je le connais depuis des années et je ne l'ai jamais vu comme ça, tu sais. Tu as mis le lieutenant à genoux, ma belle. Chapeau.

— Ben voyons... Il m'aime tellement que je l'ai surpris alors qu'il s'apprêtait à en sauter une autre, trois jours après qu'on avait rompu !

— Aïe, grimaça Ève. Et qu'est-ce qu'il t'a dit ?

— Ce qu'ils disent tous dans ces cas-là. Qu'il s'apprêtait à la renvoyer chez elle.

— Il t'a dit la vérité, affirma Ève. Howard est l'homme le plus franc que je connaisse. S'il avait eu l'intention de la sauter, il te l'aurait dit, au risque de te briser le cœur. Il ne se réfugie jamais derrière des mensonges.

— Mouais, marmonna Kat. En tout cas, l'idée lui est quand même passée par la tête, avant que sa conscience le rappelle à l'ordre. Tu imagines ce que j'ai ressenti ?

— Plus que tu ne le crois. Non, la vraie question c'est : est-ce que tu es prête à te battre pour garder son amour ?

Cette question essentielle et le souvenir de Howard la suppliant de ne pas partir tournèrent dans sa tête tandis qu'elle se dirigeait vers sa chambre. Si Howard ne survivait pas à ses blessures, méritait-il de mourir persuadé qu'elle ne l'avait pas assez aimé pour surmonter leur crise ?

Non ! Il allait s'en sortir, et elle ne le laisserait pas souffrir et se morfondre une seconde de plus que nécessaire. En moins de deux minutes, elle fut prête.

Pendant le trajet, elle réfléchit à ce que lui avait révélé Ève au sujet de l'explosion. Rien, en fait.

— C'était une explosion volontaire ?

Les mains d'Ève se crispèrent sur le volant.

— Oui. D'après les flics, une bombe artisanale avait été placée dans la chambre de la victime.

— Dans la chambre ? C'était encore un coup du détraqué qui persécute Howard ?

— Exactement, acquiesça-t-elle sans chercher à dissimuler la colère que lui inspirait ce monstre. Il a appelé Howard sur son portable, cette fois, et il lui a passé la femme. Musclor l'a entendue hurler au secours, sachant qu'il ne pouvait rien faire.

— Mon Dieu ! Mais il la connaissait ?

— Pas la moindre idée. Les flics auront des tas de questions à lui poser quand il se réveillera.

Quand, pas *si*. Ce mantra l'aida à garder la tête froide.

— Qui d'autre a été blessé ? demanda-t-elle lorsque Ève se gara sur le parking de l'hôpital.

Ève poussa un long soupir et rabattit une de ses boucles brunes derrière son oreille.

— Sean et le chef de bataillon ont été projetés au sol, mais ils ont le cuir trop épais pour que ça leur ait fait quoi que ce soit. Zack s'est retrouvé soufflé dos au Quint. Ça lui a vidé l'air des poumons, mais il s'en tire avec quelques bleus et des égratignures. Julian, lui, a pris un sale coup. Il est sorti le dernier, juste après Tommy, au moment où la maison a sauté. Il s'est pris une planche sur la tête. Le coup était tellement violent que son casque s'est fendu sous le choc.

— Il va bien ?

Kat aimait bien Julian, même s'il avait serré sa sœur d'un peu trop près. Elle se demanda comment celle-ci accueillerait la nouvelle.

— Ça l'a calmé. Il a eu une bonne commotion cérébrale sans perte de conscience, et les médecins envisagent de le garder en observation cette nuit. Il s'en sortira, Dieu merci, conclut-elle en descendant de voiture.

— Tant mieux. Et toi ? Et les autres ?

— Tommy nous a dit que Julian avait vu un message tagué sur le mur de la chambre. Howard l'a vu aussi et leur a crié de sortir, après quoi il a défoncé la fenêtre à coups de poing et a crié à ceux qui se trouvaient dehors de se mettre à couvert. C'est grâce à lui s'il y a si peu de blessés.

Dans la salle d'attente des urgences, les deux femmes rejoignirent le reste de l'équipe.

— Rentre chez toi, Knight, disait Sean. Je te promets qu'on te donnera de ses nouvelles.

— Pas question, capitaine.

— Tu as failli te péter la colonne vertébrale, nom de Dieu ! C'est en pleine forme qu'on a besoin de toi !

— Je vais très bien, répliqua Zack en détournant le regard, tombant nez à nez avec Ève et Kat.

Ève le serra dans ses bras, et Sean observa la scène en fronçant les sourcils.

— Kat ! s'exclama Zack après s'être éclairci la gorge. Content de vous revoir, même si j'aurais préféré que ce soit dans d'autres circonstances.

— Moi aussi, répondit-elle d'une voix étranglée. On vous a donné des nouvelles de Howard ?

— Le médecin est passé il y a quelques minutes, intervint Sean en glissant une main dans ses cheveux. Il est sorti de la phase critique, son état se stabilise. Ils s'occupent en priorité de ses poumons, il a inhalé beaucoup de fumée. C'est la plus grave de ses blessures, mais ils pensent qu'il n'y a rien d'irréversible.

Kat sentit ses genoux mollir.

— Dieu soit loué !

— On a bien cru le perdre, souffla Sean. Ses autres blessures sont légères en comparaison. Une déchirure à la main et au bras du côté droit, quand il a fracassé la fenêtre de la chambre. Même pas besoin d'agrafes, grâce à son équipement.

— S'il n'avait pas explosé cette fenêtre, Ève serait morte, intervint Tommy. Elle était pile à côté de la maison.

Un grondement d'approbation célébrant la bravoure du lieutenant parcourut le groupe. Puis le capitaine reprit son bilan de santé.

— Il a aussi une légère commotion cérébrale, une épaule déboîtée, une côte fêlée, et tout son flanc droit n'est plus qu'un énorme hématome.

Après une ou deux semaines de convalescence, il sera comme neuf ! L'un dans l'autre, on peut dire qu'il a eu de la chance.

Oui, il avait eu de la chance. Ils avaient tous eu de la chance.

— Comment va Julian ? demanda Ève.

— Il est en pleine forme, et le médecin l'a autorisé à sortir dès que sa petite amie viendra le chercher. En l'attendant, il flirte avec les infirmières, répliqua Sean avec un sourire qui adoucit incroyablement les traits de son visage. Je crois que l'une d'elles lui a déjà donné son numéro de téléphone...

Ses coéquipiers accueillirent cette annonce d'un sourire en coin.

Kat regarda autour d'elle. Elle avait été tellement impatiente d'avoir des nouvelles de Howard qu'elle n'avait pas remarqué les différents groupes d'hommes qui peuplaient la salle d'attente. L'un d'eux était visiblement composé de policiers, l'autre de pompiers en uniforme impeccable. L'équipe B, devina-t-elle. Ils étaient venus prendre des nouvelles de leurs collègues et remplaceraient l'équipe A en cas d'appel. La nuit de Halloween n'était pas encore terminée. Soudain inquiète, elle posa la main sur le bras de Sean.

— Je peux le voir ?

— Bientôt. Georgie et Bentley se relayent à son chevet en attendant qu'il se réveille, répondit-il en couvrant sa main de la sienne, ses impressionnants yeux verts l'enveloppant d'un regard compréhensif et chaleureux. Ne vous éloignez pas trop, je suis certain qu'il vous réclamera dès qu'il en sera capable.

— Kat ? Dieu merci, vous êtes là !

Georgie venait justement d'apparaître sur le seuil de la salle d'attente. Elle se précipita pour la serrer dans ses bras.

— Comment allez-vous, mon petit ? Personne ne m'a prévenue de votre arrivée !

Pour une femme de sa corpulence, Georgie avait une étreinte d'acier et un moral assorti. Son fils venait de frôler la mort, et elle s'enquérait de la santé de Kat !

— Je vais bien. Et vous, ça va ? Et Bentley ?

— Ça pourrait être pire, répliqua-t-elle avec un petit sourire. Notre fils est en vie, et pour l'instant, nous ne pouvons rien demander de plus. Quoique la tête de ce désaxé plantée au bout d'une pique me ferait sans doute autant de bien que de savoir mon fils tiré d'affaire !

Kat dut réprimer un sourire. La situation n'avait rien de comique, mais Georgie dégageait une énergie phénoménale.

— Howard a besoin de vous, reprit la pétulante petite bonne femme. Voilà bien dix minutes qu'il ne cesse de répéter votre nom, mais ni mon mari ni moi n'arrivons à le réveiller. Ils l'ont mis dans une chambre privée. Ça ne vous ennuie pas trop qu'on fasse une petite pause, pendant que vous passez un moment avec lui ?

Kat pressa ses mains entre les siennes.

— Merci, Georgie. J'ai hâte de m'assurer qu'il va bien.

— Il ira mieux dès qu'il vous verra, lui assura-t-elle, le regard brillant.

Kat suivit les indications que Georgie lui avait données pour trouver la chambre de Howard. Parvenue devant la porte, elle frappa discrètement.

— Entrez.

Bentley se leva pour l'accueillir.

— Merci de prendre le relais, dit-il après l'avoir serrée dans ses bras. On voulait être là à son réveil, mais on a besoin de faire une pause et j'ai dans l'idée que ce n'est pas notre bouille qu'il aura envie de voir, déclara-t-il en lui jetant un regard perçant entre ses longs cils. Je vous laisse. On revient bientôt.

— Prenez votre temps.

Le moment de vérité. La poitrine nouée d'anxiété, elle tourna lentement les yeux vers le colosse qui gisait sur le lit. Même allongé sur le dos et inconscient, il remplissait tout l'espace de sa présence. Ses épaules occupaient presque toute la largeur du matelas, et on lui avait replié les jambes de façon que ses pieds ne pendent pas hors du lit.

Elle s'approcha et l'observa, incapable de contenir ses larmes plus longtemps. Un masque à oxygène transparent recouvrait son nez et sa bouche. Il avait le bras droit en écharpe, son estafilade recouverte de gaze, et la peau qui était visible était violacée. Kat imaginait dans quel état devait se trouver le reste de son flanc droit.

Elle s'assit sur la chaise que venait de libérer Bentley, posa la main sur son oreiller et caressa ses cheveux du bout des doigts.

— Pourquoi ce monstre te persécute-t-il, mon amour ?

Ses doigts fourrageaient tendrement sa chevelure. Elle avait besoin de le toucher, et c'était la seule partie de lui qu'elle pouvait caresser sans craindre de lui faire mal. Sa respiration sifflante produisait un bruit effrayant.

Howard tourna la tête vers elle comme s'il cherchait le contact de sa main. Ses yeux remuèrent sous ses paupières.

— Howard ? Tu m'entends, mon cœur ? Ouvre les yeux pour moi.

Ses longs cils palpitèrent un instant avant de se relever, puis il cligna des yeux, le regard brumeux, ne paraissant pas la reconnaître. Pas tout de suite.

— Coucou, sourit-elle en essuyant ses larmes, avant de prendre délicatement sa main dans la sienne sans déplacer sa perfusion. Tu es à l'hôpital. Tu te souviens de ce qui s'est passé ?

Il cligna à nouveau des yeux, s'efforçant visiblement d'intégrer ce qu'elle venait de dire. Son regard aveugle céda la place à la confusion, et il fronça les sourcils. Sa voix râpeuse émergea comme un murmure tout juste audible.

— Kat ?

Sa voix était effrayante, comme si on lui avait passé la gorge au papier de verre.

— Chuuut, n'essaye pas de parler. Contente-toi de hocher la tête ou de me serrer la main. Tu te souviens de l'incendie ? De l'explosion ?

Il garda les sourcils froncés pendant cinq bonnes secondes, le regard posé sur leurs mains jointes, tâchant de donner un sens à l'incompréhensible. Il leva alors les yeux vers elle, son visage reflétant l'horreur la plus pure.

— Les… autres…

— Ton équipe va bien, assura-t-elle. Julian a eu une commotion cérébrale, mais les médecins l'ont déjà autorisé à sortir.

Kat repensa à la superbe jeune femme brune qui était arrivée pendant que Georgie lui expliquait où se trouvait la chambre de Howard, et qui avait demandé après Julian Salvatore. Elle aimait bien Julian, mais elle espérait que Grace ne s'était pas engagée trop sérieusement avec ce coureur de jupons invétéré.

Howard ferma les paupières et laissa échapper un soupir hoquetant. Il les rouvrit aussitôt, son visage reflétant un désespoir intense.

— Elle est… morte.

— La victime ? Je sais, oui, répondit-elle d'une voix calme. Ève m'a dit que ce détraqué t'avait appelé sur ton portable. Je suis désolée. Tu n'aurais pas pu la sauver, il l'a fait exprès.

Sa pomme d'Adam fit un aller-retour dans sa gorge.

— Ma faute, siffla-t-il.

— Non, pas du tout. Tu ne pouvais pas savoir quelle femme il choisirait d'éliminer au hasard. C'est un...

— Pas au hasard... *Janine.*

Kat le dévisagea, stupéfaite de l'entendre prononcer le nom de cette femme dans un moment pareil, et comprit ce qu'il venait de dire à son expression ravagée d'angoisse et de culpabilité.

— Tu penses que ce monstre l'a...

— Il a assassiné Janine, dit-il avant de détourner le regard. Elle est morte... par ma faute.

18

— Tu ne peux pas t'accuser de sa mort, persista Kat. Il aurait pu s'en prendre à n'importe qui.

Howard écarta son masque à oxygène et le laissa pendre autour de son cou.

— Il aurait pu s'en prendre à… *toi*.

Il aurait pu s'en prendre à la femme que j'aime, songea-t-il.

Dieu nous vienne en aide à tous les deux, *j'aime* cette femme !

Kat posa tout doucement la main sur le côté gauche de son visage et caressa tendrement sa joue de son pouce.

— Calme-toi. N'essaye pas de parler. Je suis là et je vais très bien, lieutenant. Je n'irai nulle part tant que tu ne me le demanderas pas.

Howard aurait aimé pouvoir la croire. Mais quand on fait confiance à une femme, elle vous brise le cœur. S'il se laissait aller à trop l'aimer, elle finirait tôt ou tard par l'abandonner.

Il se dit que le plus tard serait le mieux, parce qu'il n'avait pas la trempe de faire ce qui était le mieux pour Kat et ne se sentait pas la force de la voir partir une deuxième fois. Sortir de sa vie, loin du danger qui rôdait autour de lui.

— Je ne voulais pas coucher… avec Janine, tint-il à clarifier. Je savais… que ce n'était… pas bien. Il faut que tu… me croies. Si tu ne me fais pas… confiance… on n'y arrivera… jamais.

L'ironie qu'il y avait à exiger d'elle ce qu'il avait du mal à lui offrir ne lui échappa pas.

L'expression blessée qu'il distingua dans le regard de Kat fut bientôt remplacée par une farouche détermination. Elle redressa les épaules et le regarda droit dans les yeux.

— Je t'ai vu tenter de la repousser avant de vous tomber dessus, mais même sans ça, je saurais que tu dis la vérité. Cela n'empêche pas que tu l'as laissée te suivre en voiture dans l'intention de coucher avec elle.

— Oui, souffla-t-il, mortifié de honte.

— J'ai exigé la vérité et me voilà servie, tu ne crois pas ?

Son petit sourire triste brisa son cœur en mille morceaux. Il tendit la main vers elle.

— Je suis désolé de t'avoir fait de la peine… Plus jamais… Je te promets.

— Les gens se font du mal, Howard, répondit-elle en entrelaçant ses doigts aux siens. S'imaginer qu'on peut vivre à deux dans la plus parfaite harmonie, sans jamais avoir besoin de remettre sa relation en question, n'est qu'une illusion. En ce qui me concerne, je sais que je t'aime assez pour courir ce risque.

— Je… Quoi ?

Kat observait sa réaction, dardant sur lui le regard paisible de ses beaux yeux verts entre ses cils dorés. Parfaitement apaisée, maintenant qu'elle avait prononcé cet aveu à voix haute. Howard avait cependant besoin de l'entendre le lui redire, afin d'être certain qu'il n'avait pas rêvé.

— Qu'est-ce que tu viens de dire ?

— Je t'aime, Howard Paxton, répéta-t-elle, ses lèvres pleines s'incurvant sur le plus merveilleux des sourires. Je le sais depuis le jour où je t'ai vu sauver cette petite fille dans la rivière. Maintenant que je t'ai dit ça, j'imagine que tu vas prendre tes jambes à ton cou et te sauver à l'autre bout de la terre, non ? C'est peut-être parce que tu es cloué dans un lit d'hôpital que j'ai trouvé le courage de te l'avouer, ajouta-t-elle sur le ton de la plaisanterie.

Howard se sentit pris de vertige. Ne venait-il pourtant pas de s'avouer à lui-même qu'il l'aimait ? Oui, mais entendre Kat lui dire ça, comme ça… le bouleversait de fond en comble.

— Kat, je… je…

Comment ces trois petits mots avaient-ils tout à la fois le pouvoir de le rendre heureux comme un pape et aussi terrifié qu'un moucheron quand son tour était venu de les prononcer ?

Mais il saurait lui prouver son amour autrement qu'avec des mots. Il savait comment, désormais. Il lui donnerait son cœur en lui accordant sa confiance.

— Tu n'es pas obligé de répondre. Si tu veux que je m'en aille… murmura-t-elle en détournant le regard.

— Non, coassa-t-il. J'étais trop malheureux sans toi. J'ai besoin de toi, Kat. J'ai toujours vécu seul, je n'ai jamais eu à composer avec personne, mais… grâce à toi, j'apprends. Petit à petit. Je veux vivre avec toi, Kat… Je t'en supplie, ne m'abandonne pas.

— Hmm… J'avoue que tu sais te montrer très persuasif, quand tu veux. D'accord, je reste, déclara-t-elle en se penchant vers lui pour déposer sur ses lèvres le plus doux et le plus léger des baisers.

Qu'il la mérite ou non, Kat acceptait de lui donner une seconde chance. Merci, mon Dieu.

— Je veux te parler de mes cauchemars. De mon passé, de tout ce que tu voudras…

Sa voix se brisa malgré lui parce qu'il avait déjà trop forcé. Kat lui caressa doucement les cheveux.

— Tu me raconteras tout ça quand on sera à la maison, dit-elle tendrement.

Il hocha la tête. À la maison. Avec Kat. Sentir ses doigts dans ses cheveux lui faisait un bien fou. Ses paupières devinrent lourdes. Il était si fatigué.

Non. Ses paupières se rouvrirent brusquement. Il ne sortirait pas de l'hôpital avant un jour ou deux. Qui protégerait Kat pendant ce temps-là ?

— Qu'est-ce qui t'arrive, mon cœur ? demanda-t-elle.

— Où... vas-tu... habiter ? articula-t-il péniblement.

— Ne t'inquiète pas. Tant que les infirmières ne me chasseront pas, je resterai ici. Ensuite, j'irai m'installer chez mes parents. Joan et Greg sont toujours chez eux en attendant que leur maison soit réparée, et ce ne sera pas la compagnie qui me manquera. Dors tranquillement, conclut-elle en lui remettant son masque à oxygène.

Il laissa échapper un profond soupir et cessa de lutter. Il avait retrouvé Kat, et le monde était presque parfait.

Une fois qu'il aurait envoyé au diable le détraqué qui lui pourrissait la vie, il le serait complètement.

Le samedi suivant, Howard se prélassait en compagnie de Kat sur sa terrasse. L'air était frais, pas assez pour les inciter à rentrer à l'intérieur, mais juste ce qu'il fallait pour leur rappeler que Thanksgiving approchait. Kat, qui était venue s'installer chez lui dès sa sortie de l'hôpital, prenait son rôle de garde-malade très au sérieux et était aux petits soins pour lui.

Howard, qui n'avait pas encore récupéré de ses blessures, s'était étendu sur la chaise longue et n'avait pas dit grand-chose depuis la fin du dîner. Il avait l'air fatigué et perdu dans ses pensées.

— Je suis désolée que Bentley t'ait mis en congé maladie pour une durée indéterminée, dit-elle.

Le chef était venu leur annoncer personnellement la déplaisante nouvelle le matin même.

— Il n'avait pas le choix, répliqua-t-il. Ma présence met toute l'équipe en danger.

Il avait énoncé cela comme une évidence, mais le ton sur lequel il l'avait dit révélait son irritation. Il retomba dans le silence.

Kat n'insista pas. Elle avait déjà commis cette erreur et n'avait pas envie de recommencer.

— J'aimerais te parler de ce dont je me souviens de mon passé, déclara-t-il subitement, à sa grande surprise. De mes cauchemars.

— Rien ne t'y oblige, s'entendit-elle lui répondre. C'était égoïste de ma part d'insister alors que tu n'étais pas prêt.

— Non, tu avais raison. J'ai besoin de parler à quelqu'un en qui j'ai entièrement confiance et cette personne, c'est toi, mon ange.

Il tendit la main vers elle. Kat lui offrit la sienne et la regarda disparaître dans celle de Howard.

Il s'était enfin décidé à parler.

— Si tu en es sûr…

— Oui, acquiesça-t-il en la dévisageant entre ses longs cils. Est-ce que tu as déjà vu un film qui s'appelle *Destination finale* ?

— Celui dans lequel un groupe d'adolescents échappe miraculeusement à la mort, qui s'acharne ensuite à les éliminer les uns après les autres ? Oui, c'est un gentil petit film d'horreur, mais le scénario est tiré par les cheveux.

— Tu trouves ? demanda-t-il avant de laisser errer un instant son regard dans le vide. Imagine que, comme dans ce film, le sort de chacun de nous soit scellé, qu'on ait un destin auquel on ne puisse échapper.

— Je ne crois pas à ce genre de superstitions, et toi non plus, Howard, répliqua-t-elle en fronçant les sourcils, fâchée du tour que prenait la conversation.

— Moi, je ne trouve pas ça aussi stupide que ça m'aurait semblé il y a quelques mois, répondit-il en haussant les épaules. De toute façon, je me référais à cette théorie comme à une métaphore.

Une métaphore plutôt dérangeante, mais Kat préféra s'abstenir de donner son opinion. Tandis qu'il mettait de l'ordre dans ses pensées, on n'entendit plus que le bruit des feuilles mortes s'agitant dans les branches au gré du vent avant de tomber en virevoltant, ponctué par le chant intermittent d'un oiseau.

— Quand Bentley a décidé que j'étais assez grand pour entendre les réponses aux questions que je me posais, il m'a dit que je représentais un des cas de maltraitance d'enfants les plus épouvantables de toute l'histoire du Tennessee, déclara-t-il subitement.

— Étant donné ce que tu m'as raconté sur la façon dont ton père t'a battu avant de t'abandonner dans la forêt en te laissant pour mort, ça ne me surprend pas.

— Je n'ai que peu de souvenirs des colères de mon père, poursuivit-il. La plupart ont quelque chose d'onirique, comme si c'était arrivé à quelqu'un d'autre que moi. Il est possible aussi que j'aie brodé à partir de la terreur dans laquelle il nous faisait vivre, ma mère et moi, que j'aie inventé un scénario pour combler les vides.

— Tu étais très jeune et ça me semble tout à fait plausible. De quoi te souviens-tu de façon absolument certaine ?

— Je me souviens des cris de ma mère pendant que mon père tient ma tête en arrière pour me forcer à avaler un détergent qui se trouvait dans le placard sous l'évier. Je me souviens que ce truc me brûlait la gorge, que j'ai vomi pendant des heures et qu'il m'a frappé parce que j'en foutais partout. Une autre fois, il m'a enchaîné tout nu à côté de la niche du chien en disant que le chien était plus intelligent que moi. Il m'a laissé là toute la nuit et j'ai attrapé une pneumonie.

Kat le contempla sans un mot, incapable de comprendre une telle cruauté sadique, stupéfaite que le petit garçon qu'il avait été ait survécu à un traitement aussi épouvantable.

— Il ne m'appelait jamais par mon nom, seulement « le rat ». Il rigolait quand il me surprenait en train de fouiller dans les placards ou dans le frigo pour dénicher des miettes. « Comme le sale petit rat que tu es », il disait. Un de ses jeux favoris consistait à me priver de nourriture pendant des jours et des jours, jusqu'à ce que je n'en puisse plus.

— Où était ta mère pendant ce temps-là ? s'enquit-elle.

Comment une mère avait-elle pu supporter qu'on inflige un tel traitement à son enfant ? Kat savait bien qu'elle avait eu la chance de grandir entourée d'amour, mais quand même…

— Elle projetait sa fuite, j'imagine, répondit-il d'un ton amer. Oh, il lui est arrivé de s'interposer, mais il la battait jusqu'à ce qu'elle perde connaissance. Après, il se déchaînait et inventait de nouveaux moyens de me torturer – ou de la torturer, elle. Il était passé maître dans l'art d'infliger des souffrances. Satan personnifié. Et il me haïssait avec une passion que je ne me suis jamais expliquée.

Kat ne se l'expliquait pas non plus. Quel père ne serait pas fier d'avoir un beau garçon ? De le regarder grandir et devenir un homme ? Heureusement, Bentley et Georgie étaient apparus pour réparer un départ dans la vie aussi désastreux. Ses yeux se posèrent sur la fine cicatrice qui courait le long de sa joue.

— Ce n'est pas une petite mamie de quatre-vingt-treize ans qui t'a laissé cette marque, n'est-ce pas ?

— Non, c'est le souvenir du dernier coup de botte que m'a flanqué mon père, soupira-t-il avant de sourire à demi. N'empêche qu'on a vraiment sauvé le chat de la mamie, ajouta-t-il fièrement.

— Depuis combien de temps fais-tu des cauchemars ? demanda-t-elle, refusant de se laisser distraire.

— Plusieurs mois. Je ne voulais pas l'admettre, mais… je crois que ce sont des souvenirs refoulés, Kat, dit-il avec calme.

— Du jour où ton père a failli te tuer ?

— Oui. Au début, c'était plus facile de faire comme s'ils n'avaient aucune signification, rien que des mauvais rêves. Je n'ai jamais eu de souvenirs conscients de cette nuit-là. Je ne voulais pas m'en souvenir, et je ne le souhaite toujours pas. Si je lève le voile, j'ai peur de découvrir quelque chose d'effroyable en dessous.

— S'il s'agit de vrais souvenirs, je crois que tu ferais mieux de t'attendre au pire, effectivement. Ils finiront par refaire surface un jour ou l'autre. C'est toujours le même cauchemar ?

— Pratiquement, oui. En fait, il y a deux scènes distinctes. Il y avait beaucoup de trous, au début, mais ils ont fini par se combler petit à petit. Je ne sais pas si tu te souviens que je t'avais parlé du potager de ma mère ? Je la suivais le long des rangées de légumes en la suppliant de me laisser semer des graines. Et elle me laissait faire. Ce sont mes meilleurs souvenirs.

— Je suis contente que tu en aies, dit-elle en lui pressant la main.

— Moi aussi, soupira-t-il en lâchant sa main pour s'asseoir au bord de la chaise longue, de façon à lui faire face. Au début du cauchemar, je suis dans le potager. J'aimais m'y réfugier. Je faisais comme si c'était une forêt magique, éclairée par le clair de lune où le méchant troll ne pouvait pas m'atteindre. Après, j'entends une dispute. Un bruit sourd. Et puis je vois… quelque chose. Je ne sais pas ce que c'est, mais ça me terrifie et je me sauve.

— C'est peut-être ce que tu as vu, le souvenir enfoui qui essaye de refaire surface. Quelque chose que tu n'as pas supporté de voir.

— Je préférerais franchement qu'il reste où il est, répliqua-t-il en coinçant ses mains jointes entre ses genoux. Après ça, je cours aussi vite que je peux et mon père me poursuit en écrasant des branches sous ses bottes. Je dois m'enfuir, sinon il me tuera. Je le sais de la même façon que je sais qu'il est derrière moi, alors que je ne vois jamais son visage dans le rêve.

— Et il t'attrape ?

— Il m'attrape, il me donne des coups de poing et des coups de pied. Il me soulève par mon haut de pyjama et il ricane qu'il est enfin débarrassé de moi. « Meurs, sale bâtard galeux. » Je le cite mot pour mot.

Kat sentit des larmes lui picoter les yeux.

— Je ne sais pas quoi te dire…

Elle se leva, s'assit à côté de lui, passa les bras autour de sa taille et laissa aller sa tête contre son épaule. Il l'attira contre lui et ils restèrent ainsi un long moment. Kat essayait de comprendre ce que cela pouvait faire de traîner un tel fardeau pendant plus de trente ans. Les efforts qu'avait dû fournir son esprit pour garder tous ces secrets enfouis.

Howard tremblait dans ses bras. Il avait tellement besoin d'elle qu'il ne la repoussait plus et qu'il venait de mettre son esprit à nu devant elle.

— Je ne peux parler de ça à personne, tu comprends ? reprit-il. En dehors des visites que mes parents recevaient régulièrement du shérif local, je crois bien qu'ils ne voyaient personne. Ma mère a disparu et mon père est mort. Je ne peux plus parler d'eux avec quiconque.

— Sauf avec Bentley.

Il s'écarta et la dévisagea d'un air surpris.

— Pourquoi dis-tu cela ?

— Parce que le jour de l'anniversaire de Bentley, Georgie a dit qu'il était pompier à Sugarland depuis quarante ans.

— Oui, répondit-il lentement. Et alors ?

— Donc il était ici avant ta naissance, avant de rencontrer et d'épouser Georgie. Quelques années plus tard, ils t'ont adopté et en définitive, c'est le seul lien que tu aies avec ton passé. Est-ce qu'il t'a déjà raconté précisément dans quelles circonstances s'est déroulée ton adoption ?

— Non, répliqua Howard en fronçant les sourcils tandis qu'il réfléchissait à la question. Pas vraiment. Ils m'ont dit qu'ils n'avaient pas d'enfants et qu'après avoir entendu parler de moi, ils avaient entamé les démarches légales pour me ramener chez eux.

— Pourquoi toi plutôt qu'un autre ? Je sais que tu étais un petit garçon adorable, dit-elle tendrement, mais la plupart des couples préfèrent adopter un bébé plutôt qu'un garçon qui a subi un lourd traumatisme. Statistiquement, ton placement aurait dû nécessiter plusieurs mois, voire plusieurs années. C'était d'autant plus vrai il y a trente ans. Les gens n'acceptaient pas aussi facilement qu'aujourd'hui les enfants « différents ».

Howard la dévisagea.

— Tu penses que Bentley connaissait mes parents ? Non, conclut-il en secouant la tête. Il m'en aurait parlé.

— Peut-être avait-il simplement entendu parler d'eux ? Sugarland et les communes avoisinantes étaient moins peuplées il y a quarante ans. Les gens étaient au courant de ce qui se passait alentour, même s'ils ne se connaissaient pas personnellement. Si tes parents recevaient régulièrement la visite du shérif, on devait parler d'eux dans la région.

— Peut-être, mais je ne vois pas pourquoi Bentley ne me l'aurait pas dit. Quelle différence cela faisait-il qu'il ait entendu parler de mes parents avant d'entendre parler de moi ?

Kat n'en savait rien, mais il y avait un moyen d'en avoir le cœur net. Une méthode que Howard n'allait certainement pas apprécier.

— La maison dans laquelle tu as grandi… elle existe encore ?

— Je… ne sais pas, répondit-il, un voile sombre recouvrant son regard. C'était un taudis. Guère plus qu'une cabane, en fait. Je n'y suis jamais retourné. Pourquoi ?

— Mon cœur, il y a peut-être un moyen de faire disparaître tes cauchemars, dit-elle en posant la main sur sa joue, avant de se jeter à l'eau. Je crois qu'il faut que tu retournes là où tout a commencé.

19

— Je n'arrive pas à croire que tu aies réussi à me convaincre. On ne peut pas reporter à la semaine prochaine ? demanda Howard d'une voix d'enfant capricieux.

Assise au bord du lit et penchée en avant, Kat, qui avait enfilé le jean de leur premier rendez-vous, celui qui moulait ses fesses comme une seconde peau, laçait ses grosses chaussures de randonnée. Son T-shirt à col en V offrait une vue plongeante sur sa somptueuse poitrine qui oscillait au gré de ses mouvements.

— Si on remet à la semaine prochaine, tu trouveras dix bons motifs de ne pas y aller d'ici là, rétorqua-t-elle en se redressant, coupant court au délicieux spectacle. Tu n'as rien à craindre. Bentley a dit que c'était une vieille bicoque qui tombait en ruine. L'endroit ne ressemblera même pas au souvenir que tu en as.

Inutile de se mentir, il crevait de trouille. Il n'avait jamais eu la moindre envie d'y retourner, et chaque fois qu'il s'était rendu à Clarksville, il avait scrupuleusement évité la route sombre et bordée d'arbres qui menait à la maison de son enfance. Il se dépêchait de passer devant avec un frisson d'effroi, comme si un sort épouvantable l'attendait s'il l'empruntait. Au bout de cette route, il disparaîtrait à la façon d'un héros de roman de Stephen King. Les bras de la mort se refermeraient sur lui et on n'entendrait plus jamais parler de lui. Un destin peut-être même pire que la mort l'y attendait et le tourmenterait éternellement.

Kat enfila sa veste.

— On va prendre ta voiture. Tu ne serais pas à l'aise dans ma boîte à sardines.

Elle tourna les yeux vers lui et quand elle découvrit son expression misérable, elle passa les bras autour de son cou et se mordilla les lèvres.

— On dirait que tu vas faire un malaise. Écoute, si tu ne le sens pas, rien ne t'oblige à le faire, tu sais.

Génial. S'il reculait maintenant, elle allait le prendre pour un dégonflé.

— Non, ça ira. J'ai déjà fait pire dans ma vie que de patauger dans les ronces pour contempler un tas de planches pourries.

Il voulut sourire, mais sa bouche ne lui obéit que d'un côté et le résultat fut pitoyable.

— On y va seulement si tu es sûr de vouloir le faire.

— J'en suis sûr. En route.

Elle déposa un léger baiser sur ses lèvres, et ils se dirigèrent vers le garage. Howard se hissa sur le siège du passager avec un gémissement de douleur, puis regarda Kat du coin de l'œil et songea que c'était la première fois qu'une femme allait conduire sa voiture. Elle ressemblait à une Lilliputienne dans cet immense véhicule, et il fut presque surpris qu'elle arrive à voir au-dessus du volant. Elle était tellement mignonne, avec sa queue-de-cheval qui tressautait tandis qu'elle s'escrimait à dompter ce tank, qu'il se sentit soudain très fier d'être parvenu à conquérir ce petit bout de femme.

Il ne lui aurait pas déplu de la faire s'allonger sur la banquette arrière pour lui faire apprécier le confort de son véhicule ultramoderne…

Mais ces perspectives de rendez-vous secret en pleine nature s'estompèrent alors qu'ils s'approchaient de leur destination. Ses mains se mirent à trembler, son ventre se noua. Il avait beau faire encore très doux, il avait aussi froid qu'en plein hiver.

Suivant ses instructions, Kat s'engagea sur une route secondaire bordée d'arbres. Au cours des cinq derniers kilomètres, il eut de plus en plus de mal à respirer. Il suffoquait, comme après l'explosion dont il avait été victime.

— C'est très isolé, observa Kat. On n'a croisé que deux vieilles fermes. Ça ne doit pas être très rassurant, à la nuit tombée.

— La nuit était le moment où je me sentais le plus en sécurité, en fait. C'était le moment où mon père était fin saoul et où je me sentais libre de vagabonder sans craindre sa colère.

Elle lui coula un regard en coin.

— Dans ta forêt magique, dit-elle d'un ton complice.

— Ouais.

Pour ce qu'elle l'avait protégé.

Il tendit le doigt vers un chemin envahi de ronces qui se profilait devant eux.

— C'est là.

Kat s'engagea sur le chemin conduisant à la propriété abandonnée. Qui n'avait plus de chemin que le nom. Des branches d'arbres craquèrent sous les roues, et toutes sortes d'herbes folles raclèrent le plancher du véhicule.

— Ça doit être le paradis des aoûtats, par ici.

— Fin novembre ? Ça m'étonnerait. Mais les tiques risquent de pulluler, si tu as envie de faire connaissance avec le monde sauvage, la taquina-t-il pour dissiper son malaise.

— Mon âme chasseresse préfère un gibier plus conséquent, rétorqua-t-elle en lui glissant un sourire en coin.

— J'entends déjà sonner l'hallali, comme dit le poète, trouva-t-il miraculeusement l'énergie de répliquer.

Kat éclata de rire, et il se laissa imprégner de la délicieuse sensation que ce son déclenchait en lui… jusqu'à ce qu'il s'aperçoive que ses mains tremblaient toujours autant.

— Le moins qu'on puisse dire, c'est qu'il n'y a pas grand-chose à voir, déclara Kat en haussant un sourcil lorsqu'elle découvrit le tas de planches affaissées que Howard assimilait à l'enfer.

La maison se tenait comme accroupie au milieu des broussailles, des ronces jaillissant en vrilles folles des fenêtres et de la porte, évoquant irrésistiblement la méchante sorcière d'un conte de fées.

— Charmant, n'est-ce pas ? dit-il en retroussant les lèvres de dégoût.

— J'ai l'impression qu'on ne mettra pas un pied à l'intérieur.

— C'est la meilleure nouvelle que j'aie entendue de la journée.

À dire vrai, personne n'aurait réussi à lui faire mettre un pied là-dedans, même en lui braquant un revolver sur la tempe.

Ils avancèrent ensemble vers le porche écroulé, leurs grosses chaussures écrasant la végétation desséchée. Howard s'arrêta à quelques mètres de la structure, assailli par un flot de souvenirs effroyables. Cerné par les fantômes, prisonnier d'un film d'horreur qui ne s'achèverait jamais.

— Tu te souviens de quelque chose ? demanda Kat en le prenant par la taille pour l'attirer contre lui.

Il passa un bras sur ses épaules et hocha la tête en direction du porche.

— Notre chien se cachait là-dessous quand le père commençait à crier. Il s'y faufilait comme une anguille et se terrait dans le recoin le plus sombre en attendant la fin de la tempête. Il était malin, Chex. Plus malin que moi.

— Chex ?

— C'était le nom de ses croquettes. Ma mère et moi, on lui en refilait en douce.

Un de ses rares bons souvenirs. Qui incluaient toujours sa mère.

Pourquoi m'as-tu abandonné ?

— Pourquoi dis-tu qu'il était plus malin que toi ?

— Parce qu'il savait comment faire pour survivre en terrain dangereux et échapper au radar. Si je n'avais pas été là, il aurait pu ruser avec mon père pendant des années.

Trente ans après, cela lui brisait toujours le cœur.

— Qu'est-ce qui s'est passé ? s'enquit-elle doucement.

— Au cours d'une des crises de colère de mon père, je me suis dit que la cachette de Chex pouvait m'être utile, à moi aussi. Mais il m'a surpris, et j'ai cru qu'il allait me frapper avec sa ceinture...

Un son rauque et amer s'échappa de sa gorge.

— Au lieu de ça, il a tordu le cou du chien sous nos yeux, sans se soucier des hurlements qu'on poussait, ma mère et moi. Rien de ce qu'il a pu me faire, même cette dernière nuit, ne m'a jamais fait aussi mal.

Ce n'est pas vrai, murmura une petite voix dans sa tête. *Il t'a fait encore plus mal dans le potager. Il t'a détruit.*

Il écarta son bras des épaules de Kat et se pressa les tempes. D'où venait cette voix ?

— C'est abominable, frémit Kat. Je ne sais pas ce qui m'a pris de t'inciter à venir ici. Tu n'as pas l'air bien. Je crois qu'on ferait mieux de partir.

— Tu ne m'as pas forcé, Kat. Je crois que j'aurais dû le faire depuis longtemps. Si je l'avais fait, je n'aurais peut-être jamais eu de cauchemars.

— Peut-être. Finissons-en en vitesse, alors.

— Finir quoi ? demanda-t-il.

— La visite. Allons voir derrière.

Le dernier endroit sur terre où il avait envie de mettre les pieds.

Lorsqu'ils franchirent le coin de la maison, le poids qui pesait sur sa poitrine devint insoutenable et son cœur se mit à battre à toute allure.

— Où se trouvait le potager de ta mère ?

Howard désigna le terrain qui s'étendait devant eux depuis la porte de la maison qui ne tenait plus que sur un seul gond.

— Par là, je crois.

Sa voix résonna étrangement à ses oreilles, comme si elle était subitement devenue pâteuse. L'endroit ne différait en rien du terrain qui se trouvait devant la maison. Le potager que sa mère cultivait amoureusement avait disparu sous des décennies de végétation sauvage. L'endroit n'évoquait rien de familier, mais il se sentit malgré tout attiré par lui. Tel le papillon de nuit fasciné par la flamme, ses jambes l'entraînèrent malgré lui.

Il s'arrêta au centre de l'ancien potager et frotta son torse douloureux. Il avait vaguement conscience de la présence de Kat derrière lui, attendant patiemment, lui accordant un moment de recueillement.

C'est à cet endroit précis que la vie telle que je la connaissais jusqu'alors a pris fin.

Le vide qu'avait laissé le départ de sa mère au cours de cette longue nuit de terreur et de confusion, dévorait son âme.

— Pourquoi ?

— Pourquoi quoi, mon cœur ?

Il secoua machinalement la tête. Les réponses à toutes ses questions étaient là. Trop hideuses pour qu'il ait le courage de les contempler. Il fallait qu'il coure aussi vite qu'il avait couru des années auparavant. Qu'il coure comme si le diable en personne était à ses trousses. Qu'il s'enfuie.

Fuis.

Des voix. Des voix en colère. Des cris trouant la paix de la forêt magique.

Cet épouvantable coup sourd. Cet affreux gros mot.

Il s'était approché pour voir alors qu'il n'aurait pas dû. Caché par les plants de tomates, par les longs tuteurs chargés de fruits mûrs, il avait risqué un œil. Et il avait vu… il avait vu…

— Nooon !

Serrant sa tête entre ses mains, Howard tomba à genoux sans se soucier de la douleur au bras droit qui l'élançait. Il avait le crâne fendu en deux et son agonie était insupportable. Le souvenir se frayait un chemin avec ses griffes à travers son cerveau, tel un impitoyable démon s'efforçant de se libérer de sa cage.

Il avait fui vers la forêt. Pourquoi avait-il fui ? Pourquoi ?

Qu'avait-il vu ?

Il avait gardé le silence, et son univers s'était réduit à cette fuite éperdue pour sa propre survie. Son esprit était subitement devenu aussi vierge qu'une feuille de papier, et il n'avait plus pensé qu'à actionner ses jambes aussi vite qu'il pouvait pour atteindre ce but. *Survivre.*

— *Je vais t'attraper, sale petit bâtard !*

— *Non, non ! Maman !*

Son père le rattrapait. Le frappait de ses poings et de ses pieds. Rouait de coups sa frêle carcasse jusqu'à ce qu'il s'immobilise.

— *Tu vas mourir.*

— Howard ! Oh, mon Dieu ! Howard, mon amour !

On le secouait. On saisissait son visage.

— Howard, respire, je t'en supplie ! Mon amour, où es-tu ?

Il ne respirait plus. Émergeant de l'abîme, il se força à avaler une goulée d'air.

— Kat ?

— Dieu soit loué ! Je suis là, n'aie pas peur.

Elle l'encercla de ses bras et l'attira vers elle. Agenouillée, elle le serra de toutes ses forces pour le bercer et l'embrasser tour à tour, le sel de ses larmes picotant ses lèvres.

— Pardon, pardon, pardon…

Ils restèrent ainsi dix minutes, ou bien une heure. Howard n'aurait su le dire. Il avait seulement conscience des courbes de son corps pressées contre lui, de sa chaleur et du doux murmure de ses paroles tandis qu'elle l'extirpait de son cauchemar. Et que le démon retournait dans sa cage.

— Tu t'es souvenu de tout ? demanda Kat en se penchant vers lui, scrutant son regard de ses beaux yeux verts.

— Non, coassa-t-il. Je ne peux pas, Kat. Ramène-moi à la maison, je t'en supplie.

Il la laissa l'aider à se relever et ils retournèrent à la voiture sans dire un mot, sans même échanger un regard.

Une fois que le chemin embroussaillé eut disparu derrière eux, Howard sut de façon certaine qu'il ne remettrait plus jamais les pieds sur ce lopin de terre. Déterrer le passé n'exerçait plus aucun attrait sur lui.

Il ne s'intéresserait qu'à son avenir, qui était justement assis à côté de lui et qui avait l'apparence d'un ange.

Depuis la table de la salle à manger, Kat regarda Howard à la dérobée tandis qu'elle faisait mine de corriger les cahiers de classe de ses élèves. Vêtu d'une de ses tenues décontractées préférées – jogging bleu marine et T-shirt blanc –, à demi allongé sur son fauteuil de relaxation, il zappait les programmes de télé. Normalement, le plus tranquillement du monde.

Mais l'expression mélancolique de ses beaux yeux bruns, qu'il savait habilement dissimuler derrière son sourire charmeur chaque fois qu'il posait les yeux sur elle, ne lui échappa pas. La souffrance qu'il endurait était bien plus émotionnelle que physique, même s'il gémissait encore chaque fois qu'il se levait.

Ses hématomes, son épaule et ses côtes cicatrisaient bien, et trois jours après leur expédition à Clarksville, il allait beaucoup mieux. Malgré ses récriminations, il avait laissé tomber son traitement antidouleur. C'étaient ses bleus à l'âme qui le faisaient souffrir, mais Howard ne voulait pas entendre parler de psy, quel qu'il fût.

Kat écarta la pile de cahiers et posa son stylo rouge.

— Mon cœur ?

— Hmm ?

Cela faisait un moment que son pouce s'activait sur les touches de la télécommande, et Kat sentait poindre un début de migraine.

— Qu'est-ce que tu veux pour dîner ? Je peux faire des spaghettis, sinon il y a des côtes de porc au congélateur.

Il posa la télécommande à côté de lui, s'étira et se tourna vers elle.

— Non, je ne te laisserai pas faire la cuisine alors que tu dois travailler demain, dit-il en se levant péniblement de son fauteuil.

— Je reconnais que ta cuisine me manque, mais je ne crois pas que tu sois suffisamment rétabli pour te mettre aux fourneaux, mon grand.

Howard ne se contentait pas de faire à manger, c'était un créateur d'art culinaire. Rien à voir avec des côtes de porc ou des spaghettis.

— Tu sais quoi ? Je vais faire un saut au Beer Bellies pour aller chercher des hamburgers pendant que tu finis tes corrections.

— C'est gentil, répondit-elle en fronçant les sourcils. Mais il vaudrait peut-être mieux que je t'accompagne. Tu n'as pas repris le volant depuis que tu es sorti de l'hôpital.

— C'est bien pour ça que j'ai l'impression de devenir fou, mon ange. Je crois que j'ai besoin de me détendre un peu les jambes, ajouta-t-il en s'approchant d'elle pour lui caresser la joue. D'ici mon retour, tu auras peut-être terminé et on pourra commencer par le dessert, conclut-il sur un baiser.

— Tu n'es qu'un obsédé, répliqua-t-elle, s'efforçant vainement de garder son sérieux face à son sourire fat.

— Tu ne serais pas avec moi si je ne l'étais pas.

— D'accord, mais fais vite, alors, concéda-t-elle.

— J'en ai pour vingt minutes, une demi-heure maximum. Je brancherai l'alarme en sortant. N'ouvre à personne, précisa-t-il en fronçant les sourcils. Tu m'as bien compris : personne.

— Je n'ai plus dix ans, Howard.

— Je sais, mais... Peut-être que tu as raison, finalement. Tu ferais mieux de m'accompagner.

— Va-t'en ! gronda-t-elle. J'ai du travail. Si j'ai besoin de toi, je t'appellerai sur ton portable.

Il hésita, puis finit par céder.

— D'accord. Mais promets-moi d'appeler si tu entends ne serait-ce qu'une mouche péter.

— Tu sais parler aux femmes, toi, rétorqua-t-elle avec un grand sourire. C'est sûrement pour ça que je t'aime...

Howard pencha la tête sur le côté et la dévisagea intensément.

— Kat…

— Oui, répondit-elle, retenant son souffle.

Il se secoua comme s'il sortait d'une sorte de transe, et prit son portefeuille et ses clefs.

— À tout de suite, lança-t-il par-dessus son épaule.

Tandis qu'il se dirigeait vers la porte du garage, Kat expulsa l'air qu'elle avait retenu. Une déclaration d'amour avait flotté sur ces belles lèvres sensuelles, l'espace d'un instant. Elle le savait, et elle avait la nette impression que Howard le savait aussi. Même s'il ne l'avait pas formulée, il venait d'accomplir un pas de géant.

Comment s'y prendrait-il, le jour où il se déciderait enfin à faire sa déclaration ? En lui offrant des fleurs au cours d'un dîner aux chandelles ? Après lui avoir fait l'amour ? Pendant ? Kat frissonna à l'idée du bonheur qu'elle ressentirait. Fantasmer sur cet instant magique était bien plus intéressant que corriger les exercices de ses élèves. Lorsque la sonnerie du téléphone retentit, il y avait bien vingt minutes qu'elle rêvassait comme une toute jeune fille.

Le numéro d'appelant était celui du portable de Howard. Elle décrocha.

— Salut, beau gosse. Quoi de neuf ?

— J'ai les hamburgers, mais je rentrerai un peu plus tard que prévu, annonça-t-il.

— Pourquoi ?

— Ford m'a appelé. Il veut que je passe à son bureau pour jeter un coup d'œil à la bague, ainsi qu'à un nouvel indice que la police a trouvé dans les décombres de l'explosion.

— De quoi s'agit-il ?

— Il n'a pas voulu m'en parler au téléphone. Il a juste dit qu'il fallait que je voie ça de mes propres yeux. Désolé, mon ange. Je te promets d'être de retour avant que les hamburgers soient froids.

— Aucun problème, répliqua-t-elle, masquant son inquiétude du mieux qu'elle pouvait.

Après l'expédition en enfer de dimanche, Howard n'avait pas besoin d'augmenter son stress.

— Je t'attendrai, ajouta-t-elle. Toute nue.

— C'est de la triche de dire des trucs comme ça au téléphone, se plaignit-il sur le ton de la plaisanterie.

— Bye, Howie.

Elle raccrocha, le sourire aux lèvres. Elle venait de lui donner un bon prétexte d'écourter son entrevue avec Ford.

— Bye, Howie.

Kat raccrocha sans lui laisser le temps de répondre. Howard gloussa, referma son portable et le glissa dans la poche de son jogging. Son épaule protesta douloureusement.

Il se gara devant le petit bâtiment qui abritait le commissariat de police de Sugarland et descendit de voiture avec une grimace qui l'incita à se demander s'il avait bien fait de négliger ses calmants. D'un autre côté, s'il les avait pris, il n'aurait pas été en mesure de conduire.

À l'intérieur du bâtiment, la belle femme en uniforme de l'accueil lui indiqua où se trouvait le bureau de Ford sans chercher à dissimuler son intérêt pour sa personne. Howard la remercia poliment et s'éclipsa en vitesse, surpris de constater qu'il n'était absolument pas tenté. Il y avait un an de cela, il aurait engagé la conversation avec elle. Mais la pauvre femme ne faisait pas le poids face à Kat.

Elle l'avait décidément maté. Pour son plus grand bonheur.

— Entrez et refermez la porte derrière vous, lui lança Ford en réponse au léger coup qu'il frappa à la porte entrebâillée du bureau.

Debout derrière son bureau, le détective lui serra la main avec un sourire avant de se rasseoir dans son fauteuil.

— Content de vous voir, lieutenant, déclara-t-il d'un ton chaleureux. Vous m'avez l'air en bien meilleure forme que la dernière fois.

— Merci, répondit-il avant de pousser un léger grognement en s'asseyant à son tour. Je ne me sens pas encore d'attaque pour courir le marathon, mais j'arrive à tenir debout, c'est déjà ça. Que vouliez-vous me montrer ?

Ford attrapa deux petites enveloppes kraft qui se trouvaient devant lui.

— J'aimerais que vous jetiez un nouveau coup d'œil à cette bague. Étudiez-la attentivement, essayez de vous souvenir si vous ne l'avez pas vue quelque part. N'hésitez pas à la prendre dans votre main. On n'a pas pu relever une seule empreinte, et le peu de sang séché qui s'y trouvait a déjà été prélevé.

Howard prit la bague au creux de la paume du détective avec réticence.

— On vous a transmis les résultats du test ADN ?

Ford laissa échapper un rire bref.

— Le labo avec lequel nous travaillons est tellement surchargé de travail que j'aurai de la chance si je ne suis pas obligé de coucher avec le technicien pour obtenir les résultats avant ma retraite ! Pour l'instant, tout ce qu'on sait, c'est qu'il s'agit de sang du groupe A, ce qui signifie qu'il n'appartient à aucune des deux victimes.

Tout en l'écoutant d'une oreille distraite, Howard contemplait le solitaire. La volute gravée sur l'anneau de part et d'autre de la monture, qu'il n'avait pas remarquée la première fois. Un motif un peu vieillot, se dit-il. Mais ses connaissances en matière d'orfèvrerie auraient pu tenir dans une tête d'épingle.

— Vos impressions ? s'enquit Ford en croisant les bras.

— La bague n'est pas neuve et ce n'est pas un modèle d'alliance très luxueux. Loin de là. Soit celui qui l'a achetée ne roulait pas sur l'or, soit il tenait sa promise en piètre estime.

Alors que ces mots franchissaient ses lèvres, il sentit ses cheveux se dresser sur sa nuque. Une ombre désagréable rampa dans son esprit, des mains invisibles se refermèrent sur sa gorge.

Pourquoi avait-il subitement si froid ?

— Ça va, lieutenant ?

— Oui, un peu froid, c'est tout. J'ai oublié de prendre ma veste.

Howard inspecta rapidement l'intérieur de l'anneau, avant de rendre la bague au détective.

— Aucune inscription. Je suis désolé, mais ça ne me dit toujours rien. Je ne comprends pas pourquoi il l'a laissée à mon intention.

Ford remit l'alliance dans l'enveloppe et fit glisser le contenu de la seconde enveloppe dans sa main.

— Et ça ? demanda-t-il en tenant une chaînette en argent par son fermoir. Est-ce que ça vous dit quelque chose ?

Un fin crucifix d'argent noirci d'à peu près cinq centimètres pendait au bout de la chaîne. Howard sentit son estomac se contracter quand ses doigts se refermèrent sur la croix.

— Où l'avez-vous trouvé ?

— Passer les décombres de l'explosion au peigne fin nous a pris un certain temps. Mes hommes ont découvert ça hier dans ce qui restait de l'armoire de la victime.

— Et qu'est-ce que ça a d'exceptionnel ?

— La chaînette avait été scotchée au détonateur. L'assassin tenait à ce que nous découvrions son petit cadeau.

— Seigneur, souffla Howard en fermant les yeux.

— Pourquoi diable s'imaginait-il que ces objets signifieraient quoi que ce soit pour vous ?

Howard rouvrit les yeux et dévisagea Ford.

— Je ne sais pas. Ce crucifix appartenait peut-être à Janine, mais je ne l'ai jamais vu sur elle.

Quelque chose titillait pourtant sa mémoire, tel un ver creusant un tunnel dans la pourriture du passé.

Une alliance. Un crucifix en argent.

Une étincelle éclaira fugitivement ses souvenirs. Le rare sourire de sa mère, un rayon de soleil ricochant sur la chaîne qu'elle portait autour du cou.

— Donnez-moi quelque chose, dit Ford en étalant les mains sur son bureau. N'importe quoi. Ce malade joue avec nous et les notables de la ville vont bientôt péter les câbles. Ce type est un fantôme, on ne sait rien de lui.

Un fantôme.

Le sang reflua de son visage, cédant la place à une violente migraine qui se mit à marteler un rythme d'enfer contre ses tempes, menaçant de faire exploser sa tête comme la maison de Janine.

Il se leva en faisant crisser les pieds du fauteuil sur le lino et laissa tomber le crucifix sur le bureau de Ford.

— Il faut que j'y aille.

Sinon, il allait vomir.

— Kat est à la maison, et je n'aime pas la savoir seule si longtemps.

Le détective se leva, les paumes en appui sur son bureau, les yeux écarquillés.

— Paxton, qu'est-ce qu...

— Je vous appellerai.

Il regagna sa voiture comme un somnambule, son besoin de retrouver Kat frisant la panique. Une urgence aussi sauvage qu'inexplicable incitait son corps à passer à l'action.

L'odeur des hamburgers qui refroidissaient assaillit ses narines lorsqu'il grimpa au volant. Au lieu d'attiser son appétit, elle l'obligea à déglutir pour contenir sa nausée.

L'intuition. En tant que pompier, il avait plus d'une fois eu l'occasion d'en apprécier les effets, et il avait survécu à des situations périlleuses en prêtant attention au nœud qu'elle faisait naître dans son estomac.

C'était ridicule. Probablement.

Ils riraient tous deux de son instinct protecteur, après coup. Longtemps après. Quand il lui aurait fait l'amour et qu'il la serrerait dans ses bras.

Une fois qu'il aurait dit à Kat à quel point il l'aimait.

Avec un soupir de soulagement, Kat referma le dernier cahier de classe de la pile, posa son stylo rouge et s'étira. Malgré son projet de commencer le repas par le dessert, elle sentit son estomac gargouiller à l'idée de manger un hamburger bien juteux.

Depuis combien de temps Howard était-il parti ? Ses yeux se posèrent sur la pendule murale. Trois quarts d'heure. Si le détective ne l'avait pas retenu trop longtemps, il allait sans doute rentrer d'une minute à l'autre.

À l'instant précis où elle formulait cette pensée, un bruit retentit dans la cuisine. Elle reconnut le souffle de la porte qui s'ouvrait, aussitôt suivi de la sonnerie du système d'alarme accordant trente secondes à Howard pour composer le code avant le déclenchement de la sirène.

Un sourire éclaira instantanément son visage, et elle se dirigea vers la cuisine.

— Tu en as mis du temps. Je meurs de…

La sonnerie du téléphone l'empêcha d'achever sa phrase. Elle l'avait laissé sur la table de la salle à manger, après le coup de fil que Howard lui avait passé en sortant du Beer Bellies.

— J'y vais ! lança-t-elle en direction de la cuisine en pivotant sur elle-même.

Lorsqu'elle arriva devant la table, elle consulta l'écran et découvrit... le numéro du portable de Howard.

Intriguée, le cœur battant, elle décrocha.

— Howard ? Pourquoi m'appelles-tu de la cuisine ? Tu trouves ça malin...

— Quoi ? aboya-t-il. Je ne t'appelle pas de la cuisine, je suis au volant. Kat ?

Oh, mon Dieu.

— Howard ? dit-elle d'une voix chevrotante, ses mains se mettant à trembler si fort qu'elle faillit lâcher le téléphone.

Lentement, elle s'éloigna de la table à reculons, le regard braqué sur la porte de la cuisine.

— Kat, dis-moi ce qui se passe ! hurla Howard à l'autre bout du fil.

— Howard, si tu n'es pas dans la cuisine, qui est-ce qui vient de déclencher l'alarme ?

20

Sa question eut sur Howard l'effet d'une violente décharge électrique, et ce fut un miracle s'il parvint à garder le contrôle de son véhicule, grillant cependant tous les feux rouges du centre-ville.

— Sors de la maison ! cria-t-il en évitant de justesse la voiture qui se trouvait devant lui. Sors de la maison immédiatement !

— Howard, il y a un homme ici, gémit Kat. C'est celui que j'ai vu le soir de la fête.

Le son de sa voix le déchira et le rendit fou de rage.

— Sauve-toi ! Sors par la porte de devant !

— Il a un revolver ! Oh, mon Dieu ! s'exclama-t-elle en écartant le combiné de sa bouche. Qu'est-ce que vous voulez ?

Un revolver. Sainte Mère de Dieu, il arriverait trop tard.

Son pied écrasa l'accélérateur et il eut l'impression qu'il allait exploser de terreur.

— Kat ? Mon amour, parle-moi !

— Je crains qu'elle ne soit pas en mesure de le faire, lui répliqua une voix d'homme.

Ce ton satisfait. C'était l'assassin qui l'avait appelé de chez Janine.

— Qu'est-ce que vous me voulez ? Pourquoi me persécutez-vous ? Laissez-la tranquille !

L'homme rit.

— Ben voyons… Écoute-moi bien. Tu vas commencer par appeler ton illustre chef pour lui demander d'envoyer ses troupes. Ton équipe, la police, des snipers, tout ce que tu voudras, je m'en fous, du moment que ce joyeux drille de Bentley fait partie de la fête, c'est clair ?

La haine que cet homme vouait à Bentley dégoulinait pratiquement du téléphone. Qu'est-ce que c'était que cette histoire ?

Howard entendit la sirène d'alarme de sa maison se déclencher.

— Oui, j'ai compris.

— Parfait. Ensuite, tu diras à tout ce joli monde de rester à distance de la maison, surtout aux flics, qui doivent déjà être en route. Tu entreras tout seul, sinon je bute la pétasse, c'est toujours clair ?

Les doigts de Howard se crispèrent sur le volant. S'il mettait la main sur ce fumier, il lui arracherait les poumons par la gorge.

— C'est clair.

— Tu sais, ajouta son tourmenteur d'un ton guilleret, je suis impatient de nos retrouvailles.

Son sang se figea. Un martèlement pulsa dans sa tête.

— Nos retrouvailles ? Mais je ne vous connais pas.

— Oh que si, tu me connais. Mais je ne suis pas surpris que tu aies besoin que je te rafraîchisse la mémoire. Ça fait quoi… trente et un ans ?

Le monstre de ses cauchemars gloussa.

— Sois prudent au volant, fils.

Kat observa l'homme qui narguait Howard au téléphone. L'homme qu'elle avait vu dans la cuisine le soir de l'anniversaire de Bentley. Il pointait son arme sur sa poitrine. Si elle essayait de s'enfuir, il l'arrêterait d'une balle en plein cœur avant qu'elle ait eu le temps de faire deux pas. Elle s'efforça d'apaiser la terreur qui l'avait saisie et l'étudia plus attentivement. Les traits de son visage, sa façon d'être, son humeur. N'importe quel détail qu'elle pourrait utiliser pour retarder l'instant où il la tuerait.

Il n'était pas immensément grand. Un mètre soixante-quinze, soixante-dix-huit à tout casser. Souple, solide, bronzé. Son visage d'une beauté sauvage avait connu le grand air. Les plis qui encadraient sa bouche et la vacuité de son regard bleu glacier laissaient supposer une vie pénible.

L'âge ne l'avait pas encore déparé de sa beauté. Elle lui donnait entre cinquante-cinq et soixante ans. Ses cheveux bruns commençaient à grisonner et frisottaient légèrement sur ses tempes, mais il devait encore plaire aux femmes. Il avait quelque chose d'Al Pacino dans *Le Parrain*.

Reportant son attention sur ce qu'il disait, sa dernière phrase la fit sursauter.

— Ça fait quoi ? Trente et un ans ? Sois prudent au volant, fils.

Il raccrocha et lui rendit son regard scrutateur, la détaillant de la tête aux pieds. Son regard était la clef du personnage. Totalement dépourvu d'humanité. Froid et inexpressif. Une fosse au fond de laquelle sinuait un serpent venimeux.

— Va éteindre cette foutue alarme, ordonna-t-il en agitant le canon de son revolver en direction de la porte. Et si tu ne veux pas que je te fasse un trou de la taille de mon poing dans la colonne vertébrale, n'essaye pas de t'enfuir.

Les jambes molles, Kat se dirigea lentement vers le boîtier de l'alarme, situé à côté de la porte du garage. Les mains tremblantes, elle composa un des codes que Howard lui avait fait apprendre par cœur, celui qui coupait l'alarme et qui déclenchait en même temps un appel d'urgence au commissariat.

— Tu crois que je ne sais pas ce que tu fais, pauvre conne ! s'esclaffa-t-il comme s'il lisait dans son esprit. Ton petit copain est déjà en train d'appeler les flics, et je m'en fous ! Ça ne changera rien pour vous. Va dans la chambre. Magne-toi !

Kat vit briller les menottes qui dépassaient de la poche de sa veste et sentit son estomac se retourner. Si elle se laissait menotter par ce malade, non seulement elle se retrouverait à sa merci, mais Howard n'aurait plus aucun moyen de lui venir en aide.

— Je sais qui vous êtes, dit-elle pour gagner du temps.

— Vraiment ? rétorqua-t-il, un affreux sourire retroussant ses lèvres. Tu te crois assez maligne pour ça ? La vraie question, c'est : qui est Bentley Mitchell ?

Kat sentit ses intestins se figer. Bentley ne pouvait pas être lié à ces meurtres.

— Imaginons que vous me le disiez.

— Pour gâcher la surprise ? répondit-il en agitant à nouveau le revolver. Je t'ai dit de bouger ton cul !

Quand elle se retourna pour se diriger vers la cuisine, elle remarqua que la porte-fenêtre du salon était ouverte d'une trentaine de centimètres. Il avait dû crocheter la serrure et entrer par là. Sur le comptoir, à sa droite, il y avait un verre d'eau. Une arme dérisoire, mais c'était toujours mieux que rien. Elle l'attrapa au passage et se retourna, le prenant au dépourvu.

Elle le frappa avec le verre en plein visage, de toutes ses forces. Il brailla lorsque le verre se brisa, coupant la main de Kat mais aussi, espéra-t-elle, le défigurant à moitié. Plié en deux, il porta la main à son visage en beuglant, tandis que Kat se sauvait en courant.

Elle fut à deux doigts de lui échapper.

Il lui tomba dessus par-derrière de tout le poids de son corps, les projetant tous deux sur la table du petit déjeuner où ils s'affalèrent lourdement. Le choc lui coupa le souffle et lança un éclair de douleur dans son poignet qui avait heurté le rebord de la table. Elle poussa un cri quand leurs corps glissèrent de la table, renversant les chaises. Ils atterrirent par terre, les membres entremêlés.

Elle rampa à quatre pattes pour lui échapper, puis prit son élan et sauta au-dessus d'une des chaises renversées. Il encercla sa taille et la plaqua au sol. Elle sentit sa cheville se tordre, son menton heurta le plancher et ses dents s'entrechoquèrent. Un flot de sang inonda sa bouche et elle songea qu'elle s'était tranché la langue, mais elle n'avait pas le temps de s'en soucier.

Inspirant l'air à pleins poumons, elle poussa un hurlement à réveiller les morts et se retrouva immédiatement retournée sur le dos, nez à nez avec le visage sanguinolent de son adversaire.

Un à zéro pour moi.

Elle n'eut guère le temps de savourer la satisfaction de l'avoir défiguré. Il leva sa main qui tenait le revolver et lui en appliqua un coup vigoureux sur la tempe qui troubla sa vision et mit son cerveau en orbite.

— Salope, ricana-t-il avant de lui infliger un autre coup qui l'atteignit à l'oreille. Tu vas brûler sous les yeux de ton amant et après, je le tuerai aussi. J'attends ce moment depuis trop longtemps.

Elle eut vaguement conscience qu'on traînait son corps. Par les cheveux.

Howard.

Malgré tous ses efforts, elle sombra dans un tourbillon d'obscurité.

Howard écrasa la pédale de frein et déclencha l'ouverture de la porte du garage, sa voiture s'immobilisant dans un dérapage contrôlé dans l'allée, une seconde avant l'arrivée d'une voiture de police.

Il descendit de son véhicule et courut vers le garage, à l'instant précis où une voix autoritaire lui ordonnait de s'arrêter. Il pivota sur lui-même, chargé d'adrénaline et de terreur, et agita l'index en direction de l'officier de police.

— J'habite ici ! Je suis le lieutenant Howard Paxton et vous ne devez pas entrer, sinon il va la tuer ! Je vous transmets ses ordres !

Son arme à la main, l'officier écarquilla les yeux et hésita.

— L'otage…

— ... sera exécutée si vous interférez ! Il veut que j'entre seul à l'intérieur et c'est ce que je vais faire, à moins que vous ne décidiez de me tirer dans le dos !

Fin de la conversation. Il avait assez perdu de temps comme ça.

Tournant le dos à l'officier, il sprinta vers la porte au fond du garage.

Le spectacle qu'il découvrit dans la cuisine l'emplit d'effroi. Le sol était jonché de verre brisé, et un chemin de gouttes écarlates allait jusqu'à la table du petit déjeuner gisant sur le côté au milieu des chaises renversées. Là, parmi des signes de lutte évidents, les gouttes devenaient des traînées de sang.

Il serra les poings, et l'envie de démolir le monstre qui s'en était pris à Kat le traversa comme une lame de fond.

Du calme. Concentre-toi, sinon elle n'en sortira pas vivante.

Tous les sens en alerte, il traversa lentement le séjour, fouillant du regard chaque recoin plongé dans l'ombre. Les jours raccourcissaient en cette fin d'automne et la nuit commençait déjà à tomber. Les derniers rayons du soleil couchant filtraient à peine à travers les rideaux.

Il longea le couloir, s'attendant à tomber dans une embuscade, mais rien ne se produisit. Il n'alluma aucune lumière, peu désireux de signaler sa position avant que ce soit nécessaire. Il se doutait cependant que son ennemi savait qu'il était là. Il sentait sa présence, épiant le moindre de ses déplacements, relié à lui par une connexion invisible et chargée de tension.

Attiré vers sa chambre, il s'en approcha lentement et franchit la porte ouverte. Une odeur d'essence le saisit à la gorge.

— Paxton, annonça-t-il, tâchant de juguler sa fureur.

Il scruta la pièce et repéra la silhouette d'un homme de l'autre côté du lit. Kat était allongée sur le dos, immobile, un de ses poignets menotté au montant du lit.

— Je suis venu seul et sans arme. J'ai fait ce que vous m'avez demandé.

— Comme c'est noble de ta part, ricana la silhouette. Stupide, aussi. Mais tu n'as jamais été qu'un sale petit bâtard morveux et pleurnichard.

La lampe de chevet s'alluma, répandant une lumière tamisée dans la chambre. L'homme avait pris soin de ne pas se trouver dans son rayon lumineux. Clignant des yeux, Howard porta son regard sur Kat. Elle le dévisageait de ses grandes prunelles vertes écarquillées d'horreur, lui adressant une supplication muette. Une marque sanguinolente ornait sa tempe gauche et des coquards naissants gonflaient ses paupières. Sa main droite saignait abondamment.

Elle était entièrement vêtue, et Howard remercia le Ciel que le viol ne fasse pas partie des projets de l'assassin.

La bête n'était pas morte, mais ses minutes étaient comptées, se dit-il en serrant les poings.

— Ça va, mon ange ?

Elle hocha la tête, les yeux brillants de larmes qu'elle refusait de laisser couler.

— On fait aller…

L'homme s'avança dans la zone de lumière, un revolver pointé vers Howard d'une main, un briquet dans l'autre. Le sang coulait de la vilaine blessure qui déformait le bas de son visage. Un homme assez âgé. Un peu moins vieux que Bentley. Cheveux poivre et sel. En bonne condition physique. Froid.

La mort personnifiée.

Howard avait déjà croisé ces yeux d'un bleu d'acier. Son cœur hurla de protestation avant que son cerveau ait eu le temps de le prévenir. Lutta pour refouler la nuit d'horreur qui l'avait presque détruit.

— Tu as perdu ta langue ? demanda l'homme en retroussant un coin de ses lèvres. On dirait que tu as vu un fantôme, Howard Paxton Whitlaw.

Une fêlure. Une fissure dans la digue qui s'élargissait de plus en plus… Jusqu'à ce qu'elle cède, libérant le flot de la vérité qui se répandit dans son esprit comme une substance toxique. L'indicible tragédie.

Une promenade dans le jardin au clair de lune, dans sa forêt magique où les plants de tomates s'entortillaient autour des tuteurs.

Une dispute. Un coup sourd.

La terre s'immisçant entre ses orteils tandis qu'il s'approchait et qu'il voyait… qu'il voyait…

— Non.

Howard sentit le sang quitter son visage. Ses genoux se liquéfièrent et il dut se concentrer pour rester debout.

Sa mère, affalée par terre. Une flaque huileuse s'élargissant autour de sa chevelure sombre.

Un homme, debout dans l'obscurité, une pelle à la main.

L'homme qui était en face de lui.

Creusant un trou pour enterrer sa mère dans le potager qu'elle aimait tant.

Oh, mon Dieu.

— Frank Whitlaw, éructa Howard.

L'agonie était presque insupportable. L'horreur de la vérité trop immense. Seule sa volonté de ne pas s'écrouler devant l'homme qu'il haïssait plus que tout au monde lui permit de ne pas flancher.

— Toi ! Tu as tué ma mère. Tu l'as enterrée dans le jardin.

— Oh, mon amour, murmura Kat.

Il reçut l'onde d'amour qu'elle envoyait vers lui pour apaiser sa douleur.

— Ce fut un plaisir, grimaça le démon. Les petits cadeaux que je t'ai adressés avec les autres salopes te sont bien parvenus ? J'avais pris soin de retirer l'alliance et le pendentif de Liz, avant de la planter comme une graine dans son propre carré de tomates.

— Sale fils de pute… commença Howard qui s'avança vers lui.

— Recule, gronda l'autre en se raidissant et en relevant le canon de son arme.

— Tu étais mort. La police a dit que tu étais mort. Ils ont trouvé ton corps au volant de ton camion.

— *Un* corps, rectifia-t-il d'un ton fielleux. Tellement carbonisé qu'il était méconnaissable, mon portefeuille posé à côté. Personne n'a regretté la loque qui a joué mon rôle. Frank Whitlaw était mort, et tout le monde était content. Tout le monde *souhaitait* sa mort. Pas de tests ADN, à l'époque. C'est moi qui ai été le dernier à rire dans l'affaire.

— Qu'est-ce que tu as fait pendant toutes ces années ?

— Je suis allé d'État en État, répondit Frank en agitant le canon de son revolver. J'ai occupé mon temps à délivrer de pauvres diables d'épouses adultères qui leur faisaient une vie d'enfer. Un jeu d'infiltration doublé d'une œuvre de salut public, en quelque sorte. Mais au bout de trente ans d'activité, ce petit jeu a fini par me lasser. J'ai eu envie d'avoir des nouvelles du pays, et je me suis renseigné. Je te laisse imaginer la déplaisante surprise que j'ai eue quand j'ai appris que le sale petit bâtard que j'avais laissé pour mort n'était pas mort, finalement, et qu'il avait été adopté par Bentley Mitchell en personne, rien de moins. Et puis, j'ai fini par trouver ça drôle.

— Tu es là depuis plusieurs mois ?

— Mais oui. Je t'ai observé, j'ai appris quelle était ta routine de travail et ton mode de vie. J'ai peaufiné mon projet, déclara-t-il, le regard luisant de cruauté. Tu es un résidu que je ne peux pas laisser traîner derrière moi. J'ai donc mis au point une stratégie de vengeance implacable. Ce n'est que justice, après que tu as gâché ma vie. J'ai aimé Liz autrefois, et tu me l'as prise.

Les cauchemars. À un niveau inconscient, Howard avait dû percevoir la présence de Frank. C'était la seule explication possible.

— Comment as-tu pu tuer la mère de ton enfant ? Comment en es-tu arrivé à essayer de tuer ton propre fils ? À assassiner des femmes sans défense ? D'où te vient cette soif de vengeance ?

— Comment ? répéta Frank en durcissant le regard. Mais c'est très simple. La pute qui t'a mis au monde a eu ce qu'elle méritait parce qu'elle a écarté les jambes pour un autre homme, qu'elle a mis bas le bâtard qu'il lui avait fait et qu'elle l'a fait passer pour mon fils pendant cinq ans ! Persuadée que je ne m'étais rendu compte de rien, la pauvre idiote ! Ensuite, elle a prévu de s'enfuir et de m'abandonner en t'emmenant avec elle. Après tout ce que j'avais fait pour elle !

Bâtard. Howard eut l'impression que le plancher de la chambre se mettait à tanguer sous ses pieds.

— Qu... Quoi ?

Le doigt de Frank se crispa sur la détente.

— Tu ne peux pas savoir comme c'est jouissif de découvrir que tu ne sais rien. Tu n'es pas mon fils, vomit-il. Tu es le bâtard de Bentley Mitchell !

Howard sentit son univers basculer et vacilla sur ses jambes.

Pourquoi Bentley lui avait-il caché la vérité ? À cause de Georgie ? Il était forcément au courant ou avait au moins eu des doutes...

— Mon projet s'est réalisé. Bentley verra son fils unique périr par le feu. Ce sera l'épreuve du feu, le jugement ultime et le plus satisfaisant de tous, dit-il en levant son briquet, les yeux brillant d'une joie mauvaise. Une fois que j'aurai échappé à ce chaos, je reviendrai me débarrasser de ce trou du cul et de sa naine.

— Tu ne pourras pas t'échapper, lui fit remarquer Howard. Le quartier est bouclé.

— Tu ne comprendras jamais rien, sac à merde, répliqua-t-il en faisant jouer le couvercle de son briquet, tout en reculant de deux pas.

Il actionna la molette et approcha la flamme du rideau qu'il avait arrosé d'essence.

Dehors, une voix jaillit d'un mégaphone, s'identifiant comme le détective Ford.

— La maison est cernée ! Nous sommes disposés à négocier !

Ford ajouta autre chose, mais toute l'attention de Howard était concentrée sur Frank, que la voix du policier avait distrait. Bien qu'il fût impossible de voir le devant de la maison depuis la chambre de Howard, il avait tourné la tête vers la fenêtre.

C'était l'instant qu'attendait Howard.

Il se jeta sur lui. Frank pivota aussitôt en poussant un juron et tira.

La balle atteignit son flanc à l'instant précis où Howard entra en collision avec lui. *Touché.* Howard prêta à peine attention à la morsure du projectile. Il ne pensait qu'à gagner cette bataille pour sauver leurs vies. Ils roulèrent à terre, se cognant contre les meubles, luttant sans merci. Frank était rapide et souple. Beaucoup plus fort qu'il ne le paraissait. Il se cabra, écarta Howard et rampa vers les rideaux. Actionna la molette du briquet et le lança.

Les rideaux s'enflammèrent comme des torches. Howard n'avait plus que deux minutes pour les faire sortir, avant que la pièce ne se convertisse en brasier.

Il s'élança à nouveau sur Frank et saisit le poignet de son bras qui tenait le revolver. L'autre lui donna un coup de pied, tout en projetant le haut de son corps en avant de façon à cogner la tête de Howard contre le mur. Des étoiles dansèrent devant ses yeux tandis qu'il empêchait son adversaire d'insérer le canon de son arme entre eux pour finir le travail.

Utilisant le poids de son corps, il fit basculer Frank sur le dos. Saisissant fermement son poignet, il cogna l'arme contre le plancher. Deux fois de suite. De toutes ses forces. Un os craqua. Le démon hurla et l'arme glissa de ses doigts.

— Vite, Howard ! cria Kat.

Les flammes qui léchaient les murs et le plafond avaient déjà gagné la commode et une chaise capitonnée. Howard s'empara de l'arme et appliqua un coup de crosse sur la tête de l'assassin. Il se sentit submergé de soulagement quand les membres de ce dernier s'affaissèrent et qu'il sombra dans l'inconscience.

Il se redressa sur les genoux et se demanda s'il ne ferait pas mieux de lui loger une balle dans la poitrine pour l'empêcher de nuire à tout jamais.

Mais Bentley – non, *son père* – ne l'avait pas élevé comme ça. Pour la première fois de sa vie, Howard se sentit fier d'être le fils de son père.

Laisser ce monstre au milieu des flammes lui rendrait suffisamment justice. Il envoya promener le revolver à l'autre bout de la pièce et lui fit rapidement les poches. La clef des menottes ne s'y trouvait pas. Il n'avait plus le temps. Il tituba jusqu'au lit.

— Dépêche-toi ! Oh, mon Dieu, mais tu saignes !

— Pousse-toi, se contenta-t-il de répondre.

Il s'agenouilla à côté d'elle sur le lit, saisit la chaîne qui reliait la menotte passée à son poignet à celle refermée autour du montant, et tira dessus de toutes ses forces. Sans effet. Il lui fallait quelque chose pour faire levier.

— Howard, le feu !

Le bord du lit commençait à brûler. Il bondit hors du lit et rabattit les couvertures juste avant qu'elles ne prennent feu. La fumée commençait à s'épaissir. Kat toussa et secoua la tête.

— Va-t'en !

— Non !

Il redoubla ses efforts, plaçant son pied en appui contre le montant tandis qu'il tirait, les muscles gonflés à bloc. Le montant ploya et un craquement se fit entendre lorsque le bois céda. Il l'acheva à coups de pied, le montant se fendit en deux et Kat fut enfin libre, la menotte dégagée pendant à son poignet.

Il saisit son bras et l'attira hors du lit deux secondes avant que celui-ci ne prenne feu. Il l'entraîna vers la porte, mais elle boitait si fort qu'il la souleva dans ses bras. Serrant son précieux fardeau contre son torse, il traversa prestement le couloir vers la porte d'entrée.

Vers la liberté.

Déverrouilla la porte et sortit à l'air libre.

Il eut alors vaguement conscience qu'un liquide tiède et gluant imprégnait son T-shirt et le haut de son pantalon. Le sang jaillissait à chacun de ses pas, à chaque battement de son cœur.

— Tu peux me poser, maintenant, murmura-t-elle en plaquant un baiser sur sa joue, les doigts enfouis dans sa chevelure.

— Jamais, répliqua-t-il en la serrant plus fort.

Il descendit les marches du perron et commença à traverser la pelouse, ébloui par la lumière des gyrophares des dizaines de voitures garées devant la maison. Il y avait des policiers et des hommes du SWAT absolument partout. Derrière le barrage de police, plusieurs camions de pompiers bloquaient la rue et deux ambulances attendaient.

Il repéra les membres de son équipe qui agitaient la main et poussaient des cris de joie. Bentley, qui était avec eux, se fraya un passage pour rejoindre son fils.

Bizarrement, alors que Howard avançait vers lui, les acclamations se convertirent en hurlements. Une expression de pure panique s'empara du visage de Bentley. Sean et ses coéquipiers agitaient toujours les bras, mais c'était pour lui signaler quelque chose.

— Baisse-toi ! Baisse-toi !

Un *plop* retentissant fendit l'air. Howard tressauta, ouvrit la bouche et contracta les bras pour ne pas lâcher Kat. Ses jambes se dérobèrent et il tomba à genoux. Puis en avant, le corps recroquevillé sur Kat pour la protéger.

Une rafale de coups de feu retentit alors, crépitant aussi furieusement qu'une rangée de pétards. Puis le silence retomba.

— Howard ? Qu'est-ce qui se passe ?

Kat gigotait sous lui, les yeux écarquillés de frayeur.

— Kat…

Il sentit son souffle l'abandonner dans un sifflement. Il croyait savoir ce qu'était que la souffrance. Mais il s'était lourdement trompé.

Les serres chauffées à blanc de l'agonie labouraient son dos et encerclaient son torse, broyant ses poumons. Sa vue devint trouble et il distingua vaguement les bonbons Pez qui s'étaient échappés de sa poche, répandus dans l'herbe comme des confettis. Qu'est-ce qui lui prenait de remarquer un détail aussi stupide ?

Des cris s'élevaient autour d'eux. Des gens couraient vers eux. On les séparait. On éloignait Kat de lui.

— Non, gémit-il.

— Lâche-moi !

Son visage angoissé surgit au-dessus du sien et il sentit ses mains se poser sur ses joues. De grosses larmes jaillissaient de ses yeux rougis.

— Oh, mon Dieu ! Non ! Ne me quitte pas maintenant ! Tu m'entends, lieutenant ?

Il tendit les mains vers elle. Elle saisit sa main et il la pressa bien fort dans l'espoir de la rassurer.

— Je t'aime, murmura-t-il. J'aurais dû te le dire… plus tôt…

— Je t'aime aussi. Si tu savais comme je t'aime, répondit-elle, le visage déformé par les larmes. Tu ne vas pas mourir. Je ne te laisserai pas mourir.

— Kat, écarte-toi, lui dit Julian d'une voix douce mais ferme. Mets-toi à un endroit où il puisse te voir.

Un craquement monstrueux retentit aux oreilles de Howard.

— Ma maison…

— Une maison, ça se reconstruit, fils, répliqua Bentley, la mine sombre. Aidez-moi à le retourner, ajouta-t-il à l'intention de Sean et Julian.

Howard sentit qu'on soulevait son T-shirt et qu'on le plaçait sur le flanc. Quelque chose claqua sur la peau de son dos. Un bandage de pression. On le remit sur le dos pour répéter l'opération sur la blessure de son abdomen, avant de lui placer une perfusion. Son regard croisa celui de son père.

— Est-ce qu'il est… mort ?

— Oui. Les flics ont eu sa peau.

— Bien fait. Papa…

— Ne dis rien, fils. On aura tout le temps pour ça.

Howard n'en était pas vraiment sûr.

Tandis qu'on l'allongeait sur une civière et qu'on le chargeait dans l'ambulance, il se mit à trembler, transi jusqu'à la moelle des os. On n'avait pas eu besoin de lui dire que ses blessures étaient graves. Il luttait désespérément et devait faire appel à toute sa volonté pour s'accrocher à la vie.

Il devinait qu'il risquait de perdre la bataille. Ses poumons étaient tellement lourds qu'il n'arrivait presque plus à respirer. Il savait reconnaître les signes. Pneumothorax, dommage interne. Choc. Il toussa, des bulles de sang s'échappant de ses lèvres. Le sang emplit sa bouche, l'étrangla.

— Howard, sanglota Kat. Ne me laisse pas.

La plainte lugubre de la sirène de l'ambulance s'estompa, comme si ses oreilles étaient remplies de coton.

— ... t'aime.

Malgré les efforts colossaux qu'il déployait pour rester avec son ange, sa vision s'obscurcit. Il n'avait plus la force de s'accrocher à la vie.

Il sentit qu'il sombrait dans un puits très profond.

L'écran de sa vie devint noir comme à la fin d'un film, et le monde disparut à ses yeux.

21

Dans l'ambulance, tandis que Julian tentait désespérément de sauver Howard, Kat avait vu son beau regard s'éteindre progressivement. Son cœur avait cessé de battre. Et Kat avait eu l'impression que le sien s'arrêtait au même instant.

Julian avait fait tout ce qui était en son pouvoir pour relancer son cœur, mais à son arrivée à l'hôpital, Howard était cliniquement mort.

Mort à l'arrivée.

Cette formule froide et cruelle avait eu raison des nerfs de Kat. Une infirmière s'était empressée de lui planter une aiguille dans le bras pour faire cesser ses cris hystériques, mais elle ne s'était calmée qu'extérieurement.

Pelotonnée sur un fauteuil de la salle d'attente, les bras enserrant ses genoux, elle demeurait prostrée, en état de choc, toutes les fibres de son être hurlant à la mort. Elle aurait tant voulu savoir ce qui se passait derrière ces portes closes. Le toucher. Le serrer dans ses bras.

Un bras entoura ses épaules et un corps tiède se pressa contre elle.

— Tu es sûre que ça va ? Physiquement, je veux dire.

Le parfum familier de sa sœur déclencha un nouveau flot de larmes.

— Oui. On m'a examinée. Un œil au beurre noir et une cheville foulée. Des clopinettes, par rapport à Howard…

Sa gorge se noua.

— Chuuut, tout va bien. Je suis là, petit pois.

Ce surnom affectueux la bouleversa. Un gémissement animal franchit ses lèvres, elle enfouit son visage contre l'épaule de Grace et fondit en larmes. Pleura toutes les larmes de son corps jusqu'à ce qu'il n'en reste plus une seule. Sa sœur caressa ses cheveux et lui tapota le dos jusqu'à ce que ses sanglots cèdent la place au hoquet.

— J'ai appelé les parents, mais ils ont dû sortir dîner quelque part avec les Hargrave, murmura-t-elle. Leurs portables ne répondent pas. Je réessayerai plus tard.

— Ce n'est pas grave.

Kat adorait ses parents, mais elle n'aurait pas supporté leurs questions horrifiées. Pas maintenant.

Grace écarta ses cheveux emmêlés de son visage.

— Comment ça s'est passé avec Ford ?

— Bien. Il a été très gentil. Je lui ai raconté ce qui s'est passé et tout ce que Frank Whitlaw a dit, renifla-t-elle en essuyant son nez d'un revers de manche. Il va envoyer une équipe de recherche derrière l'ancienne maison des Whitlaw pour retrouver les restes de la mère de Howard. Si ce monstre n'a pas menti, ils les retrouveront. C'est tout ce que je peux faire pour Howard, pour l'instant. Lui apporter un peu de paix, tu comprends ?

Sa voix se brisa.

— Oui, je comprends, acquiesça Grace en l'attirant contre elle.

Un peu plus tôt, les Mitchell avaient disparu dans un couloir des urgences, et Kat avait supposé qu'on les faisait passer dans une salle d'attente privée. Celle dans laquelle elle se trouvait était remplie de pompiers et de policiers.

Lorsqu'un médecin émergea des urgences pour leur annoncer que Howard avait survécu à l'opération, Kat sentit ses espoirs renaître, mais ils retombèrent quand le médecin ajouta que son état demeurait extrêmement critique. Il risquait de mourir dans les heures prochaines. S'il survivait jusqu'au lendemain matin, il serait peut-être tiré d'affaire.

— Je reste ici, lança Kat à sa sœur d'un ton ferme, au cas où celle-ci aurait eu l'intention de lui conseiller de rentrer se reposer.

— Dans ce cas, je reste avec toi, petit pois, répondit Grace en la serrant contre elle. Je reste avec toi.

Il était enterré.

Il suffoquait au fond d'un tombeau profond et sombre. Tout seul. À nourrir les vers.

Comme sa mère.

Non ! Il n'abandonnerait pas aussi facilement. Trop de questions demeuraient sans réponse. Trop de raisons de vivre.

Il devait retrouver son ange. Comment faire ?

— *Howard ? Reviens avec nous, mon amour. Je t'aime.*

Où était-elle ? Il luttait, mais ne sentait plus rien. Ni ses doigts, ni ses orteils. Il n'avait plus de voix.

Il était peut-être déjà mort. Un fantôme qui refusait d'abandonner l'amour de sa vie. Incapable d'accepter son sort.

— *Tu dois vivre. J'ai besoin de toi… Tes parents ont besoin de toi.*

Pas mort, mais presque. Son âme, suspendue au bord du précipice de l'éternité, vacillait entre deux mondes.

Mais son cœur était dans le monde des vivants, avec elle. Il batailla dur et longtemps pour émerger du néant.

Tellement fatigué…

L'épuisement eut raison de sa volonté et un brouillard noir recouvrit sa conscience.

Le lieutenant était en vie parce qu'il l'avait voulu, déclarèrent les médecins. Malgré sa constitution robuste et son hygiène de vie, sa survie ne s'expliquait pas autrement. Pendant des jours, il était resté aussi proche de la mort qu'on peut le faire sans succomber.

Kat se tortilla sur le fauteuil inconfortable à côté de son lit et posa son magazine pour l'observer. Ses cils sombres se déployaient au-dessus de ses joues couvertes d'un début de barbe. Son visage était hâve et cireux. Si son torse ne s'était pas régulièrement soulevé, elle aurait pu le croire mort. Mais grâce à sa volonté extraordinaire, il revenait progressivement à la vie.

Aujourd'hui, la terreur de le voir mourir l'avait enfin abandonnée. Les premiers signes de réveil s'étaient manifestés la veille, et il n'avait plus besoin d'aide respiratoire. Il avait entrouvert les yeux et essayé de parler, avant de sombrer à nouveau dans l'inconscience.

Une amélioration prodigieuse. À laquelle personne n'aurait osé croire quelques jours plus tôt.

Howard remua, tourna la tête vers elle sur son oreiller avec un gémissement comme il l'avait déjà fait à plusieurs reprises. Elle se pencha au-dessus de lui, les bras de part et d'autre de son crâne, et enfouit les doigts dans ses cheveux bicolores. Il adorait qu'elle fasse ça, et elle espérait que cette stimulation l'aidait à rester connecté à la vie. À elle.

— Kat ?

Après tant de jours de silence effroyable, le son rauque de sa voix de baryton la fit sursauter, mais elle réprima son excitation. Le chemin qu'il avait à faire pour revenir parmi les vivants était très long, et cette bouffée de conscience ne durerait peut-être pas.

— Je suis là, mon amour. Viens me voir, mon grand, ouvre tes beaux yeux pour moi.

Lentement, millimètre par millimètre, il lui obéit. Il la contemplait à travers ses cils emmêlés, le regard trouble et perdu, mais merveilleusement vivant. Un miracle.

— Bonjour, toi, dit-elle doucement en lui caressant la joue. Ça fait du bien de te revoir.

Il cligna des yeux, et son regard se fit plus lucide. Ses traits s'animèrent. Soulagement. Et amour.

— Tu es vraiment là, murmura-t-il d'une voix ensommeillée.

— Je suis vraiment là. Et je resterai là jusqu'à ta sortie.

— C'est tout ?

— Bien sûr que non, idiot, répliqua-t-elle en souriant.

Il lui rendit son sourire, d'un seul côté d'abord, trop fatigué pour sourire complètement, et Kat le trouva plus beau que jamais.

— Je t'aime.

— Je sais. Et je t'aime encore plus.

Howard voulut tendre la main vers elle, mais n'en eut visiblement pas la force. Kat prit sa main, l'amena au niveau de son propre visage et s'en caressa la joue.

— Comme ça ?

— Oui, soupira-t-il, comme si la toucher était pour lui vital. Tes bleus commencent à partir ? demanda-t-il après l'avoir longuement observée.

— Mon œil a désenflé. Une fois que toutes ces jolies couleurs auront disparu, je me sentirai vraiment mieux.

— Moi, je te trouve parfaite.

— Tu dis n'importe quoi, mais merci quand même.

— Ta cheville ?

— Ça va. Cesse de te soucier de moi et concentre-toi plutôt sur ta guérison.

Il poussa un long soupir et ferma les yeux. Au bout de quelques minutes, il les rouvrit pour la regarder avec une intensité surprenante.

— Je croyais que tu t'étais rendormi.

— Non, je pensais.

— À ta mère ? devina-t-elle.

— Oui, entre autres choses.

— Mon amour. Je suis désolée de ce qu'il lui est arrivé, dit-elle en lui baisant les doigts, avant de placer sa main sur son cœur. Je suis désolée que tu l'aies appris de cette façon.

— Maintenant, je sais la vérité, répondit-il d'une voix brisée. Elle ne m'a pas abandonné, Kat. Elle ne l'aurait jamais fait.

— Howard…

Ce qu'elle avait à lui dire était la chose la plus terrible qu'elle ait dû annoncer à quelqu'un, et l'entendre serait encore plus difficile pour lui.

— J'ai répété à Ford les aveux de Whitlaw. Ils ont cherché les restes de ta mère pendant plusieurs jours.

Elle s'interrompit. Cette révélation était effroyablement douloureuse, et elle n'osait même pas imaginer ce qu'il ressentait.

— Dis-moi.

— Ils l'ont bien trouvée derrière la maison. Je suis désolée.

— Pendant toutes ces années… souffla-t-il d'une petite voix.

Il redevint silencieux, perdu dans ses pensées.

— J'aimerais l'enterrer dignement, déclara-t-il au bout d'un moment. Une cérémonie intime et simple. J'aimerais pleurer sa mort, mais je n'y arrive pas. Pourquoi est-ce que je n'y arrive pas ?

— Tu as subi trop de chocs à la fois, mon amour, et tu es fatigué. Tu devrais te reposer.

— Kat ?

— Oui, mon cœur ?

— Reste avec moi pour toujours, tu veux bien ?

Pour toujours. Le cœur de Kat se gonfla d'espoir, mais elle dissimula sa joie derrière un sourire taquin.

— Essaye seulement de me plaquer et tu verras, mon petit coco. Je te rappelle que je suis championne de canne à pêche !

Ce souvenir lui tira un vrai sourire, cette fois.

— Je ne peux pas te promettre que tu n'auras plus jamais l'occasion de t'en servir... Mais si tu arrives à me supporter...

Sa voix avait progressivement décru. Il était épuisé.

— Je crois que j'y arriverai, assura-t-elle.

Il ne lui avait pas fait de demande en mariage, mais Kat considérait ses paroles comme un pas de géant. Elle déposa un baiser sur ses lèvres, puis se blottit près de lui en prenant soin de ne pas lui faire mal.

Comblée, plus heureuse que jamais, elle tourna définitivement le dos aux jours de terreur sans nom qu'ils venaient de traverser, et sombra dans le sommeil auprès de l'homme qu'elle aimait.

Quand Howard se réveilla, il s'attendait à trouver Kat à son côté, mais ce fut Bentley qu'il découvrit dans le fauteuil près de son lit, le visage tourné vers l'écran de télévision fixé au mur de sa chambre.

Mon père. Pas l'ordure qui avait voulu le détruire, mais cet homme. Un homme d'honneur.

Un homme qu'il aurait dû appeler papa bien avant d'apprendre la vérité.

Il s'éclaircit la gorge.

— Salut.

Son père pivota vers lui, son visage reflétant un soulagement intense.

— Dieu merci ! s'exclama-t-il en posant la main sur le bras de son fils. Kat nous a dit que tu avais eu quelques instants de lucidité hier, et que tu lui avais parlé. J'avais peur que tu ne sois retombé dans le coma.

Hier ?

— Je comprends mieux pourquoi je me sens reposé, plaisanta-t-il.

Bentley ne sourit pas.

— Tu ne peux pas savoir à quel point je suis content que tu te sois réveillé. Quand ce salaud s'est traîné sur le porche pour te tirer dans le dos, j'ai cru que je t'avais perdu… Je ne suis pas fâché qu'il soit mort, conclut-il sobrement.

— Moi non plus.

— J'imagine que tu as des questions à me poser, ajouta-t-il en se tortillant sur son fauteuil, visiblement mal à l'aise.

— Kat t'a dit que Frank m'a révélé que tu es… mon vrai père.

Voilà, c'était dit. Autant jouer cartes sur table.

— Oui. C'est quelqu'un, tu sais, cette petite Katherine.

— Oui. Quelqu'un de bien. Mais ne change pas de sujet.

— Ce n'était pas mon intention.

Bentley soupira, puis passa la main sur son visage. Il semblait avoir vieilli de dix ans depuis qu'il avait cru avoir perdu son fils.

— Commence par le début. S'il te plaît, murmura Howard doucement.

— D'accord, répondit Bentley en se calant au dossier du fauteuil. J'ai connu Liz intimement avant de rencontrer Georgie. La chose n'a eu lieu qu'une seule fois. J'ignorais qu'elle était mariée. Quand je l'ai revue à Sugarland dix mois plus tard, un bébé dans les bras, j'ai été stupéfait.

— Tu es allé lui parler ?

— Évidemment ! Elle était terrifiée. Elle n'arrêtait pas de regarder autour d'elle comme si elle avait peur que quelqu'un nous écoute. C'est là qu'elle m'a dit qu'elle était mariée avec Frank Whitlaw. Lui, j'en avais entendu parler. Tout le monde le connaissait. Un bon à rien perpétuellement saoul qui ne s'attirait que des ennuis, et mauvais comme une teigne. Personne ne connaissait sa femme parce qu'il l'empêchait de sortir.

— Je m'en souviens.

Il se souvenait de la tristesse du sourire de sa mère et des traces de coups sur son corps.

— Quand j'ai exigé de savoir si l'enfant qu'elle tenait dans les bras était de moi, j'ai bien cru qu'elle allait mourir de peur. Elle m'a supplié d'oublier cette idée. Elle a refusé de me répondre, et j'ai compris qu'elle avait trop peur de Whitlaw pour oser me l'avouer. Finalement, j'ai accepté de la laisser tranquille parce que c'était la seule chose qui semblait la calmer.

— Tu ne savais pas comment les choses se passaient chez nous.

— Non, je t'en donne ma parole, répliqua-t-il tristement. Dieu m'est témoin que je n'étais pas plus amoureux d'elle qu'elle ne l'était de moi. Elle était venue en ville un soir, « un rare sursis », comme elle avait dit. Sur le moment, j'étais loin de me douter de ce que ça voulait dire. On se sentait seuls tous les deux. On a passé quelques heures ensemble, et puis on s'est séparés. Mais si j'avais suspecté que ce monstre brutalisait mon fils, je te jure que c'est lui qu'on aurait retrouvé dans le jardin à la place de ta mère !

Howard comprenait enfin la haine que lui avait vouée Whitlaw. Il avait découvert la trahison de Liz, que son fils n'était pas de lui, et cela l'avait rendu fou. Sa méchanceté naturelle avait cédé la place à une cruauté calculée et avait fini par l'entraîner très loin.

— Ta mère t'aimait passionnément, reprit son père. Les rares fois que je vous ai vus en ville au cours des cinq années qui ont suivi, j'ai pu constater qu'elle était complètement entichée de toi. J'aurais dû me douter qu'elle ne serait jamais partie en te laissant derrière elle. Mais les autorités ont déclaré qu'elle s'était enfuie et qu'elle avait disparu, alors j'ai laissé tomber.

— Aujourd'hui, on sait la vérité, fit Howard en réprimant le chagrin immense qui l'assaillait. C'est bizarre, mais maintenant que je sais ce qui s'est passé, j'ai moins mal qu'avant.

— Ce n'est pas bizarre, fils. Au contraire, c'est tout à fait naturel. Tu sais à présent que ta mère ne t'a jamais abandonné aux mains de ce monstre qui t'a battu à mort. Elle s'apprêtait à s'enfuir en t'emmenant avec elle, mais elle s'est fait prendre.

Restait la question la plus importante. Celle qui lui brûlait le cœur.

— Pourquoi ne m'as-tu jamais dit que tu étais mon vrai père ?

Bentley pâlit.

— Je n'ai aucune excuse. Disons que dans un premier temps, j'avais de bonnes raisons de ne pas le faire. Tu te souviens dans quel état tu étais quand tu es arrivé à la maison ? Complètement terrifié. Tu ne parlais pas. Tu ne faisais confiance à personne.

Et tu as fait des cauchemars pendant des années. On a bien cru qu'on ne pourrait jamais gagner ta confiance et quand tu t'es finalement décidé à nous l'accorder, j'ai eu peur de tout foutre en l'air si je te révélais la vérité. J'ai remis à plus tard. Et puis le temps a passé, et il est arrivé un moment où je me suis dit qu'au fond, ça ne servirait à rien.

— Tu avais peut-être peur que je ne te reproche toutes les années de torture que m'avait fait subir Whitlaw, ajouta Howard qui voyait bien que Bentley ne parviendrait pas à le dire lui-même. Tu avais peur de me perdre si j'apprenais la vérité.

— Penses-tu pouvoir me pardonner un jour ? demanda Bentley, le menton tremblant.

— Je n'ai rien à te pardonner… *papa,* répondit-il, la gorge nouée en écartant les bras. Je t'aime et je t'ai toujours aimé.

Avec un sanglot guttural, son père le serra délicatement dans ses bras pour ne pas lui faire mal, et Howard réalisa qu'il avait attendu ce moment toute sa vie.

— Dis donc, reprit-il à l'oreille de son père, tu crois que Georgie se fâchera si je l'appelle maman ?

Riant à travers ses larmes, son père s'écarta et s'essuya les yeux.

— Je crois que tu feras d'elle la plus heureuse des femmes, mon fils, murmura-t-il en secouant la tête.

Howard sourit.

— Pas autant que Kat. J'ai l'intention de la demander en mariage !

Bentley haussa les sourcils d'un air comique.

— Entre Georgie et Kat, tu n'auras plus un instant de répit, petit.

— Mais ça vaut le coup d'essayer, non ?

— Pourquoi pas ? répliqua son père en riant. Du moment que tu caches bien tes cannes à pêche…

Le jour de l'enterrement de Liz Whitlaw fut exceptionnellement ensoleillé et doux pour une fin décembre. Le genre de journée qu'elle aurait adorée, songea Howard.

Six semaines après avoir failli mourir, Howard redressa les épaules, plus grand et plus beau que jamais dans son costume noir. Le soleil faisait briller ses cheveux blond sable, qui avaient entièrement retrouvé leur couleur naturelle depuis qu'il les avait fait couper. Il avait aussi retrouvé ses couleurs et ses joues depuis qu'il s'était remplumé.

Il avait perdu beaucoup de poids suite à ses blessures et sa convalescence avait été lente et douloureuse, mais à force de volonté et d'acharnement, il avait surmonté tous les obstacles. Bentley et ses coéquipiers l'avaient soudoyé, supplié, et finalement menacé pour l'obliger à rester chez lui pendant encore deux semaines.

En janvier, il reprendrait son poste de lieutenant de l'équipe A.

Kat à ses côtés, il remercia les dernières personnes venues rendre hommage à sa mère au cimetière. Ses parents étaient déjà partis, après l'avoir serré dans leurs bras. Ses amis étaient venus aussi pour le soutenir dans cette épreuve, et bien qu'il leur en fût profondément reconnaissant, Kat voyait bien qu'il était fatigué et qu'il avait hâte que cette journée s'achève.

En six semaines, Howard n'avait toujours pas réussi à verser une larme sur la mort de sa mère. Pas même aujourd'hui.

— Le service était parfait, dit-elle en prenant sa main dans la sienne.

Il hocha la tête en lui pressant les doigts.

— Oui. Je suis content d'avoir pu lui rendre son crucifix d'argent. Elle le portait tous les jours.

Son alliance, en revanche, il l'avait fait disparaître sans en parler à personne.

Il contempla le cercueil blanc qui n'avait pas encore été mis en terre, puis avança lentement la main, la posa sur le couvercle et le caressa doucement du pouce.

— Elle ne m'a jamais quitté, murmura-t-il d'une voix tremblante. Elle est restée toute seule, abandonnée sous terre pendant toutes ces années, et j'ai cru… j'ai pensé des choses affreuses sur son compte…

Un long frisson parcourut son corps.

Ça y est, songea Kat. La digue va enfin se rompre.

— Non, mon amour, dit-elle. Si tu regardes dans ton cœur, tu verras que tu n'as jamais cru que ta mère ait pu te faire ça. Pas une seconde.

— Je…

Son visage se plissa.

Il l'enlaça, la serra contre lui et se mit à trembler de tout son corps.

Un sanglot remonta dans sa gorge. Puis un autre. Le flot de ses larmes jaillit, et il se mit à pleurer comme Kat n'avait encore jamais vu aucun homme le faire. Un puissant torrent de chagrin purifia son âme. Sa souffrance la déchirait, mais elle la savait nécessaire. Cela faisait plus de trente ans qu'il la retenait.

Il s'accrocha à elle jusqu'à ce que la tempête soit passée. Finalement, il déposa un baiser sur sa tête.

— Prête ? demanda-t-il en s'écartant.

— Toujours.

Il pivota vers le cercueil, embrassa ses propres doigts et les pressa contre le couvercle blanc.

— Je t'aime, maman. Je te laisse, maintenant. Au revoir.

Main dans la main, ils regagnèrent sa voiture. Kat l'observait du coin de l'œil. Il semblait soulagé d'un poids immense, parfaitement détendu.

Une fois chez elle, Howard retira sa veste et sa cravate qu'il jeta dans un coin de la chambre. Après quoi, il déboutonna sa chemise et sortit les pans de son pantalon.

— Ouf ! Ça fait du bien !

— À qui le dis-tu ! répondit-elle en ôtant ses escarpins à talon, remuant les orteils en gémissant.

Il se laissa tomber sur le lit et tapota la couverture.

— Viens près de moi.

Kat ne se fit pas prier. Elle se pelotonna contre lui, la tête sur son épaule.

— Cet appartement est franchement trop petit pour un type comme moi, dit-il. J'ai besoin d'espace.

— Il n'y en a plus pour longtemps. Les travaux de ta maison seront bientôt terminés.

— Je sais, mais après ce qui s'est passé… je n'ai pas envie de retourner vivre là-bas. Je me dis que le fantôme de Whitlaw serait tout le temps au-dessus de nos têtes.

— *Nos* têtes ?

Il saisit son menton et la dévisagea à travers ses longs cils.

— J'ai besoin de toi partout où je vais, Kat. Tout le temps. J'ai décidé de mettre ma maison en vente. Qu'est-ce que tu dirais de nous chercher une nouvelle maison ? Une maison pour nous deux.

— Tu… veux qu'on vive ensemble ? Tout le temps ?

Il lui offrit le plus beau de ses sourires.

— Katherine McKenna, acceptes-tu de me faire l'honneur de devenir ma femme ?

— Oh, glapit-elle. Oh, mon Dieu ! Oui ! Oui, oui, oui !

Folle de joie, elle retroussa sa robe sur ses cuisses, s'assit à califourchon sur les hanches de Howard et déposa un lent baiser sensuel sur ses lèvres.

— Mon ange ? demanda-t-il quand elle se redressa.

— Hmm ? répondit-elle, ses mains caressant doucement son torse musclé.

— On ira choisir une bague de fiançailles pour toi, demain.

— Je ne veux pas de bague, murmura-t-elle contre ses lèvres. Tout ce que je veux, c'est toi.

— Menteuse ! gloussa-t-il. Je sais très bien que tu veux une *énooorme* bague de fiançailles.

— C'est-à-dire que... celle qui me ferait vraiment plaisir viendrait à bout de toutes tes économies, dit-elle d'une voix de séductrice chevronnée, avant d'encercler un de ses tétons de la pointe de sa langue.

— Considère qu'elle est déjà à toi, mon amour, répliqua-t-il d'un ton empli de désir.

Kat se redressa en faisant reculer ses fesses sur ses cuisses et approcha les mains de sa braguette.

— Il n'y a pas que les diamants qui ne me plaisent qu'en taille XXL, lieutenant. J'espère que tu n'es pas trop fatigué pour fêter dignement l'événement ?

— Apprenez, gourgandine, qu'enterrer sa mère et se faire dépouiller dans la même journée par une croqueuse de diamants ne suffit pas à abattre un gaillard tel que moi, rétorqua-t-il avec un sourire malicieux.

— C'est ce que je constate, répondit Kat, gourmande. Dans ce cas, je prends le lot complet : la maison, la bague... et le gaillard ! déclara-t-elle en faisant glisser son pantalon et son caleçon sur ses cuisses.

— Oh, oui ! murmura-t-il. *Prends-moi,* ma belle.

Kat s'était levée pour faire passer sa robe par-dessus sa tête. Puis elle l'enfourcha une fois de plus et guida son sexe dans sa fente moite. Elle avait tellement besoin de cet homme qui allait devenir son époux ! Ils partageaient bien plus qu'un acte sexuel en unissant ainsi leurs corps. Ils devenaient mari et femme.

Les mains sur son torse, elle s'empala sur son sexe.

— Voilà. *Ah !* C'est comme ça que je t'aime. Chevauche-moi, mon ange.

Elle inclina légèrement le buste en avant pour entamer un lent mouvement de va-et-vient. Les chaleurs moites de leurs corps se mêlaient, déclenchant une nuée d'étincelles qui les enflammaient. Son clitoris frottait délicieusement contre lui, et elle s'appliqua à les rendre aussi fous l'un que l'autre.

Lorsqu'il fut incapable d'en supporter davantage, Howard la fit basculer sur le dos sans se retirer et le rythme de leurs mouvements s'accorda instantanément, voluptueusement lent. Il s'empara de sa bouche avec passion et s'immergea complètement en elle. C'était différent des ébats brûlants qu'ils avaient partagés jusqu'alors. Plus complet.

Il n'y avait plus de doutes ni d'interrogations entre eux.

Ils faisaient l'amour, au sens le plus pur du terme.

Ils atteignirent l'orgasme ensemble et il se déversa en elle.

— Je t'aime tellement, murmura-t-il en enfouissant les mains dans ses cheveux. Mon Dieu, comme je t'aime...

Cet instant s'étira éternellement dans l'âme de Kat.

— Je t'aime aussi, répondit-elle en nichant son visage dans son cou, inhalant son odeur, savourant la douceur de sa peau.

Prenant appui sur les coudes, Howard la contempla de son merveilleux regard brun.

— Je suis à toi pour toujours.

— Promis ? s'enquit-elle en traçant le contour de ses lèvres du bout du doigt.

— Mieux que ça, mon ange. Je vais te le prouver.

Et c'est ce qu'il fit. Il la serra bien fort dans ses bras et se mit à remuer doucement en elle. L'emporta vers de nouveaux sommets pour lui prouver son amour.

Encore.

Et encore.

Découvrez les prochaines nouveautés de nos différentes collections J'ai lu pour elle

AVENTURES
&PASSIONS

Le 5 janvier

La folie de lord Mackenzie ꝏ **Jennifer Ashley** INÉDIT

Beth Ackerley, veuve depuis peu, vient d'hériter d'une fortune confortable. Elle mène désormais une vie indépendante, et se fiance avec un jeune notable.
Un soir, elle fait la connaissance de Ian, le plus jeune des riches et excentriques frères Mackenzie, qui a passé une grande partie de sa jeunesse dans une institution psychiatrique. Entre ses éclairs de génie et ses périodes de mutisme, tout le monde le trouve très étrange.
Il apprend à Beth les mœurs dissolues de son fiancé… et décide que la jeune femme doit être à lui.

La famille Hathaway —1. Les ailes de la nuit ꝏ
Lisa Kleypas INÉDIT

Lorsque sa famille est élevée au rang de l'aristocratie grâce à un héritage, Amelia Hathaway découvre la complexité de la bonne société londonienne. Plus déroutant encore : elle est irrémédiablement attirée par le sombre et séduisant Cam Rohan. Ce dernier, fatigué des règles sociales rigides, cherche à se rapprocher de ses racines gitanes. Son désir pour Amelia est fulgurant, mais un homme qui méprise les conventions peut-il s'engager sur le chemin du mariage ?

Le mystère du bracelet bleu ꝏ **Amanda Quick**

Épouser le célèbre mesmériste Howard Hudson n'était qu'une étape dans l'ascension sociale de l'ambitieuse Céleste. Hélas, le succès fut de courte durée : on vient de retrouver son corps dans un entrepôt au bord de la Tamise. Était-elle impliquée dans le vol de la Méduse bleue, ce bracelet en or datant de l'Antiquité ? Certains iraient jusqu'au crime pour se l'approprier…
Engagés par Hudson, Tobias et Lavinia se lancent dans une enquête qui va leur réserver bien des surprises…

Le 19 janvier

La prophétie ꝏ **Kathleen Givens**

Deux amants ont été choisis par le destin pour accomplir une ancienne prophétie. Ellen Graham, jeune femme de haute lignée qui jure de ne se marier que par amour, et James MacCurrie, le mystérieux Highlander aux yeux bleus qui l'a sauvée de la pointe de son épée.
Mais ce même destin qui les a réunis pourrait bientôt les séparer. Car, dans cette époque troublée, les hommes se battent contre leurs frères, et la froide volonté d'un homme peut étouffer ses propres sentiments…

Les frères Malory —1. Le séducteur impénitent ∞
Johanna Lindsey

Nicolas lance sa monture vers la jeune femme, la saisit par la taille et la jette sur sa selle. Bien joué ! Sa victime commence à hurler, mais qu'importe : une maîtresse infidèle ne mérite pas d'autre traitement. Mais lorsque Nicolas arrive chez lui, il découvre la vérité : c'est une inconnue qu'il a enlevée ! Ravissante au demeurant... Et si, après tout, sa terrible méprise se révélait la plus délicieuse des erreurs ?

2 rendez-vous mensuels
aux alentours du 1er et du 15 de chaque mois.

Et toujours la reine du roman sentimental :

Barbara Cartland

Le 19 janvier :

Le capitaine désargenté ∞ **Inédit**
Le lien magique
Un cri d'amour

Des romances contemporaines
pour des moments d'émotion

PROMESSES

INÉDIT

Le 5 janvier :

Le mensonge lui va si bien ☙ **Starr Ambrose**

Eleanor et Jack ont un seul point commun : ils veulent tous les deux prouver que Banner, le frère de Jack, est un assassin. Afin de recueillir des informations, ils prétendent être fiancés. Mais la jeune femme comprend vite qu'elle devient trop proche des secrets de Banner… et trop proche de Jack, qui est bien décidé à la séduire !

L'amour ne dort jamais ☙ **Rachel Gibson**

Adele Harris est sortie avec tous les perdants, les égocentriques et les menteurs de la planète. À vous dégoûter des hommes ! Si seulement elle pouvait rencontrer un homme qui ferait battre son cœur comme son petit ami de l'université, Zach… Elle doit justement retourner à Cedar Creek, sa ville d'origine : une bonne occasion de voir ce qu'est devenu le jeune homme…

Nouveau ! 2 romans tous les 2 mois
aux alentours du 1er de chaque mois.

9412

Composition
CHESTEROC LTD

Achevé d'imprimer en Italie
par GRAFICA VENETA
le 2 novembre 2010.

Dépôt légal novembre 2010.
EAN 9782290027783

ÉDITIONS J'AI LU
87, quai Panhard-et-Levassor, 75013 Paris
Diffusion France et étranger : Flammarion